MEMÓRIAS INAPAGÁVEIS

Editora Appris Ltda.
1.ª Edição - Copyright© 2023 da autora
Direitos de Edição Reservados à Editora Appris Ltda.

Nenhuma parte desta obra poderá ser utilizada indevidamente, sem estar de acordo com a Lei nº 9.610/98. Se incorreções forem encontradas, serão de exclusiva responsabilidade de seus organizadores. Foi realizado o Depósito Legal na Fundação Biblioteca Nacional, de acordo com as Leis nºs 10.994, de 14/12/2004, e 12.192, de 14/01/2010.

Catalogação na Fonte
Elaborado por: Josefina A. S. Guedes
Bibliotecária CRB 9/870

B885m 2023	Browning, Elilde Memórias inapagáveis / Elilde Browning. 1. ed. – Curitiba : Appris, 2023. 327 p. ; 23 cm. ISBN 978-65-250-4867-3 1. Literatura brasileira – Romance. 2. Amor. I. Título.
	CDD – B869.3

Appris *editora*

Editora e Livraria Appris Ltda.
Av. Manoel Ribas, 2265 – Mercês
Curitiba/PR – CEP: 80810-002
Tel. (41) 3156 - 4731
www.editoraappris.com.br

Printed in Brazil
Impresso no Brasil

Elilde Browning

MEMÓRIAS
INAPAGÁVEIS

Appris
editora

FICHA TÉCNICA

EDITORIAL
Augusto V. de A. Coelho
Sara C. de Andrade Coelho

COMITÊ EDITORIAL
Marli Caetano
Andréa Barbosa Gouveia - UFPR
Edmeire C. Pereira - UFPR
Iraneide da Silva - UFC
Jacques de Lima Ferreira - UP

SUPERVISOR DA PRODUÇÃO
Renata Cristina Lopes Miccelli

PRODUÇÃO EDITORIAL
Bruna Holmen

REVISÃO
Katine Walmrath

DIAGRAMAÇÃO
Yaidiris Torres

CAPA
Eneo Lage

REVISÃO DE PROVA
Bianca Silva Semeguini

Dedico esta obra ao meu filho, Paulo Costa; à minha nora, Martha Costa; aos meus netos, Christopher, Stephanie, Jonathan, André; à sua esposa, Clara; e ao meu bisneto, Alexandre Costa, pelo apoio e inspiração constante que me oferecem a cada dia.

À minha querida amiga Maria de Fátima Marques Souza, jornalista, casada, mãe de dois filhos, guerreira e uma amiga fiel em todos os momentos da minha vida.

Ao meu amigo Cesar Vieira Bisetto, conhecido como Cesar Jumana, natural de São Paulo, 71 anos, casado há 50 anos com a minha amiga Marly Gomes Bisetto, e que tem dois filhos. Foi presidente da Associação Comercial de Caraguatatuba, vice-presidente da Federação das Associações Comerciais do Estado de São Paulo (Facesp), presidente da Fundação Cultural de Caraguatatuba e fundador do jornal Noroeste News e da Caraguá TV e muito tem me ajudado na divulgação das minhas obras.

AGRADECIMENTOS

Externo a minha gratidão ao meu querido amigo Luca Marino, pelo privilégio de ter me escolhido para escrever a sua magnífica história. O que mais me impressionou no seu relato foi o poder que ele tem de vislumbrar a realização dos sonhos, antecipadamente, antes deles se tornarem realidade. É um homem notável como empresário e como ser humano. Condensei os seus depoimentos, resultando neste livro: *Memórias inapagáveis*.

PREFÁCIO

Caros leitores e leitoras, para mim é uma grande responsabilidade e honra escrever o prefácio de mais uma grande obra da escritora Elilde Browning.

Elilde, após já ter escrito seu primeiro livro autobiográfico, *E assim foi a vida*, e outras obras, com maior enfoque na figura feminina, *Voltando a viver*, ainda *Crônicas de um tempo infinito*, o livro *Memórias inapagáveis* é uma obra dedicada aos homens. Há que se enaltecer a habilidade de Elilde em adentrar a alma masculina e dela extrair os pensamentos, sentimentos, vontades, desejos e as ambições de um homem e transcrevê-los com tamanha realidade.

Esta obra nos apresenta com riqueza de detalhes a vida de um homem, Luca Marino, que quando jovem era tímido diante da vida, mas tinha sonhos e ambições que vão direcionar sua vida para grandiosas conquistas. Um jovem, de certa forma retraído, que se tornou um homem astuto, sedutor, que por muitas vezes brinca com os sentimentos femininos, sem deixar de reconhecer que as mulheres podem ser mais astutas e muitas vezes podem tomar o controle da situação.

O sexo e o poder norteiam a vida de Luca Marino, sua habilidade para conquistar as mulheres segue se aprimorando, fazendo dele um encantador de mulheres. Luca tinha uma habilidade sem igual de fazer com que todas as mulheres que ele desejou tomassem a iniciativa do convite e do cortejo. Mas a sua vida não foi só de conquistas, também vivenciou decepções e tristezas, fazendo-o refletir sobre o valor das pessoas em sua vida e trajetória.

A cada capítulo, você segue com curiosidade e interesse em saber qual será a próxima conquista e o continuar de sua trajetória, com avidez do quero mais. No transcorrer da vida de Luca Marino, você também vai conhecer a história de muitas mulheres, também sedutoras, que encantam com sua altivez e luta pela batalha da vida. Especialmente, eu me encantei com a história de Augusta, que na luta pela vida alcança, com honra, seus sonhos e conquista um grande amor.

Com Luca, vamos vivenciar intensamente as paixões, as lutas, conquistas, surpresas, decepções, tristezas, alegrias, da vida de um homem apaixonante. Eu me apaixonei por Luca, e você também vai se apaixonar por mais esta grande obra de Elilde Browning.

Boa leitura!

Mônica Solange Paiva
Psicóloga
Março de 2022

APRESENTAÇÃO

Memórias inapagáveis é uma obra inspirada na vida do meu amigo Luca Marino. O seu viver teve uma caminhada em que os sonhos foram determinantes para um desenrolar de muitos aspectos provindos do seu desejar e querer. Imaginou que tudo seria possível acontecer desde que tivesse firmeza de pensar e estivesse atento às oportunidades que surgissem. Em alguns momentos, caro leitor, você se surpreenderá com alguns acontecimentos inesperados que o deixaram numa situação de difícil decisão. Entre a razão e o coração, ele optou pela realidade, sentindo, talvez, que em algum momento o tempo se incumbiria de solucionar e dar um final feliz para os envolvidos.

Em todos os momentos, ele agiu de forma consciente e com lisura de caráter. Ele tinha o poder de ser único, charmoso, simpático, envolvente, de sorriso cativante e de uma postura que o tornava um homem inesquecível. Nos negócios foi habilidoso e humano. Com as mulheres, foi carismático, libidinoso e extremamente cavalheiro, fazendo com que elas se sentissem valorizadas e felizes.

A sua origem humilde foi uma situação positiva para compreender as diversas nuances da vida e as pessoas em seus variados comportamentos. Nunca se posicionou acima dos mortais. Foi um homem de princípios nos relacionamentos comerciais e amorosos. Um perfeito *gentleman*.

Certamente, a vida do senhor Luca Marino fará você refletir sobre a vida em seus mais amplos aspectos.

Boa leitura!

APRESENTAÇÃO

Memórias inapagáveis é uma obra inspirada na vida do meu amigo Luca Marino. O seu viver teve uma caminhada em que os sonhos foram determinantes para um desenrolar de muitos aspectos provindos do seu desejar e querer. Imaginou que tudo seria possível acontecer desde que tivesse firmeza de pensar e estivesse atento às oportunidades que surgissem. Em alguns momentos, caro leitor, você se surpreenderá com alguns acontecimentos inesperados que o deixaram numa situação de difícil decisão. Entre a razão e o coração, ele optou pela realidade, sentindo, talvez, que em algum momento o tempo se incumbiria de solucionar e dar um final feliz para os envolvidos.

Em todos os momentos, ele agiu de forma consciente e com lisura de caráter. Ele tinha o poder de ser único, charmoso, simpático, envolvente, de sorriso cativante e de uma postura que o tornava um homem inesquecível. Nos negócios foi habilidoso e humano. Com as mulheres, foi carismático, libidinoso e extremamente cavalheiro, fazendo com que elas se sentissem valorizadas e felizes.

A sua origem humilde foi uma situação positiva para compreender as diversas nuances da vida e as pessoas em seus variados comportamentos. Nunca se posicionou acima dos mortais. Foi um homem de princípios nos relacionamentos comerciais e amorosos. Um perfeito *gentleman*.

Certamente, a vida do senhor Luca Marino fará você refletir sobre a vida em seus mais amplos aspectos.

Boa leitura!

SUMÁRIO

INTRODUÇÃO 17

CAPÍTULO 1
TALITA DE ABREU — UMA MULHER ADOLESCENTE.................. 19

CAPÍTULO 2
ISABEL ANDRADE — UMA MULHER EXTROVERTIDA................. 24

CAPÍTULO 3
DOLORES COSTA — UMA MULHER INFELIZ 30

CAPÍTULO 4
GIOVANA LOMBARDI — A ESPOSA ESCOLHIDA 37

CAPÍTULO 5
CATARINA GAUTHIER — UMA MUDANÇA NOTÓRIA 46

CAPÍTULO 6
VANESSA BARBOSA — UMA MULHER ENIGMÁTICA.................. 64

CAPÍTULO 7
AUGUSTA OLIVEIRA — UMA MULHER SURPREENDENTE 69

CAPÍTULO 8
ELEONORA MORAIS — UMA MULHER DESLUMBRANTE............ 101

CAPÍTULO 9
LAURA VALDEZ — UM ENCONTRO CASUAL 119

CAPÍTULO 10
LIGIA MARTINS — UMA SURPRESA 130

CONCLUSÃO 149

ANEXO 150

PAIXÃO: UMA DELICIOSA LOUCURA 153

O AMOR E A PAIXÃO SÃO DIFERENTES?............................ 155

NEM TODO MAL É MAU 157

AS BATALHAS SURPREENDENTES DA VIDA 158

QUAL A MELHOR FASE DA VIDA? 160

12 DE JUNHO: DIA DOS NAMORADOS 162

TEMOS QUE SER QUEM SOMOS..164

ANO NOVO: PROMESSAS DE NOVA VIDA............................166

UM HOMEM AFINADO COM A VIDA 168

UMA ALDEIA GLOBAL...170

UM NATAL DE REFLEXÕES..172

O MUNDO DA BELEZA 174

OS SABORES DO MUNDO (PRIMEIRA PARTE) 177

OS SABORES DO MUNDO (SEGUNDA PARTE) 181

OS SABORES DO MUNDO (TERCEIRA PARTE)........................185

O CORPO HUMANO..189

O DESPERTAR DE UMA PAIXÃO 191

OS CREPÚSCULOS DA VIDA...193

AS CONQUISTAS ALÉM DAS FRONTEIRAS 195

COMO O MUNDO É DESIGUAL!..197

O CONHECIMENTO TORNA A VIDA MELHOR 199

INVÓLUCRO VERSUS CONTEÚDO 201

AS MANIFESTAÇÕES DA LOUCURA HUMANA 203

A INSTABILIDADE DA VIDA NOS TEMPOS ATUAIS 205

O FASCÍNIO DO MAR 208

SITUAÇÕES INEXPLICÁVEIS DA VIDA....................................211

O EQUILÍBRIO EMOCIONAL E A SABEDORIA DO VIVER.............214

AS METAMORFOSES DO COMPORTAMENTO HUMANO PELA VIDA...216

O AMOR: UM SENTIMENTO NOTÁVEL 218

SER MULHER 220

O SUPERLATIVO DAS REAÇÕES HUMANAS E DOS ANIMAIS 223

O QUE É SER FELIZ? 226

HÁ MÁGICA PARA SE TER FILHOS BEM-SUCEDIDOS E FELIZES? 229

NAMORAR SEMPRE: UM GRANDE DESAFIO 232

SER HOMEM 234

QUANDO EXPLODEM AS EMOÇÕES 237

CUIDE DE SUA MENTE 239

A SAÚDE ACIMA DO PRAZER 242

BOM HUMOR: UM BEM-ESTAR CONTAGIANTE 244

MINHAS RAÍZES 246

UMA ESCRITORA EMPREENDEDORA 251

NÃO PARE DE VIVER 255

AS FORÇAS QUE NOS MOVEM 257

COMO SER FELIZ, TAMBÉM, APÓS OS 60 ANOS DE IDADE 259

RENASCER É UMA ATITUDE CORAJOSA 261

FESTAS JUNINAS 263

AS APARÊNCIAS ENGANAM OU REVELAM 266

A COVID-19 NO MUNDO REAL 268

A ESCADA DA VIDA 270

OS INVENTORES QUE INCENTIVARAM O EMPREENDEDORISMO . 272

A DINÂMICA DA VIDA 275

UMA VIDA SAUDÁVEL 277

O PODER DAS PALAVRAS 280

CARNAVAL: A FESTA DO POVO ... 282

SOMOS REFÉNS DO TEMPO, DA NATUREZA E DAS CIRCUNSTÂNCIAS. COMO SOBREVIVER A TUDO ISSO? ... 284

O PERFIL DO IMIGRANTE EMPREENDEDOR ... 287

OS DESAFIOS DA HUMANIDADE PARA SOBREVIVER ... 291

CARNAVAL: A MÁSCARA DO COTIDIANO ... 294

AS REAÇÕES DO EMPREENDEDORISMO NA COVID-19 ... 296

A VIDA É UM PALCO ONDE TODOS REPRESENTAM ... 299

NOSSA MENTE É PODEROSA ... 301

ALGUMAS FONTES INESGOTÁVEIS DOS PRAZERES DA VIDA ... 303

SAÚDE E FELICIDADE CAMINHAM JUNTAS ... 307

O MUNDO EM DESESPERO ... 310

VIOLÊNCIA DOMÉSTICA: POR QUE ACONTECE? ... 313

AS INCÓGNITAS DA VIDA ... 315

A SAÚDE DO CORPO E AS REALIZAÇÕES DA VIDA DEPENDEM DA MENTE ... 317

OH, ABENÇOADA LIBERDADE! ... 319

HÁ LIMITE DE IDADE PARA UM SEXO PRAZEROSO? ... 321

UMA HISTÓRIA FANTÁSTICA ... 323

INTRODUÇÃO

Esta obra exalta a beleza e o fascínio da mulher em seus mais amplos aspectos e narrará a vida de um homem que um dia, ao conhecê-la viveu toda a sua existência empolgado com o feitiço deslumbrante de beleza, sedução, poder, sensibilidade, malícia, sabedoria, astúcia e intuição. Ele nasceu pobre e todo o entusiasmo para se tornar rico, poderoso e bem-sucedido na vida e nos negócios foi pela vontade de conquistar todas que fossem possíveis pelo prazer inigualável que sentia com elas. Alguns dos seus relacionamentos foram de forma superficiais e, em muitas ocasiões, viveu, apenas, a relação sexual sem maiores comprometimentos. Havia três fatores importantes para ele: que fossem belas, saudáveis e bem-humoradas.

Nesta obra vou citar, apenas, aquelas que ficaram, por um tempo, em sua vida, por algumas circunstâncias. As demais foram para o esquecimento por não terem sido importantes em seu viver. Muitas se foram de vontade própria. Outras ficaram desapontadas e, sabedoras de sua maneira de não se agregar a nenhuma, procuraram outros caminhos, embora, em seus corações, em suas mentes e, principalmente, nos seus corpos, tenham levado boas e inesquecíveis lembranças.

Ele tinha o poder de envolvê-las de tal forma que, num momento qualquer, elas estavam à sua disposição. Tive o privilégio de ouvi-lo em seus depoimentos e fiquei surpresa com a sua forma de ser. O seu nome é Luca Marino, descendente de italianos. Fiquei impressionada com esse homem único, charmoso, envolvente, simpático, de sorriso cativante, de olhar eletrizante e de uma postura que o tornava um homem inesquecível. Agora, aos 80 anos, o seu olhar, ainda, guarda o magnetismo sobre as mulheres que deseja cortejar. Realmente ele é um homem fascinante.

Por outro lado, viveu momentos de muitos sobressaltos com alguns relacionamentos, mas para ele tudo valeu a pena, porque os prazeres que elas lhe proporcionaram foram superiores aos contratempos que aconteceram.

Segundo Schopenhauer "a mulher é um efeito deslumbrante da natureza". O que seria dos homens se não existíssemos? Para o meu depoente, a vida, certamente, não teria sentido.

CAPÍTULO 1

TALITA DE ABREU — UMA MULHER ADOLESCENTE

Tinha apenas 14 anos de idade quando conheci Talita de Abreu, com 16 anos, que morava na minha rua e também estudávamos na mesma escola. Ela era uma morena de ancas pronunciadas, um andar sensual e uma postura de rainha. Tinha um par de seios volumosos, pernas bem-torneadas e cabelos longos e cacheados.

Durante o recreio, sempre a observava. Naquele dia, ao sair da escola, aproximei-me dela e perguntei: — Posso lhe acompanhar até a sua casa? —Sim, ela respondeu. Durante aquele percurso, trocamos algumas palavras sobre a escola, professores e nada mais. Ao chegar ao portão de sua vivenda, olhei bem firme nos seus olhos e de supetão perguntei: — Você tem namorado? — Não. E concluiu: — Há algum tempo, o Haroldo, aquele nosso colega da segunda série, andou me paquerando, mas ele é tão chato que nem dei atenção.

— E você também me acha como ele? Ela me olhou de alto a baixo e falou: —Até que não. Acho que você é muito quieto e nunca participa das brincadeiras com os outros colegas. —Eu prefiro ficar observando o comportamento de todos.

Durante a vida, sempre fui observador, calado e sempre estava analisando as pessoas pela sua forma de proceder, principalmente as mulheres, e isso foi um grande trunfo que me deu grandes oportunidades de conquistar muitas sem o menor esforço. Apenas as olhava e com a força do meu pensar elas se quedavam aos meus pés, talvez para descobrir o que se escondia por trás daquele homem de poucas palavras, mas de um charme ímpar, segundo comentavam.

Como eu tinha muitas obrigações com a família e não tinha tempo para ter uma namorada, nunca havia beijado uma mulher. Eu era o chefe da casa e no pouco tempo fora da escola eu trabalhava fazendo consertos de sapatos com a minha mãe ou vendendo alguma coisa para ajudar no sustento da família. Em nossas conversas com amigos da mesma idade, sempre comentávamos como seria conquistar uma mulher e fazer sexo com ela. Tinha uma curiosidade infinita. Era necessário viver essa experiência para tirar as conclusões. O mais curioso era que eu sempre olhava para elas e fazia ideia do seu corpo desnudo e isso me deixava excitado.

Já estávamos namorando há mais de três meses e apenas segurava a sua mão quando nos despedíamos. Tinha uma vontade enorme de lhe dar um abraço e, também, beijá-la. Ela tinha uma boca de lábios firmes e um sorriso encantador.

Um dia marcamos um encontro, num domingo à tarde, em sua casa. Nesse horário a sua mãe e uma irmã sempre tinham compromissos numa igreja próxima e só voltavam para casa já noite alta. A semana que antecedeu aquele encontro foi para mim uma tortura. Ficava imaginando como me comportar e por vezes suava gelado de emoção. Como seria abraçar aquele corpo moreno de pele macia e sedosa? Poderia também deslizar as minhas mãos nos seus cabelos, segurar firme aqueles seios. Esses pensamentos me deixavam excitado e sem controle de mim mesmo.

Como todos os dias chegam, também, nesse dia a minha mãe havia feito um almoço de carne com legumes. Apesar de eu gostar dessa comida, comi apenas um pouquinho, porque a fome fugira, deixando-me apenas com o pensar naqueles momentos que se aproximavam.

No horário combinado, andando a passos largos, com a mente centrada no que eu iria vivenciar e o coração disparado querendo sair do seu lugar, cheguei à casa de Talita. Ela estava à porta me esperando. Tentei manter a calma, mas sentia ter pouco controle das minhas emoções. Ela me convidou para entrar e ainda na sala ela me abraçou e disse: Que bom que você veio! As minhas pernas tremiam e o meu corpo tinha o calor como se eu estivesse com febre alta. Ela notou o meu nervosismo e me pediu para ficar calmo. Tudo o que eu planejava fazer, naquele momento, não aconteceu.

Apesar da tentativa dela de me deixar a vontade, eu não conseguia. As mulheres são mais ladinas do que imaginamos. Elas sempre têm mais controle com as suas emoções do que nós. Para disfarçar pedi um copo com água e quando ela se dirigia à cozinha pude ver as belas ancas dentro daquele vestido meio transparente e senti uma reação de loucura. Enquanto ela enchia o copo, eu abracei-a pelas costas, segurei os seus seios e de repente ela se virou e me abraçou. Esse primeiro contato de um abraço com uma mulher ficou em minha mente com tal força que nunca mais pude esquecer.

Tudo o que nos acontece a primeira vez se reveste de um deslumbramento sem precedente. Poderemos ter pela vida afora momentos melhores ou piores. O primeiro será sempre inesquecível. Trocamos beijos calorosos e despudorados. As nossas línguas se encontravam numa sofreguidão de prazer absoluto.

Ela estava sem calcinha. Pegou a minha mão, encostou-a em sua vagina e me pediu que acariciasse. Deslizei os meus dedos e senti que ela estava molhadinha. Irresistível. Em seguida pegou o meu pênis intumescido, encostou-o naquela voluptuosidade de prazer e senti-o deslizando naquele caldo quente e sensual. Essa foi a primeira vez que gozei, sem saber que pela vida afora eu iria ter prazeres desmedidos não apenas encostando o meu membro numa vagina excitada, mas devorando muitas mulheres com toda a força de um tesão cheio de energia e vigor.

Depois desse dia, o nosso comportamento mudou. Sempre estávamos juntos nos horários de recreio da escola e sempre a acompanhava até a sua casa. Num dia qualquer, eu lhe perguntei se ela já tinha tido relações sexuais com algum homem. Eu não sabia ainda o que era ser uma mulher virgem. Ela respondeu que não e que gostaria de fazer isso comigo. A minha expectativa chegou ao cume da montanha mais alta do mundo. A partir desse dia, ficava todo o tempo imaginando o que era fazer sexo, como eu iria me sentir e também as reações que ela sentiria. O meu pensar dava voltas e voltas num mundo desconhecido, mas em que certamente o prazer seria a tônica mais poderosa.

E assim marcamos o dia em que isso aconteceria. Ela tinha uma tia que estava viajando e a casa estava vazia. Para termos mais tempo, ao invés de ir para a escola naquele dia, iríamos para esse lugar. Combinamos, também, que ninguém deveria saber desse acontecimento para não termos problemas com família, amigos e colegas da escola.

Cheguei ao local uma hora antes do combinado. A aflição me deixava suspenso no ar. O prazer me dava a certeza de que viveria um momento inusitado e a espera de sua chegada deixava o meu coração palpitando.

Finalmente, ela apontou no alto da ladeira que dava acesso à casa da família. Ao se aproximar de mim, beijou levemente os meus lábios, e entramos para cumprir o combinado. E que combinado!

A casa era simples, mas bem arrumada. Havia dois quartos e um banheiro. Nos dois tinha cama de casal. Ela se aproximou de mim e perguntou: —Em qual dos quartos você quer me fazer mulher? Não respondi. Agarrei-a com toda a força dos meus músculos de adolescente e levei-a para a cama mais próxima. Arranquei a sua roupa deixando apenas a calcinha. Esta eu queria tirar devagarzinho para sentir toda a emoção de possuir uma mulher pela primeira vez.

Durante a vida, percebi que as mulheres, ainda que adolescentes, têm mais maturidade que os homens. Ela se sentia tranquila, pelo menos aparentava estar.

Segurei aqueles seios pontudos e durinhos e sentia que ela vibrava de prazer. Os nossos corpos se encontravam, as nossas peles se misturavam e segurei a sua calcinha tirando-a no compasso do aumento do meu prazer. Muitas pessoas que passaram por esse momento conhecem essa volúpia do sentir como um momento supremo de felicidade.

Ela me pedia para ser possuída e eu queria antes fixar os meus olhos naquela poderosa vagina que, mesmo sem saber antecipadamente o que era sentir esse prazer, prelibava a sensação de loucura que viveria em poucos instantes. Aproximei o meu pênis e comecei a desfrutar de um sexo verdadeiro, com alguma dificuldade de penetração por ser a primeira vez para ela e para mim. Ele foi entrando, abrindo caminho e gozávamos, simultaneamente, num estado superior e infinitamente gostoso. Ela gemia de prazer e de dor. Aquela dor de uma situação de regozijo incomparável. E eu descobrindo pela primeira vez o sexo como algo superior do nosso ser.

Todas as coisas nesta vida são fantásticas, mas fazer sexo supera tudo que a nossa imaginação é capaz de sentir. Passei a ter mais entusiasmo para trabalhar. A vida se apresentava agora com um sentido maior para viver. E a cada dia sonhava ter condições reais de sobrevivência visando em futuro próximo ter a minha família e fazer sexo todos os dias e momentos que nos fosse possível. Ter um alvo a atingir traz alegria à nossa alma e as dificuldades da vida ficam leves e fáceis de serem superadas.

Ainda nos relacionamos por quase três anos. Depois a sua família mudou-se para um estado distante e nunca mais foi possível encontrá-la. No dia da despedida, ela chorou muito. Sabia que iria sentir saudades de mim. Ela levou consigo aqueles prazerosos momentos e deixou comigo a certeza de que eu senti o mesmo.

Durante algum tempo, eu tinha sonhos extravagantes com Talita, e ao pensar que ela teria outros homens não me ocorreu nenhum ato de ciúme, porque a vida tem o seu percurso normal e é perfeitamente natural que as pessoas tenham outros relacionamentos e vivam as suas vidas como bem lhes aprouver. Talvez essa maneira de pensar esteja na consciência de um homem que é sabedor de que sempre na vida surgirão outras mulheres para se viver emoções diferentes.

CAPÍTULO 2

ISABEL ANDRADE — UMA MULHER EXTROVERTIDA

Ela era feirante e aos sábados postava-se naquele ponto para vender frutas, legumes e farinha de mandioca. Comprava os seus produtos há algum tempo e um dia olhei aquela mulher de forma diferente. Ela aparentava ter por volta de 30 anos. Detive-me nos detalhes físicos: estatura mediana, cabelos lisos, pele esbranquiçada e um olhar penetrante. Os seus olhos eram de um verde profundo. Uma bela mulher. Percebi que o seu trabalho a deixava sem aquele trato que todas precisam para ressaltar a beleza de forma evidente: unhas tratadas, cremes para a pele para se tornar macia e sedosa. Todavia, esses detalhes eram de somenos. O que interessava mesmo era saber como ela se portava na cama.

Naquela manhã, ao me aproximar dela para a minha compra costumeira, fiz-lhe um elogio à sua beleza e percebi que ela ficou meio desconcertada, mas feliz. Ela se chamava Isabel. Na semana seguinte, ela me falou que se lembrou em alguns momentos do que eu havia falado. Pensei rápido: bom sinal. Vou conquistá-la.

Uma das coisas mais certeiras é dirigir um elogio a uma mulher. Todas ficam encantadas pela valorização que esse ato produz. Agora estava interessado em saber quem era ela fora daquela ocupação, onde morava, seu estado civil e outros detalhes interessantes. A primeira investida foi certeira.

E, assim, a cada semana tomava conhecimento de alguns detalhes. Quando um homem quer uma mulher, não precisa ter pressa para formalizar um encontro. Ela mesma um dia decide e até se declara pronta para esse momento. Você precisa apenas ter habilidade de não ultrapassar os limites.

Em menos de um mês, tinha todas as informações de que precisava. Ela morava com uma irmã, que trabalhava fora cuidando de um casal de idosos, e só retornava à casa depois das 8 horas da noite. Nos dias em que não era feirante, cuidava da casa e fazia bolos para uma padaria nas proximidades. Fiquei exultante com essas notícias. E, assim, me esforçava com o meu jeito esquivo, mas atento ao momento em que ela me convidaria para visitá-la.

Na semana seguinte, cheguei de mansinho, elogiei o seu cabelo e imediatamente ela me falou que havia cortado. Aproveitei e disse que o corte ficara perfeito. Ela sorriu e agradeceu. Enquanto eu escolhia o que ia comprar, ela aproximou-se de mim e segurou a minha mão. Instantaneamente, sentimos algo diferente e os nossos olhares se encontraram numa profundidade inexplicável.

Durante toda a semana, me lembrava daquele olhar e ficava excitado. Comecei a tramar como seria possível ser convidado para ir a sua casa. Enquanto caminhava em sua direção, tive uma ideia brilhante: falar sobre os bolos que ela fazia. O pretexto seria comprar um bolo e para isso eu precisaria ir ao seu lugar. Naqueles dias trabalhei muitas horas a mais a fim de ter o dinheiro suficiente para a compra. Fiz algumas economias e consegui um valor extra.

Tinha a sensação de que aquele sábado não chegava nunca. O tempo me desafiava andando num passo lento e aumentando a expectativa de vê-la. O dia ainda não amanhecera. Levantei-me da cama, tomei um banho, fiz a barba, passei um perfume de minha mãe nas orelhas, coloquei o dinheiro no bolso e parti na esperança de que naquele dia marcaria esse primeiro encontro. A confiança seguiu ao meu lado e eu lhe pedi que estivesse comigo todo o tempo. Quando a vi e a forma como ela me olhou, estava certo de que os meus pensamentos teriam êxito.

Depois das compras costumeiras, falei-lhe que queria, também, comprar um bolo. Imediatamente ela respondeu: — Você precisa ir a minha casa, porque eu não os vendo aqui. Nesse instante a esperança apareceu saltitante e no meu ouvido dizendo: pergunte que dia! — Qual o melhor dia para você? Ela fixou em mim aqueles olhos verdes encantadores e falou: — Amanhã por volta das 10 horas da manhã. Estarei sozinha em casa e os bolos estarão fresquinhos. — Confirmado, disse eu. Agora você precisa me dar o endereço. Ela escreveu num papel e me entregou.

Foi impossível dormir naquela noite. O meu pensamento estava preso às emoções que viveria com essa segunda mulher. Não tinha ideia de sua forma de ser, porém imaginava que essa experiência não seria igual à anterior. Sendo ela uma mulher já vivida, poderia não apenas desfrutar de grandes momentos como também aprender algo novo no mundo do prazer.

Naquela manhã abandonei as minhas obrigações de trabalho e dirigi-me à casa dela. Gastei algum valor com a passagem do ônibus, diminuindo, portanto, o dinheiro que tinha. E numa tortura do pensar fiquei na dúvida se aquele que eu tinha seria suficiente para comprar o bolo. Às vezes nos torturamos com um futuro sem pensar que ele poderá não ser como imaginamos. Arranquei da mente essa ideia e concentrei-me nos momentos que iria viver.

Ao chegar à frente da casa, um calafrio percorreu minha espinha dorsal e decididamente tentei afastar o medo dizendo-lhe: "Vai dar um giro em um lugar bem distante, porque hoje tenho um compromisso muito sério e não quero ser importunado". Estava disposto a assumir a minha decisão qualquer que fosse o custo.

Toquei um sininho na entrada da varanda e minutos depois ela aparece: linda, maquiada, num vestido curtinho na cor de seus olhos e um sorriso de felicidade. Estendeu a mão e disse: —Entre, a casa é sua. Ao ouvir essas palavras, me imaginei entrando num paraíso onde todos os seus desejos serão vivenciados com todo o furor do sentir.

Olhei em volta e percebi que ela era uma mulher cuidadosa pela aparência de sua casa. Ainda sem jeito, perguntei pelo bolo. Ela respondeu: —Sobre o bolo falaremos depois. Agora quero que você fique à vontade, e me mandou sentar em um sofá. Em seguida ela se sentou em outro em frente. Talvez para me deixar à vontade, me fez uma série de perguntas: onde eu trabalhava, se morava com alguém, se era casado, e se tinha filhos. Aquelas perguntas atropeladas não me davam a chance de respondê-las. Por fim ela se calou aguardando, talvez, as minhas respostas e enquanto eu refletia ela cruzou as pernas e pude ver a sua calcinha na cor rosa. Um redemoinho de ansiedade e de pensar me deixou sem as respostas que ela esperava. Ficamos mudos. Ela esperando que eu falasse e eu sem condições de responder ao seu questionamento.

Há situações na vida tão marcantes que até temos a impressão de não serem verdadeiras. Uma coisa é sonhar e a outra é vivenciar. Enquanto sonhamos fazemos uma imagem que poderá não retratar a realidade, enquanto ao vivermos esses momentos nos surpreendemos com a força com que eles nos envolvem.

Minutos depois ela se levantou, estendeu a sua mão e me convidou para conhecer a casa. Levou-me na cozinha, na área externa da casa, na dispensa e eu estava mesmo ansioso para conhecer o seu quarto. Quando nos aproximamos dele e vi aquela cama, o meu coração saiu do compasso normal e tive uma vontade enorme de colocá-la ali e desfrutar do seu corpo. Ela, mulher experiente, tinha consciência do que estava acontecendo comigo. Mostrou-me uma cadeira e me pediu para sentar. Obedeci.

Postou-se à minha frente e me ordenou que tirasse a sua blusa. Mais uma vez, obedeci. Nesse instante vi os seus seios e quando tentei acariciá-los ela disse não. Que tortura! Ela mesma livrou-se da saia e ficou apenas com a calcinha. Deitou-se na cama e começou a tirar a calcinha num compasso tão devagar que me pareceu uma eternidade. Agora nua me pediu que também tirasse a minha roupa. Livrei-me, rápido, de tudo. Ela viu que estava pronto para devorá-la. Aproximei-me daquele belo corpo, encostei nele o meu e vivemos momentos de muito prazer. Ela gemia e gritava: eu quero muito! Eu quero tudo! Ficamos fazendo amor por mais de duas horas. Uma mulher com um tesão inigualável.

Ela se levantou e foi tomar banho e enquanto isso comecei a compará-la com a primeira mulher que tive na cama. Percebi que certamente cada uma tem o seu cheiro, a sua forma de fazer amor e a maneira de gozar, mas o prazer é igual para todas.

Ao voltar para a cama, deitou-se ao meu lado e me perguntou se eu queria saber de sua vida além da feirante e boleira. — Sim, respondi. — Eu tive um companheiro, que se chama Gustavo, por dez anos, um dia ele conheceu uma viúva milionária, me abandonou e foi morar com ela. Como ela não tinha a minha energia, um dia ele me propôs ter encontros fortuitos comigo. Declarou sentir muitas saudades de mim. E um dia disse-lhe: não, eu não quero mais você. Por favor, se afaste e não mais me procure. Realmente ele desapareceu. Não tenho nenhuma notícia dele há algum tempo. Há muito tempo eu sonhava me aproximar de você com a intenção de convidá-lo para vir a minha casa. Estou sozinha há mais de dois anos sem companhia e sexo. Como eu não sabia nada a seu respeito, fiquei quieta, apenas observando o seu comportamento. Todos os sábados que você chegava para as suas compras eu ficava admirando-o e imaginando como seria como homem na cama. Quando você me fez o primeiro elogio, desconfiei estar no caminho certo para conquistá-lo.

A vida tem conotações interessantes. Duas pessoas se conhecem, se veem e nem imaginam o que se passa no pensar de cada uma. São os segredos da mente guardando-se para se revelarem, num momento oportuno.

— Agora estamos aqui vivendo os prazeres do sexo. — Você é realmente um homem fantástico. — Verdade!? Eu nem sabia disso. — Você tem namorada? — Não. Há algum tempo namorei uma colega da escola, mas ela mudou-se para outro estado e me deixou sozinho. — Então, se você é solteiro e sem compromisso, a vida está em nossa direção.

Há instantes na vida em que não temos condições de raciocinar, pelo envolvimento que essa ocasião requer, mas será sempre preciso tomar algumas precauções, porque a vida pode nos surpreender com situações inesperadas. O nosso relacionamento foi caminhando e a cada dia tornava-se mais surpreendente com os grandes momentos de sexo que desfrutávamos. Aprendia a cada dia novas maneiras de fazer sexo e isso me deixava louco por ela.

Um dia tive uma desagradável surpresa ao chegar a sua casa. O seu ex-companheiro me aguardava nas proximidades. Ao chegar à porta, ele surge inesperadamente, com uma faca na mão, afirmando que me cortaria o pescoço se eu tentasse entrar naquele lugar. E ainda ameaçou que me mataria se eu tentasse outras vezes. Saí correndo sem saber o que fazer e quando me encontrava bem longe me sentei numa calçada e sentia um tremor terrível em todo o meu corpo.

Passei a refletir sobre esse episódio, e com a minha pouca experiência— nessa época tinha apenas 20 anos — concluí que há homens que não querem perder nunca uma mulher, mesmo que eles próprios tenham escolhido outro caminho. E, assim, passei a fazer as minhas compras aos sábados em outro local. Sentia saudades dos grandes momentos que passamos juntos. Algum tempo depois, me encontrei com ela nesse mercado e com uma fisionomia de tristeza e desapontamento me perguntou: —Por que você me abandonou e não deu mais notícias? Contei-lhe o acontecido na última vez que estive na casa dela e com um olhar de profunda tristeza ela falou: —Eu vou resolver esse problema, aguarde. Encostou o seu corpo ao meu e nos abraçamos com a sensação de que não havíamos nos encontrado por longos anos.

O sexo é uma força poderosa e quando há um entrosamento perfeito e uma química inexplicável vemos o mundo com um olhar diferente e cria-se dentro de nós um deslumbramento de intensa felicidade. Todavia, ao correr riscos de morte, tudo se transforma, eu era o provedor de minha família e pensei: não posso morrer por causa de uma mulher. Certamente conquistarei outras que não tenham problemas semelhantes. Como ela não sabia o meu endereço, não tinha como me encontrar. Não sei como o problema com o ex-companheiro foi solucionado.

Com Isabel aprendi grandes lições de sexo e, também, como ter determinadas atitudes de envolvimento com as próximas. Decidi controlar as emoções, que, por vezes, nos deixam vulneráveis. Sentimentos costumam deixar o coração à deriva e é perigoso, é insensato deixar-se envolver numa situação sem ter conhecimento de toda uma problemática que por vezes está fora do nosso alcance perceber. E, assim, ia acumulando experiências que certamente me seriam úteis na caminhada da vida.

CAPÍTULO 3

DOLORES COSTA —
UMA MULHER INFELIZ

A minha família tinha um comércio de consertos de sapatos. Enquanto os meus pais trabalhavam, eu fazia as entregas nas residências. Um dia, à tardinha, entra uma mulher trazendo alguns pares de sapatos. Sempre preenchíamos um formulário com o nome, o endereço e a quantidade de sapatos a serem consertados. Enquanto eu fazia esse trabalho, ela mirou-me de forma estranha. Não dei muita atenção, apenas notei que ela era uma mulher belíssima. Antes de sair, ela perguntou quando ficaria pronto e se alguém poderia entregá-lo sem sua residência. Afirmei que sim e que esse trabalho era de minha competência. Ainda consultei o meu pai e ele afirmou que dentro de dois dias eu faria a entrega.

Quando ela se virou, fiquei admirando aquele corpaço e aquele caminhar colocando um pezinho na frente e o outro a seguir, de modo que as suas nádegas balançavam numa cadência rítmica e terrivelmente excitante. Como o nosso pensar é um segredo inviolável, ninguém percebeu.

É incrível como penso em fazer sexo com qualquer mulher que atravessa o meu caminho e como elas me deixam excitado. Há sempre alguma coisa de especial em cada uma. Às vezes o cabelo, o corpo, o andar, uma atitude, o tamanho dos seios, ou simplesmente porque é mulher.

Acompanhei o conserto daqueles sapatos com a avidez de quem está premeditando alguma coisa. Pelo endereço percebi ser um lugar onde residem pessoas de alto poder aquisitivo. Também não me importava se ela era pobre, classe média ou rica. Poderia, também, ser uma serviçal daquele endereço. A curiosidade ficou comigo e acompanhado dela, naquele final de tarde, fui ao endereço levar os sapatos.

A casa era uma mansão rodeada de jardins belíssimos e bem cuidados. À porta vi o carro que ela usou quando levou os sapatos para conserto. A ansiedade de revê-la estava me deixando numa situação de expectativa.

Aproximei-me da porta principal e toquei a campainha. Apareceu uma senhora baixinha e gorda e me perguntou quem era eu e com quem queria falar. — Eu sou o Luca da sapataria e vim entregar os sapatos da senhora Dolores. — Um momento, falou aquela senhora. Fechou a porta e eu fiquei ali esperando, talvez, por uns cinco minutos. A sensação que tinha era que os ponteiros do relógio decidiram parar com a intenção de tornar a minha ansiedade ainda maior.

Finalmente, a senhora Dolores apareceu vestida num shortinho bem curto e uma blusa branca que ao olhar de relance percebia-se que ela estava com essa roupa em cima da pele. Desviei o olhar daquele monumento de mulher e ainda segurei o meu fluxo sanguíneo para não ser denunciado. — Entre. A sua voz era calma, mas firme. Ela caminhou à minha frente e segui-a até um salão, que a meu ver era um escritório, porque havia computador, livro se outros. Mostrou-me uma cadeira e me pediu para sentar, em outra à minha frente ela se sentou. Entreguei-lhe os sapatos, ela olhou-os de relance como se não fosse a coisa mais importante naquele momento, e colocou-os sobre uma mesa.

— Quanto eu preciso pagar? Entreguei-lhe a nota fiscal e ela em seguida dirigiu-se a um pequeno armário, retirou o dinheiro, me entregou e disse: — Fique com o troco. Quando olhei o valor, quase não quis acreditar.

Em seguida levantei-me e ela segurou o meu braço e me pediu que continuasse sentado, porque queria saber algumas informações a meu respeito. E assim começou o seu relato: — Eu tenho uma amiga que tem uma loja próximo à sua sapataria e num desses dias eu passava em frente e vi você. Aliás, vi-o inúmeras vezes. Você tem um porte belo que é impossível passar despercebido. Perguntei à minha amiga quem era você. Como não obtive nenhuma informação, decidi pegar alguns sapatos e me dirigi ao seu comércio na tentativa de conhecê-lo. Naquele dia, descobri ser essa loja do seu pai e que você o ajudava na entrega das encomendas. Perfeito, concluí. Vou trazê-lo à minha casa. Essa é a razão de você estar aqui agora.

A sensação que tive ouvindo-a falar era que ela premeditou passo a passo para me conhecer melhor. Por que razão? Desenrolei o meu pensar e embora ainda não tivesse a experiência necessária sabia que ela queria fazer sexo comigo. Uma mulher lindíssima, morando numa mansão daquele quilate e certamente compromissada com alguém, era um perigo ao meu dispor. Ignorei por instantes a sua beleza e detive-me a analisar o que se escondia detrás de tudo que os meus olhos não podiam enxergar. Confesso que tive medo. Muito medo.

A curiosidade continuava a me fazer companhia e de repente ela falou: — Eu tenho um apartamento nesse endereço, e me entregou um papel. — Amanhã, por volta das 3 horas da tarde, você poderia ir ao meu encontro? A porta principal vai estar encostada. É só entrar. Emudeci. Não sabia o que responder. Ela me acompanhou até a porta e confirmou: — Estarei à sua espera!

Saí daquela casa com o pensamento rodopiando, com muitas dúvidas, e envolto numa curiosidade que me deixou ao mesmo tempo surpreso, apreensivo e medroso. Os questionamentos que tinha beiravam um misto de loucura, desejo e ao mesmo tempo desafios. Por outro lado, o encantamento e o tesão que ela me provocou estavam acima de qualquer recuo.

Há momentos na vida em que ficamos sem alternativa e a melhor maneira é seguir em frente para descobrir o que nos aguarda. Não importa como será! Qualquer que seja a situação que nos espera ficará, pelo menos, a experiência.

Na manhã seguinte, levantei-me bem cedo e saí à procura daquele endereço. Precisava chegar, sem atropelos, no horário marcado. Era um prédio de cinco andares, certifiquei-me se tinha elevador e porteiro. O apartamento ficava no terceiro andar e até pensei que poderia usar a escada, ao invés do elevador. Conforme as circunstâncias, era uma decisão que tomaria no momento exato.

Agora, restava-me, apenas, aguardar o horário para me dirigir àquele lugar. Na noite anterior, não desfrutei de uma boa noite de sono, como também não senti fome no café da manhã. A minha mente estava centrada naquele encontro.

Apesar de tudo, precisava trabalhar. Por vezes fala-se que o trabalho distrai a mente. Nem sempre isso é verdadeiro. A minha, naquele turbilhão de emoções, sentia as mãos fazendo alguma coisa enquanto o pensar estava fora naquela surpresa que me aguardava. Olhava o relógio com uma frequência anormal. A impressão que tinha era que o tempo andava lento me deixando numa expectativa alucinante.

Tinha o hábito de almoçar com os familiares por volta das 12 horas e como o meu compromisso era à tarde agi costumeiramente, mesmo porque não queria despertar em ninguém nenhuma suspeita. Por volta das 2 horas, o meu pai me entregou algumas encomendas que deveria levar aos endereços. Respirei, aliviado. Dessa forma adiantei os passos, cumpri minha obrigação e quando o relógio marcou três horas estava diante daquele prédio onde certamente viveria momentos de grande emoção. Ao entrar, percebi que não havia ninguém em volta, e rapidamente alcancei a escada que ficava ao lado e em poucos minutos estava no terceiro andar. Localizei o número do apartamento, aproximei-me da porta, segurei o trinco, girei e entrei.

Olhei em volta da grande sala, e depois de algum tempo ela apareceu e me cumprimentou: — Boa tarde, Luca. Você está bem? — Sim, estou bem. — Fico feliz de você ter vindo. Ela vestia um vestido branco, longo, meio transparente, onde se podia ver uma minúscula calcinha preta. Aproximou-se de mim, deslizou as suas mãos em meu rosto, elevou-as até os cabelos, alcançou as minhas orelhas e repentinamente beijou os meus lábios. Abracei-a, senti o calor do seu corpo, um perfume inebriante que me deixou em um estado de grande excitação.

Segurou a minha mão e me levou direto para o seu quarto. Monumental! Havia uma cama bem grande com cortinas em volta. De repente olha para mim e tranquilamente diz: — Fique calmo. Nós temos muitas coisas para fazer antes de você me possuir. Ao lado havia uma mesa com uma jarra de água, refrigerante, e champanhe. — O que você prefere beber? — Água, respondi. Ela me serviu em uma taça de cristal. Aquela bebida gelada não conseguia minimizar o fogo que o meu corpo sentia. Aparentemente ela estava calma como se aquela situação fosse uma rotina em sua vida. Ou, talvez, uma encenação para me deixar mais excitado e louco para sentir os prazeres que ela iria me proporcionar.

Ela se aproxima de mim e, lentamente, começa a tirar a minha roupa. Assim como um strip-tease. Abriu botão por botão da minha camisa e eu percebia que ela olhava o meu corpo como se fosse o único homem do mundo. Colocou essa minha veste sobre uma cadeira e em seguida tirou a minha calça. Eu me sentia numa verdadeira situação de tortura. Agora, ela tira o vestido ficando apenas com uma minúscula calcinha preta. Os seus seios eram volumosos e ainda no seu lugar devido. Ela sentou-se na cama e me puxou para junto de si e começou a acariciar o meu pênis primeiro com as mãos e depois roçava em seus lábios deixando-me mais ainda num estado de loucura absoluta. Perdi o controle e cheguei ao orgasmo.

Nunca havia feito sexo oral e a sensação que tive era mais uma novidade no mundo das emoções sensoriais. Deitamos naquela cama macia e confortável. Ela fechou as cortinas em volta e nos sentimos com privacidade absoluta. Depois de alguns instantes, ela começou a acariciar os meus pés e deslizava a sua língua em cada milímetro do meu corpo. De vez em quando, roçava os seus seios em minha pele e quando alcançou o meu rosto nos beijamos com sofreguidão e sentimos um prazer absoluto. Nesse instante ela também gozou e repetia as palavras: — Você é infernal! Você é o macho que preciso! Quero você!

Diante dessas manifestações de prazer, fiquei meio assustado, porque nunca poderia supor o que é uma mulher sentir um prazer acima de qualquer imaginação, sem ser penetrada. Enquanto relaxávamos lembrei-me das outras com quem fizera sexo e comecei a descobrir com Dolores que o prazer do sexo é diferente em todas as pessoas. Cada uma tem o seu jeito próprio de extravasar os sentimentos. Algumas, às vezes, em silêncio e outras com gemidos excitantes. De qualquer maneira, é importante que o macho desperte na presa esse valoroso bem-estar que alcança o ponto mais alto do infinito.

As horas passaram e comecei a me preocupar, porque precisava voltar para casa. Como que adivinhando o meu pensamento, ela me pergunta: — Mais quantas horas você pode ficar aqui? Olhei o relógio e já passava das 6 horas. —Preciso voltar em breve. — Ok. Vamos deixar outras carícias para a próxima vez. Concordei. Vesti-me rapidamente e enquanto fazia isso ela se levanta e ainda nua me abraça e me faz sentir que eu lhe proporcionei um prazer dos mais calorosos.

Na semana seguinte, cheguei àquele apartamento na expectativa de vivenciar outras formas de fazer sexo. E em cada novo encontro tudo era diferente. Uma mulher realmente criativa na arte de amar.

Eu tinha uma curiosidade de saber quem era ela realmente e um dia tomei coragem e perguntei: — Você tem marido, companheiro ou namorado? Com quem você mora naquela casa? — Com o meu marido. Ele é empresário e muito rico. — Ele sabe que você tem outros relacionamentos sexuais? — Sim, respondeu sem cerimônia. E acrescentou: — Eu lhe contarei qualquer dia toda a minha vida. Prometo.

Na semana seguinte, voltei ao assunto. Mas, por causa da loucura que ela sentia de que eu a possuísse de uma forma diferente que até então não tínhamos feito, isso foi, mais uma vez, adiado. Depois de muitos beijos e carícias, ela ficou de quatro em cima do tapete e me pediu que a devorasse por trás. Segurei na sua cintura e a devorei com todo o tesão que me foi permitido sentir. Enlouqueci de prazer. Gozei naquele dia como nunca havia feito em minha vida, tamanha a excitação que ela me provocou.

Um dia ao chegar naquele lugar ela me esperava sentada na sala, vestida de maneira comportada. Quando entrei ela falou: — Hoje vamos conversar, porque eu preciso lhe contar a minha vida para que você fique tranquilo sobre quem eu sou e como vivo.

E assim começou o relato: — O meu casamento foi um arranjo entre as famílias, porque o meu marido é homossexual e seus pais não queriam que ninguém soubesse para evitar constrangimento entre os amigos. Eu era pobre e filha de um funcionário da empresa. Um dia o meu pai me chamou e disse: "Vou lhe arranjar um casamento com um homem rico. Se você aceitar, passará a ser rica, com viagens deslumbrantes, todas as roupas que quiser comprar, motorista e outras mordomias. Só tem um detalhe: ele é homossexual e você nunca fará sexo com ele". Nessa época eu tinha 20 anos. Realmente depois do susto fiquei empolgada para deixar de ser pobre e me tornar milionária. O casamento foi uma festa belíssima com mais de quinhentos convidados.

Em nossa lua de mel, viajamos os três. No hotel eu fiquei em uma suíte e eles em outra. O pior é que o amante dele também gosta de mulher e por vezes nos encontramos às escondidas. O meu marido tem ciúmes doentios dele e se ele souber que mantemos um relacionamento eu nem tenho ideia do que poderá acontecer. Ele trabalha na empresa da família e agora mora no Rio de Janeiro. Todas as sextas-feiras, o meu marido viaja àquela cidade e só retorna na segunda-feira. De vez em quando, viajamos os três para não haver suspeita. Eu não gosto de nenhum dos dois. O que me faz viver dessa maneira é que eu posso ter todos os homens que eu quiser. Esse apartamento eu aluguei para os meus encontros.

Enquanto ela narrava essa história, senti um frio na espinha dorsal por imaginar o que me aconteceria em um momento em que eu estivesse nesse apartamento e chegasse algum dos homens com que ela se relaciona. Mas o sexo é um desvario. É algo muito forte e por mais que tenhamos medo de alguma situação ele tem o poder de transformar esse sentimento num grande desafio.

E, assim, uma vez por semana, no mesmo horário, eu tinha esse compromisso que durou por dois anos. Em todos os nossos encontros, ela me presenteava com alguma coisa e sempre fazíamos sexo de formas mais inusitadas. Aprendi muito com essa mulher fogosa e experiente.

Naquela manhã saí de casa e ao passar em frente à loja de jornais e revistas vi estampada uma notícia pavorosa: "Milionária e esposa do industrial Romero Gonçalves é encontrada morta no apartamento que ela mantinha clandestinamente para os seus encontros amorosos". A foto estampada naquela reportagem era de uma crueldade que me levou aos prantos. Sentei-me na calçada e chorei todas as lágrimas que os meus olhos puderam suportar.

Não tive vontade de comprar o jornal e fiquei imaginando quem a teria matado. Também aflorou em meu pensar se eu não seria um dos acusados daquele crime. A tristeza, o desamparo de ter perdido uma grande amante e ainda estar como alvo da polícia. No final da tarde, voltei àquela banca e comprei o jornal, queria saber detalhes dessa reportagem.

Felizmente, no dia seguinte, outra notícia me deixou aliviado. A câmera que havia no andar do apartamento registrou a saída do assassino com a roupa manchada de sangue tentando vestir um sobretudo. Ele era, também, um dos amantes dela.

Diante desse acontecimento, decidi tomar alguns cuidados e muitas precauções no envolvimento com mulheres. Entregar-se aos prazeres do sexo é algo maravilhoso, mas precisamos medir as consequências, porque em algum momento pode até nos custar a vida. Recolhi-me por algum tempo no firme propósito de encontrar uma companheira decente e formar uma família, assim estaria a salvo desses acontecimentos descalabrados.

CAPÍTULO 4

GIOVANA LOMBARDI — A ESPOSA ESCOLHIDA

Ela morava na mesma rua de minha casa. Era uma garota charmosa, quieta e bonita. As nossas famílias tinham um relacionamento próximo. Um dia ela veio à nossa casa trazer uma encomenda para a minha mãe. Quando a vi, perguntei o seu nome e onde morava. Ela respondeu até com surpresa: — Ali naquela casa de número 18. Você nunca me viu antes? — Acredito que não. A partir daquele dia, quase que diariamente, passamos a nos encontrar e conversar.

Comecei a observá-la sob todos os aspectos e devagarzinho descobri ser Giovana uma moça recatada e que apesar dos seus 18 anos não tinha namorado e, certamente, nunca beijara um homem. O seu corpo era esguio e dotado de uma pele alva. Os seus olhos de azul translúcido. A sua forma de encarar a vida era de uma simplicidade absoluta. Os seus sonhos estavam pautados apenas num casamento feliz e muitos filhos. Concluiu o curso fundamental e abandonou a escola. Agora trabalhava em uma loja de departamento como vendedora, trabalho que lhe rendia um salário para suprir suas necessidades básicas sem precisar de ajuda dos pais.

A sua família era pequena. Apenas mais dois irmãos: Caetano e Vitor. A sua mãe era uma senhora do lar e o seu pai um trabalhador na área de construção. Viviam modestamente numa casa confortável e bem cuidada.

Um dia fui esperá-la à porta do seu local de trabalho e ela se assustou. Certamente não esperava que eu estivesse ali. Quando nos aproximamos, segurei as suas mãos e beijei o seu rosto. A sua reação foi de um contentamento, inesperado, que deixou os seus olhos brilhantes e terrivelmente felizes. Aliás, o efeito do nosso olhar traduz todo o sentimento que invade a nossa alma e o coração. Naquele momento notei a felicidade que sentia.

Acompanhei-a até a sua casa e naquele trajeto, andando de mãos dadas, percebi o seu nervosismo de que era possuidora. Quando estávamos à porta de sua vivenda, a sua mãe nos viu e me convidou para entrar e tomar um cafezinho. A senhora Valdecina era uma mulher de modos e linguajar simples, mas consciente de ser uma mãe zelosa, cuidadosa com os filhos, o marido e a casa. Uma perfeita senhora do lar. Fiquei naquele aconchego de uma família verdadeira por mais de uma hora. Ao me despedir, elas me levaram até a porta e sorrateiramente a sua mãe voltou para dentro de casa, talvez para não participar de uma despedida que deveria ter um beijo. Mulher sempre tem um sexto sentido e isso a deixa numa situação de superioridade com relação aos homens.

Não me contive, abracei-a fortemente e beijei os seus lábios. Para minha surpresa, ela me agarrou, mais uma vez, e dessa vez o beijo foi caloroso e molhado. Pela sua postura, percebi que ela teve o seu primeiro orgasmo. Fiquei feliz com essa reação por ter despertado prazer, pela primeira vez, àquela mulher. Tudo o que acontece nos sentimentos de um ser humano, no afeto e no bem-estar serão lembranças eternas.

A senhora Valdecina já era amiga de minha mãe e sempre estavam juntas trocando receitas de comidas e, talvez, confidências aquelas próprias de duas amigas, que na maioria das vezes são proibidas aos homens.

Os nossos encontros passaram a ser diários: eu na casa dela ou ela na minha. Efetivamente estávamos namorando e a cada dia sentíamos que estávamos apaixonados um pelo outro. As mães, por vezes, se ausentavam deixando-nos a sós. Nesses momentos as nossas carícias eram ilimitadas. Ela tinha os seios pequenos e durinhos e eu gostava de acariciá-los porque me dava um prazer surreal, fantástico e terrivelmente excitante. Um dia, a minha mão alcançou a sua vagina e senti o quanto essas carícias lhe faziam feliz. Fiquei louco e naquele momento tive vontade de possuí-la. A prudência me fez recuar, e gozei, inesperadamente, num estado real de prazer.

O sexo nos impulsiona a tomar atitudes desconcertantes mesmo em situação de perigo. Nesse momento temos a impressão de que a razão saiu para passear e o coração e a mente numa expectativa ilimitada acordam todos os pelos do corpo que se atritam num desespero incontrolável. Sexo é vida. Sexo é prazer dos mais valorosos. Sexo é o respirar de todos os poros do nosso corpo. Sexo é vivenciar uma situação infinitamente fantástica, divina e um estado de êxtase insuperável. Sexo é o descontrole das emoções em seu grau mais elevado do sentir. Sexo é tesão e loucura despidos de bom senso. Sexo foi o maior presente que Deus concedeu à humanidade. Outras funções do nosso corpo nos proporcionam algo semelhante, mas o sexo é o senhor absoluto de tudo. O ser humano não é completo se não tiver o privilégio de ter todas essas conotações sensoriais que elevam a nossa alma ao infinito e nos fazem rodopiar num mundo imaginário de felicidade e emoções.

Desde que o meu pai faleceu, assumi o comando da família, por ser o único homem e o mais velho. Com o segundo casamento de minha mãe e as minhas irmãs trabalhando e estudando, tudo ficou tranquilo. Agora poderia ter a minha própria família. Giovana Lombardi reunia todos os requisitos para ser uma boa esposa, mãe e companheira, além de ser uma moça recatada e bela. Ela tinha grandes exemplos de seus pais.

Nessa época eu me relacionava com quatro mulheres diferentes. Todas me satisfaziam sexualmente, todavia, eu precisava ter o aconchego de um lar e uma mulher somente minha. Era uma experiência que eu precisava vivenciar. Sabemos que as aparências nem sempre condizem com a realidade. Mas estava disposto a assumir as funções de marido e pai.

Era uma tarde de verão daquelas em que o sol sabe que precisa se ausentar, mas fica insistindo em continuar para, talvez, testemunhar um grande acontecimento. Naquele dia me dirigi à sua casa com a determinação de pedi-la em casamento. Comprei um par de alianças, gravei os nossos nomes elevava, ainda, um buquê de rosas vermelhas. Vesti a minha melhor roupa e, imaginando que seria bem-sucedido, caminhei a passos largos e seguros com a certeza de que passaria, em breve, a ser mais um membro daquela família.

Tudo o que nos acontece a primeira vez gera uma expectativa de ansiedade, apesar de saber que seria aceito por todos. Ao chegar à sua casa, fui recebido pela senhora Valdecina, que me informou que Giovana, naquela noite, trabalharia até as 8 horas. Consultei o relógio e constatei que ainda tinha duas horas de espera. Resolvi, então, ir até o seu local de trabalho para encontrá-la. Deixei com a sua mãe as flores. Levei comigo as alianças. Durante aquele trajeto, fiquei imaginando se falaria para ela sobre o pedido de casamento, ou se deixaria que ela soubesse dessa decisão no momento oportuno.

Ao chegarmos à sua casa, tivemos uma agradável surpresa. A sua mãe havia preparado algumas iguarias especiais para aquela noite. A intuição é algo marcante no cotidiano das mulheres. Elas percebem quando algo vai acontecer, e ficam em alerta, por antecipação.

Todos reunidos à mesa para um jantar que, inicialmente, seria mais uma rotina. Mas não foi. A sobremesa foi uma torta de maçã acompanhada de um sorvete de maracujá. Em seguida foi servido um cafezinho e nesse momento falei que gostaria de falar sobre algo muito importante: — A partir de agora, a minha vida e a de Giovana tomarão um rumo diferente. Fez-se um silêncio profundo como se a respiração dos presentes sofresse uma interrupção. O meu discurso continuou: — Quero pedir ao senhor Nestor Lombardi a mão de sua filha em casamento. As reações de todos foram de surpresa, exceto a de Giovana, que esperava que a qualquer momento isso aconteceria.

Em seguida houve troca de cumprimentos e o senhor Lombardi visivelmente emocionado nos desejou muitas felicidades. Tirei do bolso uma caixinha onde estavam as alianças e coloquei uma em seu dedo e a outra no meu, selando assim um compromisso de noivado. A senhora Valdecina dirigiu-se a um lugar da casa e trouxe as flores que eu havia deixado com ela naquela tarde. As rosas foram entregues a Giovana e em seguida trocamos beijos e abraço sob os aplausos da família.

Ao voltar para casa, comuniquei o meu noivado com Giovana à minha mãe Augusta e às minhas irmãs Julia e Rosália. Elas apenas falaram que já esperavam essa minha decisão, considerando que já namorávamos há mais de dois anos, e me desejaram felicidade.

O casamento, para mim, era visto como um grande negócio: ter uma mulher 24 horas ao meu dispor, roupa lavada e passada, comida nos horários certos, casa bem cuidada e, ainda, filhos em cumprimento à vontade divina: "crescei e multiplicai". Tudo caminhava numa expectativa previsível.

Em muitas situações da vida, nos deleitamos apenas no que queremos e nos recusamos a encarar a realidade ou, talvez, naquele momento, ela não seja importante para nós. É para isso que existem os sonhos. Por outro lado, o mundo real é diferente e, por mais que a nossa mente queira vivenciar, torna-se impossível saber o que irá acontecer de imediato ou em futuro próximo.

Já tinha concluído o curso de técnico em transações imobiliárias e trabalhava numa imobiliária de renome, dispunha de um salário fixo e comissão quando vendia algum imóvel. Tinha consciência de que teria um futuro promissor nesse ramo.

Numa noite cheguei eufórico à casa de Giovana e contei-lhe que fizera uma venda de um imóvel e essa comissão era suficiente para a compra de um terreno para a construção de nossa casa. E assim, a cada dia, nos preparávamos para o casamento.

Dois anos depois do noivado, a nossa casa ficou pronta e casamos com uma festa memorável. A nossa lua de mel foi em nosso próprio lar. Não haveria nenhum outro lugar do mundo que pudéssemos desfrutar com tanta alegria e felicidade como esse que foi planejado e executado por nós dois.

Decidimos que após o casamento Giovana não mais trabalharia fora. Eu seria responsável por todas as despesas de nossa família. Ela cuidaria de todos os afazeres de uma senhora do lar. E, ainda, porque pretendíamos ter filhos e, a meu ver, eles precisam dos cuidados e assistência permanente da mãe.

E assim a nossa vida foi caminhando, todas as coisas e situações se acomodavam alicerçadas pelo amor que nos unia. Eu trabalhava motivado para ter dinheiro suficiente para suprir todas as despesas necessárias. Giovana cuidava de todas as obrigações com uma perfeição absoluta: a casa sempre limpa e arrumada, refeições em seus horários costumeiros e o sexo desfrutávamos com uma regularidade no compasso de nossos desejos.

Por vezes, o meu trabalho demandava horas extras de atividades, porque de vez em quando necessitava vender casas ou apartamentos. Um dia uma senhora que se chamava Catarina Gauthier, que ficara viúva há dois anos, esteve em nossa imobiliária para comprar um apartamento. Ela preferiu marcar um encontro, numa manhã, em sua mansão para fechar o negócio. Levei comigo alguns endereços de imóveis em diversas localidades da cidade. Espantei-me com a suntuosidade daquele lugar. Ela me recebeu à porta e me pediu para entrar. Sentamo-nos em uma ampla sala e comecei a lhe mostrar todos os imóveis que tínhamos à venda. Num determinado momento, ela pede licença e se dirige à cozinha. Depois de alguns minutos, surge com uma bandeja e duas xícaras de café. Enquanto tomávamos aquela bebida, ela me fez algumas perguntas sobre a minha vida. Percebi, de imediato, que o interesse dela não era o de comprar um imóvel, e sim de me conquistar. Relatou-me que quando esteve em nosso escritório já tinha informações a meu respeito, por meio de uma amiga, com quem durante algum tempo me relacionei afetivamente.

Ela sabia que eu era casado e tinha um filho. Quando uma mulher rica e poderosa quer uma companhia ou um novo marido, ela não quer saber as condições da vida do pretendente. Ela vai à luta para conquistá-lo. Acredito que o meu perfil se enquadrava nas suas necessidades, conforme a sua amiga lhe contara. Também, essa aproximação era importante para me conhecer melhor, analisar a minha postura, o caráter e possivelmente as minhas ambições para o futuro. As mulheres são perspicazes e intuitivas.

A vida nos surpreende todos os dias com situações inexplicáveis. Eu já estava casado há mais de três anos e era fiel à minha esposa, embora de vez em quando tivéssemos pequenos atritos pelo meu lado libidinoso. Eu sempre estava disposto a fazer sexo, todas as noites e, por vezes, Giovana se recusava. A situação piorou depois que nasceu o nosso primeiro filho, André. Ficamos quarenta dias sem fazer sexo. Segundo ela, essa abstenção era necessária conforme orientação de sua médica.

Nesse período procurei as minhas antigas amigas. Algumas já tinham outros namorados ou companheiros. Mesmo assim algumas decidiram me dar atenção e vivemos momentos prazerosos. Acostumei-me, novamente, a ter mulheres diferentes e isso me deixava, por vezes, com sentimento de culpa em trair a minha esposa. Sexo era uma necessidade vital para mim. Não viver esses momentos deixava-me triste e desolado e sem motivação para trabalhar.

Os horários de volta à casa passaram a ser cada vez mais tardios e também as nossas relações de sexo cada vez mais escassas. Um dia Giovana percebendo algo incomum em nosso relacionamento me perguntou se eu tinha outra mulher. Essa desconfiança provinha do meu comportamento atual. As desculpas foram alinhavadas conforme me surgiam à mente. E, assim, percebia que algo mudaria em breve.

Filhos mudam completamente a vida de um casal. Há momentos prazerosos, e outros nem tanto. Choro à noite, doenças eventuais, vacinas em períodos regulares e ainda alguns estragos que acontecem no corpo da mulher, que se não forem previamente cuidados durante a gravidez e tomadas as devidas precauções, podem se tornar um problema para toda a vida.

Outro problema que observei durante a nossa convivência de casados era ao amanhecer: acordávamos irreconhecíveis e descabelados. Também, ao chegar à casa muitas vezes com a vontade de fazer sexo, a minha mulher estava trabalhando, suada e cansada das atividades caseiras. O sexo era sempre uma rotina igual porque ela se recusava a aprender outras formas de transar que aprendi com as minhas amigas experientes. Comparando-a com elas, às vezes, ficava chocado.

As minhas amantes estavam sempre limpas, bem-vestidas, perfumadas e desfrutávamos de momentos de muito sexo, e após aqueles momentos cada um voltava aos seus afazeres e a seus lugares sem nenhum problema. Preferia sempre mulheres independentes acima de 50 anos que fossem bem-suce-didas na vida para não precisarem de ajuda financeira para sobreviverem. Ocasionalmente, em datas importantes, presenteava-as, de preferência com flores ou pequenas joias de pouco valor.

Tudo nessa vida é provisório. Nada é para sempre. Mudamos conforme diversas nuances de acontecimentos que, sem perceber, vão invadindo a nossa mente e de repente temos consciência de que é preciso seguir em outra direção.

Embora o meu relacionamento com Catarina Gauthier fosse apenas profissional, em alguns momentos, percebi que ela, também, precisava de afeto e carinho. Um dia, ao chegar à sua casa no horário costumeiro, ela me recebeu com um olhar e postura diferentes. Vestia um vestido longo e ao sentar as suas pernas ficavam à mostra. As mulheres são terrivelmente espertas e conhecem todos os meandros para despertar no homem o interesse por elas. Durante o almoço, falamos de negócios e, quando a noite estava surgindo, ela me levou para uma sala aconchegante. Sentou-se numa pol-trona e me pediu que sentasse em outra à sua frente. Soltou os seus cabelos longos e me perguntou que tipo de música eu gostava. Respondi sem pes-tanejar: — Todas que você gosta. E ao som de Nat King Cole começou um romance que me deixou atônito, surpreso, e definitivamente deslumbrado com aquela mulher cheia de energia e sedução como até o momento não encontrara nenhuma outra.

Era preciso voltar à casa mesmo na madrugada. O meu corpo estava impregnado com o cheiro de uma fêmea voluptuosa, meu hálito denunciava que havia bebido champanhe, o meu coração batendo fora do compasso, a minha mente com muitas certezas e incertezas e naquela loucura entrei em casa e fui direto tomar banho. Precisava minimizar alguns aspectos daquele encontro para não serem notados por Giovana. Tudo saiu perfeito. Ela dormia ou fingia estar dormindo. Deitei-me devagarzinho e só acordei quando o sol já estava alto. As lembranças daqueles momentos prazerosos não saíam do meu pensar. Agora estava cercado pela ambição de ficar poderoso e ainda ter uma mulher como nunca imaginei existir.

Naquela segunda-feira, por volta das 11 horas da manhã, estava no escritório fechando a venda de um apartamento quando o telefone tocou. Era Catarina me avisando que no dia seguinte iríamos ao escritório da sua empresa para conhecer os funcionários e alguns detalhes importantes. Parei, pensei e descobri, naquele momento, que além de tudo que já conhecia a respeito dela era também uma mulher decidida e que não se furtava em dar ordens, possivelmente amparada pelo poder monetário e afetivo que sabia ter. Aquele convite não aconteceu. Para mim era importante alicerçar uma convivência mais amiúde com ela e ter determinadas informações para ser possível tirar minhas conclusões sobre as propostas que me oferecia. Ela tinha as suas necessidades e eu as minhas. Os meus dias eram divididos entre o escritório da imobiliária em que trabalhava e visitas à sua casa. Agora não tínhamos almoço, e sim jantar, que se estendia madrugada adentro com muito sexo prazeroso.

Sentia que as mudanças da minha vida, a cada dia, eram mais efetivas. Ainda dispensava atenção à família, mas o entusiasmo que visualizava para ser rico e poderoso era um sentimento que não podia controlar. E numa noite após um primoroso jantar numa atmosfera encantadora Catarina me falou: — Você reúne todas as qualidades para cuidar de mim e da minha empresa. Venha me fazer companhia. A minha casa, o meu coração, a minha mente e tudo que possuo de bens materiais lhe entregarei na certeza absoluta de que você me fará feliz e cuidará de tudo com lealdade, competência e sabedoria. Diante do que acabara de ouvir, precisava tomar algumas providências com a minha família. Era uma oportunidade rara e eu não poderia perder em nenhuma hipótese.

Um dia, munido de coragem, contei para Giovana tudo o que estava acontecendo com Catarina, como também os planos futuros de gerenciar uma grande empresa na área de construção. Ela apenas revelou que já desconfiava de outra mulher em minha vida. E acrescentou: — Faça o que você achar melhor, e se retirou, trancou-se no banheiro e percebi que chorava compulsivamente.

Deixei-a sozinha. Nada me era possível fazer naquele momento. Cada um sabe o tamanho de sua dor e chorar era uma maneira que ela dispunha para se livrar de um sofrimento que a angustiava. Todos temos razões para agir conforme o que queremos e pensamos em determinadas ocasiões. Giovana poderia refazer a sua vida num contexto melhor. Nunca se sabe, definitivamente, o que a vida nos reserva. Como diz o surrado ditado popular: "Nem todo mal é mau. Há males que vêm para o bem".

Aquelas duas pessoas que um dia se amaram, tiveram um filho e tudo parecia transcorrer numa normalidade agora têm um desfecho inesperado. A vida nos envolve em situações inusitadas muda o nosso caminho descortinando à nossa frente um panorama altamente promissor em que é impossível ignorar o que se avizinha. A curiosidade fica em alerta, os sentimentos prometem novas emoções, a mente se amplia com conotações de dúvidas e incertezas, e o consciente vasculha o inconsciente na busca de entender o que havia se escondido para justificar essas decisões. É realmente um emaranhado de ocorrências difíceis de serem explicadas.

Passada a tempestade, de comum acordo, decidimos nos divorciar, tão logo fosse possível. Continuaria lhe proporcionando um valor suficiente para a manutenção da casa e do nosso filho. A vida me mostrava uma mudança radical. Eu já estava alicerçado num novo relacionamento que certamente iria me proporcionar a realização de tudo que sonhei. Giovana também teria a oportunidade de encontrar outro companheiro e voltar a viver em outros termos. Ela ainda era jovem e bela. Ainda, lhe daria todos os bens que construímos juntos para que ela tivesse uma sobrevivência digna. Nunca fiquei sabendo se o mais importante para ela era ter todos os bens ou eu. O seu choro e o de André na despedida foi algo comovente. Não me era permitido voltar atrás. Amanhã seria um novo dia para eles e para mim. Estava determinado a aceitar os desafios dessa empreitada. Em muitas ocasiões, precisamos de determinação e coragem. Já tinha experiência necessária da vida e sendo um observador nato das pessoas confiaria que essa oportunidade daria certo.

Saí daquela casa deixando Giovana e André com o coração partido, mas a ambição que nutria a minha alma desde a adolescência de ser rico e poderoso era algo superior aos sentimentos que me afogavam naquele momento. Eu já tinha um endereço certo para me acomodar e viver novas emoções e muitos sonhos. Certamente ainda viveria muitas lembranças de Giovana e do meu filho. O tempo se incumbiria de deixá-las repousadas no subconsciente, e poderia relembrá-las se fosse necessário.

Dias depois visitei a minha mãe, Maria Augusta, e minhas irmãs, Julia e Rosália, e contei-lhes o acontecido com Giovana. Percebi na fisionomia delas um desapontamento e uma tristeza inconcebível. Também relatei onde iria morar e os últimos acontecimentos com Catarina Gauthier. Desejaram-me muitas felicidades e esperavam que a minha decisão fosse realmente tudo o que eu esperava dessa mudança. Ainda lhes dei o meu novo endereço e esperava que elas fossem me visitar e conhecer Catarina.

CAPÍTULO 5

CATARINA GAUTHIER — UMA MUDANÇA NOTÓRIA

Desde aquela manhã em que estive na residência de Catarina Gauthier na esperança de lhe vender um apartamento, e depois de uma conversa que tivemos, durante o café que me foi oferecido, desconfiei que a minha vida, em breve, poderia mudar. E como mudou!

Fiquei naquela primeira vez em sua casa até próximo à hora do almoço. Ela me convidou para almoçar, aleguei uns compromissos e me fui. No dia seguinte, por volta das 10 horas da manhã, ela me convida para ir à sua casa novamente, porque havia feito uma comida especial e gostaria que eu lhe fizesse companhia. Era um convite irresistível. Ao chegar à sua casa, tive uma surpresa: o seu filho, Antonio Gauthier, também almoçaria conosco. Fiquei meio desconsertado com a presença dele. Todavia, pude concluir que realmente ela queria me aproximar dele, ou talvez, para que ele, ao me conhecer, também pudesse tirar suas conclusões a meu respeito.

Se essa fora a sua intenção, eu diria que para se conhecer alguém de verdade serão necessários muitos anos de convivência. As pessoas mudam o seu comportamento conforme as circunstâncias e ainda os revezes da vida contribuem para que essa mudança se torne efetiva. Em alguns casos, até não gostaríamos de sermos diferentes, mas eles dependem de fatores sociais, físicos, psicológicos e existenciais que fogem ao nosso controle.

Foi-me relatado que Antonio Gauthier era um cientista na área de Biologia e vivia absorto em suas pesquisas e que nunca se interessou pelos negócios do seu pai, João Gauthier, que era um grande empresário no setor imobiliário. Ao ter essa informação, os meus olhos ganharam um brilho infinito de esperança, porque além de ter uma formação nessa área eu já trabalhava e tinha experiência há alguns anos. O mais importante, agora, era saber de suas reais intenções a meu respeito.

Depois da sobremesa e do cafezinho, ela nos convidou para sentar na sala, porque precisava conversar sobre outros assuntos que poderiam me interessar. A curiosidade que eu sentia era tamanha. A minha mente imaginava as mais diversas situações e o meu coração palpitava de tanta ansiedade. Felizmente mantive a postura de um homem equilibrado e decidi ouvir mais do que falar. E assim procedi. Em seguida o seu filho pediu licença e se retirou alegando ter outras obrigações naquela tarde. O filho de Catarina morava com ela desde que ficou viúva. Ela tinha muitos serviçais: jardineiro, copeira, cozinheira, motorista, arrumadeira e faxineira.

E, agora, sozinhos ela falou: —Desde que fiquei viúva, estou procurando alguém para assumir a direção da empresa imobiliária do meu marido, pois alguns funcionários têm me causado alguns prejuízos e acredito até que eles estejam desviando materiais ou valores. Interrompi-a e perguntei: — Como é o nome de sua empresa? — Construtora e Imobiliária João Gauthier Ltda. Ao ouvir esse nome, quase sofri um desmaio. Eu a conhecia por ser uma das maiores do ramo. Comecei, nesse momento, a entender as suas verdadeiras intenções ao me conhecer.

Fiz-lhe em seguida uma pergunta que, certamente, ela não esperava: — Por que eu fui o escolhido? Ela pausadamente, mas visivelmente nervosa, confessou-me que fez muitas pesquisas sobre diversos profissionais nessa área e um dia conversando com a sua amiga Marcia Azevedo esta lhe contou que conhecera um homem fabuloso na cama e fora dela e que trabalhava em uma imobiliária de renome, era casado, honesto, trabalhador e de boa aparência e tinha, apenas, 38 anos de idade.

Respondi-lhe que algumas afirmações eram verdadeiras e outras poderiam ser criadas pela sua amiga. Sem pestanejar ela afirmou: — Pelo pouco que lhe conheço e segundo informações do meu advogado, que pesquisou a sua vida, você é o homem certo para cuidar da minha empresa. Pensei nesse momento que esse profissional descobriu apenas detalhes da minha vida profissional e familiar, mas certamente sobre os meus projetos de futuro acredito que não. Somente eu conheço a estrada que quero palmilhar movido pelas ambições que guardo no meu subconsciente desde a adolescência.

Naquele dia voltei para casa com a alma em festa. Era uma oportunidade que não poderia perder sob nenhuma hipótese. Mas de repente pensei:

qual será o preço que irei pagar para aceitar o que Catarina me oferece? Tudo nesta vida tem um preço. Por vezes ele é baixo e não merece maior atenção ou, outras vezes, é tão grande que se torna impossível recusar. Mirando-a pude imaginar que ela teria uma idade acima dos 50 anos, considerando que o seu filho aparentava uns 30 anos.

Nunca tive nenhum preconceito com mulheres mais velhas do que eu. Muitas vezes me relacionei com algumas que até tinham o dobro da minha idade. Mulheres maduras são experientes e nos ensinam muitas lições de vida. Catarina além de tudo era milionária e estava me oferecendo uma grande oportunidade em sua empresa que poderia realizar todos os meus sonhos. A minha dúvida era saber se realmente ela queria um administrador para a sua empresa ou um companheiro ou, talvez, os dois.

Nos dias a seguir, por vezes, me recusava a acreditar que tudo que ouvira de Catarina era verdadeiro e a cada dia na continuidade de nossos encontros pude perceber que ela realmente precisava de mim. Ela era uma mulher bem-cuidada e aparentava uma idade menor do que realmente tinha. De estatura mediana, morena, cabelos lisos, olhos castanho-claros, pernas bem-torneadas, um corpo nas proporções ideais, milionária e apostando em um homem, com as minhas características.

Inicialmente, não entendi por que os nossos encontros em sua casa eram sempre na hora do almoço. Um dia a minha curiosidade extrapolou e lhe perguntei: — Você não teria outro horário para me receber? Às vezes, no escritório, tenho algumas atribuições que impedem de me ausentar no meio do dia. Ela, intuitivamente, desculpou-se e falou: — Por enquanto não quero causar nenhum transtorno para a sua família. Nesse horário nenhuma esposa desconfia sobre o que o seu marido está fazendo. Descobri que além de todos os seus predicados era uma mulher inteligente e sensata.

Esses encontros duraram seis meses. Em cada um deles, eu obtinha informações sobre a empresa e como deveria proceder quando me fosse dado o direito de ser apresentado aos funcionários e tornar efetivo o meu trabalho.

Naquela segunda-feira, conforme havíamos combinado, encontrei Catarina em sua residência, junto ao seu motorista, me aguardando para a minha primeira visita à empresa. Depois de uma leve conversa, partimos. Naquele trajeto vivenciei situações das mais inusitadas dentro do meu pensar. Pouco se conversou, talvez para que aquela decisão não precisasse ser do conhecimento do seu funcionário.

O edifício que abrigava a sua empresa tinha cinco andares e escrito na fachada: Construtora João Gauthier Ltda. Apelei para a coragem, o bom senso e a humildade me fazerem companhia. Eu não tinha ideia do que iria encontrar. Sabia apenas que grandes responsabilidades me aguardavam. De qualquer maneira, estava disposto a enfrentar qualquer situação por mais difícil que pudesse ser. Afinal de contas, já tinha consciência de que para me tornar rico e poderoso poderia ter um longo caminho a percorrer e muitas dificuldades para solucionar. Essa oportunidade chegou!

Ao sair do elevador, entramos em uma sala de reuniões onde se encontravam os funcionários de diversos setores e o atual administrador, o senhor Tenório Araujo. Catarina me apresentou afirmando que, a partir daquele momento, eu iria exercer as funções de supervisor de sua Incorporadora e Serviços Imobiliários. Trocamos cumprimentos e essa reunião se estendeu por quase três horas.

Inteirei-me de imediato dos grandes problemas que enfrentaria mediante algumas explanações daqueles funcionários. Nada, porém, deveria me assustar. Eu desfrutava do convívio afetivo e da confiança de Catarina e procuraria meios para solucionar todos os problemas, no seu tempo devido.

Embora fosse uma temática diária a mudança para a sua casa, esperava, apenas, que o meu consciente determinasse o momento certo para acontecer. As desculpas se esgotaram e precisava decidir. Finalmente, depois de uma noite insone ao lado da minha esposa, resolvi arrumar as malas e partir. Antes avisei a Catarina a que horas chegaria.

Catarina Gauthier me recebeu à porta de sua casa, abraçou-me e falou: — Seja bem-vindo ao seu novo lar. Acompanhou-me aos meus aposentos e me pediu que ficasse à vontade. Mostrou-me que a minha suíte ficava ao lado da dela. E com uma risada maliciosa disse: — Isso facilita os nossos encontros amorosos.

Entrei naquele lugar luxuosamente decorado, sentei-me numa cadeira e faltou-me uma reação espontânea para desarrumar as malas e colocar todas as coisas nos lugares devidos. Entendi que na vida existem sonhos e realidade. Eles nunca caminham de mãos dadas. São opostos e cada um tem conotações distintas. Sonhar nos leva a situações indefinidas. A realidade é um vivenciar com características claras, objetivas e surpreendentes. É ver e sentir o desnudar do que estava oculto em sua face verdadeira. É encarar um momento despido de qualquer fantasia. É conviver com facetas diferentes.

É como sair de uma névoa e descobrir as cores e contornos existentes. É ter, finalmente, os olhos e a mente abertos sem disfarces ou ilusão.

Não sei quanto tempo fiquei naquela divagação. Voltei à tona quando ela bateu à porta me convidando para jantar. Levantei-me e segui-a ainda querendo entender aquela mudança que me trazia novas perspectivas para a realização dos meus sonhos, mas me deixava surpreso e pensativo.

O convívio com a família, amigos ou mesmo no setor de trabalho cria laços de amizade que vão se alojando no subconsciente. Afastar-se deles nos deixa tristes e saudosos. Por outro lado, a vida deve continuar. No meu caso, eu vislumbrava novos horizontes e a certeza de ter entrado no lugar certo e na hora exata para realizar os meus sonhos.

Aquele jantar foi diferente de todos os outros que tive em sua casa. Agora eu iria morar ali, em definitivo, e dividir despesas e responsabilidades em sua empresa e em sua vida. Certamente era uma mudança de difícil retorno. A comida foi uma lasanha acompanhada de um vinho escolhido de seu gosto. Pouco falei e ela percebeu que o meu pensamento ora estava ali ou bem longe. E querendo se tornar simpática se expressou: — Amanhã tenho certeza de que você estará mais à vontade. A adaptação a um novo viver poderá levar dias ou meses. Eu compreenderei as suas atitudes e o deixarei à vontade, para proceder como melhor lhe convier.

Naquela manhã saí de casa para assumir as minhas funções de supervisor da empresa. O motorista me aguardava na garagem. Antes de entrar no carro, Catarina beijou o meu rosto e me desejou boa sorte. E afirmou: —Estarei aqui rezando pelo seu sucesso. Durante o trajeto, fui arquitetando como proceder, apesar de eu já ter consciência dos inúmeros problemas da empresa. Ao entrar, cumprimentei a recepcionista e segui direto para a minha sala. Eu já conhecia esse lugar que me fora mostrado no dia da reunião com os funcionários. Ao abrir aquela porta, senti as responsabilidades que me aguardavam. Respirei fundo, olhei em volta e tentei imaginar o que a partir de agora me aconteceria. Ao lado ficava a sala da minha secretária, Maria Antonia. Pelo interfone chamei-a e, depois de uma breve conversa, solicitei uma lista dos funcionários e os valores de seus salários, e ainda lhe pedi que marcasse uma reunião com o chefe do setor de contabilidade.

Enquanto aguardava essa solicitação, fui me familiarizando com tudo que havia naquele espaço. Muitas fotos de prédios, alguns em construção, outros prontos, livros e uma foto do seu marido, João Gauthier. Essa era a sala dele e até aquela data nenhum funcionário ocupara aquele espaço.

Sentei-me e comecei a fazer conjecturas sobre tudo que me aconteceu desde aquele dia em que conheci Catarina no escritório da imobiliária em que trabalhava. Seria destino estar aqui agora? Seria a força do meu pensamento, em que eu queria ser rico e famoso? Ou simplesmente uma determinação divina? Qualquer que fosse o motivo, sabia que teria muitos desafios e grandes responsabilidades a enfrentar.

Alguém bateu, levemente, à porta. Era Maria Antonia que chegava com o meu primeiro pedido: a lista dos funcionários que solicitei. Agradeci e ela se retirou. Ao vê-la por trás, percebi no seu andar a cadência de suas nádegas num movimento sexy e um par de pernas dignas de serem adoradas. Precisava afastar aquele pensamento de minha mente. Eu iria precisar dela para outras tarefas, mesmo porque ela fora secretária do João Gauthier por quase dez anos, como assim me dissera em nosso primeiro contato.

Infelizmente, nunca uma bela mulher passa despercebida do olhar de um homem libidinoso. A minha vida sempre foi calcada para ter sucesso na intenção de conquistar todas as que fossem possíveis. Estava no caminho certo. Também, precisava ter cautela e bom senso. Por trás de tudo, havia Catarina, mulher inteligente, sensata, perspicaz, uma fêmea perfeita no sentido mais profundo desse vocábulo e que me deu essa grande oportunidade que acontece a um ser humano a cada cem anos. Controlar, agora, os impulsos do sexo é situação inevitável. Sou ainda jovem e certamente terei à minha frente grandes momentos com muitas mulheres diferentes. Por enquanto, apenas ficarei sonhando.

Fiquei espantado com os altos salários de alguns funcionários. O que me chamou atenção foi o cargo que ocupavam na empresa. Em vista disso, decidi fazer uma reunião com cada um deles para descobrir o que realmente estava acontecendo. Fiz uma lista com o dia e hora marcados para que cada um comparecesse à minha sala. Chamei novamente a secretária e lhe entreguei a lista com a seguinte recomendação: — Espero que nenhum falte.

Ao voltar para casa, nessa noite, Catarina me convidou para ter uma conversa séria sobre um assunto de interesse mútuo. E sentados um em frente ao outro ela começou o seu relato: — Você não terá um salário nas funções de supervisor de nossa empresa. Essas duas últimas palavras soaram em meus ouvidos como se eu já fosse proprietário. Fiquei atento ao que relatava e ao mesmo tempo curioso com o que iria ouvir. Eu sou dona absoluta dessa empresa. A minha família é o filho e agora você. Eu não tenho nenhum outro parente. Sei que você precisa manter a sua ex-mulher e o seu filho e suas despesas pessoais. Portanto, faça as retiradas que precisar. Quem vai determinar os valores será você. Nesse momento tive certeza de que além de tudo ela confiava em mim e tinha certeza de estar diante de um homem de bom caráter. Agradeci e dei-lhe um beijo externando a minha gratidão.

No dia seguinte, o primeiro a comparecer para a reunião foi o gerente-geral Tenório Araujo. Um homem grandão, desengonçado e de fala forte e poderosa. Depois de conversar com ele por alguns minutos, tinha certeza de que este seria o primeiro a ser demitido. E nos dias a seguir todos foram entrevistados; escrevia ao lado dos seus nomes o que iria fazer.

Catarina sempre estava curiosa para saber sobre tudo que acontecia em cada dia de trabalho. Depois de passar um dia tenso, ainda tinha que relatar para ela os fatos. Era um trabalho em dobro, portanto, sugeri que uma vez por semana, no dia de sua escolha, eu iria colocá-la a par de tudo.
— Combinado, respondeu ela.

Um dia o seu filho enquanto jantávamos nos comunicou que iria se mudar para o seu apartamento de cobertura afirmando que viera morar com a mãe quando ela ficara viúva. E agora, como ela tinha a minha companhia, a sua presença nessa casa não se fazia necessária. Concordei e até lhe pedi que me convidasse para visitar o seu lugar. Ele aparentava ser tímido e reservado. Prometeu que faria isso. Dois dias depois, ele se foi.

Em cada noite, o jantar era de iguarias diferentes e sempre acompanhadas de um bom vinho. Ela gostava de, após o jantar, sentar-se ao meu lado na sala de estar para conversar e tomar licor de sua preferência. Eu a acompanhava em suas extravagâncias. Fazíamos sexo todas as noites e isso me deixava relaxado e feliz. Ela apesar de já ter 53 anos era uma mulher fogosa e bela e sempre tinha uma variedade de carícias que me deixavam louco de tesão. Uma mulher perfeita na cama e na mesa.

Em menos de um ano, resolvi os maiores problemas que a empresa tinha. Alguns funcionários foram demitidos, outros admitidos, com uma entrevista que eu mesmo fazia. Havia muitos prédios e casas em construção, distribuí os trabalhos entre todos e, ainda, às sextas-feiras exigia um relatório do que foi feito durante a semana e se os prazos do término da construção estavam sendo cumpridos. De vez em quando, deixava o meu gabinete de trabalho e ia verificar "in loco" o andamento dos trabalhos. Essa atitude era para que eles soubessem que eu poderia aparecer a qualquer momento e por esse motivo percebi maior responsabilidade de todos.

Catarina estava feliz com o meu desempenho no trabalho e na cama. E sempre me elogiava na certeza de que tinha encontrado o homem certo para tudo que ela necessitava. Comecei a me sentir poderoso por ter tantas responsabilidades, com a certeza de que tudo caminhava a contento. Rico, ainda não. Certamente esse dia chegaria.

Numa noite, depois do jantar, ela sugeriu que fizéssemos uma viagem à Europa, por quinze dias, para comemorar o êxito da minha atuação na empresa. Era um presente por merecimento, assim afirmou. Visitaríamos França, Portugal, Espanha e Itália. Inicialmente achei a ideia excelente. Eu nunca havia feito uma viagem internacional. Quando me recolhi aos meus aposentos, fiquei imaginando o quanto ela me amava e, também, o desejo de me fazer feliz me proporcionando uma viagem que é o sonho da maioria dos viventes.

No dia seguinte, pedi a Maria Antonia que tomasse essas providências, inclusive o meu passaporte, as passagens e o roteiro que faríamos. Dias depois, de posse de tudo, levei para Catarina. No dia previsto, embarcamos. A emoção que sentia ainda no aeroporto me deixava numa expectativa própria de quem vai fazer a sua primeira viagem para outro continente.

A cada dia, me sentia como se estivesse subindo os degraus de uma escada e, olhando para o alto, vislumbrasse um panorama de muitas quimeras com a realização dos meus sonhos. Chegar ao topo era só uma questão de tempo. Não poderia nunca me descuidar de determinadas condutas e do equilíbrio das emoções, principalmente com relação às mulheres. Esse era um fator preponderante de cuidados absolutos.

A nossa viagem foi magnífica. Catarina falava fluentemente inglês, francês e espanhol. Isso facilitava a comunicação com as pessoas. Hospedamo-nos em grandes hotéis luxuosos, desfrutamos de todos os pontos turísticos e muitos outros lugares que Catarina conhecia de suas viagens anteriores. Diversos jantares fantásticos nos maiores restaurantes. Assistimos shows em casas noturnas. Tomamos vinhos e champanhe e fizemos amor como nunca o meu pensar seria capaz de imaginar. A felicidade esteve ao nosso lado em cada segundo. As compras ficaram a cargo de Catarina. Ganhei muitos presentes. Até para minha secretária ela comprou uma lembrancinha. Descobri que ela é, além de tudo, uma mulher generosa.

Agora de volta ao lar e ao trabalho tinha a sensação de ter vivenciado momentos que me deixaram diferente. Uma viagem nos dá a oportunidade de conhecer novas culturas, saboreando outras iguarias, coma mente voltada para cada lugar que se visitou. O mundo é encantador, as pessoas são diferentes na aparência, embora saibamos que os indivíduos são iguais em sua essência e nos sentimentos. Foi um deleite para a minha alma.

Felizmente não houve nenhum contratempo na empresa durante a minha ausência, exceto um trabalhador de construção que caiu se machucando levemente. A Maria Antonia me apresentou um relatório de tudo o que aconteceu. Percebi que o meu trabalho na empresa estava sendo profícuo e todos os funcionários exerciam suas atividades a contento. Catarina ao tomar conhecimento desse relatório elogiou a minha atuação e reafirmou que escolhera o homem certo para a empresa e para sua vida.

Pelo menos uma vez por mês, visitava Giovana e o meu filho, André. Acompanhava a vida deles em todos os acontecimentos. Numa dessas vezes, ao chegar à casa, encontrei um homem que me foi apresentado como namorado da minha ex-mulher. O nome dele era Mario Augusto Vieira, advogado e divorciado. Depois de uma conversa de meia hora, ele me falou que iria se casar com Giovana. Fiquei feliz, mas confesso que senti um pouco de ciúmes. É uma situação normal, acredito.

Também, mantinha contato com Antonio Gauthier, meu enteado. E numa noite voltando para casa depois de uma visita no apartamento do seu filho Catarina me falou que aquele homem que estava com o filho era o seu companheiro. Apesar de ter ficado surpreso, não me ocorreu fazer nenhum comentário. Todos têm o direito à vida que escolhem. Devemos sempre respeitar o viver de cada um pelas razões que os levam a ser e agir da maneira que lhes convém.

Assim a vida e os negócios caminhavam como o previsto. É nesses momentos que sentimos que a felicidade faz-nos companhia. Tinha diante de mim um caminho seguro de êxito e fortuna. A nossa empresa crescia e se tornava robusta com novos empreendimentos.

Quando estamos vivenciando uma fase da vida em que tudo se encaixa de forma perfeita, nunca nos ocorre pensar que poderemos ter imprevistos. E estes podem nos assustar ou colocar as nossas emoções em estado de alerta. Também, controlar os impulsos ou segui-los é uma situação necessária em alguns momentos.

Ao chegar à empresa naquela manhã cinzenta, a minha secretária Maria Antonia estava em minha sala me esperando. Inicialmente, estranhei aquele proceder, mas me mantive curioso sobre aquele comportamento. Era comum ela entrar no meu espaço somente quando eu a chamava.

Cumprimentei-a e perguntei o que estava acontecendo. Ela sem nenhuma cerimônia ou pudor relatou: — Eu quero fazer sexo com você. Já fiz reserva num hotel que vou lhe passar o endereço e estarei lhe esperando, amanhã, sexta-feira, às 2 horas da tarde. Entregou-me um papel com o nome e o endereço e se foi. Ao vê-la sair, fixei os meus olhos naquele par de pernas apetitosas e no balanço de suas nádegas numa cadência compassada que me tirou o fôlego. Lembrei-me do famoso poema: "E agora, José?".

Fiquei o restante do dia com a mente afastada das atividades rotineiras com o pensar em possuir aquela mulher. Por vezes pensei nas consequências que poderiam advir. Nenhum segredo fica eternamente oculto. Por uma razão ou outra, os acontecimentos sempre vêm à tona em algum momento. Eu poderia colocar tudo a perder se Catarina soubesse desse encontro sexual com Maria Antonia. Nunca sabemos o que uma mulher é capaz de fazer quando se sente traída. Algumas relevam esses acontecimentos e outras agem de forma imprevisível. De qualquer maneira, era um banquete que não poderia me recusar a degustar.

Cheguei àquele local 15 minutos antes do horário combinado. Apresentei-me na portaria do hotel, onde já havia uma ficha preenchida, e Maria Antonia estava no apartamento à minha espera. Entrei no elevador e pela primeira vez fiquei perplexo e ansioso. Embora tenha feito sexo com muitas mulheres, aquele encontro tinha algo de extraordinário que não sabia explicar.

Encontrei-a vestida com uma roupa que costumeiramente usava para trabalhar. Ela me recebeu, me cumprimentou e agradeceu por eu ter vindo. Sentamo-nos um em frente ao outro e ela falou que desde o primeiro dia que me viu sentiu uma grande atração por mim. A cada dia, esse proceder tomava conta de sua mente e de seus desatinos. E para não enlouquecer decidiu marcar esse encontro sem ao menos pensar nas consequências que poderia sofrer considerando ser sua secretária e ainda companheiro da proprietária da empresa. E ressaltou que, na vida, às vezes, corremos riscos e viver é um desafio constante. Em determinadas situações da vida, torna-se necessário tomar certas atitudes, porque nunca sabemos o que nos acontecerá no futuro.

Enquanto ouvia o relato de seus pensamentos filosóficos, o meu olhar e pensamentos centravam-se em sua figura sem aquela roupa. Para minha surpresa, ela tomou a iniciativa de se aproximar de mim e num compasso lento começou a tirar a minha roupa como querendo descobrir cada parte do meu corpo, que certamente, em alguns momentos, ela prelibou em seus devaneios.

Nesse dia descobri uma coisa muito importante e que me deixou pensativo por muito tempo. A uma mulher não basta ser bela, ter um corpo perfeito, uma voz envolvente, ser sensual e atrativa. Num encontro amoroso, existe algo mais importante que tudo isso: química. No momento da proximidade dos corpos, os odores se encontram e se misturam despertando tesão, ou há uma repulsa natural que, por vezes, não sabemos explicar. Foi exatamente o que aconteceu comigo, naquele momento.

Fiquei desconcertado e sem condições de lhe dar explicações sobre o meu desinteresse de abraçá-la, beijá-la e ter uma relação sexual como pensei no dia em que fiquei sabendo desse encontro. Foi uma situação constrangedora para os dois. Ela, ainda sem saber o que estava acontecendo, decidiu ficar nua. Arrancou a roupa em segundos e segurando os bicos dos seus seios lindos e volumosos gemia de prazer. Mesmo assim não senti nada. Vasculhava a minha mente para ter uma resposta e não consegui encontrar. Depois de algum tempo, que nos pareceu infinito, vestimos as nossas roupas, nos despedimos e cada um foi fazer suas reflexões para tentar descobrir o fracasso desse encontro com nuances de pesadelo e desencanto.

Revi as minhas atividades de sexo com outras mulheres e nesse instante não sabia como explicar para mim mesmo o que teria acontecido com Maria Antonia, uma mulher atraente, e que por alguns anos sonhou em fazer sexo comigo. São situações inexplicáveis. Depois de uma tarde malsucedida e sem encontrar uma justificativa plausível para o meu insucesso, ao chegar à casa, encontrei Catarina com uma fisionomia tristonha e preocupada. Aproximei-me dela e perguntei o que havia acontecido, considerando ser esse proceder algo estranho em seu comportamento. Ela relatou que nos últimos meses estava sentindo muitas dores de cabeça, visão turva e embaçada, fadiga e fraqueza e que resolvera, naquele dia, ir ao médico e que este lhe pedira alguns exames que deveriam ser realizados na próxima semana. Perguntei-lhe por que razão ela se omitiu de me relatar esses transtornos. Ela respondeu que não queria me deixar preocupado. Decidimos que iríamos juntos para que eu também ficasse ciente sobre o que estava lhe causando esses incômodos.

Os exames solicitados foram: exames de imagem, ressonância magnética e tomografia computadorizada da cabeça. Feitos todos esses exames, levamos para o médico tirar as conclusões. Naquela tarde, enquanto ele visualizava e concluía o resultado, sentados um ao lado do outro segurávamos as nossas mãos numa troca de energia na espera de um resultado animador. Tínhamos o pensamento voltado para Deus. Nesses momentos a ansiedade faz o nosso coração acelerar e a nossa mente rodopia sem controle.

Na vida não importa o tamanho de nossas ambições, nem a fortuna que temos ao nosso dispor, nem o número de diplomas que conquistamos pela vida, nem as viagens que fizemos ao redor do mundo, nem os sonhos que ainda temos para realizar e nem tampouco se a felicidade é parte integrante do nosso viver. O imprevisível pode acontecer a qualquer momento e nos deixar sem alternativa. Somos seres humanos, sujeitos a tudo. E muitas vezes não nos é dado o direito de evitar algumas mazelas ou doenças com uma explicação que possa nos confortar.

O médico, Dr. Gustavo Catarino, olhou fixamente para nós dois e falou: —Catarina está com câncer no cérebro e em estado avançado. O tratamento deverá começar amanhã com sessões de quimioterapia e radioterapia. Dos meus olhos, escorreram duas lágrimas grossas e Catarina chorava e perguntava ao médico: — Por que eu, doutor? E ele respondeu: — Tudo nesta vida é aleatório. Ninguém escolhe ser feliz ou infeliz. Ter essa ou aquela doença. Sofrer um acidente fatal. O importante agora é fazer o tratamento e acompanhar o resultado. Milagres acontecem. Tenha uma mente positiva para ajudar no poder da cura.

Dias depois fiz uma visita ao médico para me inteirar de detalhes desse tipo de câncer e ele me informou que como o dela estava em estado avançado o limite de vida seria de no máximo seis meses. Fiquei arrasado e sem condições de fazer nada para reverter essa sentença de morte. E todo o dinheiro que ela tem? E a felicidade de ter me encontrado e o amor pela vida que ela deixava transparecer a todo momento? Agora tínhamos a certeza da vulnerabilidade da vida. Portanto, viver cada segundo da vida aproveitando tudo de bom que ela oferece é uma alternativa precípua de que dispomos.

A partir desse dia, me ausentava do trabalho em dias alternados para levá-la ao médico. Também combinamos que só falaríamos dessa doença para o seu filho e os serviçais.

A minha secretária, Maria Antonia, não voltou a trabalhar. Ela era uma funcionária eficiente e conhecia toda a estrutura da empresa. A falta do trabalho que ela executava me deixou por algum tempo com alguns problemas. Passados os 30 dias de ausência ao trabalho, poderia dispensá-la por justa causa. Não agi dessa forma. Determinei o pagamento integral daqueles dias que ela faltou e todos os demais direitos exigidos pela lei. O vexame e o desencanto que ela sofreu foram terríveis. Nunca mais tive notícia dela. Como, também, não chegou ao meu conhecimento, pelos funcionários, a razão do seu proceder.

Naquela manhã, ao chegar ao meu escritório, vi sobre a minha mesa um convite do casamento da minha ex-esposa, Giovana. Abri o envelope, li, senti ciúmes e agora só me restava desejar que ela fosse feliz com o novo marido. Não pude comparecer àquele casamento. Enviei-lhe um presente desejando-lhe muitas felicidades e pedi desculpas por não estar presente, porque exatamente naquele dia tinha um compromisso inadiável.

Estava vivendo momentos angustiosos com Catarina e, ainda, não poderia levá-la comigo. Ela ficava todo o tempo deitada na cama sentindo os efeitos da quimioterapia e da radioterapia. O emagrecimento era rápido. A vida estava se despedindo sem a autorização dela. Ninguém entende certos acontecimentos, embora, por vezes, tenhamos consciência da fragilidade da vida. Também, se ficarmos com a mente voltada para as vicissitudes que, por vezes, invadem o nosso viver, poderemos perder o entusiasmo de um caminhar seguro e feliz.

Numa noite, sentado ao lado da cama de Catarina e olhando para as transformações que aconteciam em seu corpo, fiz algumas reflexões, desde o momento em que nos conhecemos na imobiliária em que trabalhava e toda a nossa vida em comum. O primeiro dia que entrei em sua casa, a primeira vez que fizemos sexo e o meu trabalho em sua empresa, as viagens que fizemos e o meu objetivo de um dia ser rico e poderoso. E pensei: se esse câncer tivesse acontecido comigo? Como o médico falou: a vida não escolhe quem deve sofrer isso ou aquilo. A escolha é aleatória.

Como não trocávamos visitas com frequência com o seu filho, telefonamos para ele vir à nossa casa. Ele veio acompanhado do seu namorado. Ao chegar convidei-os a sentar na sala de estar para conversar sobre Catarina. A minha intenção foi a de lhe contar todos os detalhes antes deles verem a sua mãe e a sogra naquele estado de emagrecimento repentino.

Ao entrarem no quarto, percebi em suas fisionomias o desalento ao vê-la. O seu filho me olhou ocupando o espaço dos meus olhos como imaginando ser eu o culpado pela doença que ela contraíra. Após conversar um pouco com Catarina, ele me pediu o nome e o endereço do médico para obter mais informações. Dias depois ele voltou à nossa casa e pelas suas atitudes percebi que o médico convenceu-o de que não tive nenhuma parcela de culpa com a doença de sua mãe.

Agora eu trabalhava com um pensar nos negócios e outro em Catarina e ainda desprovido da minha secretária, Maria Antonia. Foi admitida outra funcionária, que se chamava Vanessa Barbosa, uma loira de quase dois metros de altura, esguia, olhos azuis e de fala mansa e pausada. A impressão que tive de início era que ela não tinha capacidade para ser secretária numa empresa de construção. Ela estava mais para Miss Universo do que para secretária. A surpresa veio meses depois. Rapidamente ela dominou todo o trabalho que lhe era destinado e tinha soluções inimagináveis. Inclusive fazia muito trabalho de campo, ou seja, visitar as obras para ver o andamento dos trabalhos e exigia todas as sextas-feiras o relatório da semana dos responsáveis. Em muitos momentos, dei-lhe algumas atribuições que fugiam de sua rotina e ela executava com eficiência.

Estava sempre exausto, porque passei a dormir no quarto de Catarina. Durante o dia, ela tinha uma enfermeira e à noite eu cuidava dela. Os gemidos de dor eram contínuos. Sem interrupção. Acredito que passei a dormir três ou quatro horas por noite. Chegava ao trabalho cansado e sem aquela disposição dos primeiros anos. Mandei instalar um sofá-cama confortável no meu gabinete de trabalho e, depois do almoço, que era feito na empresa, trancava a minha porta e dormia por uma ou duas horas. Isso me aliviava as noites maldormidas em casa.

Naquela noite, ao chegar à casa, Catarina me contou que chamou o seu advogado, o Dr. Roberto Mascarenhas, para redigir o seu testamento, considerando que, embora não tenha se casado comigo, eu também teria direito a herança, depois de oito anos de uma vida em comum. Ela não queria que houvesse desentendimentos com o seu filho, André. Pediu-me, apenas, que eu só tomasse conhecimento do texto desse documento após a sua morte. E assim foi combinado e cumprido por mim.

Um dia, afastado da rotina do trabalho, pensei numa situação muito importante que as mulheres valorizam sempre: dizer eu te amo! Também, nesse tempo que vivemos juntos, nunca lhe fiz uma declaração de amor. A vida foi andando com muitas obrigações a cumprir, a minha mente com a obsessão permanente de ser rico e poderoso, e talvez não tenha me lembrado que os seres humanos gostam de ouvir palavras carinhosas nos momentos oportunos. Confesso que sentia por ela muita gratidão por ter me escolhido para cuidar de sua empresa. Isso não bastava. Decidi, portanto, nessa noite, ao chegar à casa, externar um sentimento de amor para minorar o sofrimento que ela sentia. Durante o trajeto, enquanto o motorista dirigia a nossa BMW, fui concatenando as palavras de convencimento que usaria nesse momento, reparando, assim, uma atitude que não aconteceu nesses oito anos que vivemos juntos.

Ao chegar à casa, depois de um banho e um jantar, que desde que ela ficou doente eu fazia em seu quarto e próximo à sua cama, olhei para ela e falei: — Hoje tenho algo muito especial para você. Ela me olhou com doçura, talvez adivinhando o que a aguardava. Enquanto jantava juntei em minha mente o que falaria e quando a serviçal Antonieta retirou os pratos aproximei-me dela, segurei as suas mãos frias e esquálidas e comecei a falar movido por uma emoção inexplicável.

— Minha querida, um dia qualquer nos conhecemos, em outros desfrutei de sua presença em diversas situações, fizemos sexo que nos levou ao infinito e a um prazer como nunca antes eu sentira. Juntamos as nossas vidas nos negócios e na convivência e hoje quero lhe dizer que, embora nunca lhe tenha dito EU TE AMO, farei agora por estar convencido de que essas três palavras estiveram em minha mente e em meu coração todo o tempo. Os homens às vezes não fazem declaração de amor por timidez. Não sei explicar o motivo. O importante é que eu quero que você saiba que a amo com ternura, respeito, sinceridade, lealdade, dedicação e gostaria de chegar à velhice ao seu lado com grandes lembranças para relembrar e dar boas gargalhadas. Tenho orado muito para que Deus lhe poupe desse sofrimento e que em breve possamos fazer outras viagens, outras noites intermináveis de sexo e ter a felicidade à nossa disposição em todos os momentos. Você é uma grande mulher, uma fêmea perfeita, uma dona de casa maravilhosa, e ainda tem astúcia e intuição, características peculiares do sexo feminino. Você é perfeita. Vou repetir: Eu te amo muito mesmo. ACREDITE! Em seguida beijei a sua face e abracei-a com todo o calor do meu corpo e da minha alma.

Nessa noite os seus gemidos foram espaçados e até percebi, pela manhã, que ela teve uma melhora. Decidi, a partir daquela noite, ao chegar à casa dizer: Eu te amo muito. E ansiosamente esperar um milagre divino.

Na madrugada de 13 de outubro, os seus gemidos tornaram-se raros e imperceptíveis. Aproximei-me dela e senti o seu corpo numa temperatura muito baixa. Chamei uma ambulância e fomos para o hospital. O médico já me advertira desse mal-estar que ela poderia ter, e quando isso acontecesse que procurasse ajuda imediatamente. Cinco dias depois ela faleceu.

A tristeza e o desamparo tomaram conta de mim. Não conseguia entender esse acontecimento como algo normal. Em determinado momento, a vida nos sorri e vivemos um mundo de felicidade imaginando ser esse um procedimento eterno. Mas não é. Nascemos, crescemos e vivemos usufruindo tudo o que ela nos proporciona de bom e ruim, e sem nenhuma consulta antecipada ela se vai sem o nosso consentimento. É importante se viver cada segundo, da melhor forma que for possível, para que a vida, realmente, valha a pena.

Sabemos que os ciclos de vida dos humanos, dos animais e da natureza são previamente determinados por uma força invisível, segundo as crenças de cada um. Cada pessoa tem as suas ambições e o seu *modus vivendi* e cada um constrói o seu viver dentro dos seus próprios conceitos calcado no visualizar de sua estrada. Ela poderá lhe levar ao sucesso, insucessos ou mesmo sofrimentos. É o livre-arbítrio que temos ao nosso dispor. Certamente nenhum individuo nasce para ser infeliz. E se isso acontece é necessário fazer reflexões profundas e tentar descobrir o mundo e as pessoas com as quais estamos envolvidos. Há mentes poderosas e persuasivas. O perigo está em toda parte: nos relacionamentos e nas companhias. Estar atento a essas situações pode nos livrar de certos inconvenientes.

O corpo de Catarina Gauthier foi cremado e as cinzas jogadas no mar de Ubatuba, segundo o seu desejo. A minha mãe e irmãs fizeram-se presentes nesse ato. Agora, sozinho, sem a companhia daquela mulher que transformou a minha vida, tinha que seguir em frente mesmo com o meu coração amargurado e a mente sem conseguir entender o verdadeiro sentido da morte.

Era responsável por uma empresa de construção de grande porte com muitos funcionários sob a minha dependência e ainda cercado de compromissos com prazos a cumprir. Portanto, não poderia, em nenhuma hipótese, perder o ânimo. A vida deve continuar sempre independentemente do que nos aconteça. A trajetória da vida não pode sofrer interrupções mesmo nos momentos difíceis que nos sejam destinados. E, assim, depois de algumas reflexões, me convenci de que precisava acalmar o meu coração, deixar a minha mente ativa e seguir em frente.

Naquela manhã de uma segunda-feira, exatamente sete dias depois da morte de Catarina, o seu advogado veio ao meu escritório para me pôr a par dos termos do testamento que ela deixou. Não tinha ideia do conteúdo, mas considerando o quanto a nossa vida foi cercada de grandes momentos de felicidade e ainda por ela não ter outros familiares além do seu filho único imaginei que seria beneficiado com parte desse volumoso patrimônio.

Pela fisionomia desse profissional ao entrar em meu escritório, deduzi que teria boas notícias. Depois de cumprimentá-lo e lhe oferecer um cafezinho, ele pausadamente leu aquele documento tendo o cuidado de fixar o seu olhar no meu como que querendo sentir as minhas reações. Compreendendo a sua curiosidade, mantive-me impassível e, por vezes, indiferente, não esboçando nenhum gesto de contentamento ou surpresa.

Concluída a leitura, ele me perguntou se eu gostaria que ele legalizasse juridicamente os termos ali contidos a fim de que eu pudesse, a partir de agora, ter uma situação legal perante a lei. Como o meu pensar não assimilou rapidamente os escritos naquele testamento, fiquei sem uma resposta de imediato. Talvez tenha ficado em estado de choque ou por ter agora diante de mim o sonho realizado de ser rico e poderoso. Subi ao infinito, dei algumas voltas pelo espaço, convivi com dias ensolarados, noites deslumbrantes de lua cheia, admirei os encantos da natureza e a certeza de que os pensamentos positivos que temos na vida e os sonhos presos ao nosso subconsciente podem um dia se realizar não importando, por vezes, as condições.

Voltando à presença do Dr. Roberto Mascarenhas, depois de minhas divagações, concordei que ele poderia tomar essas providências, de imediato, e que gostaria de saber o custo desse trabalho. Ele me respondeu que faria um orçamento e me enviaria em dois dias.

Agora, sozinho, revi toda a minha vida pregressa e o meu caminhar cercado de sonhos e ambições que nortearam todo o meu viver até esse momento. Precisava então me conscientizar de que tudo era verdadeiro e também das responsabilidades e dos desafios que me aguardavam: proprietário absoluto de uma mansão de milhões de reais, cinquenta por cento dos lucros da empresa, um edifício de cinco andares e muitos outros bens menores. Para o seu filho, ela deixou o apartamento de cobertura em Ipanema, onde ele morava, e também cinquenta por cento dos lucros. Todos os valores existentes nos bancos e outros investimentos deveriam ser mantidos para o bom andamento dos negócios da construtora.

O nosso olhar e a postura em determinadas situações da vida nos elevam a um patamar diferente trazendo-nos um contentamento de bem-estar inigualável. Nesses momentos devemos nos cercar de humildade e sentir que embora tenhamos alguns privilégios somos mortais e cercados de perigos, por vezes, inevitáveis.

Ao voltar à minha mansão, naquela noite, lembrei-me de quando mudei para aquela casa e de todos os detalhes de uma convivência com Catarina em todos esses anos. Realmente não esperava esse desfecho. Se pudesse escolher, gostaria de tê-la ao meu lado usufruindo de uma vida cheia de prazeres e encanto. Mas como não nos é dado o direito de determinar sempre o que queremos, e sim o que nos foi destinado, agora se fazia premente assumir, mais uma vez, as responsabilidades de um viver que certamente terá nuances diferentes.

CAPÍTULO 6

VANESSA BARBOSA — UMA MULHER ENIGMÁTICA

Mesmo depois de algumas tragédias que acontecem em nossa vida, precisamos continuar na luta pela vida. Outras situações boas e más voltarão ao palco do viver, quer queiramos ou não. Entendemos que a vida se finda quando morremos e como, ainda, estou vivo e cercado de muitas responsabilidades será preciso me conscientizar da necessidade de ir em frente afastando a tristeza e as desventuras sofridas nos últimos meses. Outros desafios surgirão e outras mulheres entrarão em minha vida. Aguardo-os com a expectativa de quem vai viver esses momentos pela primeira vez. Aliás, conhecer outras pessoas e vivenciar momentos de aproximação e convivência é sempre um degustar dos mais saborosos. Cada fêmea tem suas próprias características: odores, envolvimento, astúcia, carinho, sensibilidade e comportamento diferenciado.

Nos dias que se seguiram após a morte de Catarina, estive com o pensamento por vezes divagando, ora pensando e solucionando os problemas normais da empresa, ora imaginando o que me foi destinado em tão curto período de tempo. Há oito anos, quando a conheci, era um homem sonhador e cheio de expectativas. Agora, rico, detenho-me em como serei a partir de agora e como verei o mundo e as pessoas no seu contexto geral e se todos podem e devem ter essa oportunidade que me foi concedida. Questiono, também, o mérito de tudo. A razão de ter sido o escolhido. O universo talvez tenha uma resposta plausível. Sabemos que todas as mudanças que acontecem em nossa vida não vêm por acaso. Há sempre uma expectativa de um caminho que descortinamos à nossa frente que nos faz enxergar o que está por vir mesmo que não saibamos de seus mínimos detalhes. Diariamente, colocamos em nosso subconsciente o que almejamos e uma força, imprevisível, nos empurra nessa direção.

Os meus dias e noites tinham uma rotina de trabalho, responsabilidades e de muita solidão. Ao chegar à casa, encontrava tudo na mais perfeita ordem, um jantar diferente a cada dia e os serviçais sempre dispostos para tornar os meus momentos menos sofríveis. Como seria bom se ao virar uma página da vida nos fosse apresentada outra sem nenhum resquício das lembranças anteriores para um recomeço sem traumas! Impossível! Tudo o que vivemos desde o nascimento caminha conosco por toda a vida. Podemos em algum momento disfarçar o que nos vem à mente, mas a nossa história será sempre estampada em todos os instantes independentemente de nossa vontade. No meu entender, seria de bom alvitre canalizar os nossos desejos e sonhos numa direção que apenas nos desse prazer. As circunstâncias da vida nos impedem que assim seja.

Naquela noite, ao voltar à casa, tomei uma decisão: sair daquela mansão para me afastar, em definitivo, de todas as lembranças vividas com Catarina. Embora todas tenham sido enlevadas de amor, dedicação e sonhos, precisava viver novas emoções num lugar diferente. A sua presença e tudo que lhe pertencia estavam ali marcando o meu viver num compasso contínuo, rotineiro e sem perspectiva de mudança. Ainda, telefonei para o seu filho, Antonio Gauthier, e pedi-lhe que viesse me encontrar, porque tinha algo muito importante para conversar com ele. Reuni todos os funcionários da casa e marquei uma reunião para o próximo sábado. Tive o cuidado de lhes dizer que iria tomar algumas providências que beneficiariam a todos. Cada um deve ter assimilado a minha determinação conforme o seu pensar.

Sentados na ampla varanda que dava acesso à piscina ao lado do jardim bem cuidado e florido e tendo-os à minha volta, iniciei a nossa conversa num ambiente de descontração e amizade. Aliás, durante todo o tempo de nossa convivência, sempre recebi deles uma atenção especial e muito respeito. No olhar de cada um, havia um ar de expectativa e certamente as emoções faziam-se presentes nesse momento. As interrogações que rondavam suas mentes eram reais em meu sentir. Sempre que estamos diante de fatos que demandam surpresas, o comportamento dos indivíduos reveste-se de conotações próprias alheias à sua vontade. E, numa atmosfera de suspense que nos envolvia, comecei o meu relato.

— Quero agradecer a atenção e o acolhimento que vocês me proporcionaram desde que mudei para essa casa. Gostaria, também, que entendessem que a minha vida mudou desde que Catarina faleceu. As lembranças e tudo que ela deixou aqui têm sufocado a minha alma não me dando chance de um viver diferente. Tenho necessidade de me libertar de tudo e iniciar uma vida em outros termos. Gostaria de contar com a compreensão de todos e, ainda, deixo-os livres para dividir entre vocês tudo o que se encontra nesta casa, poupando, apenas, é claro, as minhas roupas e objetos pessoais. O seu filho, Antonio, deverá nos visitar em breve e, provavelmente, ele terá interesse de recolher algumas coisas que pertenceram à sua mãe. Vamos aguardar a vinda dele a essa casa e somente depois vocês estão liberados para tomarem essa decisão.

Considerando o volume de coisas existentes aqui como: móveis, pratarias, roupas e objetos de valor, acho que eles levarão algum tempo para decidirem como dividir entre eles. Mudei-me para um apartamento-hotel nas proximidades da empresa e fiquei aguardando o desenrolar dos acontecimentos à distância. André me procurou dias depois e confirmou que nada queria e que eu poderia dispor de tudo como melhor me aprouvesse.

Durante a vida, compramos tudo o que desejamos e juntamos coisas necessárias e desnecessárias e, assim, vamos vivendo com a certeza de que tudo vai permear a nossa vida de momentos felizes. É bem provável que bens materiais enriqueçam o nosso viver tornando-o agradável e um dia, quando nos damos conta de que eles são meros adereços, e com as mudanças normais que enfrentamos pela vida, eles perdem a finalidade de nos oferecer prazer.

Dias depois os meus antigos serviçais dividiram entre eles todos os objetos e mobiliários da casa e agora vazia vendi-a deixando para trás aquelas lembranças que me trouxeram muitas alegrias e também muitos momentos de tristeza. Tudo foi válido!

Precisava construir o meu novo lugar. Como tinha muitos imóveis em construção e depois de algumas ponderações, optei por um apartamento de cobertura onde pudesse ter jardins suspensos e, principalmente, uma hidromassagem, que sempre foi o meu sonho de consumo. Imaginava, nas noites de inverno, me sentir dentro de uma com água quentinha, e olhar o mundo do alto desfrutando desse prazer.

Pedi à minha secretária que marcasse uma reunião com a engenheira Lucia de Abreu e a arquiteta Solange Medeiros, funcionárias de nossa empresa, para que esse projeto fosse executado. Dias depois, por volta das 3 horas da tarde, as duas adentraram o meu escritório e vendo-as levei um susto por serem elas mulheres belíssimas e ainda profissionais competentes que já trabalhavam na empresa há mais de dez anos.

Dependendo de nosso modo de vida e de tudo que nos cerca, em determinadas ocasiões, não percebemos ou não damos atenção às pessoas ou muito menos nos detemos em detalhes que estavam ao nosso alcance. De qualquer maneira, nunca é tarde para redescobrir pessoas e situações. Surpresas podem acontecer.

Depois de uma reunião com as duas funcionárias, decidimos que elas fariam um projeto baseado nas minhas informações e necessidades. A decoração seria realizada por uma empresa especializada sob a minha supervisão onde cada detalhe deve estar em conformidade com o meu bem-estar. Acompanhava, diariamente, o trabalho dos profissionais para ter a certeza de que tudo se encaixava nas minhas expectativas.

A minha secretária, Vanessa Barbosa, desde que Catarina faleceu, assumiu, também, as funções de amiga e confidente. Sempre no final do expediente, ficávamos horas conversando, às vezes sobre os trabalhos da empresa como também sobre a vida. Descobri que ela nunca se casara embora tivesse alguns pretendentes. Morava com a mãe e uma irmã mais nova. O que mais me surpreendia era ela ser eficiente no trabalho e belíssima. Havia algo que não conseguia entender sobre o seu proceder. Era discreta e nunca falava sobre si mesma. A minha curiosidade rodopiava num vazio tentando descobrir o mistério que havia por trás daqueles olhos verdes e daquela postura encantadora.

O meu apartamento finalmente ficou pronto, com todos os detalhes previstos. Faltava, apenas, comprar roupas de cama, mesa, toalhas etc. Naquela sexta-feira, depois do expediente, perguntei à minha secretaria qual o melhor lugar para fazer essas compras. Ela me indicou uma loja num shopping e também se prontificou a me ajudar nessa tarefa. Naquela noite deixei o pensamento à deriva com a expectativa das compras que faria acompanhado de Vanessa. Aquele seria sem dúvidas um grande momento para desfrutar de sua companhia fora do ambiente de trabalho e também, possivelmente, desligar a secretária, a amiga e a confidente da mulher.

No horário combinado, ela chegou. Vestia um vestido jovial, quase míni, ressaltando as formas perfeitas de um corpo jovem e bem-cuidado. Ao vê-la não consegui me controlar e fiz elogios à sua beleza. Ela apenas sorriu e agradeceu.

Antes de adentrar a loja, ela me perguntou qual a minha preferência por cores. E ainda acrescentou: os homens gostam de branco, azul, preto, vermelho. Olhei para ela e pensei que muitas mulheres certamente visitariam meu apartamento e, portanto, eu deveria ter roupas de cores diversas para agradar a todas.

Como o nosso pensar é um segredo que nos pertence, podemos imaginar tudo o que quisermos e nos deliciar com as ideias e os desejos que almejamos.

Entramos na loja e de início pude perceber que ali havia o melhor que poderia comprar. Nunca em toda a minha vida tive a incumbência de decorar uma casa. Estava me sentindo feliz por esse privilégio que, normalmente, é conferido às mulheres.

Comprei tudo do meu gosto e com algumas sugestões da Vanessa. Como o volume das compras foi muito grande, a loja ficou de nos entregar em casa. Saí dali imbuído da felicidade de ser possível tornar o meu apartamento completo com todas as coisas que precisava.

Como não tínhamos almoçado, convidei-a para almoçar comigo. Em tantas variedades de alimentos, ela preferiu comida italiana e eu a acompanhei. Durante o almoço, conversamos sobre assuntos diversos e também sobre comidas. Ela falou de suas preferências e eu das minhas. Em algumas tínhamos gostos idênticos. Ocorreu-me, momentaneamente, convidá-la para ir até o meu apartamento para desfrutar de sua companhia por mais algumas horas. Ao chegar à saída do shopping, eu lhe perguntei onde estava estacionado o seu carro. Ela respondeu: — Eu não vim com o meu carro. Estou aguardando a minha companheira que virá me buscar. Levei um susto, e imediatamente me recompus deixando que a minha mente vivenciasse em poucos instantes toda a trajetória, desde que a conheci, na sua companhia como minha secretária, até esse momento quando fui tomado de uma surpresa inesperada.

Realmente, naqueles cinco anos em que trabalhava na minha empresa, ela era uma funcionária eficiente e nunca me ocorreu vê-la, necessariamente, como mulher, embora admirasse a sua beleza. Recolhi os meus pensamentos libidinosos sobre Vanessa e entendi que cada ser humano tem as suas preferências. A sua amiga chegou e ela me apresentou. Uma mulher tão linda quanto ela. O seu nome é Margarida Albuquerque. Depois de trocarem beijinhos, saíram de mãos dadas em direção ao carro. Fiquei algum tempo ali parado, talvez buscando uma explicação para o meu desapontamento.

A vida é como é e nunca como queríamos que ela fosse. A liberdade e o livre-arbítrio estão verdadeiramente centrados nas escolhas que fazemos para sermos felizes, não importando as opiniões alheias. Todos merecem o nosso respeito independentemente do comportamento de cada um.

Voltei para casa, sozinho, refletindo como poderia ser aquela noite de sábado se a situação fosse diferente.

CAPÍTULO 7

AUGUSTA OLIVEIRA — UMA MULHER SURPREENDENTE

O prédio onde se situava a minha cobertura estava no final do acabamento de limpeza que sempre era feito por uma empresa terceirizada. Naquele dia decidi fazer uma visita ao local para ter a certeza de que o meu novo lar ficaria impecável bem como os demais apartamentos. Todos eram de alto luxo e alguns já vendidos. Também, um desses apartamentos seria decorado para impressionar os futuros compradores. Ao chegar ao quinto andar, deparei-me com alguns trabalhadores que executavam esse serviço e de relance vi uma mulher que aparentavater30 anos, e ao tirar os óculos de proteção vi os olhos verdes mais belos de minha vida. Tinha um corpo esguio e uma altura entre 1,65 e 1,70. Aproximei-me dela e perguntei o seu nome: — Augusta Oliveira, respondeu. Aquela roupa que vestia e toda a poeira que havia em seus cabelos e no seu corpo não eram capazes de esconder a beleza que possuía.

Disfarcei a minha curiosidade e fui completar o trabalho daquele dia. Não conseguia esquecer aquela mulher em nenhum momento. A sua figura ficou em minha mente e eu a via sem aquela vestimenta de trabalho. Imaginava se o seu corpo era bem cuidado. As mulheres dependendo da profissão que têm se cuidam com requintes para deixá-las mais belas e atraentes. O trabalho dela era braçal e que exigia força muscular. Será que fora do seu labor diário ela teria essa preocupação? Possivelmente deveria ter pernas bem torneadas e uma barriguinha lisa. E, assim, fiquei muito tempo imaginando-a nua à minha frente para possuí-la da maneira como gosto de ter uma fêmea à minha disposição.

Fiz algumas reflexões sobre ela e pensei como deveria ser o seu modo de vida, sua família, se casada, solteira, divorciada, se tinha filhos ou com um proceder diferente. Na maioria das vezes, temos surpresas agradáveis ou desagradáveis com as pessoas. Isso faz parte da vida. O importante é encarar a realidade, seguir em frente ou recuar conforme as circunstâncias. Ficar preso às conjecturas é uma perda de tempo.

No dia seguinte, ao chegar ao escritório, chamei a minha secretária, Vanessa, e pedi-lhe que fizesse uma pesquisa sobre a funcionária Augusta Oliveira, que trabalhava para a empresa Serviços de Limpeza Ltda., que executava trabalhos de limpeza em nossos edifícios. Se for preciso, contrate um profissional dessa área. Quero todas e mais amplas informações possíveis sobre essa mulher.

Tinha consciência de que ser prudente em minhas atitudes e decisões era uma questão de preservar a minha vida e os meus negócios. Estava num patamar em que não deveria correr riscos desnecessários.

Enquanto esperava pelas informações, vivenciei momentos de expectativa, como se fora aquela mulher diferente de todas as que passaram antes pela minha vida. A nossa mente assume, momentaneamente, situações inexplicáveis de prazer calcadas em subjeções especulativas. De qualquer maneira, me sentia feliz com a alma mergulhada num vazio incomum.

Deixei os pensamentos à deriva e concentrei-me em verificar a correspondência que estava sobre a minha mesa. Havia um convite da graduação em Direito do meu filho André. Consultei o calendário e fiz anotação do dia e hora. Achei estranho ele não vir pessoalmente me entregar esse documento considerando que uma graduação é um momento especial na vida das pessoas. Todos temos o direito de agir como nos convém, e não como os outros queiram. Lembrei-me daquele dia em que eu os abandonei e, ainda, guardo na memória a tristeza estampada em sua fisionomia. Naquela ocasião ele era uma criança e certamente esse trauma deve ter seguido por toda a sua vida. Infelizmente!

Embora a sua mãe tenha se casado novamente, ele continua sendo o meu filho e meu herdeiro. Com todas as responsabilidades que assumi e os contratempos que me ocorreram nesses anos, não tive uma convivência mais amiúde com ele. Erros não se reparam, assume-se.

Naquela noite estava eu à porta da universidade aguardando-o para esse grande acontecimento de sua vida. Ele aparece acompanhado da família. Cumprimentei-os e percebi um clima leve e descontraído. Caminhamos até o auditório e sentamo-nos, e, coincidentemente, ao lado da minha ex-mulher.

Durante a cerimônia, a emoção se fez presente por imaginar que a vida tem o seu percurso normal e, às vezes, surpreendente. Não importa se abandonamos alguém ou se somos abandonados. Ela segue, no seu compasso, dando solução para tudo no tempo devido. Dias gloriosos podem chegar independentemente de termos premeditado. Sem dúvidas esse foi um dia de vitória para André. No contexto da minha mente, um alívio.

Vanessa bate à porta e entra com as informações solicitadas. A expectativa de conhecer esse documento me deixou curioso. As mulheres sempre exercem fascínio no meu viver diário. A vida sem elas não tem sentido. O sonho que sempre me acompanhou para ser rico e poderoso tinha um único objetivo: fazer sexo com todas que pudesse encontrar no meu caminho sem dar importância para a cor da pele, a idade, nível cultural e a classe social. As únicas exigências é que fossem belas, sadias e bem-humoradas. Também nunca me preocupei com outros detalhes como inteligência, filosofia de vida ou ocupação. Conforme as minhas experiências, uma mulher simples pode ser grandiosa na cama. E outras, letradas, decepcionantes.

Abri aquele envelope com a pressa de quem quer descobrir algo importante pela primeira vez. Nome: Augusta Oliveira. As demais informações estavam escritas detalhadamente. Como idade, endereço da residência, estado civil etc. Ela morava com a mãe, senhora Diva Oliveira, que era mãe solteira e também trabalhava como faxineira em casas diferentes. Namorou há dois anos um homem que se chama Florisvaldo da Silva, que está preso por venda de drogas e pequenos assaltos.

Controlei os ímpetos e detive-me na situação desse namorado. Embora tenha consciência de que alguém pode ter um relacionamento amoroso sem ter conhecimento da vida pregressa do indivíduo. Todavia, esse é um fator importante em que eu deveria pensar e talvez coletar mais informações.

Somos levados pela vida, e, às vezes, não temos a habilidade de escolher as pessoas certas para um relacionamento. Na maioria das vezes, quando queremos conquistar uma mulher, há sempre um comportamento simulado. O tempo fica responsável pelo desenrolar dos acontecimentos e o proceder de cada um nas diversas situações.

Abandonei por algum tempo a ideia de ter uma aproximação com Augusta Oliveira. Todavia, não deveria recuar de forma tão drástica considerando que poderia usar de outros meios para ter a veracidade das informações colhidas.

Como tinha o endereço de sua residência, um dia acompanhado do meu motorista fui até aquele local. Realmente ela morava em um bairro pobre da periferia e numa casa humilde e inacabada. Ao me afastar dali, comecei a refletir como poderia uma mulher tão bela trabalhar em limpeza e residir naquele lugar. A vida, às vezes, dá oportunidades diferentes para seres humanos diferentes. Também é sabido que cada indivíduo tem suas próprias ambições e outros nenhuma. Há pessoas que se acomodam no seu estilo de vida e não têm a capacidade de enxergar outro patamar além daquele que está à sua disposição.

Eu precisava fazer alguma coisa para desvendar as razões do modo de vida daquela mulher. Depois de pensar muito, decidi trazê-la à minha presença para que a curiosidade que me cercava fosse dissipada com alguns detalhes que observaria. Chamei a minha secretária e lhe pedi que trouxesse Augusta Oliveira ao meu escritório numa manhã de sábado. O pretexto desse encontro ficaria a cargo de sua criatividade e eficiência. Como os funcionários não trabalham nesse dia e no sossego do meu lugar, teria a oportunidade de conversar com ela. Pedi que Vanessa viesse trabalhar para ter um respaldo à minha disposição. Ainda brincando falei: — Você terá o pagamento das horas-extras em dobro. E com aquele sorriso encantador, ela agradeceu.

A data foi marcada. Na noite anterior desse encontro, não consegui ter um sono tranquilo. Improvisei em alguns momentos um monólogo para lhe dar uma boa impressão e dependendo da sua reação mudaria o conteúdo da conversa. Como todos os dias chegam, aquele, também, chegou.

Preparei-me para aquele encontro como um homem cheio de ilusões e expectativas. Aliás, conhecer uma nova mulher sempre me deixou num estado de excitação extrema.

No horário marcado, ela surge com um vestido verde igual a cor dos seus olhos, no qual as suas formas ficavam em evidência, as suas pernas à mostra, ao lado da minha secretária, que decidiu esperá-la na portaria de nossa empresa. Vanessa fez a apresentação, cumprimentei-a com um forte aperto de mão e numa cadeira à minha frente ela se sentou. Instintivamente, cruzou as pernas, talvez para se sentir mais confortável ou com a intenção de me provocar. As mulheres são ladinas e intuitivas.

Percebi que ela tinha um olhar de surpresa talvez sem entender o porquê desse convite e muito menos as razões de estar ali. Inicialmente tudo que planejei conversar fugiu da minha mente. Fiquei calado olhando para ela e tirando algumas conclusões de sua aparência física e imaginando o que a sua mente pensava.

Aquele silêncio teve a duração de um século e foi quebrado com uma pergunta que ela formulou: —O senhor é o Luca Marino, proprietário da empresa Incorporação e Serviços Imobiliários Ltda.? — Sim. — A companhia em que trabalho faz serviços terceirizados para a sua empresa. Aliás, outro dia em que estava trabalhando num dos seus edifícios me lembro ter visto o senhor. —Exatamente. E acrescentei: — A cobertura daquele prédio será em breve a minha residência. Aproveitei essa conversa inóspita, e considerando que limpeza de prédios era o seu trabalho, e lhe formulei um convite. — Eu a chamei aqui, no meu escritório, para lhe pedir que faça um trabalho especial na cobertura, pois brevemente estarei morando lá. Com a intuição peculiar de mulher, ela falou: — Já terminamos a limpeza de todo o edifício desde a semana passada, inclusive o último andar.

Fiquei sem argumentos e de supetão lhe perguntei: — Você tem os sábados livres do trabalho da empresa em que trabalha? — Sim. Nesse dia eu aproveito para fazer diversos serviços em minha casa porque durante a semana quando deixo o trabalho vou direto para a faculdade estudar. — O que você estuda? — Administração de Empresas. — Excelente! Falei com entusiasmo. Ela me olhou como querendo descobrir o que se escondia por trás dessa visita ao meu escritório e as reais intenções de um homem rico e poderoso.

O meu pensamento vislumbrou que ela não era apenas uma mulher bonita, mas, também, inteligente e que almejava ter outra profissão visando uma vida diferente e com outras oportunidades. A nossa conversa se prolongou num diálogo sobre outros aspectos da vida e os grandes problemas do mundo. Pouco se falou sobre assuntos individuais, ela propositadamente evitava e eu também. Os segredos de nossa vida íntima nunca devem ser compartilhados num primeiro conhecimento e, também, é necessário que eles aconteçam na proporção direta do desenrolar de uma amizade, quer seja de amigos ou relacionamentos amorosos.

É impressionante como mudamos o pensar sobre uma pessoa quando descobrimos efetivamente o que ela faz e o que espera da vida. Naquele dia em que a vi pela primeira vez, me chamou atenção apenas a sua beleza. Agora, vejo-a também como uma pessoa ambiciosa, e com uma visão ampla do viver. Todavia, o importante para mim é saber de seus predicados no sexo. Uma mulher pode ter toda a riqueza e a beleza do mundo. Como fêmea precisa ser excepcional.

O horário de almoço já se aproximava e eu convidei-a para sairmos para comer em algum lugar. Ela aceitou de pronto. E seguida pedi licença para me ausentar. Entrei na sala de minha secretária e dispensei-a daquele dia de trabalho. Nesse instante, saímos os três, pegamos o elevador e, quando chegamos à portaria, Margarida Albuquerque, companheira de Vanessa, estava à sua espera. As duas trocaram beijinhos e de mãos dadas saíram. Augusta deve ter entendido aquele gesto espontâneo e comum da vida.

Pedi que escolhesse um restaurante e ela com a simplicidade que lhe era peculiar falou que raramente faz refeição em restaurante, primeiro por ser caro, e os seus rendimentos não são suficientes. Ainda acrescentou que, diariamente, quando sai para trabalhar, leva o seu almoço numa marmita e à noite na faculdade faz um lanche. Decidi, portanto, levá-la ao meu restaurante favorito, onde, diariamente, faço minhas refeições, desde que fiquei sozinho.

Sentamos na minha mesa costumeira e o garçom se aproximou e perguntou: — Vai o seu prato favorito, doutor? — Não. Vou esperar que a minha companheira escolha o que vai comer e eu lhe farei companhia. Nesse instante ela me olhou com aqueles olhos verdes incríveis e cheios de ternura e falou: —Eu gostaria de conhecer a sua comida predileta! — Obrigado.

Fiz mais duas descobertas sobre ela: mulher viva e astuta. Essas são perigosas, porque nos deixam aos seus pés. Eu confiava no meu poder de sedutor e no privilégio de colocá-las à distância, sempre quando queria me livrar delas. Certamente essa não seria diferente.

Agora como já tínhamos definido a comida perguntei-lhe o que gostaria de beber. E ela respondeu: — A bebida que combine com o seu prato favorito. Nesse momento a minha mente rodopiou, porque a sabedoria dela estava fora dos padrões normais e ainda exercendo uma atividade dura e braçal e morando naquele lugar. Quem teria ensinado a essa mulher tamanhas espertezas? Eram dúvidas que pairavam em meu pensamento e de imediato não tinha condições de ter uma resposta acertada.

Chamei novamente o garçom e lhe pedi o vinho tinto Chateau de Dracy Bourgogne Pinot Noir, que faz uma combinação perfeita com o que decidimos comer. Como entrada nos foram servidas fatias de três tipos de pães quentinhos, bruscheta de alcachofra e queijo francês Brie levemente derretido. Em seguida um filé mignon ao molho madeira com purê de batatas, maionese de maçã, salada de rúcula com tomates, pepino, azeitonas e rabanetes temperados deliciosamente com vinagre de maçã e azeite português e sal. O visual desses alimentos, além de nos despertar apetite, deixa o nosso paladar num prazer inconfundível. O mais importante era a atmosfera que nos cercava. Ela tinha um comportamento de quem já estava acostumada a viver dessa maneira ou simulando numa atitude inteligente e eu cortejando-a com todas as manhas e conhecimentos que aprendi pela vida.

A sobremesa foi torta de maçã com calda quente de chocolate amargo, licor Cointreau e café expresso. Enquanto degustávamos esse almoço como se fôssemos os únicos habitantes do planeta Terra, trocávamos conversas leves e cheias de situações hilárias que nos faziam rir e tornar o ambiente acolhedor. Ela tinha um sorriso iluminado e mostrava os dentes perfeitos e bem-cuidados. Os seus cabelos castanhos à altura dos ombros emolduravam o seu rosto numa combinação perfeita. A sua pele era perfeita para uma mulher de sua idade. O seu corpo esguio na proporção direta entre peso e altura. Visualmente uma mulher perfeita. Certamente ainda teria muito a descobrir sobre o seu caráter e suas ambições. Qualquer que fosse o resultado dessas pesquisas, o que importava, realmente, para mim era o seu proceder na cama. Dependendo dessa circunstância, eu a usaria por algum tempo presenteando-a com flores, chocolate e o perfume da minha preferência, embora saiba que a química de cada uma reage a cheiro diferentemente.

Esse almoço se prolongou até o final da tarde e nesse momento lhe perguntei: — O que faremos agora? Ela vasculhou de maneira rápida e precisa a minha mente e disse: — O que você determinar, farei. Mais uma vez, me surpreendi com a segurança de seu proceder. Imediatamente imaginei estar diante de uma mulher que em apenas algumas horas de convivência tinha, a meu ver, uma postura correta e me deixando sentir como um homem excepcional.

—Vamos ao meu apartamento? — Qual deles? O que você mora ou o que vai morar? —Quem decide é você. —Gostaria muito que você visse o trabalho que fizemos em sua cobertura. Vamos até lá, então. — Sim, concordei. Ela intuitivamente sabia que a segunda hipótese a deixaria segura de minhas investidas considerando que não havia móveis, roupas ou outras situações confortáveis para um encontro íntimo.

Voltei no tempo e analisei friamente que as mulheres são diferentes e que cada uma tem o seu jeito especial de encarar situações iguais.

Ao chegar ao meu lugar, fiquei surpreso com o trabalho primoroso que a sua empresa fizera. Tudo muito limpo e funcionando perfeitamente. E nesse momento ela falou: — A maior parte dos trabalhos executados aqui foram feitos por mim. Nesse instante dei-lhe um abraço de agradecimento e beijei levemente o seu rosto. A sua reação foi de surpresa, mas sem grandes comprometimentos. Uma reação na medida certa de um conhecimento tão rápido.

Caminhamos por todos os cômodos e ela sempre detinha o olhar na paisagem que podia ser vista das varandas, talvez imaginando o mundo que cercava aquela cobertura. Contei que o decorador viria na próxima semana para colocar os móveis e que as roupas eu já havia comprado e deveria trazer tão logo tudo estivesse arrumado. Nesse instante olhei para ela e perguntei: — Você gostaria de me ajudar a lavar toda a roupa e arrumar em seus devidos lugares? — Eu gostaria, mas as minhas ocupações me tomam todo o tempo. Hoje, não fiz faxina na minha casa, e espero fazer no próximo sábado. Portanto, se você quiser esperar o sábado daqui a quinze dias, estarei à sua disposição. Não sei se esse argumento foi proposital ou se em sua mente planejava me deixar na expectativa dessa longa espera. — Perfeito, falei. Fica marcado esse dia que você poderá me ajudar.

A noite começava a surgir e as luzes da cidade eram vistas em lugares diferentes. Segurei a sua mão e levei-a até a sacada onde se localizava a hidromassagem. Em seguida falei: — Você pode imaginar o prazer que vou sentir quando estiver à noite aqui dentro com uma água quentinha sentindo o meu corpo sendo massageado e olhando o mundo ao meu redor? — Sim. Será uma sensação fantástica, mesmo porque poucos mortais têm esse privilégio. Parei um pouco e comecei a refletir que Augusta Oliveira, além de outras qualidades, é também uma mulher sábia.

Agora, ela me pediu para levá-la à sua casa. Durante o trajeto, me contou que era filha de mãe solteira e que nem conhecia o seu pai. Que moravam em uma casa simples numa periferia da capital. Passou-me o seu endereço. Ela não sabia que eu já tinha estado aqui antes. São os segredos que devem ser guardados e só revelados em ocasiões oportunas e se for preciso.

Despedimo-nos com um aperto de mãos e um leve beijo em seu rosto e a promessa de que voltaríamos a nos encontrar no dia que marcamos. Ela agradeceu o convite ao meu escritório bem como o almoço, ressaltando que viveu momentos de muito encantamento em minha companhia. O primeiro passo foi dado, pensei. Os subsequentes acontecerão, inevitavelmente.

Ao sair dali, trouxe comigo o seu cheiro, a sua presença, e a lembrança de tudo que vivenciamos nesse dia. Em meu pensar, ainda, pairavam muitas dúvidas sobre quem era verdadeiramente Augusta. Como foi o seu viver até esse momento. O que ela queria realmente da vida. Não falamos em nenhum momento sobre relacionamentos anteriores, nem os meus, nem os dela. Iria entregar ao tempo a responsabilidade de desvendar essa situação que é um fator que pesa muito no viver de cada um. Todos os seres humanos têm necessidade de amar. Amamos a nós mesmos, a vida, a família, os amigos e, ocasionalmente, também amamos uma mulher ou, talvez, isso que se chama amor poderá ser entendido como desejo carnal, aquele que necessitamos para um equilíbrio perfeito do corpo e da alma, que, dependendo de nossas expectativas, pode terminar num primeiro encontro, ou se prolongar por algum tempo, enquanto houver atração.

Providenciei a mudança das roupas para o meu novo lugar e fiquei na expectativa da chegada daquele sábado em que, novamente, encontraria Augusta. Embora tivesse o número do seu telefone, contive-me de chamá--la. Certamente cada um teria pensares e expectativas iguais ou diferentes para o próximo reencontro. Saber esperar por um momento que pode ser especial e diferente é um prazer em que a mente divaga e vivencia sem uma exatidão precisa.

Como ela não tinha carro, telefonei, na sexta-feira, para lhe perguntar o horário que lhe pegaria em sua casa. Percebi que ela ficou feliz pelo meu telefonema. Por alguns momentos, pensei sobre o carro que deveria usar nessa ocasião, considerando que Augusta mora em uma periferia perigosa. Optei por um simples. Não seria de bom alvitre estacionar à porta de sua casa um veículo de alto valor despertando na vizinhança olhares curiosos.

Surpreendi-me com a sua figura à porta na hora exata que marcamos. Esse foi outro fator importante para admirá-la, porque gosto de pessoas pontuais e responsáveis. Ao estacionar ela veio ao meu encontro e me falou que a sua mãe, Diva, queria me conhecer e me servir um café. Entrei naquela casa sem a curiosidade de conhecer como ela morava, mas com a certeza de ser bem acolhido por duas mulheres que embora morassem ali tinham uma visão de um mundo diferente. Normalmente, os filhos seguem os exemplos e conselhos dos pais e o fato de Augusta ter um trabalho duro e estudar à noite me fez visualizar as expectativas que elas têm de um futuro melhor. Há determinadas pessoas que por algumas circunstâncias passam parte de suas vidas vivendo de maneira simples. Todavia, sonham e lutam para alcançar e realizar os seus sonhos.

Durante o trajeto até o meu apartamento, falamos sobre alguns assun-tos rotineiros. Ela estava empolgada com uma oportunidade de trabalhar em outra empresa onde poderia aplicar os seus conhecimentos obtidos no seu curso da faculdade. Inicialmente, trabalharia como estagiária e dependendo do seu desempenho poderia ser contratada de forma permanente. A sua formatura estava prevista em seis meses. E, ainda, acrescentou: — Eu gosto do meu trabalho de limpeza. Ele fortalece os músculos e nem preciso pagar academia. Tudo nessa vida tem suas vantagens, concluiu.

Finalmente chegamos. Entreguei a chave da porta principal da minha cobertura e pedi-lhe que abrisse a porta. Ela parou, me olhou, pensou e falou: — É uma responsabilidade muito grande essa que você me concede agora. Paramos os dois um em frente ao outro e não tivemos palavras para continuar um diálogo. Entramos.

Enquanto caminhávamos pelo apartamento, ela elogiava o bom gosto dos móveis, a iluminação e os objetos de decoração. Toda a roupa que deveria ser lavada estava na área de serviço e quando chegamos nesse cômodo ela surpresa me perguntou: — Quantas pessoas vão morar aqui? — Apenas eu. Ela arregalou os olhos e disse: — Você tem roupa de cama e mesa para os próximos dez anos. — Fantástico, respondi.

Levei-a até a cozinha e mostrei-lhe algumas frutas que havia comprado e diversos outros alimentos que estavam na geladeira e falei: —Se você quiser comer alguma coisa, fique à vontade! — Obrigada, agradeceu.

Ela encaminhou-se à lavanderia e começou a separar e colocar a roupa na máquina para lavar. Ao lado havia uma secadora. Dessa forma ela iria precisar passar apenas algumas roupas. Terminado esse processo, é só dobrar e guardar nos armários.

— Agora vou até o meu escritório fazer um serviço de rotina e se você precisar de mim é só me chamar. Esse lugar fica ao lado da primeira suíte.

Fiquei o tempo necessário para deixá-la à vontade em sua ocupação. Já havia se passado duas horas e o horário de almoço se aproximava. Fui ao seu encontro e perguntei-lhe se queria sair para almoçar. Ela sugeriu que, se fosse possível, pediríamos alguma coisa e comeríamos aqui mesmo, para não interromper o trabalho. Achei a sugestão excelente e assim procedi. Antes de fazer a encomenda, perguntei o que ela queria comer. — Qualquer coisa de sua escolha. Mais uma vez, ela me colocou numa situação de comando e decisão. Em minhas conjecturas, tinha algumas dúvidas sobre ser ela uma mulher submissa ou muito sábia e inteligente por me colocar num pedestal onde muitos homens gostariam de estar.

Enquanto esperávamos pela comida, ela arrumou a mesa com uma toalha que já havia sido lavada e colocou os pratos, talheres e copos. Surpreendi-me com mais uma atitude dessa mulher que embora morasse numa casa simples tinha uma visão ampla de tudo que necessitava ser feito da melhor maneira. Enquanto a roupa era lavada e seca, ela foi à cozinha, lavou toda a louça e colocou nos lugares de sua preferência. Abandonei algumas ideias que invadiam a minha mente e detive-me a saborear esse primeiro almoço em meu novo lugar. A sobremesa foi um café que ela preparou com o requinte de quem conhece o ritual para completar uma refeição. Diante de tudo o que vi e, talvez, com um gesto de agradecimento, abracei-a e beijei o seu rosto. Dessa vez ela se sentiu acolhida e ficou quietinha em meus braços como uma adolescente que recebe o primeiro beijo e abraço do namorado.

Não importa o nível social e cultural de cada um e, ainda, como vivem, quem são os pais, que tipo de trabalho executa, ou como foram os relacionamentos que se teve antes. O que é surpreendente é como as pessoas se sentem em novas situações que vivenciam com outros seres humanos. Ela deveria ser carente de afeto e carinho e certamente o trabalho e os estudos a deixavam cercada de sonhos visando um futuro promissor.

Muitas vezes a caminhada mesmo que seja espinhosa não a vemos como tal. O importante é não se deter nas dificuldades, mas ter o olhar na direção do que se quer alcançar. Essas eram as minhas conclusões sobre Augusta Oliveira. Sabia que tinha, ainda, muito a descobrir.

Anoitecia e o espetáculo visto da minha cobertura é deslumbrante. A grande varanda que rodeia todos os cômodos nos dá uma visão ampla do mundo que me cerca. A hidromassagem situa-se em um lugar privilegiado em que pode ser usada com cobertura e fechada ou descoberta tendo o sol ou o luar por companhia. E, ainda, o jardim iluminado tem um toque de beleza ímpar. A natureza contribui para tornar esse lugar encantador.

Enquanto vivenciava esses momentos, ela se aproxima e diz que tudo fora concluído. Perguntei-lhe de supetão: — Qual o valor do seu trabalho? Ela imbuída de uma segurança incomum falou: — Não sei o valor de sua fortuna, mas acredito que você não tem dinheiro suficiente para me pagar. Segurei a sua mão e caminhamos em volta para que ela pudesse desfrutar de tudo que acabara de ver e sentir. Paramos em frente à minha suíte e como a luz do abajur estava acesa pude ver que a cama estava forrada com os lençóis e a colcha. Continuamos o caminhar por toda a casa e ela me mostrou onde guardara toda a roupa que fora lavada, dobrada e passada. Olhei para ela e fiquei sem palavras para expressar o meu agradecimento.

Apesar de ser um homem vivido em muitas situações da vida, a minha mente não conseguia assimilar o trabalho primoroso que fizera. Estava diante de uma mulher que embora morasse de maneira simples numa casa inacabada e de subúrbio tinha noção exata do viver dos milionários e a responsabilidade do cumprimento de todos os detalhes do que precisava ser feito.

Inesperadamente, instalou-se em meu pensar algumas alternativas do que poderíamos fazer a partir desse momento. Peguei-a pela mão, sentamos em duas cadeiras um em frente ao outro e falei: — O que você gostaria de fazer agora? Ela respondeu: — Ir para minha casa, tomar um banho e descansar. O dia foi longo e estou cansada. Diante das palavras decisivas, não tive alternativa senão atender ao seu pedido. Enquanto ela pegava os seus pertences, fiquei à sua espera junto à porta principal. Quando ela se aproximou, segurei os seus ombros e disse: — Obrigado pelo trabalho. Vou deixar você em sua casa e depois voltarei para o lugar onde moro atualmente. Instintivamente queria que ela pensasse que não iria usufruir desse lugar sozinho. Não me foi possível ficar convencido se ela entendeu ou não o meu pensar porque não esboçou nenhum gesto de aprovação ou desaprovação. Ela tinha uma habilidade impressionante de dissimular os sentimentos em qualquer situação.

Agora sozinho passei algum tempo pensando em Augusta Oliveira e no trabalho que ela executou na minha cobertura. Naquela ocasião não tive vontade de possuí-la. Para mim esses afazeres eram mais importantes do que tê-la como mulher. Tenho algumas fêmeas à minha disposição, basta um telefonema e elas vêm ao meu encontro não importa o dia ou horário. Esse é um privilégio de quem é rico e poderoso. Recompenso-as com atenção, carinho, pequenos presentes de chocolate, cremes ou perfumes e muitos elogios à sua beleza.

Ao chegar à minha empresa para iniciar uma nova semana de trabalho, decidi tomar algumas atitudes a respeito de Augusta porque estava intrigado com algumas dúvidas que pairavam em minha mente. Tive muitas mulheres pela vida: milionárias, pobres, letradas, simples, compromissadas ou livres e inteligentes. Ela é diferente de todas e, ainda, dotada de uma sabedoria com um proceder condizente com cada situação, instantaneamente. Diria até ser essa mulher especial, com uma beleza incomum, exercendo um trabalho difícil e com a certeza do seu caminhar para atingir os seus objetivos. Outra observação importante é que ela nunca, em nenhum momento, se sentiu deslumbrada por estar ao meu lado. Talvez ela não dê importância para a riqueza e o poderio de um homem.

Decidi chamar a minha secretária, Vanessa, e lhe dei a incumbência de contratar um profissional para seguir os passos de Augusta Oliveira nas 24 horas do dia, por um mês. Queria um relatório, semanalmente.

Nesse momento minha funcionária me informou que o senhor Gustavo Andrade, funcionário da contabilidade gostaria de conversar comigo, em algum lugar, fora das dependências da empresa. Acrescentou ser o assunto muito importante. Pedi-lhe que marcasse esse encontro no restaurante Cantinho do Céu, nessa noite, por volta das 20 horas.

Exatamente no horário combinado, estava à porta desse lugar. Ele também foi pontual. Entramos e pedi uma mesa em um lugar privativo. A escolha desse restaurante foi exatamente por ter essa alternativa, onde se pode conversar sem ser visto por outros clientes. Lembrei-me que esse funcionário já trabalhava em minha empresa há quase dez anos e sempre teve uma conduta exemplar de uma pessoa cumpridora de suas obrigações.

Devidamente instalados perguntei o que queria beber e comer. Ele respondeu: — Água mineral. E para comer? — Permita-me, senhor Luca Marino, escolher depois de nossa conversa. Nesse instante percebi que se tratava de algo muito sério. Entendi que a distração de estar comendo poderia prejudicar os fatos que seriam narrados.

Preparei o coração e a emoção num equilíbrio perfeito. E assim ele começou a falar: — O tesoureiro Agripino Sepúlveda e o contador José Galdino da Silva estão desviando valores de sua empresa. — Como você teve essa informação? — Com os lançamentos de entrada de dinheiro, que é o meu trabalho. — Ok. Não se preocupe. Vou tomar as providências necessárias. Embora tenha aparentado estar tranquilo, essa notícia me deixou muito preocupado, considerando que esses servidores já trabalhavam em minha empresa há mais de 20 anos. A minha maior preocupação agora era por quanto tempo esse fato ocorria e o valor desviado.

Relembrando o tempo que essa empresa me pertencia e considerando o andamento de tudo de forma quase perfeita, tinha as minhas dúvidas sobre esse relato. Todos tinham altos salários pelo trabalho que faziam e sempre em ocasiões especiais eu os reunia para um congraçamento, para se sentirem prestigiados por trabalharem em minha empresa. De qualquer maneira, precisava tomar algumas providências para elucidação do que eu acabava de tomar conhecimento.

Almoçamos e saímos. Gustavo Andrade na certeza de ter me prestado um serviço valioso e eu pensando nas providências que tomaria.

Naquela manhã, ao entrar em minha empresa, ao invés de me dirigir à minha sala, fui fazer uma visita no setor de contabilidade. Cumprimentei os funcionários e perguntei se tudo estava perfeito com olhar voltado para a fisionomia dos dois acusados dos delitos. Os seres humanos por mais inteligentes e astutos que sejam deixam transparecer no olhar e no comportamento algo de que alguma coisa os acusa. Ao sair dali, já tinha em mente a atitude que deveria tomar. Contratar uma empresa para fazer uma auditoria contábil dos últimos cinco anos.

Pedi à minha secretária que pesquisasse uma firma idônea e que pudesse iniciar os trabalhos imediatamente. Para não pegá-los de surpresa, chamei os dois à minha sala e informei a minha decisão de contratar uma empresa de auditoria e pedi-lhes que facilitassem o trabalho dessa empresa fornecendo os dados necessários. Eles não fizeram perguntas. Ainda perguntei se tudo estava em ordem e os dois responderam ao mesmo tempo. — Tudo perfeito, Dr. Luca. Pairava em minha mente o título de Doutor que eles inventaram. Encarei esse tratamento como um meio de me dar um título que não tinha e para desviar a minha atenção para uma atitude que certamente seria desconfortável para eles.

Estava sobre a minha mesa o relatório das duas últimas semanas do profissional que acompanhava a minha amiga Augusta Oliveira e para distrair o meu pensar decidi ler. Nenhuma novidade. Ela continuava trabalhando durante o dia e à noite indo à faculdade. Naquela noite decidi lhe telefonar. Ao atender ela me perguntou se eu estava bem. Talvez para justificar não a ter procurado durante todo esse tempo falei-lhe que nos últimos dias tive um trabalho extra para executar, mas que agora tudo estava perfeito.

Ainda lhe perguntei quando ela gostaria de almoçar ou jantar comigo. Ela respondeu: — Estou atarefada escrevendo a tese de conclusão do meu curso e acredito que só terei tempo daqui a três meses depois da minha colação de grau. — Você vai me convidar para a sua formatura? — Sim. Prometo lhe enviar o convite. — Você vai precisar de alguma ajuda financeira para esse evento? — Não. Eu já tomei todas as providências, inclusive com o vestido que usarei no baile.

Mais uma vez, ela me surpreendeu demonstrando independência de seus atos, decisões e controle absoluto de sua vida. E por fim perguntei: — Posso telefonar para você durante esse tempo? — Sim. Claro. Contanto que não seja todos os dias. Despedi-me desejando boa sorte e acreditando que estava diante de uma mulher de bom caráter, personalidade marcante e segura do seu viver nesse mundo.

A empresa de auditoria se instalou e por vezes eles ficavam até altas horas da noite, tentando, sem a presença dos colaboradores, executar um trabalho profícuo e exato. No final de um mês de trabalho, eles apresentaram as suas conclusões, cujo teor estava dentro de um envelope lacrado que me foi entregue, pessoalmente. Naquela oportunidade conversamos por menos de uma hora e eles não fizeram nenhum comentário. Apenas falaram que tudo que apuraram estava em minhas mãos. Ainda acrescentaram que se eu tivesse alguma dúvida poderia pedir explicações. Ao se despedirem, fiquei algum tempo com aquele documento à vista hesitando abri-lo. A coragem chegou apressadinha me pedindo ser urgente tomar conhecimento do teor nele contido.

Eu confiava no trabalho dos meus funcionários e lhes dava ampla liberdade para executarem tudo da melhor forma resguardando, porém, as normas de cada setor em obediência às leis vigentes. A minha empresa cumpria prazos de entrega dos imóveis dentro do estabelecido e raramente tinha reclamações de compradores. A minha secretária, Vanessa, era uma eficiente e bela mulher. A engenheira Lucia de Abreu tinha precisão absoluta dos projetos, Solange Medeiros, a arquiteta, era dotada de bom gosto e sensibilidade para atender a todas as exigências dos clientes quando eles tinham problemas incomuns. O gerente-geral, Alberto Toledo, fiscalizava todas as construções e, semanalmente, me apresentava relatórios do seu trabalho. Os pagamentos de todos os funcionários, que aconteciam a cada quinze dias, e dos fornecedores, mensalmente, eram pontuais. A minha empresa prosperava sempre com novos empreendimentos e isso me deixava numa situação confortável. Tinha tempo disponível para viver a vida com as mulheres escolhidas que deixavam a minha vida emocionante e cheia de nuances de felicidade.

Por fim decidi tomar conhecimento do teor daquele documento. Surpreendi-me com um título incomum: dois milhões e seiscentos mil reais. Continuei a leitura e detalhadamente os valores iam se somando identificando também os recibos falsos para justificar essas despesas. Respirei fundo e agora precisava encontrar uma solução para não contaminar a atmosfera salutar que até então reinava em minha empresa. Também não deveria fazer alarde dos fatos para não prejudicar a imagem da empresa com a clientela. Tudo deveria ser resolvido com parcimônia e inteligência.

Pedi a Vanessa, minha secretária, que convocasse uma reunião com o nosso advogado e os auditores, num horário fora do expediente. Enquanto essas providências eram tomadas, lembrei-me que o meu filho, que é advogado e, também, herdeiro dos meus bens, participasse dessa reunião. Embora superficial, tínhamos um bom relacionamento.

Quando ele recebeu esse convite, veio ao meu encontro e por mais de duas horas conversamos sobre a empresa, o sucesso dos empreendimentos e sobre esses problemas surgidos agora. Percebi que ele se sentiu valorizado de comparecer a essa reunião. Também, alertei-o que ele deveria ser apenas ouvinte e observar os detalhes de tudo o que falaríamos e decidiríamos. Em outra oportunidade, voltaríamos a conversar reservadamente.

Estávamos reunidos no salão de reuniões quando o meu filho André entrou. Apresentei-o aos demais sem, contudo, mencionar sobre a profissão dele. Imaginei que o atual advogado da empresa, o Dr. Romero Lisboa, poderia se sentir desconfortável.

Após a leitura do relatório dos auditores e, ainda, diante da gravidade dos fatos, o Dr. Romero sugeriu que eles deveriam pedir demissão. Assim, a empresa não lhes pagaria os encargos sociais. Também os auditores ventilaram a ideia de um ressarcimento desses valores desviados. Nesse instante falei: —Quem rouba gasta de maneira fácil. De qualquer maneira, ficou decidido que os senhores Agripino Sepulveda e José Galdino da Silva deveriam ser pressionados a devolver à empresa esses valores. Ainda, esses funcionários deveriam receber uma carta convocando-os a comparecer ao escritório de advocacia e a solução ficaria a cargo do advogado da empresa. Tudo deveria se revestir de cautela e bom senso. Em nenhuma hipótese, esse fato deveria ser do conhecimento da polícia.

Com a investigação realizada, descobriu-se que esses funcionários tinham carro de luxo e outros bens em nome de familiares. Espero que haja de fato uma devolução dos valores subtraídos. Normalmente esse problema leva tempo para solucionar. Em qualquer situação, espero que a minha empresa seja poupada de escândalo de qualquer natureza.

O funcionário Gustavo Andrade foi promovido às funções de contador por ser diplomado em Ciências Contábeis, um colaborador exemplar, e pela coragem de me relatar esse lamentável acontecimento.

Naquela noite, após essa reunião, acompanhado do meu filho, saímos para jantar. Foi uma noite interminável com muitos assuntos a serem falados, vivenciados e decididos. Ele me falou que tinha muita admiração pelo seu padrasto, o Dr. Mario Augusto Vieira, numa convivência de quase trinta anos e que mesmo antes de concluir o curso de Direito já trabalhava no escritório de advocacia desde os 15 anos. Esse trabalho lhe proporcionou fazer um curso profícuo e se tornar um profissional bem-informado e capaz.

Aproveitei a oportunidade para justificar a razão de tê-los abandonados e ressaltei que tudo nesta vida segue um curso normal independentemente de nossa vontade. E acrescentei: — Nunca é tarde para rever as nossas ações e repará-las em seu tempo devido. Acredito que a sua mãe refez a sua vida e é feliz e você com a minha ajuda monetária e o apoio do seu padrasto tornou-se um homem íntegro, e um profissional competente. Se você quiser, vamos unir as nossas forças, mesmo porque você é meu herdeiro, assim como o filho da Catarina. Aliás, gostaria de, nesse momento, lhe dizer que o Antonio Gauthier é um biólogo e raramente nos encontramos. Ele tem um companheiro, uma retirada pomposa da empresa e mora numa cobertura em Ipanema no Rio de Janeiro.

Enquanto falava percebi que ele condensava as situações boas e ruins que a vida nos proporcionou e a consciência de que tudo não fora tão mal assim. E por fim acrescentou: — Senti muito a sua falta quando você partiu e confesso que levei muito tempo para libertar a minha mente dos traumas que essa separação me causou. Hoje me sinto curado e pronto para caminhar ao seu lado, não me esquecendo do meu padrasto e protetor, que me deu apoio, segurança, atenção, orientação de um bom viver e muita proteção, de modo que eu definiria como sendo ele o meu pai verdadeiro. Ouvindo o seu relato, concluí que quando tomamos uma decisão nem sempre sabemos as consequências que ela pode nos causar. Nesse instante, nos levantamos e nos abraçamos emocionados.

Despedimo-nos com a promessa de nos encontramos mais amiúde. E agora voltando sozinho para o meu lugar fiz uma reflexão de tudo que conversamos e concluí que somente o tempo é capaz de solucionar todos os problemas que se apresentam no caminhar de nossa existência. Senti-me leve e confiante de um dia ter, também, a admiração que o meu filho sentia pelo seu padrasto.

Depois daquela reunião que costumávamos fazer às sextas-feiras, fora do expediente normal, com os funcionários do alto escalão da empresa, convidei a engenheira Lucia de Abreu e a arquiteta Solange Medeiros para irem até a minha sala para uma conversa particular. E, assim, me expressei: — Em primeiro lugar, quero agradecer pelo projeto que vocês fizeram na cobertura do edifício Manoel Rodrigues, que foi destinada à minha nova moradia, e agora quando tudo foi decorado e arrumado gostaria de levá-las até lá para vocês verem o trabalho perfeito que fizeram.

Quando elas entraram e viram a minha cobertura, ficaram exultantes com a decoração e como tudo estava perfeito. Mostrei-lhes, ainda, a organização de toda a roupa de cama e mesa em seus devidos lugares. A Lucia falou: — Aqui teve o trabalho de uma mulher altamente capacitada. — Sim, respondi. Vocês devem conhecer a Augusta Oliveira, que trabalha na empresa que faz a limpeza de nossos empreendimentos. — Sim, conhecemos. Aliás, uma belíssima mulher que trabalha num serviço tão pesado. — Contei-lhes que a conheci há algum tempo enquanto fazia a limpeza desse prédio. E como precisava de ajuda convidei-a a fazer esse trabalho. Segundo ela me contou ainda nesse ano, será graduada em Administração de Empresas de uma faculdade de alto padrão de ensino.

Convidei-as a tomar champanhe para brindar à minha nova moradia. Dirigimo-nos à sala de jantar e lá servi, também, alguns petiscos. Foi um momento de grande satisfação para todos. Para elas a alegria de um projeto bem-sucedido e para mim que fiquei satisfeito com esse trabalho primoroso que executaram.

Nunca em nenhum momento me relacionei afetivamente com funcionárias da minha empresa, embora tivesse mulheres belíssimas em diferentes funções.

O champanhe estava no fim e me dirigi à cozinha para trazer outra garrafa, e quando voltava vi as duas se beijando calorosamente na boca. Disfarcei o acontecido e como elas perceberam que eu as surpreendi decidiram me contar sobre a vida delas. Falaram que quando estudavam na faculdade se conheceram e depois de algum tempo começaram um relacionamento amoroso, que já dura mais de dez anos. E, ainda, acrescentaram: — Cada uma vive em seu próprio apartamento e ficamos juntas em todo o tempo em que trabalhamos e nos momentos livres. Cada uma tem a sua privacidade e nos respeitamos. — Perfeito, respondi. Vocês devem juntar os conhecimentos de suas profissões, a sensibilidade de fazer projetos memoráveis e, ainda, terem um relacionamento com muito carinho e amor. Fico muito feliz de ter vocês em minha empresa e espero que esse trabalho seja sempre profícuo e venturoso.

Depois que elas se foram, comecei a refletir sobre o relacionamento amoroso que existe entre pessoas do mesmo sexo e me lembrei da minha secretária, Vanessa, que tem a mesma situação. Será que estão faltando homens disponíveis? Será que o melhor entendimento acontece de fato entre pessoas iguais? São perguntas para as quais não tenho uma resposta satisfatória. O que é fato é que existem menos agressões nesse tipo de relacionamento. Os homens em grande maioria usam violência no trato com as mulheres e alguns até as matam sem uma razão que justifique esse ato. E concluí: cada uma vive a sua vida como melhor lhe convém. O importante mesmo é ser feliz. Nos dois casos, além de serem funcionárias competentes, são amáveis e cumpridoras de suas obrigações.

Naquela manhã, ao chegar ao escritório, recebi um telefonema de Augusta me perguntando se podia me entregar, pessoalmente, o convite de sua formatura. — Seja bem-vinda, minha cara amiga. A que horas você virá? — Por volta das 5 horas, que é o horário que saio do meu trabalho. — Estarei lhe esperando. Parei um pouco e pensei que já havia se passado dois meses sem um telefonema dela para mim ou um meu para ela. O tempo passa rápido quando temos muitas obrigações a cumprir e decidir.

Sempre sonhei ser rico e poderoso, mas nunca me detive nas obrigações que esse sonho acarretaria e, ainda, o cansaço mental que por vezes não nos dá ânimo para fazer muitas coisas que gostaríamos. Durante todos esses anos, não fiz nenhuma viagem e em média trabalhei de dez a quatorze horas, diariamente.

No horário pontual, ela entra em minha sala, com uma roupa simples, o cabelo molhado de quem saíra do banho, mas com uma fisionomia de felicidade que em poucas vezes percebi em alguém. Acolhi-a em meus braços, beijei o seu rosto e recebi o seu convite. Folheie-o página por página e descobri que ela seria oradora da turma. Externei o meu contentamento por ela representar a sua turma no momento máximo da vida de um estudante que é a colação de grau. Sentamo-nos e ela relatou que o discurso já estava pronto em sua mente desde que começou os seus estudos. — Só falta agora sentar em frente ao computador, imprimir e ler nesse grande dia. E acrescentou: —Todos podemos chegar aonde queremos no trabalho ou nos estudos, mesmo que tenhamos nascido na periferia de uma cidade, sem o nome do pai e filha de uma mãe pobre. Desde criança tinha muita curiosidade por tudo e sonhava um dia ter uma profissão, uma moradia digna e ser feliz.

Aproveitei a oportunidade da euforia dela e perguntei: — Quem é Florisvaldo da Silva? —Um menino pobre, filho de pais drogados, que começou a sua vida muito cedo no mundo do crime. Sempre estávamos juntos conversando sobre a vida e como seria possível sair daquele lugar. Um dia a polícia pegou-o vendendo drogas e ele foi preso. Ao sair da cadeia, foi morto pelos seus comparsas por informar os nomes e endereços da organização de que fazia parte. Todas as pessoas pensavam que tínhamos um relacionamento amoroso. Mas não era verdade. Apenas conversávamos e sonhávamos com uma vida melhor. Nunca tive um namorado, sou virgem e quero encontrar um dia um homem verdadeiro e de princípios que possa caminhar comigo com decência, amor, ter uma vida familiar normal e que meus filhos saibam quem são os seus pais. Tive muitos assédios por ser uma mulher bonita, mas resisti a todos porque não via consistência no que eles me prometiam. Agora terei sem dúvidas uma grande vitória no dia 14 de dezembro quando serei diplomada em Administração de Empresas. E a partir desse momento vou procurar um trabalho nessa profissão. Segurei as suas mãos e falei: — Você quer fazer um estágio na minha empresa? Ela ficou surpresa com esse convite, arregalou os olhos e me abraçou chorando. — É verdade o que acabo de ouvir? Perguntou. —Sim, respondi. — Quanto você ganha na empresa onde trabalha? — Dois mil e duzentos reais. — Eu lhe pagarei o dobro. Pode pedir demissão na sua empresa e venha imediatamente trabalhar aqui.

Sabendo que ela não tinha carro, levei-a até a sua casa e ao chegar ao seu lugar ela me convidou para entrar porque queria dar a notícia para a sua mãe em minha presença. A sua genitora preparou um café e naquele ambiente de esperança e contentamento ela falou que mudara de emprego. — Onde você vai trabalhar agora, minha filha? Perguntou. — Na empresa do senhor Luca Marino, como estagiária. Aquela senhora humilde olhou para mim e agradeceu por essa oportunidade que dei à sua filha. E acrescentou: — Que Deus o proteja sempre!

Saí daquela casa com a sensação de ter feito um benefício grandioso para elas. A partir de agora, todo o sucesso de sua caminhada iria depender apenas de sua maneira de trabalhar, do proceder nas diversas situações e da transparência de suas ações. Percebi desde que a conheci que ela tinha sonhos e muita determinação para alcançar os seus objetivos. Certamente iria lhe ajudar sem qualquer comprometimento de um relacionamento amoroso ou simplesmente sexual. Ela merecia um companheiro que pudesse lhe proporcionar uma família, filhos e uma vida venturosa.

Inicialmente, coloquei-a como supervisora do setor de planejamentos das construções, porque gostaria de ver o seu desempenho num trabalho bem diferente do que tinha antes. Segundo informações, de seus superiores, ela estava desempenhando o seu trabalho a contento. Um dia pedi à minha secretária que a chamasse à minha sala, porque queria saber sobre a sua vida nos últimos meses. Para minha surpresa, naquele encontro, ela me relatou que mudara com a mãe para um pequeno apartamento que alugara num bairro de classe média. Mais uma vez, agradeceu a oportunidade de trabalhar em minha empresa e ressaltou que tudo faria para executar o melhor que pudesse. E acrescentei: — Você terá pela vida o meu mais sincero apoio. Você merece! —Obrigada.

Uma das situações infinitamente prazerosas é quando ajudamos alguém e percebemos que fizemos uma boa ação, e, ainda, essa pessoa reconhece o apoio que lhe damos e tenta corresponder à nossa expectativa.

Como já estava morando em minha cobertura há alguns meses, decidi reunir alguns amigos e familiares para um encontro ou, talvez, para mostrar-lhes todas as mordomias de que dispunha agora. Ter sido pobre e chegar a esse estágio de riqueza me fazia sentir feliz e poderoso.

Com a ajuda da minha secretária, relacionamos os convidados. E assim foi a lista: o meu filho, Andre; Augusta Oliveira, a minha amiga e funcionária mais recente; Lucia de Abreu e Solange Medeiros, autoras do projeto; Roberta Rodrigues, gerente do banco, e o esposo, Fabiano; Alicia Gouveia, milionária e minha amiga de longa data; Hortência Silveira, executiva e proprietária de uma empresa imobiliária que em alguns momentos me orientou em meus projetos; Ubaldo Santoro, milionário e amigo de longa data; o meu enteado, Antonio Gauthier, e seu companheiro, Nestor D'Avila; e Vanessa, com a sua companheira, Margarida Albuquerque. Os convites deveriam ser enviados com antecedência de duas semanas para ser possível a confirmação de quem iria comparecer.

Quando a minha secretária se ausentou, passei a refletir sobre a decisão desse encontro e sobre os convidados. Reuni-los era para mim não apenas o prazer de tê-los ao meu redor, mas vivenciar a presença deles em meu lugar e, ainda, observar o comportamento de cada um diante de tudo o que havia ali de luxo e suntuosidade. Tudo nessa vida se reveste de um propósito e eu tinha o meu. Alguns convidados eram pessoas bem-sucedidas nos negócios e outros faziam parte da minha empresa no mais alto escalão. O meu filho, André, era um convidado muito especial. Havia decidido, dias atrás, reconquistar a sua amizade e, também, trazê-lo para mais perto de mim. Afinal, ele era o único herdeiro de todo o meu patrimônio. Sabemos que tudo nessa vida tem o seu momento certo para acontecer. Basta tão somente que tenhamos a sabedoria de identificar quando esse instante chega. Agora, só me resta usar das artimanhas necessárias para um entrosamento perfeito.

No dia seguinte, chamei Augusta Oliveira à minha sala, comuniquei-a desse evento em minha cobertura e pedi-lhe que preparasse a decoração com muitas flores. O buffet ficaria a cargo de uma empresa especializada, bem como a música. Ainda lhe pedi para mandar um dos nossos funcionários fazer, em madeira, uma pista de dança redonda, nas dimensões 5x5 m no lado esquerdo da hidromassagem.

Naquele sábado levantei-me cedinho e como prometia um dia ensolarado fiquei na expectativa dos acontecimentos. O horário marcado do início desse encontro foi às 3 horas da tarde. Queria que eles desfrutassem o pôr do sol e as primeiras luzes da cidade ao anoitecer e a lua cheia que aconteceria naquela noite. Tudo foi meticulosamente planejado.

Em festa de milionário, não poderia faltar um mordomo encarregado de receber os convidados à porta. Este foi contratado pelo encarregado do buffet. Como eram doze convidados, foram colocadas seis mesas distribuídas na varanda em volta da hidromassagem. Os jardins tinham iluminação própria bem como nas mesas. Tudo muito discreto para que a luz do luar sobrepujasse em seu esplendor máximo.

Chegaram ao mesmo tempo Augusta e o mordomo, Gabriel Vasconcelos. Conversamos sobre alguns detalhes e em seguida deixei-os para as providências que se faziam necessárias. Mais uma vez, Augusta Oliveira me surpreendeu com o trabalho de coordenação e supervisão que fizera. A impressão que tive foi que ela não era apenas inteligente, criativa e sábia. Ela ao nascer trouxe o conhecimento, a habilidade e a capacidade de solucionar tudo da melhor forma. Reviu cada detalhe, cuidadosamente, para que a festa fosse um sucesso.

No horário previsto, chegaram o buffet, as bebidas e dois garçons. Tudo pronto. O telefone toca e recebo a notícia deque Antonio Gauthier e seu companheiro, Nestor D'Avila, não viriam porque no dia anterior sofreram um acidente de carro e estavam no hospital. Esse episódio não deveria ser do conhecimento dos demais convidados. Apenas informei para Augusta. Guardei essa informação para tomar providências no dia seguinte.

Os músicos tocando músicas levemente e o mordomo postado à porta, começaram a chegar os convidados. O primeiro foi o meu filho, André. Depois dos cumprimentos efusivos e de lhe mostrar toda a decoração, levei-o para conhecer Augusta. Nesse momento falei-lhe: — Apresento-lhe a minha mais nova amiga e também funcionária da empresa. Você está diante de uma mulher perfeita e que reúne todas as qualidades de uma pessoa que Deus autoriza vir ao mundo a cada mil anos. Os dois arregalaram os olhos e se cumprimentaram com um forte aperto de mãos.

Quando os convivas chegavam, Augusta acompanhava-os mostrando toda a cobertura e oferecendo um lugar para sentar. Nesse momento os garçons ofereciam bebidas e a música dava um toque de encantamento. Recebi muitos elogios pelo lugar e a decoração. Quando se é rico, você pode contratar os melhores profissionais das diversas áreas e não precisamente ser do seu gosto. Na proporção em que passamos a desfrutar de tudo, nos adaptamos inconscientemente e, ainda, temos a sensação de que o dinheiro não apenas compra, mas manda buscar o que há de melhor.

Eu, meu filho, André, e Augusta escolhemos uma mesa onde poderíamos ter uma visão privilegiada de tudo. De vez em quando, ela se ausentava para acompanhar todos os detalhes visando uma perfeição absoluta. Ela tinha a postura de uma perfeita anfitriã.

O conjunto musical canta "Aquellos ojos verdes" e, talvez, instintivamente, o meu filho convida Augusta para dançar. Os dois se levantam e se dirigem à pista de dança. Percebi que ele olhava fixamente para os belos olhos dela e conversavam alguma coisa. Os dois têm quase a mesma idade, sendo ele três anos mais velho. Admirei-os e veio à minha mente a possibilidade de um entrosamento de amizade entre eles. A meu ver, seria perfeito, porque ela precisa de um homem que a ame de verdade e ele de uma mulher com as qualidades de que é possuidora. Era apenas um devaneio do meu pensar.

E, assim, como planejei, o entardecer foi se aproximando, enquanto o sol ia se escondendo, as luzes da cidade apareciam e a lua em seu esplendor máximo ia surgindo devagarzinho como quem não tem pressa numa noite onde, certamente, ela seria admirada e sentida naquele lugar privilegiado da minha cobertura.

Correndo os olhos ao redor, estavam, também, na pista de dança Lucia de Abreu e Solange Medeiros, Alicia Gouveia e Ubaldo Santoro, ambos milionários. Numa festa acredito que o mais importante é o ar de felicidade que sentimos no olhar, no sorriso e na alegria que envolve os convidados.

Quando a lua surgiu, foi servido champanhe brindando àquela noite esplendorosa banhada pelo luar e a vista da cidade toda iluminada ao redor. Fui aplaudido como se estivesse em um palco desempenhando um papel, onde não havia falas, mas um cenário dos mais acolhedores onde todos se sentiam felizes de estarem ao meu lado.

Já passava das 2 horas da madrugada quando saíram do meu lugar. Cada um na despedida me abraçou e, novamente, recebi muitos elogios. Como Augusta não tinha carro, pedi ao meu filho, André, que a deixasse em sua casa. Poderia dispor do meu motorista, mas instintivamente optei por essa alternativa.

Agora, sozinho, andei em volta da hidromassagem, dos jardins, admirei o luar, olhei a cidade em volta e fiquei imaginando quantas pessoas agora estão na mesma situação: ricas, poderosas e sozinhas. As escolhas que fazemos para as nossas vidas estão sempre pautadas dentro dos nossos critérios. Não convidei nenhuma das mulheres com que tenho relacionamento sexual. Elas, apenas, representam em minha vida um contexto sem envolvimento afetivo. Os negócios são para mim mais importantes que elas. Elas satisfazem o meu lado libidinoso nessa variedade de química, comportamento e prazer. Só.

Escolhi uma suíte dentre as quatro que tenho e deitei-me e o sono deve ter chegado rapidinho porque quando acordei o sol já estava alto. Olhei o relógio e já passava do meio-dia.

Lembrei-me do acidente do meu enteado e fui até o hospital para visitá-lo. Ele recebe, mensalmente, 50% dos lucros da empresa, tem um apartamento de cobertura em Ipanema no Rio de Janeiro e um companheiro. Essas são as únicas informações que tenho sobre ele. Raramente nos visitamos. Moramos em cidades diferentes e as minhas obrigações com a empresa me impedem de manter um contato mais amiúde com eles.

Identifiquei-me na portaria do hospital e fui informado que eles não têm condições de receber visitas. Os dois estavam na UTI em estado muito grave. Em seguida telefonei para o meu advogado, o Dr. Romero Lisboa, e pedi-lhe que viesse ao meu encontro aqui no hospital. Ele chegou rápido e depois de conversar lhe pedi para tomar todas as informações sobre o acidente e as demais medidas legais. Eu sou o único parente deles.

No dia seguinte, o meu advogado me trouxe todas as informações do acidente, que aconteceu na Baixada Fluminense. Infelizmente o motorista do carro que atingiu o do meu enteado estava bêbado e fugiu do flagrante.

A polícia estava à sua procura. O mais importante agora era cuidar da recuperação dos dois com as providências que se faziam necessárias.

A vida, por vezes, tem acontecimentos difíceis de serem assimilados, instantaneamente. Lembro-me do primeiro dia em que o vi na casa de sua mãe, Catarina, quando ele me foi apresentado como um cientista na área de Biologia. Ainda, ela ressaltou que ele era alheio aos negócios do pai, João Gauthier.

A vulnerabilidade da vida é algo que nos assusta quando somos tomados de surpresa, como um acidente, uma doença incurável e até mesmo a morte. Embora saibamos que é uma situação inevitável a todos os seres humanos. Nesses instantes passamos a refletir que a vida está sempre por um fio e que por vezes não dispensamos a devida atenção aos familiares e amigos próximos. Esses percalços podem acontecer, não importando quem somos, nem como vivemos e muito menos a riqueza que possuímos. Tudo é transitório e passageiro. E, agora, me pergunto. Por que tanta luta para ser rico, famoso e poderoso? Talvez seja o instinto dos indivíduos no querer sobressair-se dentre os mortais numa situação gloriosa de vencedor.

Nos dias a seguir, fiz alguns telefone mas para o meu filho, André, e marcamos um encontro no próximo sábado para um jantar em minha cobertura. Aguardei-o com a ansiedade de um primeiro encontro com alguém muito especial. Arrumei as ideias em minha mente e premeditei-as para torná-las convincentes. Também, imaginei que todos merecemos uma segunda chance. Todos erramos em algum momento do viver e, como não é possível voltar no tempo e nas decisões, pelo menos podemos dialogar sobre as atitudes que mudaram as nossas vidas e como será possível termos outras perspectivas a partir de agora. Talvez, não precisemos apelar para o perdão, mas entender que, naquele momento, aquelas oportunidades tiveram motivações e forças superiores, de modo que não foi possível recusá-las.

Ele chegou no horário combinado com um presente: um champanhe. Trocamos cumprimentos e percebi em sua fisionomia algo de esperançoso. Essa bebida, certamente, iria brindar um novo recomeço de duas vidas que por algumas circunstâncias se separaram e agora tomariam um novo rumo diante das experiências vividas, separadamente, por nós dois.

Por alguns instantes, desfrutamos a cidade a nossos pés e, calados, cada um tinha um pensar diferente ou igual diante dessa atmosfera da beleza dos jardins levemente iluminados e da água da hidromassagem em movimento. Tudo contribuía para um entendimento perfeito. Era o que eu pensava agora.

Depois do jantar, convidei-o a sentar na espaçosa sala de estar e assim começou aquela conversa que se prolongaria pelo tempo necessário para dirimir todas as dúvidas que se alojavam em nosso subconsciente. Para minha surpresa, ele perguntou de supetão: — Quem é Augusta Oliveira, como o senhor a conheceu e que tipo de relacionamento tem com ela? Contei-lhe detalhe por detalhe e ainda mencionei ser essa mulher única no mundo pelas qualidades excepcionais que possui considerando sua origem humilde. Na proporção do meu relato, percebi que os seus olhos ganhavam um brilho incomum e o seu pensar vivenciava nuances de felicidade como poucas vezes presenciei em um ser humano.

Se pensarmos que todos os detalhes do nosso viver estão previamente determinados, eu diria que ter conhecido Augusta, naquela tarde, foi um despertar para entender que algumas mulheres são diferentes em atitudes, proceder e pensar. Reconheço que perdi muito tempo pensando nelas, apenas, como objeto de prazer e com a preocupação de ser cada dia mais rico para atraí-las com a finalidade de satisfazer os meus desejos carnais. Elas gostam de homens poderosos para se sentirem seguras e amparadas. No meu caso, eu não lhes dava nem segurança nem amparo. Apenas pequenos presentes de flores, perfumes e outros sem grande valor.

Enquanto o meu pensamento divagava, André sugeriu que tomássemos o champanhe com que me presenteara selando assim esse reencontro com muitas promessas de sucesso em futuro próximo. Já era madrugada quando nos despedimos e marcamos um novo encontro em quinze dias e no mesmo lugar.

Naquela segunda-feira, depois dessa conversa com o meu filho, chamei Augusta Oliveira à minha sala. Queria saber as reações dela ao conhecer o meu filho. Para minha surpresa, ela investiu-se de sabedoria e apenas me contou que ele a deixou em sua casa, beijou o seu rosto e se foi. Diante dessas impressões monossilábicas, nada mais deveria perguntar por ser notório que os segredos que envolvem duas pessoas devem ser apenas do conhecimento deles. Guardei a minha curiosidade em lugar de difícil acesso para não se repetir.

O meu advogado, o doutor Romero Lisboa, me telefonou avisando-me que o meu enteado, Antonio Gauthier, falecera nessa madrugada e que o seu companheiro, Nestor D'Avila, não resistiria por muito tempo conforme informação do médico. Todas as providências de praxe foram tomadas para um sepultamento digno, que certamente seria o desejo de sua mãe,

Catarina Gauthier. Imediatamente fui até o hospital e acompanhei com o meu funcionário as providências cabíveis. Enquanto estava ali ao lado do caixão mortuário, ocorreu-me lembrar que nascemos, vivemos e morremos num dia qualquer, e, às vezes, sem prévio aviso. Não havia ao meu redor ninguém triste, chorando ou lamentando aquela morte. Era como se ele tivesse nascido, vivido e morrido sem amigos, companhia ou família. São situações inerentes a alguns viventes que podem acontecer em qualquer lugar do mundo. Uma semana depois, o seu companheiro, também, faleceu. E, igualmente, cumpri a minha obrigação.

Pedi ao meu advogado que fizesse um levantamento dos bens deixados por Antonio Gauthier e se haveria testamento. Depois de um mês de pesquisa, recebi um relatório de que o meu enteado não fizera nenhum documento e, portanto, como ele não tinha outros familiares, o seu patrimônio seria incorporado ao meu. O seu companheiro, Nestor D'Avila, também, não tinha parente. Ele era filho de mãe solteira e esta havia falecido cinco anos atrás. Um ano depois, o apartamento foi vendido com todos os pertences e mobília que ali havia.

Na noite que antecedeu esse novo encontro com o meu filho André, o sono me abandonou e fiquei a imaginar uma solução que atendesse às necessidades de todos os envolvidos: ele, o padrasto e eu. Conviver com alguém por mais de 25 anos cria raízes profundas e no caso do meu filho o Dr. Mario Augusto Vieira teria sido o verdadeiro pai para ele. Ainda, eles tinham um escritório de advocacia onde ele trabalhava desde a adolescência. Como eu tinha uma empresa que ocupava o meu tempo em muitas horas do dia e da noite, não dispensei a André uma atenção que ele merecia. Por outro lado, deveria enfatizar nesse encontro ser ele o meu único herdeiro e para tanto fazê-lo conscientizar-se que em caso de minha morte era premente a necessidade dele tomar conhecimento de toda a sistemática dos meus negócios. A confiança dos meus argumentos ocupou a minha mente e pressentia que teria sucesso. Mandei a ansiedade se afastar e mantive a calma.

Dias antes pedi para o meu jardineiro, João de Souza, que deixasse os jardins bem-cuidados, à faxineira, Tolentina da Silva, a melhor limpeza e à cozinheira, Maria da Conceição, um almoço especial de peixes e frutos do mar. Eu sabia que ele gostava dessas iguarias. Tudo estava minuciosamente preparado para esse reencontro.

Mais uma vez, ele foi pontual. Ao entrar me cumprimentou e falou: — Tenho uma surpresa para o senhor. Fomos para a varanda e naquele cenário fantástico e acolhedor ele começou o seu relato. — Eu e a Augusta estamos namorando. Desde que a conheci aqui em sua casa me apaixonei por ela. Realmente tenho descoberto que ela além de ser bela é uma mulher responsável, trabalhadora, sensível, de bom caráter e ainda possuidora de dois olhos verdes como nunca vi iguais. Externei o meu contentamento e desejei muita felicidade para os dois.

Agora, tinha mais um motivo para convencê-lo a participar da minha empresa. Tudo estava se encaixando de maneira precisa.

Inicialmente, perguntei-lhe detalhes do seu trabalho no escritório do seu padrasto. Ele conversou por quase meia hora e percebi que ele estava feliz com as suas funções, considerando, também, que ele era advogado. Aproveitei o entusiasmo dele e lhe fiz uma pergunta. — Vamos colocar a minha empresa como mais um cliente de seu escritório? Como ele, certamente, não esperava essa proposta, senti que essas palavras invadiram a sua mente e num retorno imediato perguntou: — Verdade? Essa proposta é verdadeira? — Sim, respondi. Há algum tempo, tenho pensado como retribuir os cuidados que o Dr. Mario Augusto Vieira lhe proporcionou em todos esses anos e, também, como tê-lo mais perto de mim considerando ser você o meu único herdeiro. Instintivamente nos levantamos, nos abraçamos e nos emocionamos. Essa foi uma solução que suavizou os traumas do passado e por certo viveríamos, a partir de agora, outros momentos efetivamente mais próximos e felizes.

Naquele momento marcamos uma reunião na minha empresa com ele e seu padrasto para as providências legais que são necessárias. O almoço naquele dia teve um gosto especial diante das decisões que tomamos. O mundo me pareceu ameno e as preocupações que tive em todos esses anos desapareceram sem me dizer para onde iriam. Ter a oportunidade de reparar um erro e começar um novo viver é algo extraordinário que somente as pessoas que experimentam dessas atitudes sentem. Os filhos não pedem para vir ao mundo. Cabe aos pais assumir as responsabilidades de orientá-los pela vida para torná-los cidadãos conscientes e úteis à comunidade. Nesse caso o meu filho teve um pai adotivo que cuidou dele como se fora realmente o seu próprio filho e, agora, para surpresa de todos, formaremos uma só família na vida e nos negócios.

Naquela manhã a minha secretária me avisou que o Dr. Mario Augusto Vieira e o meu filho, André, estariam chegando à minha empresa por volta das 11 horas. Aquele encontro era muito importante para mim diante do que iríamos conversar e decidir. Fiquei em estado de alerta e com as ideias prontas para as soluções imediatas que tomaríamos.

Ao entrarem em minha sala, cumprimentei-os. O Dr. Mario mencionou que esteve comigo da última vez na festa de formatura do meu filho, André. Também, acrescentou que tinha conhecimento do sucesso da minha empresa no setor imobiliário como uma das mais potentes do ramo.

Expliquei, a seguir, todas as razões de convidá-los para sermos mais uma cliente do seu escritório de advocacia. E em tom de brincadeira falei: — Somos todos mortais e o André é o meu único herdeiro, nada mais justo que ele esteja entrosado com todos os procedimentos da minha empresa. Ainda, mencionei que tinha um advogado há mais de vinte anos, o Dr. Romero Lisboa, profissional experiente e que tem me ajudado muito em todos esses anos. Acrescentei que não iria dispensá-lo por enquanto até que houvesse um entrosamento perfeito do seu escritório nas necessidades da minha empresa. Os acontecimentos que ocorrem em uma empresa imobiliária são os mais diversificados e às vezes complicados na solução.

Nesse momento o Dr. Mario me informou que eles têm duas outras empresas desse ramo como clientes. — Fique tranquilo, senhor Luca Marino, faremos o melhor trabalho. Temos experiência de mais de vinte anos. Em seguida abriu uma pasta, retirou um documento e me entregou. — Essa é uma minuta de contrato que fazemos com nossos clientes. Depois que o senhor ler e se estiver de acordo podemos assinar. Apenas gostaria de saber o prazo de vigência desse documento e o valor dos honorários a serem pagos.

Foi-nos servido um cafezinho pela minha secretária, Vanessa, e descontraidamente conversamos outros assuntos de somenos. Estava, naquele momento, selado um encontro e um negócio com o meu filho e o seu padrasto, a oportunidade de ter uma maior convivência com ele e ainda me livrar dos traumas que vivenciei todos esses anos quando o abandonei na esperança de me tornar rico e poderoso.

Quando decidimos, um dia, seguir por um caminho que não era aquele que tínhamos à nossa frente, sempre a dúvida nos acompanha se fizemos uma escolha certa. O tempo tem o poder de nos mostrar que, embora tenhamos sofrido alguns riscos e desafios, era esse o rumo que deveríamos tomar. Tudo nesta vida se apazigua, principalmente, quando somos bem-sucedidos nessa empreitada.

Dias depois o contrato de prestação de serviços na área de advocacia, de propriedade do Dr. Mario Augusto Vieira, foi assinado por ele, por mim e por meu filho, André Marino.

Em nossas reuniões semanais, tínhamos a presença do meu filho, André, e de Augusta Oliveira, que fora promovida para as funções de supervisora-geral. Passei a delegar alguns poderes para o meu filho na esperança de que um dia ele fosse capaz de tomar as rédeas da empresa e solucionar qualquer tipo de problema. Percebia, também, que a vida dele mudara desde que conheceu a minha amiga e agora sua namorada.

Quando o amor e os negócios estão alicerçados na confiança mútua e num olhar na mesma direção, o sucesso, inevitavelmente, acontecerá. A força que os move num entendimento perfeito lhes dá o poder de enfrentar qualquer obstáculo que porventura surja.

Agora, visualizava dias de folga, de viagens e mais atenção às minhas amigas, porque desde que assumi a empresa, como herdeiro, vivi longos dias de trabalho e muita preocupação. Felizmente um novo horizonte se descortinava no meu viver.

Naquela manhã ao acordar tive uma ideia fantástica: reunir a família do meu filho, Augusta Oliveira e a sua mãe, Diva Oliveira, minha secretária, Vanessa, e a sua companheira, Margarida Albuquerque, para uma festa em minha cobertura para comemorar os dois anos de um trabalho com essa nova equipe. Pressentia que algo estava acontecendo e numa descontração de um encontro como esse poderia me inteirar de alguns acontecimentos visando soluções futuras.

Todas as providências foram tomadas e a festa foi marcada para um sábado. Contratei uma empresa de eventos e deixei a cargo da minha secretária o que deveria ser servido. Ela sabia como comandar tudo. A música seria em pen drive onde escolhi aquelas que me traziam lembranças de diferentes ocasiões. Reviver momentos em que fomos felizes ou de profunda tristeza faz uma varredura em nossa mente deixando-a apta para guardar, a partir de agora, somente o que nos convém.

As expectativas que norteavam a minha mente nesse acontecimento eram um rever de fatos e vivências de mais de vinte anos numa caminhada onde houve grandes emoções. Em diversas etapas da vida, vivemos momentos de angústia e incerteza e muitos desafios, mas o tempo se incumbe de nos mostrar que, às vezes, aqueles episódios eram necessários para um futuro diferente, embora não tivéssemos certeza de um final em que todos ganhariam com as mudanças.

Deixei dessa vez Augusta, apenas, como convidada. Certamente ela estaria acompanhada do seu namorado — o meu filho, André. Quando me levantei nessa manhã, os serviçais já estavam a postos, cuidando de cada detalhe para o sucesso dessa festa. Previa grandes surpresas e reencontros. Quando amamos alguém de verdade, mesmo que ocorram mudanças na vida de todos, há sempre aqueles resquícios escondidos no subconsciente que é impossível esquecer, mesmo que queiramos.

Os primeiros a chegar foram o meu filho, André, Augusta e a sua genitora, Diva Oliveira. Depois Vanessa e Margarida e por último o Dr. Mario Augusto Vieira, sua esposa, Giovana, e a filha, Angela. Todos já conheciam a minha cobertura exceto minha ex-esposa, seu marido e a filha. Cumprimentei-os à porta de entrada e convidei-os a conhecer minha casa. Fixei o olhar na aparência de Giovana e percebi que os anos lhe foram benevolentes. Ela aparentava uma idade inferior à que tinha e ainda ficara mais bonita. Vestia uma roupa elegante e tinha a postura de uma mulher consciente de estar feliz. Evitava olhar para Giovana. Sabia que apesar dos pesares em sua mente e, também, na minha revivíamos imagens de um passado que foi cheio de encanto e que as vicissitudes da vida nos separariam para viver diferentes situações. Cada um ao seu modo assumiu a sua própria vida e estávamos felizes. Quando chegamos à varanda, ela falou: — Você mora em um lugar fantástico. Parabéns pelo bom gosto.

Em seguida juntamo-nos aos demais convivas e ao som de músicas antigas e atuais nos deliciávamos com os drinques e petiscos que eram servidos.

André e Augusta vivenciavam o amor em sua mais alta plenitude com pequenos gestos de carinho. Percebia-se a felicidade entre eles.

Já passava da meia-noite quando o meu filho e Augusta aproximaram-se de mim e ao meu ouvido ele falou: — Tenho algo muito importante para conhecimento de todos. Por favor, pare a música por alguns instantes, e vamos nos reunir em sua ampla sala de estar. E assim procedi. Agora sem música e alguns com a fisionomia de surpresa aguardavam o transcorrer do que estava por vir. André me olhou, assim como com todos os convidados e pausadamente falou: — Hoje é para mim um dia muito especial, aliás, para todos nós que há algum tempo nos tornamos uma única família. E tenho certeza de que é também um dia glorioso para mim e Augusta. Aproximou-se da mãe de Augusta e emocionado falou: — Senhora Diva

Oliveira, conceda-me a mão de sua filha em casamento. Descobrimos que nos amamos desde o primeiro momento que nos vimos. Prometo à senhora que tudo farei para proporcionar à sua filha toda a felicidade que alguém pode ter nessa vida. Ela reúne qualidades de uma pessoa que tendo nascido na simplicidade de um viver se tornou com esforço próprio e, também, com a sua ajuda e exemplos uma mulher de bom caráter, esforçada e vencedora em todas as etapas da vida. Nós nos merecemos porque a minha vida também teve nuances iguais.

Em seguida abriu uma caixinha onde havia um anel com um diamante e colocou no dedo de Augusta. Trocaram beijos e abraços e receberam cumprimentos dos presentes. A senhora Diva aproximou-se de sua filha e emocionada disse: — Desejo-lhe toda a felicidade que um ser humano pode viver nesse mundo. Você merece, filha querida. Em seguida aproximou-se de André, cumprimentou-o e igualmente desejou que fossem felizes nesta vida e por toda a eternidade.

Com champanhe brindaram esse emocionante momento. Para André e Augusta, o início de uma nova vida. Para Luca Marino, a tranquilidade de um acontecimento feliz para o seu filho, novas perspectivas para a sua empresa e o vislumbrar de uma liberdade que certamente teria em sua vida privada depois de tantos anos de um trabalho árduo. Para os demais familiares, novos horizontes que se descortinariam. E, assim, todos estavam felizes com um olhar para um futuro promissor.

O casamento aconteceu três meses depois com quinhentos convidados num salão de eventos onde o luxo e a felicidade deram as mãos para vivenciarem um dia inesquecível.

CAPÍTULO 8

ELEONORA MORAIS — UMA MULHER DESLUMBRANTE

Decididamente agora serei um homem mais livre dos compromissos da minha empresa. Depois de dois anos de uma atuação efetiva de André e Augusta, que estão realizando um trabalho satisfatório em todos os aspectos, não tenho mais aquele compromisso de estar trabalhando por quase doze horas seguidas. Em nossas reuniões semanais, leio os relatórios de todo o trabalho executado, assim tenho a oportunidade de orientá-los como proceder para melhores resultados nas construções e vendas dos imóveis.

Naquela noite ela estava acompanhada de alguns amigos jantando no meu restaurante favorito. As mesas estavam próximas. De repente os nossos olhares se encontraram e tive a nítida impressão de que ela deveria me conhecer. Não tinha nenhuma lembrança de tê-la visto antes apesar dos seus quase dois metros de altura, um corpo esculTural, cabelos castanhos à altura dos ombros e vestida com uma roupa extravagante. Era impossível ignorá-la naquela indumentária. O grupo se divertia e davam muitas risadas extravagantes. Todos eram jovens com idade entre 25 e 30 anos.

O seu sorriso tinha um fascínio incomum mostrando dentes perfeitos com lábios carnudos e provocantes. E, assim, ficamos trocando olhares e eu imaginando-a sem aquela roupa, nua em meus braços e deslizando as minhas mãos sobre o seu corpo esguio. Talvez ela tivesse os mesmos pensamentos imaginando quem eu era, o porquê de estar sozinho e como seria o meu proceder no sexo.

A curiosidade feminina por vezes ultrapassa os limites de tudo que imaginamos. Elas são ladinas, astutas e quando querem um relacionamento com um homem são capazes de tomar qualquer atitude para satisfazer o seu desejo.

Pela sua postura, imaginei que ela não tinha nenhum relacionamento com os seus acompanhantes. Deveriam ser apenas amigos.

O jantar deles terminou antes do meu e se foram. Ainda olhando-a por trás visualizei suas nádegas salientes e perfeitas. Ao se aproximarem da porta de saída, ela olhou mais uma vez para mim para ter a certeza de que eu continuava admirando-a.

Depois de alguns minutos, o garçom que nos atendia aproximou-se de mim e me entregou um cartão de visitas com o seu nome e o número do telefone: Eleonora Morais, modelo de uma companhia internacional.

Naquele mesmo dia, por volta das 9 horas da noite, lhe telefonei. Ela atendeu, prontamente, como se estivesse aguardando o meu chamado. — Você sabe quem sou eu? Perguntei-lhe. — Sim. A minha mãe quando ficou viúva vendeu a nossa casa e comprou um apartamento de sua construtora, onde moramos. No dia da assinatura do compromisso de compra e venda, eu o vi de relance. Sabia, apenas, que você era o proprietário dessa empresa. Você é muito charmoso e por isso sempre chama atenção das mulheres. —Obrigado, respondi. E você além de bela tem uma voz encantadora. E, assim, durante algum tempo conversamos assuntos banais. Em seguida lhe passei o número do meu telefone e ela falou: — Vou guardar esse número com carinho. — Obrigado, respondi.

Dias depois ela me telefona informando que dentro de uma semana viajaria à Europa para desfilar em eventos de alta-costura em Paris, Lisboa, Roma, Milão e Florença. Em tom de brincadeira, falei: — Você não quer me levar? Ela astutamente respondeu: — Será que a sua mulher o deixaria viajar comigo? A intenção dela era a de saber se eu tinha compromisso familiar. — Não se preocupe. Eu sou um homem sozinho e solitário. Percebi que ela levou um susto e ao se recompor disse: —Seja bem-vindo, embora o meu trabalho me deixe ocupada por até quinze horas, diariamente. — Ainda sobram nove horas, tempo em que poderemos fazer muitas coisas. Ela deu uma risadinha maliciosa e concluiu: —Certamente.

— Você poderia me informar o roteiro de sua viagem, os nomes dos hotéis, os números dos telefones e os dias onde você estará em cada um deles, assim, poderei, mentalmente, lhe acompanhar. Aproveitei o embalo da conversa descontraída e convidei-a para jantar no dia seguinte, que era um sábado. Ela aceitou. Nesse primeiro encontro, poderia avaliar se valeria a pena me deslocar para outro continente para encontrá-la.

Combinamos que eu a pegaria em seu apartamento por volta das 8 horas da noite. Era também a oportunidade que eu teria de saber se realmente aquele edifício foi construído pela minha empresa. Ela foi pontual e já me esperava no saguão do prédio. Trocamos beijinhos e saímos de mãos dadas em direção ao carro.

O restaurante escolhido foi um de sua preferência. Segundo afirmou nesse lugar tem uma boa comida e uma sobremesa deliciosa. Para mim o importante não era o que iríamos comer, mas estar ao seu lado para conhecê-la melhor, embora seja uma tarefa difícil conhecer em profundidade as mulheres, principalmente, num primeiro encontro. Elas têm truques e disfarces que, às vezes, nos deixam atônitos.

Durante o jantar, ela me fez muitas perguntas sobre a minha vida. Os homens, normalmente, não gostam de mulheres que querem saber muito sobre o nosso viver e, ainda, sobre relacionamentos afetivos. Dei-lhe respostas monossilábicas e dentro da minha conveniência. Ela talvez não saiba que os adultos dissimulam e dizem apenas o que lhes convém. Também, ela tinha apenas 32 anos e ainda estava aprendendo como viver nesse mundo cheio de facetas onde os humanos aparentam um proceder que nem sempre traduz a realidade.

O importante para mim é levá-la para a cama. Somente nessa situação conseguimos avaliar as mulheres. Às vezes uma mulher pode até ser fútil ou superficial e depende muito da atividade que exercem. E quanto menos inteligente, melhor.

Terminamos o jantar com um cafezinho e um licor.

Enquanto caminhávamos em direção ao carro, perguntei-lhe o que gostaria de fazer nesse momento. Ela respondeu categoricamente. —Voltar para o meu apartamento. Sem questionar levei-a à sua moradia. Com essa atitude, percebi que ela costuma tomar decisões individuais sem se importar com o pensar dos outros. Ou seja, é uma mulher independente e que certamente costuma fazer o que quer dentro dos seus critérios.

Quando parei o carro no estacionamento do seu lugar, pedi que ela esperasse um pouco. Dei a volta em frente ao carro, abri a porta, segurei a sua mão e ela saiu. Ficamos um em frente ao outro sem palavras ou gestos. Num ato espontâneo, ela me abraçou e beijou o meu rosto. Aquele corpo esguio, quente e perfumado me despertou um desejo enorme de levá-la à minha cobertura. Detive-me. Eu teria condições de possuí-la em outra oportunidade em qualquer lugar que eu quisesse. Talvez até em outro continente. Em sua mente, talvez pairasse o mesmo pensamento.

Naquele domingo, por volta das 9 horas da manhã, o telefone toca e ainda sonolento atendi. Era Eleonora Morais me ligando de Roma. — Alô, querido, já estou na Itália e amanhã começo a trabalhar. Não se assuste. Estou com saudades de você. —Fico feliz. Em meus momentos de folga, você também esteve em minha mente. Ainda conversamos sobre a viagem e ela prometeu que me avisaria sobre o roteiro dos demais lugares em que trabalharia.

Quando se tem boas condições financeiras, é sempre encorajador ir ao encontro de uma bela mulher em qualquer lugar em que ela esteja. Principalmente, se for para o primeiro contato sexual. A curiosidade envolve os nossos pensamentos e ficamos a prelibar os prazeres que podemos usufruir com relação à química, os detalhes do corpo, as emoções das carícias trocadas e todo o envolvimento que acontece nessas ocasiões.

Reuni-me com o meu filho e Augusta na minha sala e comuniquei-lhes que em breve viajaria à Europa onde deveria ficar por uns quinze dias. Essa seria a primeira vez que eles sozinhos tomariam o comando da empresa. Realmente estava precisando espairecer a mente como também ter a certeza de que eles seriam capazes de solucionar qualquer problema que surgisse. E, ainda, ter uma mulher, à minha espera, com a metade da minha idade, era um desafio que me deixava entusiasmado.

Já passava das 10 horas da noite quando Eleonora me telefonou que o seu trabalho seria concluído em Milão, onde deveria chegar em cinco dias para permanecer uma semana. Eu já conhecia essa cidade de quando estive lá com Catarina. Fiquei empolgado de voltar àquele lugar e rever alguns pontos turísticos, restaurantes sofisticados, lojas de produtos famosos e acima de tudo ter em minha companhia uma mulher bela e jovem.

No dia seguinte, providenciei a compra da passagem e fiz reserva num hotel de cinco estrelas. Naquela noite, quando o avião levantou voo em direção a Milão, sentia um misto de alegria, bem-estar, e a certeza de que desfrutaria de dias fantásticos.

Ao chegar ao hotel, telefonei para Eleonora onde estava hospedado e ela surpreendentemente falou: — Esse hotel é um luxo! Aguarde-me. Estarei aí amanhã ao anoitecer.

Enquanto aguardava a sua chegada, providenciei a compra de uma sofisticada cesta com diversos tipos de chocolate, champanhe, vinhos, licor e outras iguarias. Também pedi ao hotel que enviasse para a minha suíte um arranjo de flores. Assim estaríamos cercados de muitas coisas que deixam o nosso viver encantador. As mulheres gostam de mimos assim. Tinha certeza de que ela se deslumbraria ao entrar nesse lugar.

Não dormi o suficiente nessa noite que antecedeu o nosso encontro. Tive muitas mulheres pela vida e sempre o primeiro encontro me deixa numa expectativa fora do normal.

Ao acordar, nesse dia, lembrei-me que ela chegaria ao final da tarde. Telefonei para a portaria e avisei que quando Eleonora Morais chegasse à recepção eu deveria ser avisado para encontrá-la nesse local.

Saborear a sua presença me deixava esperançoso. A minha mente estava centrada em sua figura esguia, bela e jovem. Certamente viveria ao seu lado momentos inesquecíveis. Não saberia ao certo quantas mulheres passaram em minha vida de maneira fugaz ou permanente. Com todas desfrutei ao máximo todo o envolvimento que me foi dado sentir. Algumas ainda convido-as, de vez em quando, para visitarem em minha cobertura sempre oferecendo um jantar com champanhe. Todavia, para mim o que me deixa mais feliz é conhecer uma nova mulher. Esse foi um sonho que acalentei durante toda a minha vida. Eu precisava ser rico e poderoso para ser possível ter todas as mulheres que quisesse. A oportunidade chegou e agora só me resta aproveitar cada minuto com muito prazer.

O telefone toca e sou avisado que Eleonora Morais chegara. A indumentária que escolhi para recebê-la me deixava jovial embora alguns cabelos brancos denunciassem a minha idade. O importante para mim era ser visto por ela como um homem rico proprietário de uma empresa poderosa. As mulheres gostam de homens bem-sucedidos e que podem lhes proporcionar momentos inesquecíveis na cama e fora dela.

Entrei no elevador que me levaria ao térreo e como havia um enorme espelho mirei-me e concluí que a minha aparência estava perfeita pelos anos que já vivi. Não tinha barriga saliente embora nunca tenha frequentado academias por falta absoluta de tempo, tinha músculos fortes e uma energia que certamente a deixaria surpresa. O meu desempenho sexual segundo as minhas amigas rotineiras estava em elevado poderio. Como eu tenho uma atração muito forte por mulheres num primeiro encontro, certamente eu a deixaria impressionada e essa seria mais uma que estaria à minha disposição em qualquer lugar deste planeta sempre que eu me dispusesse a encontrá-la.

Quando os nossos olhos se encontraram, nos abraçamos, nos beijamos e segurando a sua bagagem caminhamos em direção à nossa suíte. Ela estava impecavelmente linda. Os cabelos soltos e no seu olhar o brilho de uma mulher feliz. O seu vestido longo desenhava o contorno do seu corpo com suavidade. No elevador olhávamos um para o outro, silenciosamente, como não querendo acreditar ser esse encontro verdadeiro. Mas era.

Abri a porta e pedi que ela entrasse. Queria sentir a sua reação ao ver as flores, a cesta de bebidas e outros, como também o luxo daquele aposento. Ela olhou tudo em volta e me agradeceu num abraço carinhoso. Em seguida acariciou as flores, abriu a cesta e com uma delicadeza impecável pegou cada item ali contido e quando segurou o champanhe falou: —Essa é a minha favorita. Mais uma vez, nos abraçamos e nos beijamos com um carinho de muita ternura e expectativas.

Uma das situações mais gratificantes entre duas pessoas que se conheceram recentemente é a atmosfera e o envolvimento de bem-estar que nos cerca. É um sentir indefinido e cheio de mistério. Cada ser humano que conhecemos e nos relacionamos, há um acréscimo de experiências únicas.

Decidimos jantar no restaurante do hotel e em seguida voltamos à suíte. Ela desfez a mala e colocou algumas roupas no guarda-roupa. Depois foi tomar banho. Enquanto ouvia o barulho da água a deslizar sobre o seu corpo, imaginei o seu comportamento na cama e que vestimenta ela usaria.

Depois de alguns minutos, que me pareceram uma eternidade, ela surge num vestido transparente onde era visível a sua calcinha. Levantei-me, rapidamente, e nos abraçamos e assim começou uma noite de muito tesão e sexo. Uma fêmea linda e fogosa.

Ficamos nesse hotel por uma semana e aproveitamos para visitar alguns pontos turísticos da cidade. Ela era encantadora, bem-humorada e fazia sexo como poucas que tive antes. Voltei a sentir o tesão dos meus 30 anos.

Naquela manhã ao acordar ela me falou que precisava partir porque tinha um compromisso profissional na cidade de Florença. — Posso lhe acompanhar? — Não. Naquela cidade tenho muitos amigos que certamente estarão comigo em todo o meu tempo livre. Diante do que ouvi, não tive argumentos para refutar.

Acostumado a ter muitas mulheres à minha disposição e manipulá-las ao meu bel-prazer, essa atitude de Eleonora Morais me deixou desapontado. Realmente não sabia como reagir ou convencê-la a viajar com ela para Florença. De qualquer maneira, vivi uma semana prazerosa e isso bastava.

Enquanto ela arrumava a mala, fiquei observando a sua figura e imaginando que outros homens em Florença iriam desfrutar de seu corpo e de seu tesão. Mantive-me impassível sem demonstrar que estava triste. Aliás, foi uma das poucas vezes que tive vontade de permanecer mais tempo ao lado de uma mulher. A vida é assim e certamente vou conhecer outras e em algum momento ela ficará no esquecimento.

A despedida foi fria e sem entusiasmo e, agora, restava-me, apenas, também, arrumar as minhas malas e voltar ao Brasil.

Marquei a minha passagem para o dia seguinte e naquela noite decidi sair para jantar em um restaurante que conheci quando estive aqui com Catarina. Lembrei-me que naquela época tinha apenas 40 anos. Hoje aos 65 e com alguns fios brancos percebo que a energia sexual é mais lenta e que será necessário sempre ter a motivação de mulheres jovens, além de uma química perfeita, para sermos bem-sucedidos. É bem provável que Eleonora tenha recusado a minha companhia até Florença devido à diferença de nossas idades. Lá ela iria encontrar amigos jovens e eu seria colocado numa situação de desconforto para ambos. Não importa se você é poderoso nos negócios e rico. A idade chega de qualquer maneira não nos poupando dos percalços em que ela nos envolve com relação às mulheres.

Enquanto voltava ao Brasil, pensei que viajar deve ser sempre um prazer movido pelos motivos ou sonhos. Como agora não tenho tantas responsabilidades com a minha empresa, vou, de vez em quando, viajar para lugares interessantes, sozinho ou acompanhado de uma das minhas amigas. Certamente elas vão amar essa ideia e vamos experimentar momentos únicos em lugares fantásticos.

Naquela manhã, ao chegar ao meu escritório, a minha secretária me avisou que uma mulher havia me telefonado e que precisava falar urgente comigo. — Ela deixou o nome e o número do telefone? — Não, respondeu Vanessa. — Se ela ligar novamente, por favor, passe a ligação para mim. Fiquei imaginando quem poderia ter me telefonado e ainda afirmar ser urgente. Certamente não seria nenhuma das mulheres com que tenho relacionamento afetivo porque elas nunca devem me procurar no meu trabalho.

Estava em minha cobertura desfrutando da hidromassagem quando o telefone toca. Não atendi para não interromper o prazer que sentia naquele momento. Duas horas depois, outra chamada, e assim decidi atender. Era Eleonora. A troca de cumprimentos foi normal de duas pessoas que se conhecem. Apenas isso. Ela, talvez, percebendo a frieza com que atendi ao seu chamado, decidiu euforicamente encher-se de coragem e afirmar que tinha uma grande notícia para mim. Antes me perguntou quando voltei ao Brasil e se tudo estava bem. — Sim, tudo está bem e você onde está agora? — Em Miami, respondeu. Vou fazer alguns desfiles nessa cidade e depois irei para Nova York, Los Angeles e Canadá. Você gostaria de se encontrar comigo em algum desses lugares ou em todos? — Possivelmente, não. Não quero atrapalhar a sua vida com os seus amigos. Ela deu uma gostosa gargalhada e falou: — Não tenha ciúmes dos meus amigos da Europa. Eles agora estão lá e eu aqui com três amigas, também modelos, que juntas viajaremos para os desfiles. — Vou pensar e se eu decidir qualquer coisa lhe chamarei.

Revivi os grandes momentos que vivemos em Milão e ainda sentindo os prazeres que ela me proporcionou resolvi pensar se deveria lhe acompanhar a algum lugar. Ainda sentia a frieza em seu falar quando se despediu de mim porque ia ao encontro de outros homens em Florença.

Como eu não conhecia esses lugares onde ela trabalharia e depois de algumas reflexões, decidi lhe telefonar que iria ao seu encontro em Miami. No dia seguinte, pedi à minha secretária que providenciasse a passagem e fizesse uma reserva num hotel cinco estrelas em um lugar bem movimentado da cidade. Fiz algumas pesquisas sobre essa cidade e vi fotos deslumbrantes, inclusive, das praias. O meu maior problema era que não falava e nem entendia a língua inglesa, mas instantaneamente pensei: os dólares que levaria iriam, sem dúvida, suprir a minha falta de conhecimento desse idioma. Ainda, Eleonora falava três idiomas fluentemente, portanto não teria dificuldade de comunicação. Providenciei um dicionário inglês-português para quando estivesse sozinho poder consultar e entender o que eles falavam.

Naquela noite, quando o avião levantou voo em Guarulhos em direção à América do Norte, o meu coração fez alguns disparos e lembrei-me que um amigo me disse que na cidade de Miami fala-se mais espanhol do que inglês. A língua portuguesa é irmã gêmea da língua espanhola. Imediatamente relaxei e concentrei o meu pensamento nas emoções que viveria naquela cidade.

As mensagens da tripulação eram em inglês e português. Depois do jantar, tentei dormir, mas a expectativa de conhecer um novo país e encontrar Eleonora não me deixou relaxar.

Finalmente chegamos quando o dia já dava sinais do amanhecer. Como eu havia lhe informado a companhia aérea e o número do voo, seria bem provável que ela estivesse me esperando no aeroporto. De qualquer maneira, eu tinha o nome do hotel e o endereço e poderia pegar um táxi e chegar ao destino sem atropelos. Normalmente, motoristas de táxis falam todos os idiomas que imaginamos.

Um pouco antes da aterrissagem, um senhor que viajou ao meu lado me cumprimentou em português. Ele era brasileiro e me perguntou se eu já conhecia Miami. Respondi que não e que não falava nenhuma palavra em inglês. Em seguida ele me tranquilizou afirmando que em todos os lugares se fala o espanhol. Ele afirmou que pelo menos a cada três meses ele vem a essa cidade a negócios e que sempre se hospeda num famoso hotel cinco estrelas em Miami Beach. — Eu também tenho reserva nesse hotel. — Se você quiser, posso lhe dar uma carona, porque o meu motorista estará à minha espera. — Obrigado, respondi cheio de entusiasmo. Acredito que alguém virá me esperar aqui. Repentinamente pensei que a vida sempre tem nuances imprevisíveis que nos encaminham para outras soluções quando precisamos.

Trocamos cumprimentos e saímos juntos do avião. Na imigração ficamos na mesma fila porque ele era, também, turista e assim a nossa conversa continuou. Tirei da carteira um cartão de visita e lhe entreguei. Ao olhar o meu nome e o da minha empresa, ele arregalou os olhos e falou: — A sua empresa tem muitos financiamentos do meu banco e, também, nesse momento me entregou o seu. E, ainda, acrescentou: —A nossa funcionária Ligia Martins é a gerente daquela agência que cuida dos seus negócios. — Sim, respondi, aliás, uma bela mulher. — Ela é também muito competente, afirmou. Essa foi uma feliz coincidência.

Diante do que acabara de ouvir do senhor Justino Alvarenga e da oportunidade de conhecer, pessoalmente, o banqueiro de que em algumas ocasiões a minha empresa dependeu de financiamento para se tornar mais poderosa, entendi que a vida sempre nos traz surpresas mesmo quando não estamos à mercê delas. Certamente nessa viagem, além de conhecer uma cidade badalada como é Miami, estar com Eleonora para viver momentos de muito encantamento e sexo, poderia, nessa oportunidade, estreitar relacionamentos comerciais mais sólidos com aquela instituição bancária.

Ao chegar à área de desembarque, Eleonora estava à minha espera. Apresentei-a ao meu amigo banqueiro e agradeci a carona que ele me ofereceu. Antes de nos despedirmos, prometemos nos encontrar no hotel, em algum momento.

Ela estava lindíssima e cheia de entusiasmo ao me abraçar. Pegamos um táxi e fomos em direção ao hotel. Durante o trajeto, desfrutei de paisagens estonteantes, inclusive, algumas praias e o mar, que naquele dia ensolarado tornava-se mais azul e límpido. Realmente essa cidade tem a fama que merece pelo pouco que vi até agora.

Devidamente instalados em nossa suíte, ela me informou que poderia ficar aqui apenas por uma semana, porque estava com mais duas amigas modelos que viajaram juntas para outras cidades dos Estados Unidos e Canadá. Perguntei onde estavam as suas amigas e ela me informou estarem hospedadas no hotel que é pago pela companhia para que trabalham. — Você não gostaria de convidá-las para um jantar? Assim eu poderei conhecê-las. — Talvez amanhã porque hoje quero desfrutar de todos os carinhos e sexo que você puder me proporcionar.

No dia seguinte, ela telefonou para as amigas e elas vieram nos encontrar aqui no hotel. Quando as vi, não saberia optar pela mais bela. Três mulheres lindas e bem-cuidadas de corpo e cabelo. A minha ideia foi levá-las as três para a cama. Sempre senti uma atração descomedida pelas mulheres. De repente, lembrei-me de um ditado popular: "melhor um pássaro na mão que dois voando".

Nos dias a seguir, fizemos alguns passeios nos pontos turísticos de Miami e percebi que além de belas eram bem-humoradas e inteligentes. Na noite que antecedeu a viagem a Nova York, sugeri que jantássemos no restaurante do hotel. A minha intenção era tê-las perto de mim e, talvez, tivesse o privilégio de levá-las à minha suíte para tomarmos um champanhe de despedida.

Para minha surpresa, ainda estávamos no meio do jantar quando a Melissa falou: — Eu e a Andressa gostaríamos de conhecer a suíte de vocês. Olhei, rapidamente, para Eleonora e ela concordou e, ainda, sugeriu que naquela noite poderíamos dormir juntos. Depois do combinado, telefonei para a portaria do hotel e pedi que levassem três champanhes Veuve Clicquot com balde de gelo para a minha suíte. Essa bebida faz as grandes comemorações chegarem ao topo do prazer.

O melhor que devemos fazer é não tentar entender as mulheres. Enquanto algumas sentem ciúmes de seus namorados ou companheiros, outras oferecem suas amigas para um sexo grupal. Agora a dúvida invadiu a minha mente se eu seria capaz de satisfazer três mulheres jovens ao mesmo tempo. Eu nunca havia tido uma situação igual. Todas as mulheres que tive eram uma de cada vez. Estava lançado um grande desafio do qual eu não poderia fugir.

Já passava da meia-noite quando saímos do restaurante para a suíte. Quando o elevador parou em nosso andar, elas saíram caminhando como se estivessem numa passarela: um pezinho à frente e o outro atrás, enquanto as nádegas num balanço sensual me inspiravam a viver uma situação inusitada e certamente de muito tesão.

Enquanto elas elogiavam o luxo da suíte, coloquei os champanhes nos baldes de gelo. Olhei para as três, que estavam sentadas em diferentes lugares, e em seguida perguntei se elas gostavam de champanhe. Responderam em coro: — Amamos, é a nossa bebida preferida para as grandes ocasiões. Pelo visto, para elas, esse seria um grande evento.

Na suíte havia uma hidromassagem. Eleonora dirigiu-se a esse lugar, abriu a água até próximo às bordas, colocou um produto que com o calor da água exalava um perfume inebriante. A atmosfera era propícia para se viver uma grande noite de prazer e luxúria.

Quando pensamos que já vivemos todas as emoções desta vida, nos deparamos com uma situação nova que nos deixa num patamar de grande expectativa. Elas me olhavam e eu me sentia uma presa dominada por três fêmeas jovens, belas e certamente ansiosas para desfrutar de agradáveis sensações de prazer.

Melissa se aproximou de mim e com uma delicadeza sutil começou a desabotoar a minha camisa e me olhava como se eu fosse um ser de outro planeta. O meu pensamento tentava adivinhar o que elas sentiam, talvez, imaginando que eu seria um macho em extinção no planeta Terra e, portanto, deveriam aproveitar essa oportunidade. Enquanto as outras degustavam cada centímetro do meu corpo, uma sensação de bem-estar e prazer me deixava excitado e pronto para devorá-las. Mas pelo que pude observar elas já haviam tramado o que fazer comigo antes desse momento. As mulheres são astutas e divinamente gostosas. O que seria de nós se elas não existissem!

Andressa se aproximou e como numa cena de strip-tease tirou as minhas calças deixando-me apenas de cuecas. Eleonora tirou as cuecas e as meias e, finalmente, estava como cheguei a este mundo.

As três pediram licença e foram até o banheiro. Quando voltaram estavam vestidas apenas de minúsculas calcinhas. Eleonora na cor branca, Melissa na cor vermelha e Andressa na cor preta. As três à minha frente me perguntaram. — Quem você quer que seja a primeira? Não querendo externar a minha opinião, falei: — Quem quer ser a primeira? Melissa encostou o seu corpo quente ao meu e deslizando suas mãos nos meus pelos gemia de prazer. Depois alcançou a minha boca e com o nariz roçava os meus lábios e eu sentia o seu respirar ofegante. Agarrei-a pela cintura, a minha mão alcançou a sua vagina e esta estava pronta para ser degustada. Inicialmente, tive dificuldade na penetração, mas como ela já deveria ter gozado algumas vezes tive sucesso. Loucura total! Mulher suprema! Desesperadamente gostosa!

Ficamos por algum tempo abraçados até que os nossos corações voltassem a bater normalmente. Talvez tenhamos dormido por alguns minutos.

O sexo foi um grandioso presente que Deus concedeu à humanidade. Naquela noite eu tinha o privilégio de ter três mulheres à minha disposição.

Melissa foi tomar banho enquanto as outras estavam ali ao meu lado aguardando a sua vez. Para descontrair um pouco, também fui tomar banho e quando saí sugeri que tomássemos champanhe. Precisava de um tempo para me recuperar de uma relação sexual esplêndida.

Brindamos esse encontro e elas externaram o desejo de que eu as acompanhasse nas demais viagens que fariam até o Canadá.

Embora tivesse o meu filho, a minha nora e outros excelentes funcionários cuidando da minha empresa, eu não poderia perder de vista os meus negócios. Prometi que iria pensar.

Ficamos por um tempo tomando champanhe e conversando sobre assuntos diversos. Eu precisava de um tempo para me recompor e voltar a sentir prazer.

De repente Andressa encosta a minha cabeça entre os seus seios e me acaricia o rosto até alcançar os meus braços. Depois massageia as minhas costas como uma profissional de estética. Chega aos meus ombros e escorrega suas mãos pelo meu corpo. Ajoelha-se à minha frente e segura o meu pênis deslizando a sua língua quente e molhada para fazê-lo renascer para que ela, também, pudesse usufruir o que a sua amiga sentiu.

Um encontro sexual entre um homem e uma mulher tem características especiais e até normais, mas um homem com três belas mulheres é algo que a nossa imaginação tenta entender e não consegue. Todos excitadíssimos e vivenciando muitos prazeres numa atmosfera de bem-estar e muito tesão. Enquanto me preparava para a segunda, Eleonora se aproxima e me pede que acaricie a sua vagina. As duas se deitaram e me pediram para devorá-las.

Possuí as duas, simultaneamente. Um desafio que enfrentei galhardamente. O meu pênis não tinha condições de pensar qual das duas era a melhor. Sentia apenas que a química era diferente e também o externar dos prazeres que sentiam e isso me deixava mais excitado.

Enquanto possuía as duas, Melissa ao lado em silêncio observava aquela cena, talvez até querendo voltar a sentir o que lhe proporcionei antes.

Exaustos, mas felizes, dormimos por algumas horas. Acordei primeiro e fui tomar banho, em seguida elas se aproximaram e os quatro juntos disputamos aquele chuveiro fortíssimo de água morna. Em seguida entramos na hidromassagem para relaxar. Admirava os seios das três na superfície da água e de vez em quando deslizava a minha língua no biquinho deles enquanto elas murmuravam palavras excitantes de prazer.

O dia já começara há algum tempo. Elas precisavam viajar. Tinham compromissos profissionais em Nova York. Enquanto arrumavam as malas, insistiam que eu as acompanhasse àquela cidade. Por algum momento, fiquei na dúvida. Eu precisava voltar ao Brasil. Os meus negócios eram mais importantes do que viajar na companhia delas. Ainda me lembrei do meu amigo banqueiro, Justino Alvarenga, que certamente ainda deveria estar no hotel e essa seria uma oportunidade de poder conversar com ele por ser uma pessoa importante para a minha empresa.

A despedida com as três foi um momento de muita emoção. Trocamos abraços e beijos e prometi, quando elas estivessem no Brasil, levá-las para conhecer a minha cobertura. E assim terminaram aqueles momentos que ficarão, ainda, em nossas lembranças, por algum tempo.

Voltei para a cama porque estava cansado e dormi até o entardecer. Decidi jantar no restaurante do hotel na expectativa de encontrar o meu amigo. Não obtive sucesso.

No dia seguinte, dirigi-me à portaria e perguntei se ele ainda estava hospedado no hotel. Fui informado que sim. O funcionário que me atendeu me perguntou se eu queria deixar alguma mensagem para ele. — Não, respondi.

Confirmei a minha volta ao Brasil para o dia seguinte. Nada mais precisava fazer em Miami.

Coincidentemente, quando cheguei ao aeroporto, encontrei o Justino Alvarenga na fila do check-in. Trocamos cumprimentos e decidimos solicitar ao funcionário da companhia aérea que nos colocasse em duas poltronas juntas. Assim teríamos oportunidade de conversar sobre interesses comuns.

Normalmente, os homens não fazem confidências uns aos outros de suas vidas íntimas. No nosso caso, o importante eram os negócios do seu banco com a minha empresa e sobre isso conversamos durante toda a viagem. Ele apenas me perguntou como foram os meus dias em Miami. — Maravilhosos, respondi.

Finalmente cheguei à casa. Telefonei para o meu filho para saber das novidades acontecidas naqueles dias que estive fora e as notícias foram que tudo correu normalmente. Falei-lhe que encontrei um dos diretores do banco e que viajamos juntos e voltamos também no mesmo voo.

No dia seguinte, no horário costumeiro, cheguei à minha empresa. Olhando em volta de tudo e revivendo as emoções vividas em Miami, concluí que a cada viagem que fazemos a nossa mente se amplia e torna o nosso mundo melhor.

Naquele momento decidi fazer uma viagem para o exterior a cada três meses e me fazer acompanhar de uma mulher que fale fluentemente a língua inglesa ou a espanhola. É uma necessidade vital para uma comunicação efetiva no país. Também iria contratar um professor de língua inglesa para ter aulas particulares.

Nos dias que se seguiram, estive muito ocupado visitando os canteiros de obras, outras em término de construção e o andamento de todo o movimento financeiro da empresa. E mais uma vez tive consciência de que eu poderia me ausentar, de vez em quando, porque tudo caminharia perfeito. O meu filho, André, e a minha nora, Augusta, eram pessoas de minha total confiança, como também os demais funcionários.

Informei à minha secretária, Vanessa, que gostaria de ter aulas de inglês, aqui no meu escritório, diariamente, porque pretendia viajar mais vezes pelo mundo. Ressaltei que tinha urgência do começo dessas aulas.

Naquela segunda-feira, ao chegar à empresa, ela me avisou que já havia encontrado a professora de inglês e que as aulas começariam, ainda nessa semana, no horário das 10 às 12 horas. Olhei para ela com surpresa e falei: — Eu pedi um professor, e não uma professora. — Sim. Eu explico. — Chegaram muitos currículos de professores e o que me pareceu mais competente depois das entrevistas que realizei foi o da Claudia Menezes. Ela morou alguns anos na Inglaterra e nos Estados Unidos e conhece bem esse idioma como é falado nos dois países. Ainda tem o grau de mestrado na Universidade de Columbia na América do Norte. O mais curioso é que ela tem apenas 45 anos de idade, é solteira e mora com os pais.

Sentei-me confortavelmente na poltrona e comecei a imaginar que as pessoas, ao nosso redor, às vezes, sabem muito a nosso respeito sem que percebamos. Por mais que queiramos dissimular os sentimentos, eles se tornam evidentes com o proceder diário. A minha secretária poderia ter escolhido um professor e agora me pergunto: por que essa professora com essas qualidades? Restava-me, apenas, conhecê-la pessoalmente para tirar as minhas próprias conclusões.

Naquela mesma semana, na quinta-feira, Vanessa me avisou que Claudia chegara. Pedi-lhe que a acompanhasse até o meu escritório. Conhecer uma nova mulher em qualquer situação é para mim um dos maiores prazeres da vida, mesmo que seja apenas pelo simples fato de conhecer. Nesse caso ela iria ser a minha professora de inglês.

Cada homem tem as suas preferências com relação às mulheres. Eu não tenho um tipo determinado que me atrai. A única exigência que faço é que elas sejam sadias e belas, como também não importa a idade. Uma mulher aos 70 anos pode ser atraente e uma de 30 não.

A porta se abriu e eis que surge a minha professora que certamente iria com os seus ensinamentos tornar as minhas viagens mais prazerosas. Falar um novo idioma traz, também, conhecimentos de culturas diferentes.

Um dia pensei apenas em ficar rico e poderoso para ter condições de conquistar todas as mulheres possíveis. Agora a minha ambição se amplia para conhecer outras mulheres de diferentes países para vivenciar novas e excitantes emoções.

E nessa divagação estava Claudia à minha frente. Trocamos cumprimentos e naquele aperto de mãos com os seus olhos pousados nos meus senti, inicialmente, algo que não sabia explicar. Os seus olhos de um azul profundo saltaram dentro dos meus, se misturaram como se quisessem se tornar um único olhar, numa direção indefinida. Ainda meio confuso, mostrei-lhe uma poltrona e sentamos um ao lado do outro. Houve um silêncio que durou por um tempo impreciso.

Às vezes não importam as experiências que temos colhidos pela vida. Há pessoas e momentos que nos deixam embasbacados como se fôssemos adolescentes vivenciando uma situação inusitada. Ela esperava que eu começasse a falar e eu o mesmo. Nesse instante a minha secretária me chama ao telefone e informa que Claudia esqueceu a sua bolsa em sua sala. — Por favor, traga-a aqui.

Ao receber a bolsa, ela confessou que ficou tão curiosa para me conhecer que nem se lembrou de pegá-la. Finalmente começou o diálogo. — Eu sou Claudia Menezes, pós-graduada em língua inglesa pela Universidade de Columbia... Interrompi-a afirmando que a minha secretária havia me passado o seu currículo e eu já sabia de seus conhecimentos desse idioma. Perguntei-lhe em quanto tempo eu estaria apto para viajar sozinho e me comunicar com as pessoas. — Depende, apenas, do senhor. Normalmente, em seis meses, com aulas diárias, as pessoas aprendem as frases básicas. Vou lhe ensinar desde a sua chegada ao aeroporto, durante a viagem, como chegar ao seu hotel, quando for a algum lugar comprar alguma coisa, ou a um restaurante. Em tom de brincadeira, lhe perguntei: — E quando encontrar uma mulher bela o que devo falar para conquistá-la? Ela deu uma risadinha sarcástica e disse: — A linguagem do amor é universal.

Enquanto ela falava sobre o curso, detive-me a observá-la na aparência, na tonalidade de sua voz, e outros detalhes visíveis. De vez em quando, ela cruzava as pernas ou consertava a postura. Era latente que estava visivelmente nervosa.

De repente ela falou: — O senhor quer começar as aulas agora? — Sim.

Nas primeiras semanas, detive-me a vislumbrar as diversas situações em que me encontrava e tentava repetir as frases em inglês. No mês seguinte, aprendi a escrever o que falava. Claudia sempre elogiava a facilidade que tinha para aprender um novo idioma. Eu tinha motivações suficientes nessa nova empreitada. Queria conhecer o mundo, queria viajar sozinho ou acompanhado e descobrir outras culturas. Queria conquistar mulheres de hábitos diferentes. Queria saborear comidas típicas de cada país. Enfim, queria não ser apenas um milionário poderoso, trabalhando doze horas por dia, mas um homem do mundo vivenciando situações diferenciadas em cada país.

Numa sexta-feira, quando a aula terminou, convidei-a para almoçar em minha cobertura. Ela aceitou, ressaltando, apenas, que naquele dia tinha um compromisso por volta das 7 horas da noite. Mandei a minha cozinheira preparar três comidas diferentes. Certamente uma delas seria do seu gosto.

Enquanto dirigia rumo à minha casa, lembrei-me dos dias vividos em Miami com Eleonora, Melissa e Andressa. Já havia se passado quase quatro meses e não mais recebi um telefonema delas. O que teria acontecido? Será que elas me esqueceram? Mandei esse pensamento esperar outra oportunidade para reviver, porque o importante hoje era ter Claudia, minha professora de inglês, e desfrutar da sua companhia num almoço em minha casa. Ela não é uma mulher deslumbrante de beleza. Tem olhos expressivos, uma altura mediana, pele morena, cabelos cacheados e um par de pernas dignas de serem admiradas. É educada, recatada e portadora de diplomas de universidades de dois países. Nunca se casara ou tivera filhos e morava com a mãe, segundo me informou a minha secretária, Vanessa.

A principal meta com Claudia era aprender inglês e percebia estar fazendo progresso. Mulher para me satisfazer sexualmente tinha algumas à minha disposição. De qualquer maneira, nunca se deve abandonar a ideia de conquistar outras, principalmente, quando elas estão bem próximas. Eu tinha orgulho da minha vivenda e as pessoas que lá estiveram ficavam sempre extasiadas com a beleza do jardim, a vista à volta e o luxo da decoração.

Ela me acompanhou em seu carro e, quando paramos em frente do edifício, desci do carro e lhe indiquei o lugar onde deveria estacionar. E, assim, subimos o elevador em silêncio. Como o pensar é um segredo notório, ficamos desfrutando desse privilégio.

Abri a porta do apartamento e deixei-a entrar. Em seguida fechei a porta elevei-a para conhecer o jardim, a hidromassagem e a vista em volta. Percebi de imediato que a Claudia é uma mulher comedida. Ela olhava tudo sem esboçar nenhuma reação. Diante disso fugiu-me a ideia de lhe mostrar os demais cômodos. Fomos para a sala de estar, conversamos um pouco e perguntei-lhe o que gostava de comer. — Qualquer comida. Não tenho preferências. Pedi licença para ir até a cozinha falar com a serviçal.

Voltando à sala, perguntei se queria beber alguma coisa. — Não, obrigada. Talvez na hora de almoço dependendo do que o senhor for beber, posso lhe acompanhar. —Curiosamente ela me perguntou sobre a minha família. — Eles vão, também, participar do almoço? — Não. Eu moro sozinho e sou divorciado há mais de trinta anos. Tenho um filho e uma nora, que trabalham em minha empresa. Percebi em sua fisionomia um olhar de espanto e uma postura de apreensão.

Maria da Conceição, minha cozinheira, avisa com um sininho que o almoço estava servido. Nesse momento mostrei-lhe um lavabo nas proximidades. Ela entrou e em poucos minutos saiu e me acompanhou até a sala onde iríamos almoçar.

Os seus olhos, ao visualizar as iguarias postas à mesa, abriram-se numa situação de surpresa. E assim se expressou: — Oh, my God! Obrigada pelo banquete. Como a mesa tem oito lugares, afastei uma cadeira e ela se sentou. Fiquei ao seu lado. Servi um vinho Valpolicella e ela elogiou a bebida e as comidas ressaltando que foi uma combinação perfeita.

Esse almoço se prolongou mais do que um tempo necessário. De vez em quando, conversávamos entre uma garfada e outra sobre lugares em que ela morou ou visitou e, assim, a minha vontade de viajar ficava mais latente.

Quando terminamos de almoçar, convidei-a sentar na sala de estar para tomarmos cafezinho e licor.

Lembrei-me que ela me avisara que tinha um compromisso por volta das 7 horas da noite. Consultei o relógio e percebi que tínhamos apenas mais uma hora para encerrar aquele encontro. Meia hora depois, ela pediu licença para se retirar e se foi. Na despedida trocamos apertos de mãos e um breve beijo no rosto. Antes de sair, agradeceu o almoço.

No final dos seis meses, realmente, eu já pensava e falava inglês. Dispensei a professora Claudia sem maiores comprometimentos. Aliás, ela nunca me despertou tesão. Talvez porque o meu objetivo de aprender essa língua era maior do que levá-la para a cama. Nesse tempo pude observar que em todos os momentos agia como uma profissional e consequentemente deveria respeitar a sua postura.

Os sonhos de viajar se agigantavam em minha mente e em todos os momentos fazia planos de em breve conhecer o mundo.

Durante o tempo em que estive envolvido em aprender inglês, esqueci-me completamente de Eleonora, de Melissa e de Andressa. Estranhei também que elas não tivessem me telefonado. Aguardei mais dois meses e um dia munido de coragem e determinação fui procurá-la no seu endereço. Ao chegar àquele lugar, perguntei ao porteiro o número do apartamento de Eleonora e este me informou que ela sofrera um acidente fatal em Montreal no Canadá e que a sua mãe se mudara para outro endereço. Eu não sabia o nome completo de suas amigas e onde moravam, portanto seria difícil localizá-las. Coloquei-as no esquecimento e apenas me lembrei daquela noite memorável de sexo que vivenciamos em Miami bem como os passeios nos pontos turísticos da cidade.

CAPÍTULO 9

LAURA VALDEZ — UM ENCONTRO CASUAL

Preparava-me para uma próxima viagem ao exterior. Ciente de que aprendera a língua inglesa e que poderia me sair bem em qualquer situação, pedi à minha secretária que providenciasse informações, numa agência de viagem, qual o melhor lugar para se visitar nessa época do ano. Queria viajar sozinho.

Enquanto aqui no Brasil é inverno, nos países do hemisfério norte é verão. Lembrei-me que já tinha estado na Europa por mais de uma vez como também ter conhecido a cidade encantadora de Miami. Desejava algo diferente onde, também, pudesse encontrar mulheres lindas e disponíveis. Uma viagem para um milionário tem algumas situações indispensáveis: hospedar em hotéis de luxo, degustar a comida típica de cada país nos melhores restaurantes, comprar lembranças para a família e amigos e conhecer mulheres nativas na curiosidade de usufruir emoções diferentes.

Naquela sexta-feira tinha à minha disposição diversas opções contidas naquelas propagandas e levei-as para casa para ler e analisar para onde faria a minha próxima viagem. Debrucei-me e vivenciei cada lugar, naquelas fotos fantásticas, pensando em escolher um ou dois lugares próximos para passar alguns dias. Uma das opções seria visitar a Califórnia em especial a cidade de Los Angeles ou ir a Nevada conhecer de perto os cassinos. Lá até poderia ganhar alguns dólares no jogo. A outra seria ir à Disney World na Flórida. As fotos desse lugar encheram os meus olhos de encantamento e ainda havia um slogan com os dizeres: "Venham desfrutar de momentos inesquecíveis com os divertimentos que lhes oferecemos".

Na segunda-feira, antes de ir à minha empresa, fui àquela agência de viagem disposto a comprar um pacote de viagem para um desses lugares. A funcionária que me atendeu costumava ir todos os anos no mês de julho à Disney como acompanhante de grupos de adolescentes ou idosos. Após uma longa conversa, ela me convenceu a viajar àquele lugar afirmando que a Disney é um lugar onde é possível esquecer todos os problemas e que há divertimentos para todas as idades. Discorreu sobre as atrações da Epcot Center e em cada detalhe via-me andando naquele círculo que abriga quase todas as nações do mundo com os seus costumes, comidas e arquitetura. Ainda afirmou: você poderá viajar para muitos países em poucos dias. Precisava pensar um pouco mais, por isso decidi voltar em outro dia para fechar negócio.

Há pessoas que têm facilidade de convencimento e constatei que aquela funcionária tem esse dom. Fiquei todo o fim de semana vivenciando a Disney World naquele hotel cinco estrelas com um *breakfast* fantástico, outras iguarias em horários diferentes, os personagens da Disney circulando entre os hóspedes, tirando fotos e todas aquelas atrações que me aguardavam.

No dia seguinte, telefonei para aquela agência de turismo e marquei um encontro por volta das 3 horas da tarde. Ao entrar fui recebido com um largo sorriso pela vendedora e isso me deixou mais entusiasmado em comprar aquele pacote de viagem.

Preferi me hospedar num hotel cinco estrelas dentro da Disney pela facilidade de locomoção. Andando alguns metros, estava à minha disposição a entrada principal sem a necessidade de depender de qualquer tipo de transporte.

Duas semanas depois, embarquei com destino a Orlando, cidade próxima à Disney, com escala em Miami. Quando o avião aterrissou, pude rever esse lugar onde passei momentos inesquecíveis com umas amigas. Agora iria vivenciar outros prazeres e emoções que me deixavam cheio de entusiasmo.

Finalmente chegamos. Um transporte no aeroporto nos levou ao hotel. Magnífico, foi essa a primeira impressão ao entrar naquele lugar. Na recepção uma encantadora mulher me atendeu. Usei o meu inglês de forma tranquila e segura. Recebi as chaves dos aposentos e um funcionário levou as minhas malas. Apenas encostei um cartão na fechadura da porta e esta se abriu instantaneamente. Deparei-me com um luxuoso apartamento com uma cama king size e demais moveis para um conforto absoluto. Abri a janela e vi uma piscina e uma hidromassagem em movimento. Tudo aquilo estava à minha disposição e certamente muito mais. Havia sobre uma escrivaninha folhetos sobre as atrações da Disney e horários dos desfiles que aconteciam, diariamente, pelas alamedas. Consultei o relógio e percebi que em poucas horas haveria um desses espetáculos. Não poderia perder essa primeira atração.

Quando cheguei ao local, deparei-me com as ruas lotadas e todos na expectativa de vivenciar esses momentos. Em poucos minutos, surge um carro alegórico com dançarinos e os bonecos cantando músicas numa alegria esfuziante. Outros foram passando num espetáculo de rara beleza. Era por volta da meia-noite quando esse espetáculo terminou. Voltei para o hotel e nessa pequena caminhada comecei a refletir que esse é um lugar que se deve ir com a família ou uma acompanhante. Eu precisava descobrir alguém.

Ao chegar ao hotel, o saguão estava lotado de pessoas que se comunicavam em idiomas diferentes. Apurei os ouvidos e vi três jovens que falavam espanhol. Imaginei que a média da idade delas era entre 35 e 40 anos. Senti-me nas proximidades e quase entendia tudo que falavam. Mirei-as com atenção e concluí que todas tinham a beleza da mulher latina, porém, uma se destacava pelo corpo esguio, um lindo cabelo e a postura de uma rainha. Fui dormir com ela em meu pensar e concatenando ideias de uma aproximação.

No dia seguinte, levantei-me cedinho e fui desfrutar da hidromassagem. Queria estar relaxado e com uma aparência tranquila. Voltei aos meus aposentos e escolhi uma roupa que me deixasse jovial. Em seguida fui ao restaurante, para o *breakfast*, e em alguns momentos olhava em volta na expectativa de encontrar aquelas jovens espanholas. Porém, elas não apareceram. Fiquei meio desapontado. Em seguida pensei: preciso aproveitar tudo o que a Disney coloca à minha disposição independentemente de ter uma companhia ou não.

Hoje havia na programação outros divertimentos. Enquanto caminhava em direção a um deles, percebi que alguém conversava nas proximidades e de repente vi-as vindo em minha direção. Parei e pensei: vou me aproximar delas. Na vida, às vezes, perdemos grandes oportunidades por timidez ou por não desconfiar que esse é o momento certo para se tomar uma atitude. Eu sabia falar algumas frases em espanhol e arrisquei falar uma delas: — Buenos días, señoritas. — Buenos días, señor. Uma delas me perguntou. — Where you from? — I'm from Brazil. — Brazil! My father had business in Brazil e eu falo a língua portuguesa porque sempre o acompanhava em suas viagens àquele país. — Como é o seu nome? — Laura Valdez. E o seu? — Luca Marino. Cumprimentei-as e seguimos juntos trocando algumas frases em inglês, espanhol e português. Elas me falaram que a cada dois anos vêm a Disney World e eu timidamente falei que essa era a minha primeira vez.

Enquanto caminhávamos sem saber a direção certa do entretenimento daquele dia postei-me, propositadamente, ao lado de Laura Valdez. Queria ficar perto dela para sentir o seu cheiro e a sua companhia. As três eram encantadoras e falando espanhol tornava-as muito sensuais. Chegamos a um lugar onde ao entrar deveríamos sentar em poltronas de duas pessoas. Deixei que Rosangela e Marcia entrassem primeiro para eu ter a primazia de ficar ao lado de Laura. Embora aquela atração fosse um espetáculo majestoso da natureza, a minha mente não usufruía os acontecimentos em volta. Era mais importante nesse momento tentar pegar na mão da minha acompanhante. Com as mulheres nunca sabemos de imediato o que elas sentem quando somos apresentados. Elas sabem dissimular o que sentem, talvez, na tentativa de nos deixar curiosos.

E assim passamos aquela manhã desfrutando de diferentes atrações. Por volta das 14 horas, decidimos almoçar. Era mais uma oportunidade para tê-las ao meu lado e conhecê-las melhor. Laura era administradora de empresas e trabalhava nos negócios do pai; Antonella psicóloga e Alicia médica. Todas eram belas, solteiras e donas de suas vidas. Inesperadamente Laura me perguntou. — Qual o seu ramo de atividade no Brasil? — Sou proprietário da empresa Construtora e Imobiliária João Gauthier Ltda. — Eu conheço a sua empresa, falou Laura. O meu pai construiu alguns edifícios em São Paulo e depois de alguns anos fechou a empresa e agora os nossos negócios estão centrados no México.

Pedi a conta e quando o garçom me entregou elas falaram juntas: vamos dividir por quatro. E assim foi feito. Elas queriam que eu tivesse consciência de que elas eram independentes e que, talvez, precisassem da minha companhia, mas não para pagar as suas contas. As mulheres estão a cada dia demonstrando que para viverem bem e, possivelmente, felizes não dependem mais de homens. Na minha idade, essa independência ainda me assusta, porque fomos educados para cuidar delas, protegê-las e mantê-las. Só nos resta nos adaptar a essa nova condição de macho.

Mas o meu interesse era levar a Laura para a cama. Sentia-me atraído por ela. As outras eram também atrativas e se fosse de comum acordo poderia fazer sexo com as três. Enquanto caminhávamos para vivenciar outras atrações da Disney, Antonella sugeriu que fôssemos para a Epcot. Concordamos e lá fomos nós num trenzinho aéreo para esse outro lugar. Durante aquela viagem fascinante, em que se avista grande parte do complexo da Disney, fiquei imaginando como seria, realmente, esse lugar. Já tinha visto fotografias nas propagandas que a agente de viagem me dera. Agora iria vivenciar acompanhado de três belas mulheres. A vida ganha conotações diferentes quando a nossa alma está esperançosa em qualquer circunstância.

Realmente esse é um lugar glamoroso. Há um grande lago e em volta alguns países do mundo estão ali representados com a sua arquitetura, cultura, restaurante, bebidas, souvenirs e belas mulheres nos dando boas-vindas. Visitamos a China, França, Itália, Noruega e quando chegamos em frente ao México elas me olharam e Alicia falou: — Agora, senhor Luca, você vai conhecer um pouquinho do nosso país. O sol ainda dava sinais de continuar brilhando por mais algumas horas e ao entrar tudo era escuridão, apenas via-se pequenas luzes nas lojas de souvenirs e no restaurante em cima de cada mesa uma pequena iluminação. O cenário era acolhedor e fantástico. O garçom nos levou até uma mesa próxima onde se avistava alguns cenários da Cidade do México.

Ali instalados e vivenciando tudo à nossa volta, me senti privilegiado em ter a companhia dessas amigas, recém-conhecidas, e, ainda, pude observar que elas se tornaram mais belas diante daquela pequena luz que iluminava a mesa. Por algum tempo, conversamos sobre o México e o Brasil. Antonella e Alicia, que ainda não conheciam o Brasil, ficaram curiosas com o meu relato. Rapidamente pensei em convidá-las a visitar o meu país, mas a prudência me fez recuar, afinal de contas eu as conhecia por apenas algumas horas.

Bebemos Tequila e margaritas, bebidas típicas mexicanas. O jantar como sugestão das minhas amigas foi: tacos, guacamole e tortillas, tudo bem apimentado.

Já se aproximava da meia-noite e elas me falaram que em poucos minutos iríamos ver um espetáculo grandioso de queima de fogos no centro do lago. E para lá fomos. Realmente fiquei empolgado com aquele visual. Caminhando de volta ao hotel, eu lhes contei de um espetáculo semelhante que acontece no Rio de Janeiro na baía de Guanabara, na praia de Copacabana, na passagem do Ano-Novo, onde milhões de pessoas assistem das praias, dos edifícios, de barcos e navios ancorados. São quinze minutos deum colorido no céu num evento inesquecível.

Chegamos ao hotel e entramos no elevador, apertei o andar 3 e como elas não fizeram o mesmo eu lhes perguntei em que andar elas estavam. As três deram uma gostosa gargalhada e falaram: —Nós não acreditamos que a sua suíte também é no terceiro andar! Portanto, somos vizinhos.

Na porta da minha suíte, agradeci a companhia delas e, com um beijo no rosto de cada uma, me despedi. Elas se foram e sozinho imaginei o que estariam pensando sobre a minha companhia naquele dia. Eu gostaria mesmo era de convidá-las para tomar champanhe comigo e continuar conversando noite adentro. Certamente, haveria outra oportunidade, no decorrer daquela semana.

Na Disney World, caminhamos quilômetros sem sentir, devido ao envolvimento das atrações que estão à nossa disposição. Levei a Laura, em pensamento, para a minha cama, mas acredito que logo adormeci. Estava cansado.

No dia seguinte, por volta das 9 horas da manhã, o telefone toca e ainda sonolento atendi. Era Antonella, que me perguntou a que horas iria tomar *breakfast*. Prometi que dentro de uma hora eu iria ao encontro delas no restaurante do hotel.

Ao chegar, as três se levantaram, me abraçaram e beijei-as no rosto, em seguida me perguntaram se dormi bem. — Sim. E vocês? — Ficamos algum tempo falando de você. — Posso saber o que falaram ou é segredo? — Não, ainda não.

Nunca sabemos o que se passa na mente das mulheres. Elas são intuitivas e dissimuladas. Por outro lado, são adoráveis e viver sem elas torna a vida insípida e sem motivação.

Enquanto tomávamos café, elas sugeriram que hoje iríamos fazer um passeio diferente e me mostraram as fotos. Concordei. Afinal de contas, elas conheciam todo o parque da Disney e essa era a minha primeira vez.

A minha atenção se dispersava, às vezes atento e vivenciando tudo ao redor e por vezes olhava para as três e ficava pensando como elas seriam, na cama, fazendo sexo comigo. Apesar do envolvimento de amigos, o meu pensar estava centrado em levá-las à minha suíte e, assim, poderíamos tomar champanhe, a minha bebida preferida, quando estou acompanhado de belas mulheres. Essa bebida cria uma atmosfera de bem-estar e enseja uma aproximação de prazer que poderá culminar em situações mais íntimas.

Almoçamos em outro restaurante de comida típica americana. De repente tive a ideia de convidá-las a tomar um banho na Jacuzzi do hotel. Elas se entreolharam e concordaram, apenas gostariam que voltassem ao hotel somente depois das 5 horas da tarde. Como era verão, o sol nesse horário ainda estaria forte. O que pude notar é que elas sempre concordavam, conjuntamente, como se uma não pudesse se desgrudar da outra.

Voltamos para o hotel no horário combinado. Vesti a minha roupa de banho e fiquei à espera delas. Quando surgiram vestidas de maiô, pude avaliar o corpo de cada uma. Belas e encantadoras mulheres. Já não aguentava mais, apenas, vê-las. Eu precisava urgentemente possuí-las, ou pelo menos uma. Pegamos o elevador e nos dirigimos para o jardim onde se encontrava a hidromassagem. Estávamos os quatro desfrutando do prazer daquela água quentinha e borbulhante. O meu pensamento se direcionava para tê-las na cama. Ficamos ali por quase duas horas. Durante esse tempo, conversamos sobre diversos assuntos do México e do Brasil. De repente elas sugeriram que eu lhes contasse a minha história. A Antonella, que é psicóloga, falou: — Todos temos uma história de vida. Qual é a sua? Como eu não estava preparado para essa pergunta, fiquei meio perdido e prometi que em algum momento eu lhes contaria. Precisava pensar.

Antes de nos separarmos, convidei-as para jantar no melhor restaurante da cidade fora da Disney. Eu já havia pesquisado esse lugar e achei que seria uma ótima oportunidade para continuar a nossa conversa que a cada momento ficava mais interessante. Alertei-as que esse jantar eu pagaria. Ok. Concordaram.

Por volta das 9 horas, elas bateram levemente à porta da minha suíte e ao abrir tive uma surpresa. Todas estavam vestidas com roupas deslumbrantes e maquiadas. Convidei-as a entrar. Percebi que elas olhavam em volta, talvez, imaginando porque um homem sozinho precisava de um espaço tão grande e ainda uma cama king size. Eram suposições que passavam em meu pensar.

Previamente aluguei um carro e ele já estava à nossa espera na porta do hotel, no horário determinado. Munido de GPS, chegamos ao local sem problemas. Quando se tem uma situação econômica de milhões, tudo fica ao alcance de nossas mãos, todos os problemas têm solução rápida e, ainda, podemos desfrutar de todos os prazeres que a vida oferece.

O restaurante era deslumbrante. Ouvia-se música popular americana num tom em que era possível conversar sem atropelos. Era exatamente o que desejava. Queria saber mais sobre elas. Até que não me preocupei com a comida que iria ser servida. Nesses três dias que as conheci, a Laura vivia pendurada em minha mente. Precisava dar uma solução imediata. Nessa noite ela não escaparia dos meus braços.

Todos preferimos comer frutos do mar, peixe e outros petiscos com camarões. Dessa forma o vinho branco se ajustou perfeitamente com as escolhas. Enquanto saboreávamos aquele delicioso jantar, fui sorrateiramente formulando perguntas mais íntimas sobre como viviam. Naquela atmosfera de prazer e deleite, as confissões foram surgindo, paulatinamente, sem grande esforço. Antonella era psicóloga e tinha o seu próprio consultório; Alicia era médica e além de ter a sua clínica também trabalhava no maior hospital da cidade e Laura era gerente-geral do escritório do pai, onde comandava mais de mil funcionários inclusive com negócios imobiliários fora do país. Mas ainda não sabia nada sobre a vida afetiva delas.

Inesperadamente, percebi que Antonella e Alicia de vez em quando trocavam olhares diferentes, assim como se estivessem apaixonadas. Foi uma grande descoberta, porque o meu interesse se centrava na Laura. Os homens quando querem podem, também, acionar a intuição, embora, comumente, se afirme ser um privilégio das mulheres. Para a sobremesa, escolhemos torta de limão americana com direito a merengue de cobertura. Por fim tomamos cafezinho, paguei a conta e voltamos para o hotel.

A Laura sentou-se ao meu lado e as outras no banco traseiro. Num relance vi pelo espelho que elas se beijavam. Já não tinha mais dúvidas de que nessa noite não ficaria sozinho. Ao chegar ao hotel, entreguei o carro e fomos os quatro para o nosso andar. Quando paramos em frente à minha suíte, segurei na mão de Laura e lhe perguntei: — Você quer me fazer companhia? Ela não respondeu, apenas entrou comigo, e Alicia e Antonella nos desejaram uma boa noite.

Fazer sexo com uma mulher, numa primeira vez, há sempre um fascínio e alguns mistérios. Não importa a idade que ela tenha nem as experiências que já tenha vivido. É para ambos uma descoberta de novas sensações e expectativas.

A impressão que ela deixou transparecer era que estava nervosa e para acalmá-la sugeri que poderíamos, apenas, conversar ou beber alguma coisa. Ainda falei: — Vamos tomar um champanhe? Ela agradeceu e disse que aquele vinho bebido no jantar foi bastante. E assim por mais de uma hora trocamos algumas confidências.

Pairava em meu pensar: será que ela não sente atração por mim? As mulheres também têm o seu tipo preferido de homem. E, também, seus fetiches. Agora, pensava, qual o dela? Precisava fazer alguma coisa. O tempo passava e eu louco para abraçá-la para senti-la em meus braços.

Inesperadamente, ela ficou de pé à minha frente e pediu que eu lhe tirasse a calcinha. Obedeci. Em seguida tirou o restante da roupa e nuinha se deitou na cama e me pediu para possuí-la. Em alguns segundos, tirei a minha roupa e beijei-a afoitamente como se aquela fosse a primeira vez que iria possuir uma mulher. O seu corpo escultural, os seus seios durinhos e a pele macia me deixaram louco de tesão. Ela já estava excitadíssima. Deslizei a minha mão em sua vagina e percebi que era o momento exato para devorá-la. Essa palavra traz uma conotação de um desejo altamente sensual. Traduz um sentir e um degustar além da imaginação.

Não sei a hora em que tudo começou, só tenho certeza de que o dia amanhecia quando ainda estávamos enlevados e sentindo todo o prazer daquela memorável noite.

O telefone tocou por volta das 10 horas da manhã. Eram Antonella e Alicia perguntando quando iríamos tomar o café da manhã. Passei o aparelho para ela e fiquei surpreso com a resposta. — Hoje não vamos tomar o *breakfast* no hotel como também não vamos passear pela Disney. E, acrescentou, dentro de uma hora irei aí para pegar os meus pertences. Não sei exatamente a reação de suas amigas, mas acredito que elas devem ter ficado atônitas ou, talvez, achando uma excelente solução para terem mais privacidade.

Agora, ela estava à minha disposição para viver momentos fantásticos de companhia, sexo e tesão nos três dias que ainda tínhamos na Disney World. Desfrutar de tudo que aquele mundo de entretenimento nos oferece é um desejo de muitas pessoas ao redor do mundo, mas ter uma bela mulher em meus braços supera tudo.

Definitivamente Laura mudara para a minha suíte e, assim, durante o dia encontrávamos suas amigas no café da manhã e juntos desfrutávamos de outros entretenimentos da Disney. No meio da tarde, eu e Laura voltávamos para o hotel. Estávamos perplexos como tão rapidamente tínhamos vontade de ficar juntos e vivenciar momentos de companheirismo e sexo. A viagem realmente adquiriu as conotações do meu desejo. Não basta ter um mundo maravilhoso à nossa disposição, é preciso muito mais: uma companhia afinada no sexo e muito prazer.

Às vésperas do meu retorno ao Brasil e delas para o México, combinamos mais um jantar em outro restaurante escolhido por elas. Dessa vez me avisaram que pagariam a conta. Perfeito, concordei.

O lugar escolhido foi um restaurante francês. Deliciamo-nos com famosas comidas francesas e vinhos renomados. E para brindar o nosso encontro tomamos champanhe. Ficamos, ainda, muito tempo conversando sobre essa viagem que é um lugar onde o mundo inteiro gostaria de visitar pelo menos uma vez na vida. Alicia me perguntou se gostei de ter vindo à Disney. Para valorizá-las afirmei que o mais importante desse passeio foi conhecê-las. Elas deram aquelas risadas típicas de mulheres quando recebem um elogio. Nesse momento Laura segurou a minha mão, talvez por se sentir feliz de ter me conhecido.

Agora de volta ao hotel e que seria a nossa última noite, a conversa girou em torno da possibilidade de nos encontrarmos novamente. Elas me falaram que todos os anos viajam, quando saem de férias, para algum lugar no mundo. A cada dois anos, vêm à Disney por uma semana. Não me senti à vontade de convidá-las a vir ao Brasil, mesmo porque tenho as minhas amigas e seria complicado hospedá-las em minha cobertura. Ainda, ter ido a essa viagem e viver momentos de sexo com uma mulher bela era o bastante para mim. Algumas me esperavam em São Paulo. E, decididamente, ainda iria conhecer outras num relacionamento passageiro ou, talvez, permanente. O futuro nunca se sabe o que ele nos reserva.

Essa seria a nossa última noite de sexo, prazer e também de confidências. Por curiosidade lhe perguntei o seu estado civil. Ela me contou que era noiva há seis anos e que todas as vezes que marcaram o casamento decidiram adiar. Ainda, acrescentou que cada um vive a sua própria vida em seus termos. Viajam sozinhos ou juntos. São independentes financeiramente e que formar uma família ainda não é o desejo mútuo.

A partir das experiências que vivo com cada mulher que conheço, concluo que todos os seres humanos estão caminhando para uma desmotivação da famosa frase: "Até que a morte nos separe". Ser livres e independentes faz com que homens e mulheres usufruam de um sexo descompromissado visando, apenas, ao prazer daqueles momentos.

Como somos diferentes e cada um tem o seu próprio DNA, seu cheiro e a sua forma de ser, cada pessoa que conhecemos enriquece a nossa vida com nuances de situações incomuns.

Na hora da partida, nos abraçamos e emocionados nos despedimos, talvez para nunca mais voltarmos a nos encontrar. De qualquer maneira, foram fantásticos os momentos que desfrutamos. Elas levaram a minha imagem e eu fiquei com a delas. Quando me aprouver, me lembrarei de tudo que vivenciamos naquela semana e certamente elas farão o mesmo se lhes convier.

CAPÍTULO 10

LIGIA MARTINS — UMA SURPRESA

Às vezes convivemos com uma mulher por inúmeros anos e ela não nos desperta nada incomum. Naquela manhã foi diferente. Fui até a gerência do banco onde tenho alguns negócios com a minha empresa e quando me sentei em frente a Ligia Martins vi-a diferente. Talvez aquele decote delineando os seios em perfeito estado de conservação, ou a maquilagem ou o corte de cabelo. Não sei precisar realmente o que ocorreu. Cumprimentei-a, em tom de brincadeira, em inglês e ela respondeu também nesse idioma. Em seguida fiz-lhe uma pergunta. — Você fala inglês? — Sim, respondeu. Antes de trabalhar aqui, eu fui professora em um curso preparatório destinado às pessoas que querem viajar. A surpresa que senti foi tão grande que quase o meu coração parou. Respirei fundo e contei-lhe que aprendi a língua inglesa com uma professora particular por seis meses e na última viagem que fiz à Disney World não tive problemas de comunicação.

Ela em seguida me disse: — Vou sair de férias dentro de duas semanas e vou viajar a Nova York. Eu tenho uma irmã que mora naquela cidade e pretendo ficar lá por quinze dias. Era muita coincidência o que acabara de ouvir porque há exatamente dois dias eu pensei em viajar àquela cidade, também. Sem perder o embalo da conversa, falei: — Vamos viajar juntos? Assim eu coloco em prática o que aprendi com a minha professora e você terá a oportunidade de aprimorar o meu conhecimento nesse idioma. Num tom de voz que era impossível alguém ao lado ouvir, ela comentou: — Que ninguém daqui do banco saiba dessa viagem. — Não se preocupe, sei guardar segredo. Se você quiser me dar o número do seu telefone particular, eu a chamarei à noite. — Combinado, confirmou ela. E assim com aquele número em mãos saí dali imaginando as providências que deveria tomar na empresa para ser possível viajar àquela cidade.

Ligia Martins em muitas ocasiões me ajudou na solução de problemas de financiamento com a diretoria do banco. Agora teria a oportunidade de tê-la em minha companhia nessa viagem e, ainda, retribuir os favores que ela me proporcionou em diversas ocasiões.

Aquele dia foi longo. As horas não passavam. A noite sabedora da minha expectativa teimava em não aparecer.

Eram por volta das 21 horas quando resolvi lhe telefonar. Ela atendeu de pronto e falou: — Estive todo o dia ansiosa para falar com você. — E então vamos viajar juntos para Nova York? — Sim, respondeu. —Acredito que seria conveniente que no aeroporto e durante o voo não nos aproximás-semos porque nunca sabemos quem são os demais passageiros e ainda não gostaria que ninguém soubesse de nossa viagem. — Combinado, confirmei. Em seguida lhe perguntei qual a companhia de sua preferência para viajar. Quando ela falou o nome, disse-lhe que essa também é a minha preferida. Fique tranquila, vou providenciar as passagens. Talvez com surpresa dessa decisão, ela por alguns minutos emudeceu: —Não quero lhe dar despesas. — Vou também fazer reserva em um hotel. Nesse momento ela me lembrou que havia me dito que iria ficar na casa de sua irmã. Podemos convidar a sua mana para sair a visitar os pontos turísticos e somente à noite você ficará comigo. — Vou pensar e amanhã falaremos.

Agora pairava em minha mente se ela realmente queria apenas uma companhia para viajar ou se ela não se sentia atraída por mim. Talvez eu não fosse o tipo de homem que ela gosta ou esse "pensar amanhã" seria apenas uma saída diplomática para me deixar com mais tesão. As mulheres são por vezes complicadas ou astutas. De qualquer maneira, comecei a articular em minha mente como seria fazer sexo com ela, uma mulher bonita, inde-pendente e possuidora de um corpo cheinho e sensual e ainda uma pessoa muito importante para os meus negócios com aquela instituição bancária.

Depois de confirmar o dia em que poderíamos viajar, pedi à minha secretária que providenciasse as passagens e a reserva num hotel no centro de Nova York para quinze dias.

Na noite seguinte, lhe telefonei e informei o dia da nossa viagem, bem como o hotel em que fiz reserva para um casal. Quando mencionei o nome do hotel, ela elogiou o meu bom gosto e falou ser um dos melhores da cidade. E em seguida falou: — Vou precisar comprar algumas roupas especiais, porque esse lugar é de milionários. — Não se preocupe, quando estivermos em Nova York vamos comprar o que você quiser. Percebi mais uma vez que ela ficou perplexa com essa decisão. E depois de um longo silêncio disse: — Você me surpreende!

Aproveitei o seu estado de euforia e convidei-a para jantar em minha cobertura. Queria desfrutar de sua presença em minha casa e traçar planos da viagem. Ela recusou afirmando que nos próximos dias teria muito trabalho no banco e em sua residência. De qualquer maneira, agradecia o convite. E, ainda, acrescentou: — Dentro de sete dias estaremos, nesse horário, no aeroporto em direção a Nova York. Ainda, me falou que a sua irmã, Laura Moore, e o seu cunhado, Robert Moore, estariam nos esperando no aeroporto e que eles já sabiam que eu não iria me hospedar na casa deles.

Naquela tarde chegamos ao aeroporto quase no mesmo horário. Cumprimentamo-nos à distância e na fila do check-in ficamos um atrás do outro. Ela estava elegantemente vestida e os acessórios que portava eram de excelente qualidade. Na sala de espera, sentamos um em frente ao outro e os nossos olhares ementes prelibavam o que aconteceria em Nova York. Era o que eu percebia pela sua postura e o cruzar das pernas numa atitude sensual. As mulheres são surpreendentes quando elas percebem que estamos interessados em levá-las para a cama. As artimanhas que usam são deveras excitantes.

Quando chamados para o embarque, ficamos na mesma fila, porque os assentos eram na classe executiva. Coincidentemente ficamos um ao lado do outro. Quando o avião levantou voo e as luzes se apagaram, escorreguei a minha mão em direção à dela e assim de mãos dadas começamos a troca de energia. A expectativa do que iria vivenciar em Nova York era algo transcendental. Ter uma nova mulher em meus braços e descobrir o seu corpo, suas vontades, seu companheirismo, seu sexo e tudo mais que envolve um relacionamento amoroso me deixa num tesão incontido.

Foi-nos servido champanhe e brindamos aquele encontro. Acredito que ela se sentia privilegiada ao meu lado por muitas razões que ela própria conhecia. Mais uma vez, concluí que ser rico e famoso nos dá o direito de ter o mundo aos nossos pés e desfrutar de tudo o que o dinheiro pode comprar.

Há mulheres que gostam de homens inteligentes ou intelectuais, mas a vida me ensinou que nenhuma se sente indiferente ao lado de um milionário. Talvez elas os vejam como homens fortes, capazes e realizados.

O jantar veio em seguida e degustamos aquelas iguarias e as bebidas sentindo um sabor incomparável numa atmosfera acolhedora de bem-estar. O cafezinho e o licor selaram aqueles momentos iniciais de prazer.

Tínhamos quinze dias à nossa frente para viver grandes prazeres que podem sentir um homem e uma mulher. Era importante, também, porque ela conhecia Nova York, o que facilitava os nossos dias naquela cidade para visitar pontos turísticos e conhecer os melhores restaurantes e shoppings. Também, iria aprimorar os conhecimentos da língua inglesa. Tudo perfeito.

Não dormimos durante as quase dez horas de voo como, também, não assistimos o filme, "Namorada de aluguel", que estava sendo exibido. A nossa ansiedade era tamanha. Igualzinha quando se tem 20 anos de idade. Aliás, o amor não tem idade. Ele se manifesta na adolescência e segue por toda a nossa vida. A vantagem que tínhamos eram as experiências vividas. Ela com 42 anos e eu com 67.

Quando chegamos à área de desembarque, ela me apresentou à sua irmã e ao cunhado e depois dos cumprimentos ela pediu para nos darem uma carona até o hotel. Durante o trajeto, falamos sobre a excelente viagem que fizemos e fez alguns comentários sobre mim. Quando paramos em frente ao hotel, a sua irmã ficou surpresa por ser aquele lugar destinado, apenas, aos milionários. Certamente ela deduziu que eu seria um deles. Na despedida prometemos que nos encontraríamos para fazer alguns passeios juntos. Ainda me convidou para visitar sua casa. O casal desejou que tivéssemos muitos dias felizes em Nova York.

Depois de cumprimentar em inglês o funcionário do hotel, preenchi o formulário. Estava levemente ansioso. Tudo correu bem, em seguida outro funcionário pegou a nossa bagagem e nos levou à suíte. Dei-lhe uma gorjeta e ele se foi feliz.

Agora sozinhos olhamos um para o outro, nos abraçamos fortemente e trocamos beijinhos no rosto. A emoção de estarmos aqui era desmedida e nem sentíamos cansaço pela noite de vigília. Ela abriu a sua mala e tirou uma roupa e pediu licença para tomar um banho. Em seguida fiz o mesmo.

Quando voltei do banheiro, ela estava deitada, numa das camas, vestida naquele longo que mais parecia uma camisola que se fechava com botões. Deitei-me ao seu lado e nossas mãos se encontraram. A impressão que tinha era de dois adolescentes, segurando as mãos e absortos a imaginar o que iria acontecer em breve. E assim ficamos por alguns minutos. Virei e acariciei o seu pescoço. Lembrei-me que todas as mulheres têm sensibilidade nessa área. Ela de olhos fechados sentia aqueles carinhos e esboçava leves gemidos de prazer. E assim fui descobrindo o seu corpo. Comecei abrindo cada botão de sua vestimenta sem, contudo, abrir por inteiro. Quando cheguei ao último, voltei ao botão inicial e comecei a abrir a sua roupa quando pude ver seus seios firmes. Passei a língua nos biquinhos deles e ficaram mais intumescidos. Ela se levantou e nossos lábios se encontraram num beijo molhado e cheio de tesão. Ela se livrou daquela roupa ficando apenas com uma minúscula calcinha. Deslizei as mãos em seu corpo sentindo sua pele macia e excitante. Suas pernas bem-torneadas eram um convite a acariciar a sua vagina. Nesse momento pensei: um banquete gourmet à minha disposição!

Alcancei a sua vulva e senti-a úmida. Deslizei a minha língua pelo seu corpo, apertei levemente os bicos dos seus seios e encostei o meu corpo ao seu. Estava pronto para possuí-la à minha maneira. Não tinha pressa. Queria deixá-la louca de tesão. Abri as suas pernas e visualizei o seu órgão genital molhadinho e devagarzinho encostei o meu pênis e ela gemendo de prazer me pedia para comê-la. Observei que lágrimas brotavam dos seus olhos enquanto ela movia os quadris e contraía a vagina me deixando louco de tesão. Mulher nota mil!

O prazer foi recíproco. Adormecemos e quando acordamos já era noite. Nesse instante lembramos que não tomamos café da manhã ou almoçamos. Depois de um banho, decidimos pedir o jantar na suíte. Escolhemos o que iríamos comer e para eu me sentir completo e mais uma vez testar o meu inglês fiz o pedido. Havia na suíte um frigobar com muitas bebidas, à nossa disposição, inclusive champanhe. Colocamos um dentro de uma vasilha com gelo. Era sumamente importante brindar esse encontro de duas pessoas que já se conheciam há quase sete anos e somente agora descobriram uma identificação notória no sexo. Uma fêmea perfeita!

Durante o jantar, eu olhava para ela e imaginava-a em minha cobertura numa noite de luar e de verão, dentro da hidromassagem tomando champanhe e desfrutando dos prazeres de um sexo ilimitado.

A suíte tinha uma sala de estar e jantar com geladeira, bebidas diversas, música, TV, internet, hidromassagem. Tudo para satisfazer as exigências de um milionário. Depois do jantar, sentamos em duas poltronas e saboreamos um licor que estava à nossa disposição enquanto ouvíamos música. Dizem que para alcançar o paraíso é necessário morrer. Eu diria que hoje estávamos vivendo um deles com saúde, bem-estar e muito tesão. Às vezes pensamos em determinado momento que chegamos ao ponto mais alto da felicidade. E esta sempre nos surpreende com outras situações melhores. É ilimitada a capacidade que temos em descobrir outros instantes que enchem a nossa alma de satisfação e nos faz sentir seres privilegiados.

Decidimos desfrutar Nova York à noite da varanda da suíte. Estávamos no décimo quinto andar do hotel de onde se tinha uma vista monumental. Não havia luar, mas o céu claro e fulgurante com as luzes da cidade nos transportava para o infinito dando-nos a certeza de sermos únicos nesse universo. Sentimos que o mundo nos pertencia por inteiro. Abraçamo-nos e ela agradeceu esses momentos primorosos que estava lhe proporcionando.

— Hoje foi o primeiro dia, minha querida, ainda teremos quatorze para vivermos outros maiores e melhores.

Apagamos as luzes e dormimos. Não tínhamos nenhum compromisso profissional ou urgente para os dias a seguir, portanto, poderíamos usar o tempo como melhor nos aprouvesse com liberdade total. E assim fizemos.

Tomamos café da manhã na suíte com direito ao que de melhor aquele hotel oferece. Enquanto degustávamos aquelas iguarias, combinamos sobre o primeiro passeio que faríamos naquele dia. Ela, conhecedora de todos os pontos turísticos mais importantes, sugeriu que fôssemos ao Central Park, porque como era o mês de outubro eu poderia ver um espetáculo deslumbrante da natureza com a mudança da estação, fazer uma caminhada e visitar outras atrações importantes.

Realmente esse primeiro lugar foi fantástico. Folhas amareladas caíam das árvores e quando no solo ganham uma tonalidade marrom. Segundo ela me informou, quando chega o mês de março, instantaneamente as árvores ganham folhas novas, verdinhas, bem como flores nos jardins. Passeamos de barquinho pelo lago, caminhamos, visitamos o Conservatory Garden com jardins de tirar o fôlego e também o jardim do memorial de John Lennon.

Quando voltamos ao hotel, o funcionário da portaria nos entregou um pacote cujo remetente era sua irmã, Laura Moore. Eram dois champanhes e um cartão desejando que tivéssemos dias fantásticos em Nova York. E ainda nos lembrou que aguardavam a nossa visita à sua casa. "Avise-me do dia para eu fazer algo especial. Beijos".

Naquela segunda noite, ela se sentia mais à vontade em minha companhia e sugeriu que eu me deitasse e fechasse os olhos. Obedeci. Ela deslizava suavemente as pontas dos dedos em meu corpo, começando pelos pés, me deixando fora desse mundo. Depois com a língua lambia cada poro com muita maestria proporcionando-me um prazer como nunca sentira antes. Mulher infernal! Essas eram as únicas palavras que podia falar. Segurou o meu pênis e com seus lábios carnudos apertava-o deixando escorrer saliva e eu sentia como se estivesse entrando em sua vagina. Não resisti. Gozei num desespero de prazer inimaginável. O meu sêmen ela recolheu na mão e passou em volta dos seus seios, deitou-se sobre o meu corpo e chegou ao orgasmo numa loucura total. Adormecemos e o dia já avisara que deveríamos levantar, tomar banho, café e sair para outro passeio pela cidade.

Em minha mente, havia muitas interrogações, quem era realmente Ligia Martins, como vivia fora do seu trabalho e quantos homens ela deveria ter à sua disposição. Uma mulher que todos os homens gostariam de tê-la na cama. Uma fêmea de espécie rara! Premeditei fazer-lhe perguntas sobre o seu viver, todavia, joguei esse pensamento para o esquecimento, porque o importante era usufruirmos de tudo que nos seria permitido nesses dias. Em outra ocasião, de volta ao Brasil, eu poderia, talvez, ter as respostas ao meu questionamento.

Naquele dia eu lhe perguntei onde ficavam as lojas onde poderíamos comprar algumas coisas. Curiosamente ela pergunta. — Comprar presentes para suas amigas? —Não. Quero comprar alguma coisa para você. Ela sabia que eu era divorciado e morava sozinho. E, assim, fomos à Times Square, um lugar, segundo ela, que se localiza entre a Broadway com a Sétima Avenida.

Chegamos a esse lugar por volta das 11 horas da manhã. Caminhamos por algum tempo. Vimos lojas, restaurantes de comida de todos os lugares do planeta. Quando passávamos por uma loja de roupa íntima para mulher, segurei o seu braço e lhe falei: — Vamos entrar aqui. Olhamos tudo que estava exposto em manequins e baixinho falei ao seu ouvido. — Escolha uma camisola preta e uma vermelha acompanhadas de calcinha. Ela obedeceu sem perguntas. Enquanto caminhávamos, por essa rua famosa, imaginei-a vestida nessas peças que certamente iriam me dar muito prazer naquela noite.

Já passava das duas horas e decidimos almoçar. Ela sugeriu um restaurante de comidas asiáticas que conhecia bem. Foi um almoço inesquecível.

Naquela noite ela vestiu a camisola preta com a calcinha. Quando a vi, enlouqueci de tesão. Era um fetiche que me provocava grande excitação sexual. Bebemos um dos champanhes com que a sua irmã nos presenteou e tivemos mais uma noite de loucura absoluta. Ela sempre inventava novas formas de fazer sexo. Uma mulher com uma tremenda criatividade nesse setor.

Foi incontável o número de mulheres que passaram pela minha vida. Ligia Martins foi a mais fenomenal de todas. Cada uma daquelas mulheres tinha algo maravilhoso. Essa reúne todas as características das anteriores.

Nessa noite acordei antes do amanhecer e enquanto ela dormia decidi que nesse dia teria uma conversa com ela sobrea sua vida pregressa. Quem realmente era Ligia Martins, quem eram seus parentes, como foi a sua infância e adolescência? Em minha mente, pairavam muitas interrogações e eu precisava desvendá-las. Tenho muitas amigas que me proporcionam marcantes momentos de prazer e nunca me interessei saber sobre suas vidas. Para mim o importante é que em nossos encontros elas estejam sadias, felizes, perfumadas e, principalmente, bem-humoradas. Com Ligia essa curiosidade era necessária, visto que tínhamos, também, relacionamento comercial.

Há dois fatores importantes nesse encontro e, quem diria, em Nova York! Um deles é o respaldo que ela me dá em suas funções no banco com a minha empresa e o outro é ter descoberto uma fêmea excepcional.

Depois do café daquela manhã, revesti-me de coragem, segurei a sua mão e pedi-lhe que ficássemos essa manhã em nossa suíte, porque eu precisava conversar sobre alguns assuntos de interesse comum. Ela me olhou surpresa e concordou.

O comportamento de uma pessoa em diversas ocasiões está intrinsecamente ligado a fatores emocionais, de vivência e, também, hereditários. Quando adultos, somos o resultado de muitas experiências vividas. E de supetão lhe perguntei: — Quem é a mulher Ligia Martins? — Diversas, dependendo das circunstâncias. Pela sua resposta, descubro ser, além de outras qualidades, uma pessoa inteligente.

E continuei o meu questionário de forma sutil para não deixá-la embaraçada. — Onde você nasceu e como foi a sua família? —Fui filha de mãe solteira. A minha irmã teve um pai e eu outro. A minha progenitora era professora de língua portuguesa e nos criou num ambiente de muito respeito e amor. Aos 16 anos, conheci Rivaldo Miranda e com ele o primeiro relacionamento sexual. Ele me ensinou todos os segredos para sentir prazer numa relação sexual. Acredito até que ele me deixou pronta para a vida nesse contexto por vezes complicado que é um relacionamento afetivo e sexual entre duas pessoas. Cinco anos depois, ele morreu num acidente. Chorei todas as lágrimas que alguém pode derramar. Anos depois me recompus e continuei o meu viver à procura de outro homem. Fiz faculdade de Administração de Empresas e, também, estudei inglês. Trabalhei por um tempo num escritório de contabilidade e depois no banco onde nos conhecemos. A minha irmã estudou Psicologia e por algum tempo trabalhou em uma grande empresa na área de Recursos Humanos. Numa noite ela estava em uma balada e conheceu Robert Moore, que estava passando férias no Brasil. Meses depois ele voltou, casaram e foram morar em Nova York. Ele é jornalista e estão sempre viajando pelo mundo. Eles não têm filhos.

Diante do que ouvia, concluí ser a minha amiga uma pessoa privilegiada sob vários aspectos. — Onde você mora? Perguntei. — Na periferia da capital, na casa que foi da minha mãe, que agora eu e a minha irmã somos herdeiras. A minha mãe faleceu há dois anos. Não é um lugar seguro para se morar sozinha e todas as vezes que chego à noite tenho medo de ser assaltada. Há seis meses, coloquei a casa à venda e pretendo morar em outro lugar. Ainda não sei exatamente onde.

Enquanto ela falava, ia desenrolando em minha mente algumas alternativas viáveis para ajudá-la. Deixaria a cargo do tempo as soluções. Tudo que pretendemos fazer deve seguir alguns critérios para não se ter arrependimentos futuros. Deixei as ideias dentro do subconsciente e, assim, quando chegar o momento certo resolverei o problema.

O telefone toca e era a irmã dela, Laura Moore, nos convidando para passar o domingo em sua casa. Confirmamos aquele convite e agora sabedor de detalhes de sua família iria me sentir mais à vontade naquele encontro.

É interessante como vemos as pessoas de forma diferente depois de uma convivência com elas ou quando tomamos conhecimento de certas situações de suas vidas. Agora ela não era apenas aquela pessoa que conhecia há sete anos naquela agência bancária ou a fêmea que tive a oportunidade de descobrir. Era muito mais.

Naquela tarde fomos visitar a Estátua da Liberdade, que é o ponto turístico mais importante dos Estados Unidos. O passeio foi de barco pela baía de Nova York. Foi uma emoção inusitada quando ela me contou detalhes sobre esse monumento. Pelos rincões do mundo, há muitas pessoas que se deslocam de seus lugares em busca de uma vida melhor. Aquele era um símbolo verdadeiro de esperança.

Para completar esse dia cheio de nuances e descobertas, fomos jantar no topo do World Trade Center. Ver Nova York daquele lugar é como se estivéssemos sonhando e nos recusássemos a acordar. As iguarias que nos foram servidas tinham sabor especial, porque a nossa alma se sentia enlevada com a grandiosidade do cenário que nos cercava.

De volta ao hotel, lembrei-me de que hoje ela iria vestir a camisola vermelha com a calcinha da mesma cor. Decidimos tomar um banho na hidromassagem para relaxar e nos concentrar em mais uma noite de prazer.

Dessa vez pedi que ela deitasse com aquela roupa e hoje iria lhe mostrar os meus dons para deixá-la sentir todas as emoções que nos elevam ao cume do prazer.

Comecei a minha viagem pelos seus cabelos deslizando as mãos pelos fios e de vez em quando alcançava suas orelhas, seu pescoço e acariciava-os com as pontas dos dedos. Ela suspirava e emitia frases num sentir de imenso prazer. Abri a camisola num compasso lento e assim ia descobrindo o seu corpo, que me deixava louco de tesão. Acariciei os seios com a minha língua e senti que ela chegou ao orgasmo. Impossível não devorá-la agora. Aliás, a palavra "devorar" significa para mim o máximo do sentir com um tesão de enlouquecer. Degustá-la, possuí-la e chegar finalmente ao clímax do prazer é um privilégio que temos quando uma mulher nos envolve com a química perfeita e um corpo estonteante.

Naquela manhã de domingo, a sua irmã telefona, novamente, perguntando a que horas estaríamos prontos para ela nos pegar no hotel. — Por volta das 10 horas, respondeu. Depois dos cumprimentos, entramos no carro e fomos em direção ao seu apartamento. Durante o trajeto, ela me perguntou se estava gostando de Nova York. —Sim, respondi. Essa cidade é monumental e ter um cicerone como a sua irmã torna tudo mais fácil.

O apartamento ficava no décimo andar e tinha uma vista esplêndida do Central Park. Robert era jornalista de um canal de televisão. Segundo me informou, estava sempre viajando e quando o lugar era seguro fazia-se acompanhar de Laura.

O mais interessante nesse encontro era que eu entendia quase tudo que ele falava em inglês e de vez em quando respondia também nesse idioma. Também me perguntou sobre o meu ramo de atividade. Quando lhe falei o nome da minha empresa, ele se surpreendeu e disse para Laura: — Essa empresa imobiliária do Luca é uma das maiores que existem no Brasil. Eu tenho um amigo que comprou um apartamento deles e hoje mora em São Paulo com a família. Nesse momento Ligia falou que o banco em que ela trabalha tem muitos investimentos de minha empresa, que nos conhecemos há sete anos e em seguida contou alguns detalhes porque estávamos em Nova York.

Robert ofereceu o seu apartamento para nos hospedar em nossa próxima viagem a Nova York. Agradeci.

O anfitrião preparou uma caipirinha de limão, maracujá, gelo e açúcar e falou que aprendeu a prepará-la no Brasil. Realmente estava deliciosa! O jantar foi mesmo à moda americana com direito a milho cozido, que nas extremidades tinha um garfinho próprio para segurar e comer no sabugo, salada de alface-americana, tomate, pepino, azeitonas, bolo de carne, purê de batatas, espinafre cozido e de sobremesa: torta de maçã. Café e licor. Realmente eu me senti, naquela noite, que estava nos Estados Unidos da América saboreando aquelas iguarias típicas no aconchego de um lar verdadeiro.

Já passava das duas horas da manhã quando eles nos levaram de volta ao hotel. Realmente foi uma noite inesquecível e surpreendente. Despedimo-nos nesse momento, porque em poucos dias voltaríamos ao Brasil.

Nos dias a seguir, visitamos alguns museus e a famosa ponte Brooklyn Bridge, que é suspensa com cabos de aço. Ainda fomos à Quinta Avenida, um lugar onde existem as maiores, melhores e famosas lojas de grifes do mundo, além de ver pessoas de todas as partes do planeta Terra. Um luxo para o nosso deleite. Quando passávamos em frente a uma loja famosa onde havia na vitrine manequins com roupa feminina, falei-lhe: — Vamos entrar aqui? — Sim. As roupas expostas eram deslumbrantes e eu lhe pedi para escolher o que quisesse. Sentei-me em um lugar e fiquei esperando por ela. Depois de quase duas horas, ela aparece segurando uma roupa, me mostra e me pergunta se gostei. — Somente uma? Perguntei. Eu quero que você escolha muitas. Ela me olhou com um ar de surpresa e falou: — Não. Eu quero apenas essa. Depois entramos em outra loja de perfumaria. Nesse lugar ela comprou cremes para o rosto e corpo e o perfume de sua preferência. Eu também comprei alguns perfumes para a minha nora e secretária.

Depois de mais uma noite prazerosa, chegou a hora de voltar ao Brasil. As responsabilidades nos aguardavam. Quando o avião levantou voo naquela noite, deixei Nova York com a sensação de que a vida pode ser majestosa e todos os sonhos podem se realizar, basta tão somente que tenhamos confiança e determinação para realizá-los.

Durante o voo de volta à casa, olhávamos um para o outro de forma diferente. Sentíamos ter feito descobertas notáveis na companhia e no sexo. Agora éramos íntimos e a energia que trocávamos segurando as nossas mãos nos dava a certeza de que esse enlevo continuaria pelo tempo que nos fosse permitido.

O meu motorista me aguardava e quando chegamos à porta de saída do aeroporto falei-lhe que gostaria de lhe fazer companhia levando-a até a sua casa. Ela concordou e pela sua fisionomia tive a impressão de que ela se sentiu feliz.

Depois de mais de uma hora de viagem, chegamos à sua casa. Aparentemente uma vivenda agradável. Todas as casas refletem alguns aspectos de seus proprietários e a impressão que me ocorreu, de imediato, ser aquele lugar inadequado para ela viver sozinha.

Ela me convidou para entrar e, assim, fui descobrindo como a minha amiga vivia. Corri os olhos rapidamente em todos os cômodos que me foram mostrados, mas detive-me na estrutura da casa, sem me importar com os móveis e acessórios. De repente ela falou: — Essa foi a casa que uma professora, minha mãe, pôde construir para nós. Você conhece os salários dos profissionais dessa área, completou meio desconsolada. — Sim, eu sei. Nesse instante encostei o meu rosto no seu e dei-lhe um beijo.

Fomos até a cozinha e me perguntou se eu queria tomar um café. — Sim, respondi. Enquanto ela preparava essa bebida, fiquei pensando como seria difícil todas as noites depois do trabalho ela chegar desacompanhada a esse lugar. Enquanto tomávamos café, perguntei-lhe se ela tinha namorado ou um amigo. — Para ser sincera, disse ela, não. O último que tive mandei-o embora, porque ele queria viver às minhas custas. Não tinha uma ocupação e ficava todo o tempo assistindo televisão, enquanto eu trabalhava.

Depois de algum tempo, nos despedimos com um forte abraço e agradecemos, mutuamente, os grandes momentos vividos em Nova York.

Agora, sozinho e voltando para a minha cobertura, comecei a concatenar ideias para ajudá-la a mudar-se daquele lugar. Concluí ser Ligia Martins uma mulher bela, independente, sincera, honesta, trabalhadora, monumental no sexo, bem-humorada, responsável e provinda de uma família simples e de bons princípios. Alguns desses atributos eu já conhecia com o nosso relacionamento comercial no banco em que trabalha. Outros foram para mim uma grande surpresa.

"There's no place like home", essa foi a sensação que senti ao entrar em casa. Os serviçais estavam trabalhando e fui até a cozinha e falei para a minha cozinheira, Maria da Conceição, que naquela semana eu gostaria de jantar todos os dias comidas brasileiras. Não deveria faltar, também, feijão, arroz e salada. Muitas vezes só valorizamos pequenas coisas quando, por algum momento, não a temos. Desarrumei as malas, coloquei as roupas na lavanderia, tomei um banho e deitei-me na minha cama favorita. Que felicidade! Relaxei, dormi e quando acordei a noite já se fazia presente e, ainda, um belo luar por ser noite de lua cheia.

Olhei a paisagem à minha volta, e imaginei o que estaria fazendo a minha amiga naquele horário. Pensei em lhe telefonar, mas a prudência apareceu e me fez desistir dessa atitude.

Sabemos que as pessoas são diferentes em todos os aspectos e encontrar uma que preenche muitas lacunas de nossa vida é algo que nos obriga a refletir sobre uma convivência mais amiúde. Dessa vez a desconfiança me avisou que estar de férias sem nenhum compromisso é uma forma salutar de um viver descompromissado, todavia, no dia a dia de duas pessoas, sob o mesmo teto, há conotações diferentes e por vezes incompatíveis. Recolhi esses pensamentos e mandei-os para o subconsciente, talvez, em outra oportunidade, poderia ter solução dentro de uma realidade afastada dos sonhos.

No dia seguinte, cheguei à empresa por volta das 10 horas. Chamei o meu filho, André, à minha sala e durante toda aquela manhã conversamos sobre os acontecimentos em minha ausência. Apesar de alguns transtornos, tudo caminhou dentro do previsto.

No período da tarde, conversei também com a minha secretária, Vanessa, e ela me trouxe alguns documentos para assinar. A tranquilidade me disse que eu poderia viajar em outras ocasiões, porque todo o pessoal que trabalha em minha empresa eram pessoas responsáveis e perfeitos profissionais.

A noite se aproximava e o meu pensamento ia ao encontro de Ligia. Sabia que o seu horário de trabalho, normalmente, termina por volta das 7 horas. Ainda ela tinha uma hora e meia para chegar à casa. Portanto, deveria esperar mais algumas horas para lhe telefonar. Resolvi ir para casa e de lá me comunicaria com ela.

Nessa noite jantei um "baião de dois", comida brasileira nordestina, e concluí que o mundo é maravilhoso, viajar é vivenciar lugares, situações e culturas diferentes, mas onde estão as nossas raízes, esse é superlativo.

A vontade de ouvir a voz de Ligia me deixava impaciente, por isso decidi lhe telefonar. Não importa se temos 15, 40 ou mais de 60 anos. Os sentimentos do amor são iguais em todas as idades. A vantagem do sentir na maturidade nos faz degustar esses momentos com sabores especiais, porque juntamos as experiências vividas antes.

A impressão que tive foi que ela estava junto ao telefone quando a chamei. — Como você está? Perguntei. — Bem, apenas com saudades de você. — Eu também. Como foi o seu dia hoje? — Muito trabalho, respondeu. E o seu? — Também. Durante a minha ausência, tudo caminhou sem grandes problemas. — Estou pensando em ir amanhã até a sua agência apenas para vê-la. Prometo que será por poucos minutos. — Ok. Estarei lhe esperando. — Até amanhã. — Até amanhã.

Naquela noite senti a sua presença ao meu lado e comecei a pensar o que eu poderia fazer para tirá-la daquela casa. Certamente não ofereceria a minha cobertura para ela morar para não me privar de todas as mordomias e bem-estar que tenho e, ainda, o privilégio de ter outras amigas quando assim me convém. Tenho serviçais competentes: uma cozinheira, um jardineiro, uma faxineira, uma arrumadeira e um motorista. Todos iniciam o trabalho por volta das 10 horas da manhã e quando chego à casa ao anoitecer eles já se foram. Ocasionalmente, a Maria da Conceição, a cozinheira, me espera até o horário do meu jantar, que acontece sempre por volta das 9 horas da noite. Todas as compras da casa são feitas pela Sofia Andrade, minha arrumadeira. Listo o que quero comer durante a semana e ela compra tudo o que precisa.

No horário combinado, cheguei à sua agência e quando ela me viu percebi um brilho incomum em seu olhar. Conversamos por alguns minutos e nessa oportunidade convidei-a para nos encontramos no próximo sábado. — Eu irei à sua casa por volta das 11 horas da manhã. — Combinado, afirmou ela.

Enquanto esperava por esse dia, pedi à minha secretária que marcasse um encontro em minha sala com as funcionárias Lucia de Abreu, a engenheira, e Solange Medeiros, arquiteta. Quando elas chegaram, olhei para as duas, por alguns segundos, sem nada falar. Ainda tinha dúvidas sobre o que planejava fazer. De repente pensei: — Catarina morreu e não levou nada que o seu marido construíra. E eu quando me for desta vida nada levarei, também. Às vezes uma boa ação pode deixar uma pessoa feliz e me trazer grandes energias positivas.

Dirigi-me às duas e falei: — Quero que vocês reservem um apartamento de dois quartos em um lugar seguro, de preferência dentro de um condomínio e que já esteja em final de construção e próximo ao edifício onde moro. Eu preciso dessa informação em dois dias. Quando esse trabalho estiver concluído, gostaria de visitar o local. — Perfeito, responderam as funcionárias.

Pretendia presentear esse imóvel à minha mais nova amiga, Ligia Martins. Exatamente no dia combinado, as minhas funcionárias me comunicaram que já tinham encontrado o apartamento que queria. De imediato fui verificar. A minha dúvida era se Ligia gostaria de morar em apartamento, e o mais importante: se em andar baixo ou alto. Como eu iria encontrá-la no próximo sábado, criei uma situação para obter essa resposta sem que ela desconfiasse do que planejava.

Cheguei à sua casa naquele sábado e ela já me esperava vestida naquela roupa que lhe presenteei em Nova York. Trocamos abraços e beijos e em seguida ela me ofereceu um cafezinho. Pedi-lhe que levasse algumas coisas que as mulheres precisam quando vão dormir fora de casa. — Onde você vai me levar? — Surpresa! Disse eu. Ela entrou no quarto e saiu de lá com uma pequena mala. Coloquei no porta-malas do carro e fomos a um shopping nas proximidades de minha casa.

Tive a precaução de enquanto caminhávamos pelos corredores do shopping não segurar a sua mão porque poderia encontrar alguma das minhas amigas e depois precisar dar explicações, embora eu nunca tenha permitido a nenhuma esse procedimento. Evitar problemas é sempre salutar.

Visitamos algumas lojas de móveis e eletrodomésticos e curiosamente ela me pergunta: — Você está pensando em comprar alguma coisa para o seu apartamento? Apenas respondi: — Sim. Depois fomos a outra, de roupa de cama e mesa. Realmente a minha intenção era descobrir o que há de mais moderno nesses lugares.

Almoçamos num restaurante próximo e ficamos longas horas conversando sobre os mais diversos assuntos. Ela tem uma desenvoltura de conhecimento sobre tudo. É uma companhia interessante, também, fora da cama. A noite se aproximava e essa era a hora certa de levá-la à minha cobertura, no momento em que as luzes da cidade vão se acendendo, deixando aquela paisagem magnífica.

Ligia não tinha o endereço de minha residência na ficha do banco, apenas o comercial. Portanto ela não sabia onde eu morava.

E, assim, entramos no carro e fomos em direção à minha cobertura. Nada se falou até chegar à frente do meu edifício. Estacionei num dos espaços da garagem, pegamos a sua maleta, entramos no elevador e finalmente estávamos em casa. Quando saímos do elevador, ela me perguntou. — Em que andar você mora? — Décimo quinto andar, falei. — Como você se sente morando nessas alturas? — Bem, respondi. — Se eu morasse em edifício, eu gostaria de morar até, pelo menos, no quarto andar. Com essa observação, descobri que ela não gostaria de residir em andares muito altos. Agora tinha a certeza do apartamento com que iria lhe presentear.

Mostrei-lhe todos os cômodos e quando chegamos à varanda ela ficou empolgada com a vista à sua frente. Olhou os jardins e elogiou os canteiros floridos, a hidromassagem e ressaltou que eu tinha bom gosto em tudo. — Você é um homem maravilhoso sob todos os aspectos. Sinto-me feliz por ter lhe conhecido há sete anos e agora compartilhar um pouco de sua intimidade. Abraçamo-nos com o calor de duas pessoas que estão felizes.

Convidei-a a me acompanhar até a cozinha e lhe perguntei o que gostaria de beber. Por um instante, ela ficou na dúvida e enquanto decidia sugeri tomar champanhe para comemorar a sua visita ao meu lugar. Ela concordou e juntos pegamos gelo, escolhemos um champanhe, fomos para a varanda e sentamos em uma mesa ao lado da hidromassagem. Acendi as luzes indiretas do jardim e de dentro da hidro. Ela olhava para mim e tudo ao redor num contentamento como nunca percebi em outras mulheres que aqui estiveram. Uma mulher cheia de sensibilidade, concluí.

Aquela noite foi a mais emocionante que já tive em toda a minha vida. Acredito que para ela também. Porque em algumas ocasiões ela suspirava e repetia: — Obrigada por me fazer tão feliz. No dia seguinte, domingo, os meus serviçais não trabalham. Quando acordamos, depois de um banho, ela foi à cozinha e preparou o nosso café. Mostrei-lhe onde tudo se encontrava. Enquanto degustávamos o que foi preparado, fomos tomar sol exatamente como nascemos ao lado da hidromassagem. Por volta da 1 hora da tarde, perguntei-lhe a que horas poderíamos sair para almoçar. — Sair para almoçar! Ironizou. — Não. Se você quiser, posso preparar alguma coisa para nós. Mostre-me o que você tem na sua dispensa e eu vou escolher o que farei. Enquanto ela trabalhava na cozinha, tomei algumas providências escolhendo outras músicas e colocando em ordem algumas coisas da casa.

Nunca nenhuma outra mulher preparou almoço para mim aqui em minha cobertura e fiquei surpreso quando ela se dispôs a fazer esse trabalho. Quando tudo estava pronto, ela me chamou para almoçar. Arregalei os olhos e quase não acreditei que em apenas uma hora e meia ela preparou iguarias perfeitas no sabor e no visual.

Uma salada de rúcula, tomate, pepino, azeitonas, devidamente arrumadinha como se come em restaurante de alto padrão. Um macarrão com molho branco de creme de leite, cogumelos, muita cebola e alho coberto com queijo parmesão, um refogado de repolho roxo com cranberries.

Enquanto comia aquele almoço que certamente tinha a sensibilidade de uma mulher feliz, disse-lhe: — Deus meu, você é perfeita de cama, mesa e companhia. Ela sorriu e agradeceu.

No final do domingo, levei-a à sua casa e prometi que voltaríamos a nos encontrar em breve. Ainda tomamos um cafezinho, nos abraçamos e nos despedimos. Deixei com ela o calor do meu afeto e levei comigo a certeza de que Ligia Martins é uma mulher incomparável.

Ao chegar à empresa, nessa manhã de segunda-feira, tinha em mente decidir sobre com qual apartamento iria presentear Ligia Martins. Chamei à minha sala a arquiteta Solange Medeiros e fomos fazer mais uma visita àquele lugar. Optei pelo apartamento de quarto andar. Pedi-lhe que mandasse fazer uma limpeza, porque iria trazer uma pessoa no final de semana para ver esse imóvel.

Ainda, naquela noite, telefonei para Ligia e disse-lhe que teria uma surpresa para ela no próximo sábado. — Vou preparar o meu coração! Falou empolgada. — Não será necessário, respondi. Conversamos mais um pouco sobre assuntos triviais e nos despedimos.

E, assim, fiquei toda aquela semana imaginando a reação que ela teria quando lhe apresentasse o seu novo lugar para morar. Há pessoas merecedoras de tudo que podemos fazer para elas, às vezes, por razões mais profundas, que desconhecemos. O meu patrimônio é tão valioso que esse gesto de carinho para ajudar uma mulher que tem me proporcionado os maiores prazeres é um mínimo que posso fazer no momento. Certamente, em futuro próximo possa ter outras ideias. "Vamos dar tempo ao tempo", alguém já afirmou.

Finalmente, aquele dia chegou e por volta das 10 horas da manhã estava em frente à sua casa. Toquei a campainha, ela apareceu e me convidou para entrar. Trocamos abraços, algumas carícias e tomamos um café. Enquanto tomávamos essa bebida, lhe falei que precisávamos sair e, ainda, lhe pedi que levasse algumas roupas, porque possivelmente não voltaríamos hoje para o seu lugar.

Enquanto dirigia perguntei-lhe se ela já tinha um comprador para a sua casa. Ela respondeu que a imobiliária tem levado algumas pessoas para ver a casa, mas até agora nenhum negócio foi fechado. Perguntei-lhe se ela gostaria que o meu funcionário Osvaldo Vieira, o corretor que vende os meus imóveis, pusesse a casa à venda. A vantagem é que você não vai pagar comissão. — Seria uma boa ideia, respondeu. — Para ser possível ele vender, você vai precisar ir à imobiliária e pedir que ele retire a placa de venda colocada em frente à sua casa.

Estacionei em frente ao edifício que tem o nome de "Pedro Nogueira" e que está em final de construção e falei-lhe: — Vamos entrar aqui, porque quero lhe mostrar um apartamento. Desculpe subir as escadas, porque os elevadores ainda não foram instalados. Quando chegamos ao terceiro andar, tirei do bolso as chaves do apartamento de número 301, abri a porta e entramos. Ela foi direto olhar a vista da varanda e em seguida olhou atentamente todos os cômodos. Esse apartamento tem varanda, ampla sala, duas suítes, cozinha, lavabo, área de serviço e dependência para empregada. Em seguida segurei as suas mãos, olhei dentro dos seus olhos e lhe disse: — Esse apartamento é seu. — Oh, meu Deus, e me abraçou chorando. Ficamos por algum tempo abraçados e senti que o seu coração batia fora do ritmo normal. Ainda acrescentei: —Você pode escolher outro igual no quarto andar. — Não. Esse andar é perfeito. — Obrigada, obrigada, obrigada mesmo. Percebi que a emoção e a felicidade dela serão para mim algo inesquecível.

Ainda, disse-lhe: —Você vai morar a dez minutos da minha cobertura e vinte minutos para o seu trabalho. Assim, quando você sentir saudades de mim, fica mais fácil nos encontramos. Quando entramos no carro, mostrei-lhe onde ficava o meu prédio e em seguida fui até a agência do banco onde ela trabalha. Também vimos supermercados, shoppings e restaurantes. — Tudo isso estará à sua disposição. — Obrigada mil vezes, repetiu.

Fomos almoçar num restaurante próximo e em seguida fomos para a minha casa. Teríamos muito ainda para conversar sobre detalhes da entrega do apartamento, decoração e outros assuntos ligados à venda de sua casa.

Avisei-lhe que o apartamento estaria totalmente pronto, para ser habitado, dentro de seis meses, enquanto isso ela poderia decidir sobre a decoração da cozinha, e outros detalhes que lhe conviesse.

Ligia Martins era merecedora do que eu estava lhe proporcionando. Em muitas ocasiões, ela me ajudou a solucionar problemas da minha empresa no banco em que trabalha. Com essa atitude, estava apenas externando a minha gratidão e ainda o privilégio de ter descoberto uma grande fêmea, uma companhia agradável e uma mulher inteligente e responsável.

Um pouco antes do prazo, o apartamento ficou pronto. Ajudei-a na decoração e ela trouxe para o seu novo lugar apenas as coisas que lhe eram importantes. A casa foi vendida de "porteira fechada".

Nos anos a seguir, sempre nos encontrávamos com regularidade. Cada um morando em seu próprio lugar. Coloquei no esquecimento todas as minhas outras amigas, porque ela completava a minha vida por inteiro. Em suas férias, fizemos muitas viagens para países diferentes. Descobri, também, que um homem para ser feliz não precisa, necessariamente, ter muitas mulheres, e sim aquela companheira alegre, bem-humorada e compreensiva. De qualquer maneira, foi válido ter me relacionado com outras para ser possível avaliar a mulher perfeita que chegou à minha vida na maturidade.

CONCLUSÃO

Numa manhã de segunda-feira, quando os serviçais chegaram, por volta das 10 horas da manhã, na cobertura de Luca Marino para trabalhar, ele ainda dormia. Todos estranharam por não ser aquele um procedimento normal do seu patrão. Duas horas depois, a arrumadeira, Sofia Andrade, decidiu telefonar para o seu filho, André, e contou o ocorrido. Ele veio imediatamente e ao entrar na suíte do seu pai constatou que ele estava deitado e o seu corpo numa temperatura baixíssima. Chamou uma ambulância e o levaram ao pronto-socorro. Os médicos constataram que ele havia morrido de um enfarte há algumas horas.

Todos ficaram surpresos, porque durante toda a vida ele sempre teve muita saúde. Ninguém esperava por esse acontecimento tão inesperado. André, seu filho, comunicou o ocorrido a Ligia Martins, sua companheira, porque eles sabiam desse relacionamento há muitos anos, inclusive em muitas ocasiões estiveram juntos em comemorações familiares. Ele foi cremado e as cinzas levadas para o mar numa cerimônia emocionante com a presença da família e seus funcionários.

Como os seus herdeiros eram o seu filho, André, e a sua nora, não se esperava por um testamento. Todavia, no dia seguinte, a sua secretária, Vanessa Barbosa, comunicou a todos que há dois meses ele lhe avisara estar no cofre de sua sala um envelope lacrado pedindo que ele fosse aberto somente após a sua morte e que ela guardasse segredo sobre esse documento. A família reunida abriu aquele documento onde estava escrito e determinado: "Que tudo o que ele possuía em bens imóveis de sua empresa seriam do seu filho, André, e sua nora e que dez por cento da renda líquida mensal da empresa seria destinado à sua amiga, amante e companheira, Ligia Martins".

E, assim, terminou a história de um homem notável, digno nos negócios, onde todos os seus funcionários se sentiam como uma família engajada visando ao sucesso da empresa. Foi, também, um ser humano exemplar na vida afetiva e particular. Realizou os seus sonhos de maneira plena e absoluta.

Elilde Browning

ANEXO

Decidi acrescentar nesta obra os artigos que escrevi nos anos de 2019 a 2023 e que foram publicados no jornal *Noroeste News*, de Caraguatatuba, São Paulo, Brasil e na revista *Empresários* para que os meus leitores tenham a oportunidade de ler ou reler essas páginas literárias sobre assuntos dos mais diversos.

1 – Paixão: uma deliciosa loucura

2 – O amor e a paixão são diferentes?

3 – Nem todo mal é mau

4 – As batalhas surpreendentes da vida

5 – Qual a melhor fase da vida?

6 – 12 de junho: Dia dos Namorados

7 – Temos que ser quem somos

8 – Ano Novo: promessas de nova vida

9 – Um homem afinado com a vida

10 – Uma aldeia global

11 – Um Natal de reflexões

12 – O mundo da beleza

13 – Os sabores do mundo (primeira parte)

14 – Os sabores do mundo (segunda parte)

15 – Os sabores do mundo (terceira parte)

16 – O corpo humano

17 – O despertar de uma paixão

18 – Os crepúsculos da vida

19 – As conquistas além das fronteiras

20 – Como o mundo é desigual!

21 – O conhecimento torna a vida melhor

22 – Invólucro versus conteúdo

23 – As manifestações da loucura humana

24 – A instabilidade da vida nos tempos atuais

25 – O fascínio do mar

26 – Situações inexplicáveis da vida

27 – O equilíbrio emocional e a sabedoria do viver

28 – As metamorfoses do comportamento humano pela vida

29 – O amor: um sentimento notável

30 – Ser mulher

31 – O superlativo das reações humanas e dos animais

32 – O que é ser feliz?

33 – Há mágica para se ter filhos bem-sucedidos e felizes?

34 – Namorar sempre: um grande desafio

35 – Ser homem

36 – Quando explodem as emoções

37 – Cuide de sua mente

38 – A saúde acima do prazer

39 – Bom humor: um bem-estar contagiante

40 – Minhas raízes

41 – Uma escritora empreendedora

42 – Não pare de viver

43 – As forças que nos movem

44 – Como ser feliz, também, após os 60 anos de idade

45 – Renascer é uma atitude corajosa

46 – Festas juninas

47 – As aparências enganam ou revelam

48 – A Covid-19 no mundo real

49 – A escada da vida

50 – Os inventores que incentivaram o empreendedorismo

51 – A dinâmica da vida

52 – Uma vida saudável

53 – O poder das palavras

54 – Carnaval: a festa do povo

55 – Somos reféns do tempo, da natureza e das circunstâncias. Como sobreviver a tudo isso?

56 – O perfil do imigrante empreendedor

57 – Os desafios da humanidade para sobreviver

58 – Carnaval: a máscara do cotidiano

59 – As reações do empreendedorismo na Covid-19

60 – A vida é um palco onde todos representam

61 – Nossa mente é poderosa

62 – Algumas fontes inesgotáveis dos prazeres da vida

63 – Saúde e felicidade caminham juntas

64 – O mundo em desespero

65 – Violência doméstica: por que acontece?

66 – As incógnitas da vida

67 – A saúde do corpo e as realizações da vida dependem da mente

68 – Oh, abençoada liberdade!

69 – Há limite de idade para um sexo prazeroso?

Elilde Browning

PAIXÃO:
UMA DELICIOSA LOUCURA

"Somente as paixões, grandes paixões, podem elevar o espírito para grandes coisas" (Denis Diderot).

Viver uma grande paixão não é uma situação comum a qualquer mortal. É um privilégio para aqueles que têm sensibilidade, sentimento, e uma mente afetiva.

Ela não acontece por acaso e quando se inicia é um mistério difícil de perceber. Acredito que nos diversos compartimentos do nosso cérebro as gentilezas, as palavras de carinho, a química envolvente dos corpos, os olhares profundos, a admiração, a atração e o sexo sentido e vivido vão se juntando e, de repente, há uma explosão que foge ao nosso controle.

Uma pessoa apaixonada vive num mundo onde todas as situações da vida têm solução rápida e precisa. A natureza fica mais bela, os problemas de qualquer ordem são encarados com simplicidade, a comida mais simples tem sabor especial, a vontade de viver traz felicidade, a saúde se eleva a um bem-estar incomparável, a música, até aquela que estamos acostumados a ouvir, tem nuances diferentes deixando-nos enlevados e felizes.

A paixão não tem idade precisa para acontecer. Quando na adolescência, é um sentimento que nos transporta para um mundo surreal onde sentimos ser importante, apenas, a pessoa amada. Nada mais interessa. Na maturidade adquire um sabor especial porque está ligada a muitas experiências antes vividas e, portanto, conseguimos controlar os arroubos dos deslumbramentos em que ela nos envolve.

A paixão é uma loucura exceto quando a pessoa se apaixona por si mesma. Essa pode durar por toda a vida e trazer benefícios de autoestima e um viver cercado de felicidade.

Estar apaixonado é vivenciar um momento extraordinário de prazer e não importa até mesmo se for unilateral. Todavia, se a paixão for bilateral, o planeta Terra será um espaço pequeno para tantas emoções.

Elilde Browning
Professora e escritora

O AMOR E A PAIXÃO SÃO DIFERENTES?

Um leitor, meu amigo, ao ler o meu artigo "Paixão: uma deliciosa loucura", me sugeriu que escrevesse um artigo sobre o que é amor e o que é paixão.

Meu caro amigo, esses sentimentos são diferentes embora possam existir juntos numa simbiose que tornará os seres humanos donos do universo por desfrutarem de uma felicidade incomensurável.

O amor tem um leque bem amplo de sentimentos enquanto a paixão é o resultado de uma explosão fascinante de impulsos sexuais e prazer.

O amor pode durar por longos anos ou, talvez, nunca acabar. A paixão não. Ela é vigorosa, forte, desafiadora, cheia de emoções e haja coração para suportar tantos calafrios por longo tempo.

O amor é a aceitação do indivíduo com todas as suas qualidades e defeitos. A paixão vê o outro com o olhar próprio do seu pensar sem se deter em detalhes que passam despercebidos.

O amor é uma conquista diária entre duas pessoas e que no seu caminhar é capaz de suportar a distância, as dificuldades e as intempéries do viver. A paixão é avassaladora e é preciso estar juntos sempre para não se perder no turbilhão de dúvidas que invadem o seu pensar.

O amor é construído devagarzinho na descoberta da admiração de situações comuns, da empatia, da cumplicidade, do carinho, da compreensão, do companheirismo e da atenção. A paixão é o resultado instantâneo da aparência física, do tom de voz, do cheiro, do olhar, da química entre os corpos, do proceder voluptuoso e do envolvimento sexual.

O amor nos dá paz e respeito. A paixão nos enlouquece e, algumas vezes, assume atitudes ridículas à vista dos outros. Mas para os apaixonados são situações normais e condizentes com os seus sentimentos.

O amor pode nos proporcionar um viver tranquilo. A paixão traz, em alguns casos, uma reviravolta de todo um planejamento que se fez durante a vida.

O amor é um sentimento altruísta e a paixão, um sentimento egoísta e que se houver um desenlace as consequências podem ser imprevisíveis.

Por outro lado, depois de se ter vivido uma paixão intensa e desmedida, esta poderá se transformar em um amor feliz e duradouro. Todavia, se isso não acontecer, ao reviver aqueles momentos intensos, teremos uma sensação de prazer como se eles estivessem acontecendo agora. O nosso subconsciente guarda, cuidadosamente, todas as emoções vividas para ser possível desfrutá-las quando bem nos aprouver.

NEM TODO MAL É MAU

Há um velho ditado que afirma que nem todo mal é mau. Perfeito. Há males que vêm para o bem. Se nos detivermos em muitos acontecimentos pela vida afora, vamos entender que, às vezes, somos forçados a mudar o nosso caminho por uma força superior que nos impulsiona a seguir em outra direção. Portanto, sempre que for necessário, nessas circunstâncias, devemos ter paciência e entender que novas oportunidades, muitas vezes até melhores, podem se tornar realidade. Embora tenhamos o livre-arbítrio à nossa disposição, nem sempre podemos usá-lo de forma categórica. Este, também, está sujeito a muitos contratempos que nos impedem que façamos o que nos convém.

Às vezes, ficamos atônitos com as surpresas que surgem em nosso viver. Elas apenas acontecem. Vivenciá-las é uma atitude coerente e salutar. Em algumas ocasiões, elas podem durar ou passar, rapidamente, deixando um rastro de felicidade ou não. Qualquer que seja esse final, ficará a experiência sedimentada no inconsciente.

A vida tem suas tramas e mistérios e as situações de envolvimento podem acontecer quando menos esperamos, por isso é temerário acreditar que temos controle absoluto da vida. Um exemplo da natureza é a borboleta, que precisa passar por uma sofrida metamorfose para se tornar bela, airosa e livre. Depois de atravessar um nevoeiro, há sempre uma luminosidade à nossa espera. É preciso acreditar que as mudanças fazem parte do nosso viver e elas são necessárias para se descortinar outros panoramas e oportunidades.

É monótono viver sempre da mesma forma num compasso lento e previsível. As grandes emoções nos dão motivação e tornam a vida perigosamente interessante. Sentir o coração pulsar fora do normal é uma doce aventura destinada, apenas, àqueles que têm coragem para enfrentar novos desafios.

Elilde Browning

AS BATALHAS
SURPREENDENTES DA VIDA

Viver é um desafio constante. Diariamente enfrentamos diferentes feras acobertadas de disfarces imperceptíveis. Nunca sabemos que atitudes tomar para nos livrar de pessoas cruéis, insensíveis e gananciosas. "Eleva a tal ponto a tua alma, que as ofensas não a possam alcançar", já afirmou Descartes. Por mais que queiramos estar nesse patamar de sobrevivência, somos humanos e por algum tempo vivenciamos situações indesejáveis que nos magoam profundamente. Um proceder altruísta nos faz lembrar que cada um pode ter as suas razões para agir da forma que lhe convém e, portanto, devemos relevar e tentar esquecer. Nunca revidar e, consequentemente, buscar uma forma sábia na solução dos problemas.

Quantas pessoas enfrentam no seu caminhar batalhas das mais diversas. Uma das mais ferozes acontece, em algumas situações, no plano profissional. Os empecilhos, por vezes, dificultam o alvo ou a posição que queremos alcançar. Quando isso acontece, precisamos nos munir de muita coragem e sabedoria e nunca deixar que o inimigo conheça os trunfos que temos para chegar ao sucesso do nosso empreendimento. Como diz o ditado popular: "o segredo é a alma do negócio". Estar a um passo à frente dos demais é a oportunidade para sermos alvos de inveja e outras maledicências próprias de algumas pessoas. A realização profissional quando arduamente conquistada nos dá o prêmio da vitória e esta tem um sabor especial.

Nos relacionamentos familiares, algumas batalhas são travadas de forma impiedosa. Todos os dias, temos informações dos absurdos que cometem esses indivíduos, com a certeza absoluta de que os mais velhos morrerão primeiro. Ledo engano! A vida pode acabar repentinamente, para qualquer um, não importando a idade que se tenha. Cabe aos prejudicados agirem com parcimônia e, também, entender que deste mundo nada se leva.

As situações mesquinhas que sorrateiramente acontecem entre os indivíduos, de maneira geral, são a certeza de que os seres humanos muitas vezes não entendem que toda a humanidade está sujeita a muitos percalços da natureza, as guerras, as doenças, as epidemias e, às vezes, de forma aleatória, tudo pode acontecer, repentinamente, sem a possibilidade de nos livrar desses desastrosos acontecimentos. Deveríamos ser mais solidários, amar o próximo como a nós mesmos e saber que todos os dias caminhamos, inevitavelmente, para o fim da própria vida, quer queiramos ou não. O nascer e o morrer são etapas que todos temos que enfrentar e não importa o nível cultural e econômico, a raça, ou a crença. Nada.

Viver não é fácil e nunca será. Mas se nos detivermos nos grandes prazeres que ela oferece, decididamente, passaremos por essa trajetória de maneira mais suave.

Elilde Browning
Professora e escritora

QUAL A MELHOR FASE DA VIDA?

Responder a essa pergunta pode requerer uma reflexão profunda ou, talvez, a façamos de imediato. Os grandiosos momentos, vividos numa fase qualquer, nunca serão esquecidos. O nosso subconsciente guarda essas lembranças e ao trazê-las para o consciente elas são revividas e degustadas com um sentimento de prazer e felicidade.

Essas fases variam de pessoa a pessoa. Algumas podem afirmar que foi na infância, outras na adolescência, na idade adulta, na maturidade ou até mesmo na velhice. Qualquer resposta que se tenha, é preciso considerar a atmosfera reinante daquele momento e os sentimentos que povoaram o nosso viver. Não podemos esquecer o envolvimento de todos que contribuíram para a melhor fase da vida.

Se pensarmos que esse acontecimento notório aconteceu na infância, certamente a nossa família foi responsável por nos garantir proteção e bem-estar. Embora as vivências daquela fase tenham sido reais, somente bem mais tarde será possível avaliar e concluir a importância que elas representaram em nossa vida.

A adolescência é sempre uma fase difícil em que começamos a encarar e entender o mundo, conquistar amigos e conviver com os sonhos. Todavia, essa fase, para alguns, poderá ser alegre e feliz, enquanto para outros um verdadeiro pesadelo. Ainda não temos condições de analisar todos os problemas que nos cercam e muito menos tomar decisões sensatas. É nesse momento que estamos voltados para a nossa aparência física e as emoções se desenrolam, muitas vezes, sem um controle do nosso eu. Se tivermos uma família bem-estruturada, os problemas podem ser minimizados, todavia, se nos sentirmos sem um amparo efetivo dos familiares e amigos, essa fase poderá ser desastrosa e sem consertos futuros.

A idade adulta é o despertar para as grandes etapas da vida: a escolha da profissão, a formação de uma família e o nosso posicionamento no mundo. Os planejamentos e as escolhas em todos os aspectos do viver requerem sabedoria e muita conscientização. Os desafios acontecerão em muitos âmbitos e precisamos de coragem e sabedoria para enfrentá-los.

E eis que chegamos à maturidade, que é sem dúvida o auge do viver e também o resultado de como vivemos nas fases anteriores. A vida nesse momento tem conotações únicas. Normalmente, os sonhos já foram realizados e a vida segue tranquila, na maioria das vezes. Ou, talvez, nos sintamos frustrados por não se ter realizado tudo o que almejamos durante a vida. Agora é o momento exato para profundas reflexões. Nessa fase, se tivermos disposição e saúde, ainda será possível resgatar os sonhos que ficaram pela estrada e tentar realizá-los. Não há horários a cumprir e nem obrigações familiares. Vivemos centrados em nós mesmos.

Será um privilégio raro chegar à velhice de maneira saudável. Se isso acontecer com você, será, sem dúvidas, o resultado de uma vida equilibrada. Parabéns!

Agora, caro leitor, reflita e vivencie a sua melhor fase da vida.

Elilde Browning

12 DE JUNHO: DIA DOS NAMORADOS

Quem instituiu essa data para se comemorar um relacionamento afetivo, talvez não tenha tido a acuidade de saber que todos os dias deveriam ser festejados e vividos com carinho e atenção à pessoa amada. O amor requer que, diariamente, tenhamos sempre uma atitude cordial e de afeto. Um bom-dia amável faz um bem enorme num convívio a dois. O respeito mútuo dá ao envolvimento amoroso características de confiança e ternura.

Estar enamorado é sentir-se privilegiado e vivenciar momentos de extrema felicidade, apesar dessa situação existir desde que a humanidade descobriu o prazer de amar e ser amado. Esse sentimento está intrinsecamente ligado às emoções. Amar é a renovação da alma.

Através dos tempos, houve muitas mutações nos relacionamentos amorosos. Todavia isso não impediu que continuássemos buscando o amor nos termos que nos torna feliz. A diversidade de amar é diferente em muitos lugares do mundo. Cada povo tem as suas normas, mas o conceito fundamental será sempre o encontro de duas pessoas com uma química perfeita e uma inexplicável explosão de emoções.

Nunca sabemos quando o amor começa e muito menos porque termina. É uma incógnita difícil de ser explicada. Na minha experiência de vida, desconfio que os detalhes vivenciados que alojamos em nossa mente e mandamos para o coração podem, num momento qualquer, sofrer uma explosão de sentimentos, em que os fragmentos dispersados ficam sem a oportunidade de se juntarem, e, também, porque o amor não é eterno. O poeta escreveu: "que seja infinito enquanto dure".

As influências que sofremos a cada dia, por vezes, nos levam a atitudes surpreendentes e a desenlaces sofridos. É bom lembrar que tudo faz parte da vida e haverá sempre novas formas de trazer o amor de volta com pessoas diferentes.

Nas diversas fases da vida, imaginamos que o amor se manifesta diferentemente. Não. A diferença está exatamente no controle de nossas emoções e nas experiências que adquirimos pela vida. Quem sempre imaginou que os grandes arrebatamentos amorosos acontecem somente aos jovens, se enganou. O amor pode surgir em qualquer idade de nossa vida e quanto mais velhos ficamos, mais entusiasmados nos sentimos para amar. Nesse patamar temos novas dimensões do sentir e outras descobertas que deixam a nossa alma enlevada e feliz.

Portanto, vamos comemorar a data de 12 de junho. Desejo que todos os enamorados usufruam de momentos de muita ternura e amor.

Elilde Browning

TEMOS QUE SER QUEM SOMOS

Será que é possível ser quem somos em todos os momentos e etapas da vida?

É uma pergunta que requer algumas reflexões. Em primeiro lugar, precisamos nos conhecer de maneira profunda, ter noções exatas do nosso proceder em diversas ocasiões, com os que nos cercam e as pessoas de modo geral.

O comportamento dos indivíduos está sujeito a modificações dependendo de com quem nos relacionamos, dos nossos pensamentos e das situações que nos são impostas. É perigoso fingir uma forma de ser diferente de quem somos. Embora essa seja uma norma que as pessoas utilizam para camuflar o seu eu verdadeiro.

Todos temos uma vida pública, uma privada e a secreta, que é exatamente quem somos verdadeiramente. Quantas vezes nos surpreendemos com uma forma de agir que não condiz com o nosso eu. Nesse momento temos que pensar sobre as circunstâncias que nos obrigaram a ser diferentes. E, ainda, o mais curioso é que as pessoas nos veem a partir da sua forma de pensar.

Carl Jung afirmou: "Só em nós mesmos podemos mudar alguma coisa; nos outros é uma tarefa quase impossível". Por vezes nos adequamos a um proceder visando agradar alguém, só que essa linha de conduta pode, a qualquer momento, desmoronar, porque a nossa forma de ser, na realidade, não era aquela.

Alguém já afirmou que somos o que pensamos. Portanto o pensar é o segredo de tudo. A nossa mente carrega situações que nos envolvem formando o nosso próprio mundo e as conquistas mirabolantes do nosso cotidiano.

Há pessoas introvertidas e as extrovertidas. Cada uma tem um comportamento diferenciado diante das situações que a vida nos apresenta.

emoções e nas experiências que adquirimos pela vida. Quem sempre imaginou que os grandes arrebatamentos amorosos acontecem somente aos jovens, se enganou. O amor pode surgir em qualquer idade de nossa vida e quanto mais velhos ficamos, mais entusiasmados nos sentimos para amar. Nesse patamar temos novas dimensões do sentir e outras descobertas que deixam a nossa alma enlevada e feliz.

Portanto, vamos comemorar a data de 12 de junho. Desejo que todos os enamorados usufruam de momentos de muita ternura e amor.

Elilde Browning

TEMOS QUE SER QUEM SOMOS

Será que é possível ser quem somos em todos os momentos e etapas da vida?

É uma pergunta que requer algumas reflexões. Em primeiro lugar, precisamos nos conhecer de maneira profunda, ter noções exatas do nosso proceder em diversas ocasiões, com os que nos cercam e as pessoas de modo geral.

O comportamento dos indivíduos está sujeito a modificações dependendo de com quem nos relacionamos, dos nossos pensamentos e das situações que nos são impostas. É perigoso fingir uma forma de ser diferente de quem somos. Embora essa seja uma norma que as pessoas utilizam para camuflar o seu eu verdadeiro.

Todos temos uma vida pública, uma privada e a secreta, que é exatamente quem somos verdadeiramente. Quantas vezes nos surpreendemos com uma forma de agir que não condiz com o nosso eu. Nesse momento temos que pensar sobre as circunstâncias que nos obrigaram a ser diferentes. E, ainda, o mais curioso é que as pessoas nos veem a partir da sua forma de pensar.

Carl Jung afirmou: "Só em nós mesmos podemos mudar alguma coisa; nos outros é uma tarefa quase impossível". Por vezes nos adequamos a um proceder visando agradar alguém, só que essa linha de conduta pode, a qualquer momento, desmoronar, porque a nossa forma de ser, na realidade, não era aquela.

Alguém já afirmou que somos o que pensamos. Portanto o pensar é o segredo de tudo. A nossa mente carrega situações que nos envolvem formando o nosso próprio mundo e as conquistas mirabolantes do nosso cotidiano.

Há pessoas introvertidas e as extrovertidas. Cada uma tem um comportamento diferenciado diante das situações que a vida nos apresenta.

Normalmente as introvertidas não se manifestam de forma efusiva, isso não significa que elas são alheias aos sentimentos. As extrovertidas o fazem de forma ampla e com características de extravasamento. Nas duas formas de proceder, elas pensam: temos que ser quem somos.

É temerário fingir ser o que não somos; por outro lado, essa situação pode nos empolgar e passar a ser um cotidiano em nossa vida. E o que acontece quando esmiuçamos o nosso proceder secreto e este nos diz que não somos daquela forma? Poderá haver um conflito do nosso eu interior e talvez por algum tempo possamos nos sentir perdidos. Voltar ao equilíbrio se torna necessário.

No mundo em que vivemos, é de suma importância representar uma forma de ser que não é a nossa na vida pública, para ser possível conviver de forma pacífica com as pessoas. Com os nossos amigos e familiares, urge que sejamos nós mesmos. E na secreta somos nós mesmos em nossa essência. É aquele encontro que fazemos algumas vezes para entender e não perder de vista quem somos. Pois o seu verdadeiro eu, "o Eu Essencial" tem consigo suas verdadeiras motivações para a vida.

Elilde Browning

ANO NOVO:
PROMESSAS DE NOVA VIDA

O Ano Novo nos enseja a mudanças e novas metas em nossa vida. Decidir e cumprir são palavrinhas mágicas que devem ser observadas para que possamos descobrir outros horizontes. O desconhecido sempre nos deixa temerosos, nesse momento devemos estar munidos de coragem e aceitar os desafios que surgirem. Reconheço que nem sempre essas formas de proceder são fáceis de encarar. Mas como saber de antemão o que acontecerá? Somente vivenciando.

Atravessamos o ano de 2020 com a pandemia de coronavírus ou Covid-19 que se alastrou por todo o mundo matando milhões de pessoas e infectando muitas outras. A esperança é que tenhamos uma vacina para sermos imunizados desse mal. Infelizmente, o mundo descobriu, pela primeira vez, que os seres humanos deste planeta Terra estão sujeitos a situações impensáveis. Todos, ainda, estamos surpresos com a velocidade com que esse vírus se espalhou, de forma letal, não escolhendo esse ou aquele indivíduo. Sem nenhuma dúvida, esse ano será marcado pela humanidade com essa tragédia inexplicável.

Há decisões que dependem, também, de outras pessoas aceitarem o que queremos mudar. Estamos envolvidos com pensares e reações diferentes porque não somos totalmente independentes.

Em determinadas situações, as mudanças podem ser feitas apenas por nós. Em outras, não. Há, ainda, as dificuldades da vida que, por vezes, nos impedem de realizar o que gostaríamos. Nesses momentos precisamos de determinação, coragem e muita força de vontade para transpor os obstáculos e alcançar os nossos objetivos.

Cada pessoa tem um alvo a atingir. Ele pode estar ligado aos negócios, à saúde, à estética ou, ainda, aos problemas emocionais que, em alguns momentos, fazem parte de nossa vida. Recomeçar um novo viver e fora da nossa zona de conforto pode fazer pairarem dúvidas sobre o sucesso dessa tomada de posição. O medo aparece disputando com a coragem e o vencedor é sempre uma incógnita! Tudo vai depender da determinação e da consciência dos desafios que teremos que enfrentar. A vida é curta, urge, portanto, decidir, sem perda de tempo, o que será melhor para sermos felizes.

Determinadas situações podem resultar em sucesso ou mesmo em fracasso. Qualquer que seja o desfecho, faz-se necessário assumir o nosso proceder, as consequências advindas e ir em frente imaginando que o amanhã será sempre um novo dia e certamente outras soluções se apresentarão. Nada nesta vida é fácil. Ter consciência de nossas escolhas faz-nos sentir aliviados e dispostos a continuar lutando para que elas se concretizem.

Ainda, há pessoas que nada têm a mudar porque a vida se enquadra dentro dos parâmetros onde tudo parece perfeito. Essas privilegiadas devem apenas agradecer esse beneplácito concedido por Deus.

E aquelas que não pedem e não planejam nada viverão neste ano que se inicia numa continuidade de um viver despido de emoções, decididamente sem objetivos a serem alcançados. São opções de alguns. Respeitemos.

Desejo a todos os meus leitores um Ano Novo cheio de mil venturas, saúde, paz, felicidades e sem os inconvenientes que sofremos em 2020. Que todos os nossos sonhos se tornem realidade e que no final possamos afirmar: apesar de tudo, valeu a pena viver.

Elilde Browning

UM HOMEM AFINADO COM A VIDA

Como descobrir e se relacionar com um homem afinado com a vida? É simples, basta ter percepção e sensibilidade. Ele tem atitudes únicas e a sua timidez torna-o terrivelmente excitante. Às vezes meio pensativo e quieto. Nesse momento, certamente, ele faz uma avaliação do comportamento da mulher que está ao seu lado e premedita como agir. O seu olhar é faiscante e a sua postura cuidadosamente equilibrada. Em seu pensar, não pode haver erros.

Ele é sempre metódico ao falar e procura desvendar o que se passa na mente de sua companhia para estar em sintonia perfeita com a sua expectativa. É inteligente, vivido e as experiências que teve pela vida lhe dão alguns privilégios para atingir o alvo de maneira certeira numa simbiose de emoção e prazer.

E, assim, o tempo vai passando na certeza dos próximos acontecimentos. Ele tem a sabedoria necessária para saber que tudo nesta vida só acontece na ocasião certa. Não adianta apressar porque o sentir, o degustar e o prelibar são situações notórias dos desfechos de grandiosos momentos.

O ambiente é acolhedor e uma música cuidadosamente escolhida deixa a atmosfera encantadora levando-os a fugir da realidade e adentrar o mundo dos sonhos. O silêncio em volta lhes dá a impressão de que são os únicos moradores do planeta Terra. Também, ouve-se o cântico de passarinhos que alegremente passeiam festejando esse encontro de duas pessoas diferentes no viver, mas, nesse momento, unidas pelo mesmo desejo.

O ar que respiram traz o oxigênio, o perfume das flores e da vegetação das montanhas em volta e, ainda, os nutrientes do mar nas proximidades. Tudo perfeito para se vivenciar uma situação destinada a poucos mortais.

Os seus pés e suas mãos se encontram, as energias fluem e eleva-se a temperatura dos corpos, as batidas descompassadas do coração e de forma uníssona as mentes numa afinação perfeita. Os seus corpos se juntam com as emoções de prazer e bem-estar. Esse é um momento supremo de duas pessoas que se conheceram e que um dia decidiram vivenciar o maior presente que Deus concedeu à humanidade: o sexo.

Elilde Browning
Escritora

UMA ALDEIA GLOBAL

Na década de 1960, quando o filósofo canadense Herbert Marshall McLuhan afirmou ser o mundo "uma aldeia global", ele se referiu ao avanço da tecnologia, que naquela década dava os seus primeiros passos. Hoje poderíamos trazer essa ideia para o mundo atual na afirmativa de que tudo o que acontece num país longínquo pode afetar todo o planeta Terra. Todos podemos sofrer as consequências de atos e formas de vida de qualquer país. Por isso os problemas e os costumes de qualquer lugar são de responsabilidade de todos nós. Os meios de transporte e o deslocamento das pessoas são capazes de disseminar todas as coisas boas e más que existem em cada região do mundo.

Estamos conectados todo o tempo com os meios de comunicação. No exato momento em que algo acontece em qualquer lugar, imediatamente, tomamos conhecimento como se de fato fôssemos uma aldeia global, como se referiu o filósofo McLuhan. Vivenciamos, simultaneamente, todos os aspectos econômicos, culturais, políticos e sociais do mundo. As guerras são exibidas no seu tempo real, bem como todos os fenômenos traumáticos da natureza.

Durante a história da humanidade, muitos vírus, pestes e outras situações danosas como as guerras foram vivenciadas por muitos e os que conseguiram sobreviver a essas catástrofes têm a certeza de que tudo passa. Ainda, a ciência é capaz de controlar esses acontecimentos, com o invento de vacinas ou remédios apropriados. Quantas pessoas morreram antes que Fleming inventasse a penicilina? Quantas pessoas se livraram da paralisia infantil com os conhecimentos do Dr. Sabin. E assim num desfilar de tragédias nos acostumamos com esses acontecimentos, inicialmente com pânico e depois de uma forma mais tranquila. Estamos sujeitos a tudo neste mundo e o melhor que fazemos é viver cada dia da melhor forma que nos aprouver. Vamos lembrar o famoso ditado popular: "Não deixe para amanhã o que podemos fazer hoje". O dia seguinte poderá nos trazer empecilhos para a realização dos nossos sonhos.

A Bíblia nos coloca a par desses acontecimentos. Vejamos. Em Isaías 26:20, está escrito: "Vem, povo meu, entra nas tuas casas, fecha as tuas portas sobre ti; esconde-te só por um momento, até que passe a praga. Pois eis que o Senhor está saindo do seu lugar para castigar os moradores da terra por causa da sua iniquidade; e a terra descobrirá o seu sangue, e não encobrirá mais os seus mortos". São as profecias se cumprindo.

Finalmente direi: neste momento em que estamos vivendo a pandemia da Covid-19, estamos todos na mesma situação de expectativa de quem vai morrer ou sobreviver — os ricos, os pobres, os famintos, os bem-sucedidos, os que têm o poder, os crentes e descrentes. Todos sem exceção.

Está na hora de nos conscientizarmos de que precisamos ser pessoas melhores sob todos os aspectos. Amar o próximo como a si mesmo e ter sempre uma atitude de humildade tornará este mundo melhor. Que Deus nos proteja!

Elilde Browning

UM NATAL DE REFLEXÕES

A humanidade terá, sem nenhuma dúvida, um Natal diferente de todos os que comemoramos até agora. O coronavírus — ou a Covid-19 — mudará completamente as reuniões festivas e os encontros das famílias rodeados de muitas iguarias e presentes que são trocados nessa ocasião. E, ainda, as máscaras que todos devem usar escondendo metade do rosto, e certamente devem ser evitados os abraços e beijos numa demonstração de afeto e carinho. Eu imagino que toda a humanidade nunca pensou que um dia isso nos aconteceria, por mais férteis que fossem as nossas mentes.

Muitas catástrofes, nessa época, aconteceram pelo mundo em locais diferentes e apenas as pessoas daquele país sofriam os revezes das tragédias. O restante do mundo comemorava essa data indiferente ao que acontecia em outros locais. O mundo é assim. Desta vez estamos todos vivenciando um fato inédito que está atingindo toda a humanidade e dizimando milhões de pessoas.

Muitas famílias terão, ainda, a tristeza do falecimento de seus entes queridos no convívio desse ano. Infelizmente precisamos dar continuidade à vida pelas obrigações sociais, familiares e laborais que nos são impostas e rezar muito para não contrairmos esse terrível vírus, seguindo as normas de higiene e distanciamento.

Na minha juventude, era empolgante participar do culto natalino em nossa igreja Batista. Poesias eram declamadas em alusão à data e o coral abrilhantava aquela cerimônia com cânticos festejando o nascimento de Jesus Cristo. Pelo que temos notícia, as igrejas durante esta pandemia precisam receber os seus fiéis em número reduzido. Essa atitude será para evitar contágio. O que nos resta neste momento é voltar a nossa mente para os tempos idos e vivenciar cada detalhe, como se eles estivessem acontecendo agora. Será um alívio para a nossa alma.

A nossa esperança é que em breve tenhamos vacina para nos livrar desse mal que sem prévio aviso infestou o mundo de forma sorrateira e invisível. Confiemos em Deus para que assim como tantos outros tipos de vírus que tivemos em nossa história esse, também, caia no esquecimento para podermos voltar às nossas atividades como antes e que no próximo Natal possamos festejar o nascimento de Nosso Senhor Jesus Cristo com Pompa e Circunstância.

Por outro lado, como nada neste mundo acontece por acaso e segundo muitas ideias ventiladas por pessoas em todos os níveis do conhecimento humano, o coronavírus, provavelmente, surgiu no planeta Terra para melhorar as nossas consciências e nos fazer refletir que precisamos mudar a nossa forma de viver: amar mais uns aos outros, cuidar melhor da natureza, afastar do nosso cotidiano a inveja, a ganância, o desprezo pelas pessoas humildes, praticar a solidariedade em todos os momentos possíveis, perdoar a quem nos ofende e por fim ter presente em nossa mente que perante Deus somos todos iguais. A desigualdade neste mundo é criada e conduzida por nós mesmos. Vamos a partir de hoje mudar a nossa forma de pensar e agir? Certamente seremos mais felizes e é exatamente isso que todos queremos. Mando um abraço para todos os meus leitores que quiserem fazer uma reflexão sobre a vida e decidirem, a partir de hoje, ir ao encontro da Felicidade. Vale a pena!

O MUNDO DA BELEZA

O mundo da beleza é um dos empreendimentos mais fantásticos e rentáveis do mundo. Todos queremos ser belos e bem-cuidados para se manter a autoestima elevada, e se adequar aos padrões atuais de beleza. A cada dia, surgem novos produtos e novas técnicas de tratamento e cirurgias à nossa disposição. O importante é não esquecer que todos somos belos porque somos únicos. Cuidar do corpo é uma necessidade precípua e devemos aproveitar o que nos é oferecido para o bem-estar no cotidiano. Para cada problema, há sempre uma solução no mercado fantástico da beleza.

É interessante observar que os homens também estão se cuidando e usando produtos para se sentirem com nova aparência. As grandes empresas do ramo disponibilizam uma série de cremes e loções especialmente para eles.

Desde a antiguidade, as pessoas se preocupavam com a beleza física para alcançar um corpo perfeito, embora os padrões de beleza tenham sido diferentes em cada época.

Nos dias atuais, a mulher tem autonomia para decidir o que fazer do seu corpo para se tornar mais bela. Ter independência financeira é essencial para essa decisão. Os investimentos feitos visam à melhoria das falhas da natureza ou para se sentir melhor.

Os cosméticos a cada ano crescem tornando o mundo da beleza um empreendimento dos mais volumosos. Profissionais desse ramo criam novas fórmulas e nos convidam a usar como uma solução eficaz para todos os problemas que temos. É uma indústria de profissionais altamente qualificados.

As academias têm o objetivo de, com os exercícios necessários, manter o corpo e a saúde perfeitos. As clínicas de cirurgia plástica estão à nossa disposição para corrigir qualquer insatisfação que nos acomete, desde a aplicação de ácido hialurônico e do botox onde queremos consertar pequenos detalhes até uma plástica total. E, ainda, os cuidados com uma alimentação balanceada para uma saúde perfeita. Com todos esses itens, percebemos que estamos mais distantes do envelhecimento físico. Urge que tenhamos consciência de que também são importantes os cuidados com a mente, como afirma a frase "mens sano in corpore sano".

Há décadas havia um creme para o rosto que tinha o pomposo nome de *Eterna 27*. Lendo a sua fórmula, havia a garantia de que ao usar esse produto a sua aparência seria realmente dessa idade. Hoje as mulheres de 27 anos ainda são jovens adolescentes, porque as que já estão na faixa de 50 ou 60 têm à disposição inúmeras maneiras de aparentarem pelo menos dez anos menos.

Muitas pessoas conseguem manter-se jovens, ativas e com saúde perfeita mesmo na maturidade. Há aquelas que mesmo já tendo atingido a faixa dos 80 anos continuam sonhando e desfrutando de uma vida normal como se tivessem 40 anos. A nossa mente é responsável pelo nosso bem-estar físico e emocional. Cuide dela com carinho e desvelo.

Mas voltando aos cosméticos de beleza gostaria de salientar que o batom ocupa o primeiro lugar na preferência das mulheres. Você até pode dispensar outros produtos, todavia, este lhe proporciona uma aparência saudável, principalmente, se for vermelho. E, ainda, o cuidado que devemos dispensar com as unhas dos pés e das mãos para um visual completo de beleza.

Outro fator importante para manter a nossa pele macia e sedosa é o uso de cremes apropriados para o rosto e o corpo. Temos no mercado os mais variados tipos à nossa escolha. Um conselho: nunca dispense os cuidados como limpeza e hidratação diurna e noturna e ainda aqueles que tratam a nossa pele em profundidade para torná-la mais jovem e viçosa.

Se pesquisarmos produtos de grandes empresas de cosméticos, vamos nos surpreender com o poder de prevenir, corrigir e proteger contra o envelhecimento cutâneo visando restaurar a juventude. Há marcas luxuosas de cuidados requintados de maquilagem, perfumes e beleza destinados e apreciados por mulheres sofisticadas e profissionais do ramo. Ainda, aquelas que se preocupam em produzir produtos antialérgicos para não causar nenhum problema à pele e à saúde.

Outras se preocupam na união do corpo, mente e espírito. Combinam as mais avançadas tecnologias de estética e sensibilidade com a ciência oriental. São produtos que apelam aos seus sentidos por meio da aromacologia e uma ciência avançada de texturas. Assim, você terá uma pele bonita em consonância com o seu estilo de vida. Uma marca francesa com mais de cem anos de história e elegância abrange áreas nobres como perfumaria, maquilagem, joalheria e relojoaria. O famoso perfume Chanel número 5 é o favorito de muitas mulheres.

Normalmente as marcas de produtos de luxo conquistam as pessoas em todo o mundo com um toque de beleza e glamour. Há marcas em constante atualização e inovação para atender aos cuidados com a beleza em diferentes tipos de pele e têm por finalidade conquistar homens e mulheres. Também, conhecidas pelo símbolo de elegância e excelência destinadas às mulheres que gostam de se sentir sempre jovens e conservar a pele, nos cuidados diários, com uma textura incrivelmente fresca e agradável.

No Brasil temos algumas empresas com produtos de alta qualidade e adaptadas ao clima do nosso país. Recentemente entrou no mercado brasileiro uma empresa que tem como objetivo a harmonia e o equilíbrio entre o corpo, a mente e a alma. Os ingredientes de seus produtos são à base de plantas livres de tóxicos e sem nada de origem animal. É uma marca consciente e investe em projetos sociais e ambientais. Desejamos sucessos a essa nova empresa porque o mundo precisa de iniciativas desse quilate.

Todos sonharam um dia com os seus empreendimentos e munidos de coragem e determinação enfrentaram os desafios e se tornaram empresas com muito sucesso no mundo da beleza. Ficaram famosos, ricos e poderosos e, ainda, nos proporcionam o sonho de nos manter jovens não importando a idade cronológica que tenhamos.

Elilde Browning

OS SABORES DO MUNDO (PRIMEIRA PARTE)

Um dos grandes prazeres que temos na vida é comer. Uma refeição bem-elaborada e com um visual agradável nos convida a degustar essa iguaria de forma perfeita. Em todos os acontecimentos festivos da vida, a comida é o ponto alto a ser considerado, variando de acordo com o que se comemora.

Cada país tem os seus pratos típicos que aguçam a nossa curiosidade a experimentar tudo o que está ao nosso dispor. Cada um tem suas peculiaridades únicas.

As pessoas, quando viajam, têm curiosidade de desvendar a cultura de um determinado local a partir, também, da culinária que retrata o *modus vivendi* de cada país. É realmente fantástico conhecer lugares e culturas diferentes e alimentar-se com as comidas feitas pelos nativos. As opções de cardápios, as receitas, a variedade de temperos e a forma de preparo são diferentes em cada região.

Em minhas viagens pelo mundo, tive o privilégio de vivenciar momentos inesquecíveis saboreando comidas diferentes. Também, há um aspecto muito importante a considerar: a atmosfera e o restaurante onde a comida é servida. Por vezes, um simples lugar nos surpreende com sabores exóticos de comidas inesquecíveis e, muitas vezes, um lugar luxuoso deixa a nossa expectativa a desejar.

Outro fator importante para uma viagem bem-sucedida é ter uma companhia com o mesmo entusiasmo pela vida. Assim, ela se completa de maneira magnífica com grandes emoções de bem-estar e felicidade.

A França é uma referência mundial de uma culinária que nos proporciona sabores incomparáveis de uma comida aparentemente simples, mas de uma sofisticação ímpar. O segredo, a meu ver, está no preparo e na apresentação. Os molhos com diferentes condimentos trazem ao nosso paladar uma degustação rara. Às vezes, uma simples mistura de legumes cozidos ao molho de tomate com ervas e azeite que eles servem como prato principal ou como acompanhamento deixa-nos extasiados. E os croissants com recheios diversos! É um prazer saboreá-los. Os queijos são magníficos. Cada um apresenta sabor e textura diferentes.

Para os fãs de carne, o Steak ao Poivre é uma pedida majestosa. O segredo é o molho de pimenta, que tem sabor picante e inconfundível. O Coq au Vin é um frango feito com um molho de vinho. Soup à L'oignon é uma sopa de cebolas que depois de pronta é levada ao forno para gratinar.

O Cassoulet tem a aparência da nossa feijoada. Ele é feito com feijão branco e diversos tipos de carnes. Uma delícia a ser degustada.

O Bouillabaisse é uma sopa de peixe com legumes. Nutritiva e saborosa.

Ainda, poderíamos mencionar as tortas, os soufflés, o Crepe Suzette e o Petit Gâteau, que é um bolo de chocolate com consistência cremosa que é servido com sorvete de baunilha e chantilly. Estar na França, além de tudo que aquele país nos proporciona, é, também, deliciar-se com uma culinária famosa de sabor incomparável.

Visitar a Itália e vivenciar os sabores da comida daquele país é um privilégio à nossa disposição. A variedade aparentemente simples tem sabores distintos. Iniciar um almoço ou jantar com a deliciosa Bruschetta, que é pão torrado com azeite, alho, tomate e manjericão, prepara o paladar para outros pratos que degustaremos a seguir. A comida italiana contribui para o turismo gastronômico. O famoso Macarrão à Bolonhesa, com molho de tomate e carne moída, é uma comida saborosa e nutritiva. A lasanha e a pizza, com diversos tipos de preparo: torna-se difícil de escolher a melhor. A Napolitana é a mais famosa no mundo. O segredo do molho de tomate denso e saboroso somente o italiano sabe o ponto certo para complementar as diversas comidas que servem.

Há, ainda, outras opções igualmente apetitosas como o risoto à base de açafrão acompanhado de ossobuco e o tortellini, aqueles pasteizinhos, com diferentes recheios e sempre acompanhados de molho pesto.

Falar de comida mexicana é lembrar os Mariachis cantando "Cielito Lindo". E nessa atmosfera aconchegante degustar um prato típico com raízes das civilizações astecas, maias, indígenas e influência espanhola. Os ingredientes são necessariamente pimentas variadas, milho e feijão.

As Tortillas são uma panqueca feita com trigo ou milho. Os recheios ficam à sua escolha. Em cada momento, você pode variar os ingredientes e experimentar sabores diferentes.

Os Burritos são também recheados com frango, porco ou boi e eles servem acompanhados de salada de alface, tomate, queijo, salsa e vegetais. Essa comida é algo inesquecível.

Os deliciosos Tacos, que são uma tortilla à base de milho e também com recheios que você pode escolher. O Guacamole é um purê de abacate com vários temperos. Pode inclusive usar como tempero em saladas. É delicioso!

O Chili com Carne é um prato composto de carne, pimenta, feijão e tomate.

O segundo prato mais popular do México é o Pozole. É uma sopa feita de milho, carne de porco ou de galinha. Não deixe de experimentar essa comida. Tenha certeza de que você se lembrará dela mesmo depois de deixar a Cidade do México ou Cancun.

Não deixe de experimentar o Mole, um molho especial à base de chili, ervas aromáticas e sementes moídas. O seu paladar vai degustar uma mistura de cacau amargo com a sensação do picante ao doce e, ainda, pelo amargo e azedo. Esse molho coma com carne ou aves. É simplesmente delicioso.

Se você estiver no México nos meses de julho a setembro, vale experimentar o Chiles em Nogada. Esse é menos apimentado e eles servem carne suína e bovina com um molho de nozes e frutas. É uma comida com característica única de sabor.

Não será preciso ir a restaurante para comer Tacos Al Pastor. Este espelha a excelência da comida mexicana e pode ser saboreado em qualquer lugar nas ruas. A carne usada é porco marinado servido com rodelas de abacaxi. Você pode ainda acrescentar suco de limão, molho vermelho ou verde com e sem legumes. É um deleite para o paladar e para o visual.

Portugal nos remete a iguarias dignas de lembranças numa degustação de prazer e sabores diversos. Visitar esse país e saborear uma diversidade de frutos do mar, bacalhau, sardinhas assadas, cozido à portuguesa, arroz de pato, polvo à lagareiro e o famoso caldo verde é ter a certeza de que comer é um dos grandes prazeres que os seres humanos desfrutam.

A Espanha nos oferece a Paella. Esse alimento tem um visual e um sabor extravagante principalmente quando se acrescenta ao arroz e frutos do mar frango e chouriço. O cozido da Espanha além de ser uma comida saborosa é também nutritivo.

Voltando o meu pensamento para as nossas comidas brasileiras, poderíamos dividir esse continente em regiões onde há uma variedade muito grande de comidas típicas. Também se estivermos na cidade de São Paulo poderemos encontrar todas as comidas do mundo nesse lugar. Algumas com a apresentação e ingredientes iguais como os de sua origem.

No Norte há peixes de sabores únicos no mundo: o Tambaqui e o Pirarucu. O Pato no Tucupi é servido com uma folha denominada jambu, que ao comer sentimos os lábios adormecidos. O cupuaçu é uma fruta de que se faz sorvetes, sucos e outras sobremesas.

Você conhece a famosa canção de Dorival Caymmi: "Você já foi à Bahia, nega, não, então vá". Salvador tem inúmeros restaurantes onde são servidos o Vatapá e o Efó (comida feita com taioba ou espinafre, camarão seco e outros temperos), Xinxim de Galinha (a galinha cortada em pedaços e que ganha um molho com azeite de dendê, camarão seco etc.), Caruru (quiabo, azeite de dendê, camarão seco e temperos). Na década de 1960, fui proprietária de um restaurante em Salvador onde servia um prato que se chamava "Tabuleiro da Baiana", em que era servido um pouco de cada comida típica incluindo peixe de moqueca e farofa de azeite de dendê. Tivemos muita influência dos imigrantes africanos naquela região.

No Nordeste, no Sudeste, no Centro-Oeste e no Sul do Brasil, a variedade que nos é oferecida é como pensar que somos muitos países dentro de um só.

Finalmente, não esqueçamos que toda comida deve ser sempre acompanhada de uma bebida apropriada e do gosto de cada um, bem como as sobremesas, onde a variedade em todos os lugares do mundo deixa o nosso almoço ou jantar completo.

Na Escócia comi uma torta de maçã única no mundo. Vou publicar a receita no Facebook.

Comemoremos a vida com o privilégio de comer o melhor que o mundo pode nos oferecer.

Elilde Browning

OS SABORES DO MUNDO
(SEGUNDA PARTE)

Nesta segunda parte, vamos mencionar outras comidas memoráveis de outros países que tive a felicidade de degustar em minhas viagens pelo mundo.

A culinária colombiana é aparentemente uma comida simples e variada, mas de sabor inesquecível e muito nutritiva. Nas noites frias, não se come à noite, e sim no almoço. O Ajiaco é uma sopa deliciosa com pedaços de milho, frango, alcaparras e diversos tipos de batatas. Essa iguaria come-se na cidade de Bogotá. Há, também, nas cidades de Barranquila e Cartagena outro tipo que se chama Sancocho. É uma sopa com costela de boi, de porco, galinha, aipim ou mandioca, banana-da-terra, batata e muitos temperos, principalmente o coentro. A minha nora, Martha Costa, quando estou em Miami, no inverno, sempre faz para mim. Como ela coloca uma dose muito grande de afeto e amor, fica especial.

O Arroz de Coco, que é servido com salada e peixe frito. Uma delícia ao paladar.

Patacones é a banana-da-terra frita, que é servida pura, com patê de frango, guacamole, vinagrete ou com outros ingredientes à sua disposição. É bem crocante e delicioso.

A Bandeja Paisa. Se você teve um dia de longas caminhadas pelos pontos turísticos e está faminto, esse é o prato ideal para comer. Eles têm arepas, patacones, morcela (uma linguiça especial com temperos), arroz, torresmos, carne moída, feijão e um pedaço de abacate. Normalmente um prato é suficiente para duas pessoas.

A Lechona Tolimense é uma leitoa que leva dez horas para ser assada. Tem recheio de arroz, cebola e muitos temperos. Quando servida não será necessário usar faca para cortar. Uma colher é suficiente para tirar lascas dessa comida incomparável. Normalmente, eles servem com Arepas, uma massa de milho ou canjica branca frita e pode ser recheada com frango ou carne desfiadas.

Empanadas Colombianas são servidas sempre como entrada. Os recheios levam queijo e carne desfiada.

A Colômbia também tem feijoada, que é servida em cumbuca de barro preto. Eles preparam com carne moída, linguiça, batata-palha e banana. Acompanha arroz, abacate e arepas. Esse prato é suficiente para duas pessoas. É uma delícia a ser degustada com esses acompanhamentos, que o tornam um prato apetitoso.

A Colômbia também tem pão de queijo. A aparência é semelhante ao nosso pão comum.

Quando nos lembramos das comidas servidas na Argentina, temos em nossa mente o famoso tango. Essa música vibrante e sensual nos enche de entusiasmo pela vida e faz com que as iguarias ali servidas tenham um sabor especial.

A Argentina é considerada o país mais europeu da América Latina graças aos imigrantes provindos da Itália e Espanha. Ainda teve uma marcante influência dos andinos e guaranis.

O Bife de Chorizo foi para mim a carne mais deliciosa que comi. Tem um sabor incomparável.

Estar na Argentina e não comer a Parrillada é considerado um pecado mortal. Assemelha-se ao nosso churrasco. As carnes são de boi, porco, carneiro, frango, linguiça e miúdos. O sabor difere do nosso tradicional, devido aos temperos e à maneira como eles preparam.

O pastel da Argentina é outra comida típica, servido com recheio de queijo, queijo e presunto, carne moída com batata e outros sabores. Não deixe de experimentar. Ele é encontrado em qualquer lugar em restaurantes e bares.

A Milanesa argentina é igualzinha à nossa. Eles servem com batata frita ou purê de batatas.

O Choripan é um pão com linguiça. Acompanha molho de tomate, chimichurri e maionese. Tem um gosto extravagante e delicioso.

O Locro é um prato especial para se comer no inverno. É preparado com milho, abóbora e carne de vaca ou de porco. Lembra a sopa Ajiaco que comi na Colômbia.

Por último uma delícia que é servida no café da manhã: a medialuna, que é semelhante ao croissant francês. O gosto é inesquecível.

O Peru tem lugares únicos no mundo como Machu Picchu, Cusco. A culinária desse país tem premiações e reconhecimento mundialmente. Os sabores, cores e aromas são incomparáveis.

Olluquito con Charqui. A carne utilizada é de alpaca ou de lhama. Eles servem com um tipo de batata que só é encontrada nos Andes. É um prato original e de sabor inesquecível.

Cevicheé uma iguaria que não encontramos com facilidade em outros lugares do mundo. Ela é preparada com Leche de Tigre e a pimenta Aji Amarillo. É saborosíssimo!

Pollo a la Brasa é um churrasco de frango. O diferencial está nos temperos incríveis que eles colocam. É servido com batata frita.

Cuy é um dos pratos mais exóticos do Peru. É um porquinho-da-índia. Pode ser frito ou assado e vem para a mesa de forma completa com a cabeça e até os dentes. É uma experiência única comer essa iguaria.

Ají de Gallina é um prato peruano de frango desfiado e um creme levemente picante e acompanhado de arroz branco ou batata ou os dois juntos. Um dos melhores pratos que tive a oportunidade de comer.

O Rocoto Relleno tem a aparência do nosso pimentão recheado que assamos no forno, a diferença é que o peruano tem um recheio inusitado com frango, carne, queijo e legumes. É de um sabor extraordinário.

Ainda, gostaria de mencionar que, em minhas viagens pelo Caribe com o nosso barco Elan, lembro com saudades daqueles peixes que pescávamos com uma isca numa linha. Trazidos para o deck, o meu marido limpava e temperava com suco de limão, alho, azeite e sal. Ia para o forno e dependendo do tamanho o jantar ou almoço estava pronto em uma hora. Muitas vezes degustávamos o jantar no deck tendo o luar em nossa companhia. Ainda bem que o nosso subconsciente não apaga os grandes momentos que vivemos nessa vida.

Para encerrar essas degustações que tivemos o privilégio de experimentar em diversos países do mundo, percebi que o mais interessante e curioso é que em todas as comidas, não importando o país, os ingredientes sempre são os mesmos, diferenciando, apenas, a forma de preparo, os condimentos utilizados, a maneira de servir e, principalmente, a atmosfera única de cada lugar.

Quando o meu marido veio ao Brasil, ele ficou encantado com o nosso feijão com arroz, salada acompanhada de frango, bife e batata frita. Nos Estados Unidos, normalmente não se come assim. Alguns amigos que nos convidaram para almoçar nos serviram o nosso famoso churrasco à moda bem brasileira, com diversos tipos de carnes, molho vinagrete, farofa, salada mista, pão francês e uma caipirinha de vodca, limão, suco de maracujá, açúcar e gelo. Inesquecível. Primorosa. Saborosíssima!

Vou aproveitar essa oportunidade para lhe contar um fato interessante: morava em New Jersey e um dia decidi fazer uma moqueca de peixe. Fui ao supermercado comprar os ingredientes e não encontrei o azeite de dendê. Fiquei desapontada porque o colorido dessa comida se deve a esse ingrediente. Instantaneamente, tive uma ideia: comprar pimentão vermelho. Preparei a moqueca como sabia fazer e coloquei muitos pimentões cortados em pedaços bem pequenos e misturei aos temperos. Resultado: o sabor é igualzinho ao preparado com o famoso azeite de dendê. Se você não gosta de azeite de dendê, tente fazer com pimentão vermelho. Feche os olhos, coma e sinta o sabor igual.

E, assim, meus queridos leitores, vivenciem esses sabores do mundo, e, quando viajarem, vocês já têm algumas dicas para experimentar essas comidas, que tantos prazeres proporcionaram ao nosso paladar. Na terceira e última parte de Os Sabores do Mundo, vou escrever para vocês: os sabores da minha cozinha. Serão comidas especiais que preparo para a família e amigos. Concluindo direi: cozinhar é uma fonte inesgotável de prazer.

Boa viagem!

Elilde Browning

OS SABORES DO MUNDO
(TERCEIRA PARTE)

Os sabores da minha cozinha

Nesta terceira parte de Os Sabores do Mundo, vou revelar aos meus leitores alguns sabores da minha cozinha, os segredos dos temperos e como tornar uma comida com um visual apetitoso e, ainda, o prazer de comer o melhor. Aprendi a cozinhar muito cedo com as orientações de minha mãe, que embora fosse pobre tinha em sua mente o privilégio de transformar um simples frango assado em algo fantástico na apresentação e no sabor. Tudo se resume nas quantidades e qualidades de temperos que cada carne precisa para se tornar um prato especial. Quando viajei pelo mundo, observei esse detalhe em cada comida que nos era servida. Muitas vezes fiz perguntas sobre os condimentos usados e essas informações me foram muito úteis.

Para degustar uma boa refeição, é importante se concentrar naquele momento, mastigar pausadamente os alimentos e ter noção da quantidade a ser ingerida. Comida é para dar prazer, e não para colocar mais quilos à nossa silhueta. A variedade é importante para que tenhamos todos os nutrientes que o nosso organismo necessita. Também, cada pessoa tem as suas preferências. Neste artigo mencionarei algumas.

Sabedoria ao alimentar-se é saber o que comer em cada e distinta estação do ano. As necessidades do nosso organismo são diferentes. Se uma feijoada é bem-vinda no inverno ou nos dias frios, o mesmo não acontece nos dias de intenso calor.

No meu livro *E assim foi a vida*, fiz relatos de algumas comidas que servia no meu restaurante na cidade de Salvador, Bahia. Aprendi muito com o chefe Saturnino Guimarães.

A vontade de conhecer o mundo e estudar estava acima das pretensões de ser cozinheira e, assim, parti para realizar os meus sonhos sem esquecer, todavia, que esses conhecimentos culinários seguiriam comigo e num momento qualquer eu os colocaria em prática.

É notório que o emocional influencia no sabor das comidas. Se considerarmos que somos únicos neste mundo, cada um fará uma comida diferente embora tenha os mesmos ingredientes.

Vou começar com uma receita de torta de maçã que prometi aos meus leitores. É saborosa e fácil de fazer. Oito maçãs descascadas e cortadas bem fininhas; casca ralada de um limão-taiti; casca ralada de uma laranja; uma e meia xícara de açúcar; uma colher de chá de canela em pó; uma xícara de manteiga derretida; um ovo grande; meia colher de chá de essência de baunilha; uma e meia xícara de farinha de trigo; uma colher de chá de fermento e meia colher de chá de sal. Como fazer: num pirex junte as maçãs cortadas, as cascas raladas do limão e da laranja, meia xícara de açúcar e a canela em pó. Misture tudo muito bem. Em outra vasilha, misture a manteiga derretida, uma xícara de açúcar e bata bem. Em seguida acrescente o ovo e a essência de baunilha e continue batendo até tudo ficar bem misturado. Numa outra vasilha, junte a farinha de trigo, o fermento e o sal. Junte essa mistura à anterior e misture muito bem. Naquele pirex onde se colocou as maçãs, coloque com o auxílio de uma colher grande colheradas da massa deixando pequenos espaços. Leve ao forno na temperatura de 200 graus para assar. Estará pronta em 40 minutos ou quando estiver dourada.

Para dar um sabor extravagante a essa torta, quando for servir, use calda de chocolate feita em casa. Ingredientes: 200 gramas de cacau em pó; uma lata de leite condensado; duas latas de leite integral ou desnatado; uma colher de chá de essência de baunilha; duas colheres de sopa de manteiga. Misture tudo em uma panela e leve ao fogo em banho-maria mexendo sem parar por 40 minutos ou até perceber que está soltando da panela. Deixe esfriar e sirva sobre a torta. Ainda você pode usar essa calda em sorvetes, pão de queijo, panqueca americana e outros.

Arroz: para tornar o arroz com um visual diferente, acrescente cenoura ralada, muito alho inteiro, cebola, salsa fresca picada e pouco óleo. O gosto e os nutrientes serão fantásticos.

Feijão: gosto de todos os tipos. O meu preferido é o branco. Costumo fazer com carne de músculo, costela fresca de porco, bacon e linguiça. Para tornar essa comida mais leve de gorduras, retire a pele da linguiça, corte em rodelas e asse no forno até ficar dourada. Também, faça o mesmo com o bacon. O feijão que ficou de molho troque a água e leve ao fogo para cozinhar com uma folha de louro. Em outra panela, coloque um pouco de óleo, cebola cortada, alho inteiro, pimenta-do-reino e refogue a carne de músculo e a costela fresca de porco. Quando estiverem bem selados, acrescente o bacon e a linguiça e deixe cozinhar por duas horas em fogo baixo, mexendo de vez em quando. Junte o cozido das carnes ao feijão e tempere com salsa, pimentão e duas colheres de sopa de molho de tomate. Opcional: você pode, também, acrescentar espinafre previamente cozido, cortado e espremido. Estará pronto em 20 minutos. Não coloque sal até que o feijão esteja pronto, porque a linguiça e o bacon têm muito sal.

Agora vou lhe dar a receita do molho de tomate que faço em casa. Você pode fazer uma quantidade grande e dividir em porções e colocar no congelador. Quando for usar, coloque na geladeira na noite anterior para descongelar. Ingredientes: 20 tomates bem lavados em água corrente, folhas de manjericão ou orégano, pimenta-do-reino, sal, dentes de alhos inteiros. Como fazer: corte os tomates em pedaços e bata no liquidificador com um pouquinho de água. Coe em peneira fina, acrescente os temperos e leve ao fogo baixo por duas horas mexendo de vez em quando. Estará pronto quando estiver soltando da panela. Deixe esfriar e distribua em pequenos potes que possam ir ao congelador. Em todas as comidas que precisar colocar tomate, use esse molho. O sabor ficará fantástico.

Feijoada com feijão preto: acrescento, também, carne seca, paio, pé de porco salgado. A maneira de cozinhar é igual. Os acompanhamentos todos conhecem: couve, farofa, molho vinagrete, laranja cortada em rodelas e uma caipirinha para tornar o sabor dessa comida bem brasileira em algo especial.

Maionese de maçã: essa maionese quando servida com costela de porco assada no forno é um acompanhamento primoroso. Ingredientes: batata cozida com casca no vapor (cozinhando assim ela retém os nutrientes que normalmente são perdidos quando se cozinha diretamente na água e sem casca), maçãs descascadas e cortadas em pedacinhos, maionese, alho descascado e cortado em tirinhas, cebola cortada em rodelas bem fininhas, sal, azeite de oliva, suco de limão e salsa picadinha. Descasque a batata e amasse. Em outra vasilha, coloque os demais ingredientes, junte à batata e misture até ficar uniforme. Observação: quando cortar as maçãs, esprema suco de limão para não escurecerem.

Costela de porco assada no forno: no dia anterior, tempere com molho shoyu, pimenta-do-reino, alecrim, páprica, alho cortado em fatias e pedaços de gengibre. Coloque em um saco plástico e leve à geladeira por toda a noite (se você acordar à noite, vá à geladeira e vire o saco plástico de posição, a fim de que os temperos envolvam toda a carne). No dia seguinte, ligue o forno em 200 graus. Numa assadeira coloque as costelas uma ao lado da outra, cubra com papel alumínio e deixe assar por uma hora e meia. Retire o papel alumínio e pincele a carne com mel de abelhas. Deixe dourar e estará pronta uma comida primorosa e de sabor inconfundível.

Acredito que para escrever todos os sabores da minha cozinha será preciso escrever um livro. Prometo que farei em breve.

E, assim, eis aí alguns sabores da minha cozinha que preparo para a família e amigos. Concluindo direi: cozinhar é uma fonte inesgotável de prazer.

Elilde Browning

O CORPO HUMANO

Somos donos absolutos do nosso corpo e, portanto, podemos e devemos, inteligentemente, usá-lo ao nosso bel-prazer. O corpo e a mente estão intrinsecamente ligados. Dessa forma o corpo traduz todas as respostas da mente desde o nascimento até a morte, sejam elas boas ou más. Há uma frase do poeta italiano Juvenal que diz: "mens sana in corpore sano" e que nos confirma que a mente precisa estar em equilíbrio para que o corpo esteja bem.

A ciência já comprovou que o nosso corpo adoece com energias negativas emanadas da mente. Portanto ter pensamentos positivos é uma necessidade essencial para um viver sem as mazelas das doenças. Há pessoas que nunca ficam doentes e muitas passam pela vida sem esses sofrimentos. Acredito que o segredo é encarar o viver nas diversas situações que provocam tristezas, desânimos, angústias, desencontros, frustrações, decepções com a certeza de que tudo nesta vida passa e que há sempre um novo porvir a acontecer. Compreender e não se deter nos acontecimentos trágicos que nos acometem é entender que tudo faz parte da vida. Somos o que a nossa mente determinar. É verdade. Acordar todos os dias e fazer uma limpeza em nosso pensar é uma forma de tirar os acúmulos de fuligem do dia anterior de tudo que vimos e vivenciamos e começar um novo dia com a certeza de que hoje tudo será diferente.

Todas as emoções que desfrutamos por toda a nossa existência têm uma conexão uníssona entre o coração e a mente e o corpo traduz essas situações, efetivamente. Cada pessoa tem a sua própria forma de sentir os acontecimentos. Diariamente nos deparamos com coisas simples ou, às vezes, extraordinárias que elevam a nossa alma a um patamar de felicidade nos deixando sentir seres privilegiados. Aquelas mensagens de entusiasmo que recebemos dos amigos. Aquela comidinha que preparamos e ao degustar sentimos um prazer imenso. Um reencontro com um amigo que esteve ausente por longo tempo. Aquele apaixonado que fica à nossa espera em um lugar que tem certeza de que vamos transitar por ali. Acordar pela manhã e sentir que estamos vivos e saudáveis. Saber que o mundo apesar dos desconcertos é fantástico de viver. Vivenciar um relacionamento sexual com a pessoa amada. Viajar pelo mundo e descobrir novas culturas em lugares diferentes. Ter os sonhos realizados e sonhar com outros que certamente irão acontecer. E, assim, teríamos muitos outros sentimentos de entusiasmo e bem-estar. Espero que cada leitor reflita sobre tudo que o faz feliz.

Nas últimas décadas, os seres humanos têm se conscientizado da importância dos cuidados do corpo com check-ups, produtos de beleza com a finalidade de tornar a pele limpa e hidratada, exercícios de diversas categorias e também o respeito que cada um exige pelos outros. Com a independência financeira feminina em escala crescente, hoje vemos um panorama diferente do que tinham nossas avós e mães, que eram obrigadas a atender ao companheiro no sexo mesmo que não tivessem motivação, naquele momento, porque elas dependiam deles para sobreviver. Hoje elas descobriram que nem sempre o prazer sexual precisa necessariamente de um homem à sua disposição. Há outras formas de prazer que envolvem o autocuidado físico, emocional, energético e espiritual. E, ainda, nos livramos de gravidez indesejada e doenças diversas. É obvio que ter um companheiro para se dividir os grandes momentos da vida faz parte do viver e, ainda, se houver um entrosamento perfeito, enquanto estiverem juntos, será desfrutar do paraíso sem ter morrido.

Vamos amar o nosso corpo e dispor todos os cuidados necessários e numa simbiose com a mente torná-lo leve, agradável e feliz.

O DESPERTAR DE UMA PAIXÃO

Não importa a idade que se tenha para viver uma paixão avassaladora. Na adolescência esse sentimento tem diversas manifestações primárias de emoções. Na maturidade nos conscientizamos do seu poder de envolvimento e juntamos as experiências que a vida nos proporcionou para um equilíbrio perfeito. As situações são iguais. Porém, nessa fase assumimos um posicionamento sem causar desconforto à pessoa que nos despertou a paixão se esse sentimento não for recíproco.

Pensar no ser amado em todas as horas do dia é um prazer incomum que nos deixa enlevados e felizes. Mas, agora, formulo uma pergunta. Por que nos apaixonamos? A meu ver, há diversos motivos que nos levam a sentir essas situações ligadas à mente, ao coração e à alma. Outra pergunta: pode haver paixão unilateral? Eu diria que sim. Muitas vezes, uma pessoa nos desperta esse sentir por razões sutis que a nossa sensibilidade capta de forma efetiva. O responsável nem sempre premeditou que as suas atitudes poderiam despertar no outro esse enlevo que assumimos. Outro fator importante é como reagimos ao saber que o outro envolvido não tem o mesmo pensar. Não importa. Cada ser humano tem o direito de ter a sua própria forma de encarar a vida e vivenciar os seus sentimentos como melhor lhe aprouver.

A paixão não tem tempo de validade. A duração pode levar meses, anos ou ser por toda a vida. O importante é que todas as vezes que essas lembranças se acercam de nossa mente o coração volta a palpitar fora do ritmo normal e a sensação de calor nos deixa nesse fogaréu supremo que é a paixão.

Por outro lado, quando o incêndio da paixão é recíproco, o prazer que temos é que o mundo nos pertence e que podemos voar pelo infinito numa sensação de incrível bem-estar e ainda desfrutar de um panorama único e de beleza rara que é visto pelos apaixonados. É, ainda, uma loucura que transcende tudo que somos capazes de raciocinar, porque esse estado inconsciente de prazer e luxúria transforma as pessoas e as deixa assoberbadas de felicidade.

Quem nunca esteve apaixonado não pode avaliar esse sentimento que é capaz de modificar a vida e nos dá privilégios raros de um sentir tornando o viver mais suave e de fácil solução para todos os problemas do cotidiano. O rejuvenescimento na fisionomia, o brilho dos olhos, a maciez da pele são as provas vivas de uma pessoa quando a paixão invade todos os poros do seu corpo e a coloca numa aura de luz fazendo iluminar tudo ao seu redor.

Portanto, queridos leitores, se deixem pelo menos uma vez na vida se apaixonar de verdade por alguém. Você vai descobrir que a vida não é apenas bela, mas merece ser vivida em sua plenitude total. Bem-vinda a paixão em sua loucura máxima.

Elilde Browning

OS CREPÚSCULOS DA VIDA

A palavra Crepúsculos nos remete *a priori* a visualizar o amanhecer com aquela luminosidade que antecede o nascer do sol, trazendo-nos múltiplas situações de bem-estar e coragem para se viver mais um dia. O ocaso acontece numa situação decrescente de luz até total escuridão assemelhando-se à vida no seu final, que é um acontecimento inevitável para todos nós.

Nascemos, crescemos e sobrevivemos com uma própria forma de viver não importando onde e como nascemos. Alguns têm uma vida normal cheia de êxitos e um palmilhar de sucessos, alegrias e bem-estar. Outros não têm esses mesmos privilégios, muitas vezes, por situações alheias à sua vontade. Será que cada um de nós já traz o caminho traçado e que se torna impossível se desviar dele? É uma questão difícil de ser respondida de maneira sensata. Até mesmo numa mesma família há discrepâncias de procedimentos e de viver. Mesmo que os pais deem bons exemplos, os relacionamentos a partir da adolescência e pela vida adulta podem mudar radicalmente o viver de cada um. Somos criaturas mutáveis e influenciáveis e, para não sermos presas fáceis de maus indivíduos, precisamos ter uma raiz profunda de sabedoria fincada num caráter forte, com autoestima e amor-próprio.

Até chegarmos à maturidade, há um longo caminho a percorrer de trabalho e realizações pessoais. As escolhas que fazemos podem nos levar a situações vitoriosas ou não. Como é difícil prever os acontecimentos ao longo da vida ao lado de companheiros e filhos! O viver depende de muitas alternativas e surpresas que podem acontecer sem que tenhamos a capacidade de assimilar ou mesmo reagir. É nesse momento que devemos abandonar os sentimentos e usara razão como defesa.

Outro aspecto importante que precisa ser observado é o cuidado com a saúde para, se atingirmos a velhice, termos condições de viver de forma saudável e independentes. Os exercícios e bons hábitos alimentares irão contribuir para uma vida longa e feliz. Quem não morre cedo ficará velho de maneira inevitável. Estar preparados para enfrentar essa fase da vida requer uma postura ereta, um olhar firme e a consciência do dever cumprido neste mundo. É fantástico quando podemos ter esse posicionamento.

Para alguns a vida aos 60, 70, 80 ou mais será sempre uma incógnita com relação àqueles que nos dedicamos por anos a fio dando-lhes amor, cuidado, carinho e atenção. Às vezes somos desprezados e ignorados. Por essa e outras razões, é comum vermos pessoas nessas idades tristonhas, abatidas, andando de cabeça baixa e com um olhar no vazio. Muitas vivenciaram grandes frustrações, decepções e angústias e infelizmente não tiveram a oportunidade de soerguerem dessas tragédias. São os mistérios da vida que por vezes não conseguimos assimilar.

A solidão é um fantasma tempestuoso na vida de muitas pessoas. Há um ditado antigo que diz: "melhor só do que mal acompanhado". Verdadeiro. Estar sozinho é por vezes um encontro consigo mesmo com opções de rever a trajetória da própria vida, vibrar com os grandes acontecimentos e repensar aqueles que não foram tão majestosos e, ainda, ter a oportunidade de planejar e sonhar com outros sem interferência de terceiros. Tudo faz parte do viver. É se deter em quantas pessoas neste mundo têm problemas gravíssimos de saúde, os que estão nas prisões cercados de companheiros indesejáveis e sem alternativa de se livrar daquele terrível incômodo. É saber que muitos passam fome e são desprovidos das mínimas necessidades de sobrevivência. É ver nos noticiários as guerras brutais e pessoas deixando suas casas e seus pertences caminhando em direção a um lugar desconhecido para se abrigar. Isso, sim, é um estado solitário terrível, porque embora haja outras pessoas em volta cada um tem o seu próprio sofrimento. Com o advento da pandemia, muitos estudos têm apresentado aumento crescente de depressão em idosos pela solidão que se fez presente em suas vidas de forma contundente.

Urge que encontremos força interior e um renascer para um viver diferente. Precisamos encontrar novas motivações para continuar a caminhada pela vida, novas amizades e tentar se sociabilizar. A saúde mental agradece. E se o estado físico permitir encontrar novos afazeres, mesmo que voluntários, e certamente essa atividade lhe trará novas alegrias de viver.

Não se permita ser massacrado por tristezas e angústias que maltratam o coração e prejudicam a mente. Não permita que o seu crepúsculo seja sombrio, mas que possa ter a beleza do pôr do sol permitindo uma linda noite de luar e o brilho das estrelas.

Elilde Browning

AS CONQUISTAS
ALÉM DAS FRONTEIRAS

Não escolhemos o país nem a família para chegar a este mundo. Podemos nascer ricos ou pobres. Numa favela ou num palácio. Por algumas circunstâncias, moramos no mesmo lugar do nascimento até a morte ou por outras somos levados a fazer mudanças, por vezes, independentemente de nossa vontade. Também não importa a nossa origem, porque no caminhar da vida muitas surpresas boas ou más podem acontecer. Todos estamos sujeitos a tudo nesse redemoinho que é o viver.

Cada país tem as suas dimensões, cultura, crenças, idioma e costumes próprios. Nesse emaranhado de situações, sabe-se que os humanos têm essência única e características semelhantes nas emoções. Como entender, portanto, a divergência da forma de vida das pessoas em cada região do mundo?

Mudar do seu país de origem para outro requer muita coragem ou por uma necessidade extrema. Cada um tem os seus motivos e justificativas. Em qualquer situação, haverá sempre uma adaptação lenta ou talvez esta nunca aconteça. Até mesmo ao mudar de um estado para outro no mesmo continente enfrenta-se preconceito e desvarios inconcebíveis. Quantos nordestinos que um dia aportaram na Região Sudeste tiveram momentos de muitos sofrimentos pelo seu linguajar típico ou maneira de se portar? Para superar esses transtornos, foram forçados a trabalhar duro e ter muita paciência para alcançar os seus objetivos e realizar os seus sonhos.

Sempre haverá uma oportunidade de trabalho no lugar onde nascemos. Basta que tenhamos uma visão do que queremos e ir à luta para conseguir ser bem-sucedido. Estudar e buscar conhecimento é importante em qualquer profissão de nossa escolha. Viver a nossa cultura, hábitos e tudo que nos envolve é ter a certeza de que esse chão nos pertence. Aqui temos problemas estruturais, mas o mundo também tem as suas mazelas. Não há país perfeito, porque o ser humano é imperfeito.

Em um país diferente, as intempéries que os envolvem começam com o idioma. É terrível ouvir pessoas falando e não entender o que elas dizem. Encontrar um trabalho é outro problema ainda maior. Normalmente, as mulheres têm à disposição as rotineiras ocupações de cuidar de crianças, idosos, faxineiras e outras ligadas a serviços domésticos. Trabalha-se entre dez e quinze horas e o salário é, por vezes, irrisório. Os homens, se tiverem alguma aptidão no ramo de construção ou jardinagem, também, encontram trabalho, mas os pagamentos são sempre inferiores aos dos nativos por não terem a sua permanência legalizada.

Por outro lado, se a pessoa tem uma profissão ou um diploma de curso superior, em algum momento, pode ser surpreendido com uma oportunidade de trabalho onde aplicará os seus conhecimentos e certamente terá uma remuneração condizente com o serviço prestado.

É assustador ser um imigrante ilegal em qualquer país. As penalidades variam conforme o lugar e isso pode resultar em prisão ou a humilhante deportação. Todavia, há sempre uma alternativa para regularizar essa situação. A criatividade, por vezes, traz a solução.

Alguns podem ter oportunidades diferentes como um casamento bem-sucedido onde a atração e o amor afloraram de forma evidente quando se conheceram. Conheci um brasileiro, designer de calçados, que ao registrar uma patente de uma palmilha para um determinado problema nos pés ficou milionário. Tudo pode acontecer quando se tem uma visão ampla de novos aprendizados e aperfeiçoamento.

O mais importante em qualquer situação é não desanimar com as dificuldades que surgirem e saber que para realizar os seus sonhos é preciso estar atento aos acontecimentos ao seu redor. A coragem e a esperança devem estar continuadamente ao seu lado para não perder o entusiasmo. Assumir a decisão de viver em outro país é uma situação delicada, e uma adequação ao *modus vivendi* dos seus habitantes e a observância às leis tornam-se necessárias por uma questão de sobrevivência.

Elilde Browning

COMO O MUNDO É DESIGUAL!

Se em algum momento pensarmos na desigualdade entre os seres humanos, encontraremos situações vexatórias e incompreensíveis. Outro dia assistia uma reportagem na TV sobre um casal de idosos que foram fazer compras em um supermercado e ao chegar ao caixa o dinheiro não era suficiente para pagar o que compraram. Retiraram algumas coisas do carrinho, dentre elas um pacote de biscoito. Então o homem falou: —Como eu gostaria de comer essa iguaria! Ele tinha nos olhos, e talvez na alma, uma tristeza infinita. Por que eles chegaram a essa altura da vida sem condições de usufruir de todas as coisas que gostam para serem felizes? O que teria acontecido àquele casal no seu caminhar pela vida? São incógnitas difíceis de serem decifradas. Será que lhes faltou planejamento ou oportunidades para um viver com dignidade nessa fase onde as esperanças e os sonhos já não ocupam espaço no seu cotidiano?

Assim vivem pelo mundo afora pessoas de todas as idades que passam fome e sofrem de doenças provenientes da desnutrição. Ninguém opta por uma vida miserável e sem as mínimas condições de sobrevivência. E por que isso acontece? Muitos são os fatores que contribuem para um viver assim. Um dos mais importantes é o de se colocar filhos no mundo sem as mínimas condições de sobrevivência. É notório que todos têm o livre-arbítrio para fazerem de suas vidas e de seus propósitos o que bem entenderem. Todavia, observar e sentir o mundo de desigualdade que nos cerca seria o mínimo que se deveria ter sempre.

Enquanto uns moram providos de todo o conforto, outros vivem nas ruas, e a cada dia o número de pessoas nessa situação aumenta desastrosamente. Enquanto uns nos supermercados enchem os seus carrinhos de tudo que gostam, outros procuram alimento no lixo em qualquer lugar. Todos somos seres humanos e todos deveriam ter o direito a uma vida digna. Ninguém nasceu para ser infeliz e viver de forma miserável e o mais preocupante é que o número dessas pessoas se avoluma sem condições do poder público dar soluções em sua totalidade. Uma parcela da população trabalha efetivamente e outros vivem das migalhas que lhes são distribuídas. A meu ver, deveria haver um programa de conscientização para que as pessoas fossem alertadas do dever e do direito que cada um tem com a sua própria vida para não se tornar um fardo pesado para os outros, quer sejam parentes, amigos ou desconhecidos.

Outro flagelo para muitos é o uso de drogas, quando o indivíduo perde a autoestima e pratica delitos muitas vezes sem ter consciência de seus atos. As prisões superlotadas por jovens sem futuro e marcados por crimes que cometeram. Vidas perdidas e muitas vezes sem nenhuma perspectiva de recuperação.

Outra coisa curiosa é que quando se aproxima o Natal há uma corrida para se juntar brinquedos e cestas básicas para os necessitados como se a fome só acontecesse nessa época do ano. É lamentável essa atitude que de altruísta não tem nada. As necessidades básicas de todos são situações diárias e permanentes.

Os meios de comunicação e as redes sociais deveriam se juntar e disseminar um programa de esclarecimento à população que vive em extrema pobreza de que há outras alternativas para superar esse estado aflitivo. Há sempre uma oportunidade de se fazer alguma coisa e ganhar dinheiro para o seu próprio sustento. E, assim, seríamos cidadãos úteis e conscientes do nosso lugar neste mundo.

O CONHECIMENTO
TORNA A VIDA MELHOR

O conhecimento é algo fantástico que desfrutamos por toda a vida não importa a idade cronológica. Em todos os momentos, aprendemos ou vivenciamos situações diferentes que enriquecem as nossas experiências e nos fazem vislumbrar outros aspectos do viver. A criatividade pode caminhar com o conhecimento criando condições para se descortinar novas nuances do mundo e das pessoas que nos cercam.

Cada ser humano em sua profissão ou atividade geralmente se aprofunda na busca de conhecimento para ter a capacitação necessária. A vida é uma dinâmica e haverá sempre algo novo a aprender.

De modo geral, muitos almejam tornar a vida melhor na amplitude do saber e conhecer e, também, para ser possível dialogar com diferentes indivíduos ou grupos sociais em momentos oportunos. Nem sempre será preciso que conheçamos todos os assuntos em profundidade, mas ter noções básicas é fundamental.

O conhecimento é uma fonte inesgotável que provoca novas emoções, abre amplos horizontes em nossa mente e eleva a autoestima. Na década de 1960, quando o filósofo canadense Herbert McLuhan afirmou ser o mundo "uma aldeia global", ele se referia ao avanço da tecnologia, que naquela época dava os seus primeiros passos. Hoje aquela ideia se tornou realidade. Há décadas tínhamos as enciclopédias como um meio de ter conhecimento e a vida acadêmica. Hoje a internet coloca à nossa disposição, diariamente, todas as informações de que necessitamos apenas num toque digital. Os canais de televisão ficam no ar nas 24 horas nos proporcionando tudo o que acontece no mundo em detalhes, e, às vezes, de forma exaustiva.

As transformações que vivenciamos em todas as formas do conhecimento humano, na ciência, na música, nas artes visuais e na literatura são a certeza de que tudo se acelera sem que tenhamos ideia do que acontecerá em futuro próximo. O viver atual é o reflexo do *modus vivendi* da humanidade. Às vezes ficamos confusos ou perplexos com a velocidade em que tudo acontece sem uma alternativa para pensar ou refletir.

O conhecimento está ao alcance de todos em seus mais amplos aspectos e certamente podemos tornar a nossa vida melhor ao acompanhar e assimilar o que acontece em todas as situações da vida e aproveitar o que houver de melhor ou esquecer o que não nos convém.

Elilde Browning

INVÓLUCRO VERSUS CONTEÚDO

Era uma festa de confraternização entre alunos e professores num final de um ano letivo. Cada um deveria trazer um presente para o seu amigo sorteado. Reunidos no salão, a festa começou. O professor Juliano agradeceu a presença de todos e depois das iguarias que nos foram servidas iniciou a troca de presentes. Foi chamado o primeiro aluno, Gustavo Freire, e assim a seguir cada um deveria se postar à frente de todos, mencionar o nome do seu amigo e lhe entregar o presente. Todos conhecem esse tipo de evento. Também foi combinado que os presentes deveriam ser abertos, para os aplausos de todos.

Tudo corria normalmente até quando o João Marcelo, carregando uma volumosa caixa, preciosamente decorada e amarrada com um laço de fita de dimensões gigantescas, carregou aquele presente com esforço de ser algo bem pesado. O seu amigo foi o Pedro Nogueira. Ao receber aquela dádiva, desamarrou a fita, abriu a caixa e mais outra e mais outra até que sobrou uma pequenina onde havia apenas uma caixa de fósforos. Decepcionado e desiludido, ateou fogo àquelas caixas à vista dos presentes.

Durante a vida, encontramos muitas pessoas que têm uma aparência bela e exuberante e ao nos relacionar com elas percebemos que a beleza é, apenas, algo exterior. Falta-lhes o conteúdo da humildade, da sabedoria, do amor, da inteligência, da educação e da decência. Se nos fosse permitido debulhar esses seres humanos, certamente iríamos descobrir que eles não têm culpa total do seu proceder. As circunstâncias da vida os fizeram assim.

Por outro lado, há outras que não são tão atraentes e têm as mesmas características das primeiras. Como entender esse quebra-cabeça tão inusitado. É fácil. Somos o resultado dos nossos genes, do ambiente em que vivemos, das oportunidades que nos foram relegadas, dos traumas que ficaram em nosso subconsciente que não conseguimos superar e das frustrações dos sonhos não realizados.

Todos os impasses que muitos sofrem na caminhada do viver deveriam ser analisados, meticulosamente, para entender que todos têm direito à felicidade e a um proceder que pudesse servir de exemplo aos outros. A arrogância e a prepotência são características de crueldade e ter essas atitudes só vai lhes causar sofrimentos e comprometer o bem-estar e a saúde. A infelicidade caminha de mãos dadas com uma mente desesperançada. Portanto, caro leitor, se você se enquadra numa dessas situações, reveja a sua trajetória de vida e tente mudar, porque enquanto há vida há esperança. Vamos tornar esse mundo melhor com atitudes positivas para o bem de todos e, também, relevar as decepções que por vezes a vida nos impõe compreendendo a forma de viver de cada um.

Elilde Browning

AS MANIFESTAÇÕES DA LOUCURA HUMANA

Aparentemente somos todos normais até que a loucura se manifeste e mude o nosso comportamento. A loucura é própria do homem e quem vive sem ela não é tão sábio quanto pensa. Alguém já afirmou que todos nascemos loucos e alguns permanecem assim por toda a vida. Mas nem toda loucura é nefasta, pois há sempre alguma coisa de bom na loucura humana. Especialmente naqueles momentos em que a razão resolve sair a passeio e deixa a emoção sozinha para usufruir de um bem-estar incomparável em muitos aspectos da vida.

Todos temos sentimentos e atitudes boas e más. Depende, apenas, de como somos instigados pelas circunstâncias da vida. O ideal seria que tivéssemos equilíbrio nos momentos difíceis. Isso por vezes é impossível, porque nunca esperamos desafetos, humilhações e desconfortos, principalmente, por pessoas próximas, familiares ou até mesmo amigos. É, exatamente, nesse momento que a loucura invade o pensar de forma descontrolada e nos compele a agir com resultados imprevisíveis.

Se tivéssemos a capacidade de entender os diversos tipos de loucura que acometem os seres humanos, poderíamos entender ou mesmo perdoar, pois nunca sabemos, ao certo, os problemas emocionais que eles estão vivendo. A vida tem instantes prazerosos, mas também muitas dificuldades e sair destas, por vezes, demanda um esforço sobrenatural.

A loucura dos indivíduos é algo amplo e abrange muitos aspectos da vida: as grandes decisões de mudanças, quando é necessário ser louco de verdade para encarar os desafios; quando estamos apaixonados por alguém numa situação unilateral; quando se pratica um crime passional; quando sem perceber entramos em negócios arriscados e perdemos valores; quando, diariamente, lutamos para sobreviver num mundo que, muitas vezes, não nos oferece alternativas.

A loucura, a meu ver, é um acontecimento surreal, instintiva e independe da posição social, financeira e escolaridade de cada pessoa.

Finalmente a loucura é um desvario inconsciente do pensar.

Elilde Browning

A INSTABILIDADE DA VIDA NOS TEMPOS ATUAIS

A instabilidade que vivenciamos em todos os aspectos da vida está deixando o ser humano perdido e desnorteado. Nada é estável em nosso cotidiano. Tudo muda e se transforma com uma rapidez desconcertante. Temos a capacidade de ver sob diversos ângulos uma situação de forma instantânea. Será que estamos mais inteligentes? Ou são as circunstâncias da vida ou as experiências que nos levam a agir dessa forma? Ou será que a vida sempre foi assim e somente agora tomamos consciência disso? São perguntas que necessitam de reflexões.

Os meios de comunicação, e em particular a internet, nos dão uma amplitude de conhecimento e informações que a impressão que temos é de ter vivido muitos anos em apenas algumas horas.

Tudo é sentido e sorvido, instantaneamente, sem o gosto e o prazer do envolvimento das situações. Tudo é automatizado e temos à nossa disposição pequenos toques digitais que levam o nosso olhar e a nossa mente a captar apenas os aspectos mais atraentes, as cores mais vibrantes e, por vezes, um conjunto sem se deter em seus detalhes.

Vivemos hoje com o pensamento voltado para o momento a seguir. E, assim, acredito que perdemos de vivenciar o presente. As emoções num turbilhão de novas perspectivas nos empurram para um sentir sem sentido e, às vezes, para um inesperado, sem a motivação que esperamos.

Havia no passado um transcorrer de normalidade nas diversas etapas da vida. Hoje elas se misturam causando um emaranhado difícil de ser assimilado. Criança não é mais criança, adolescente se torna adulto e estes, com esse redemoinho à sua volta, ficam, às vezes, imaginando onde e como buscar o equilíbrio.

Muitos ensinamentos são à distância nos privando da figura do mestre naquele contato humano tão necessário ao equilíbrio do nosso ser. A presença do professor numa sala de aula, além de ensinar, por vezes, ajuda o aluno nos seus problemas familiares, e munidos de coragem passam a ver o mundo com nuances diferentes. O professor será sempre um conselheiro ouvido e respeitado.

Nessa situação instável dos nossos dias, navegamos sem rumo num mar revolto e sem visualizar o que nos acontecerá nos próximos minutos. Muitos buscam alívio em situações ilícitas, causando danos à saúde e incapazes de raciocinar tornando o viver despido de qualquer motivação. Em todo o mundo, o suicídio de pessoas jovens avoluma-se sem o controle dos pais, das autoridades ou dos responsáveis. Não há sonhos nem metas a atingir. Muitos têm tudo que necessitam e, portanto, não precisam fazer nenhum esforço para ter o que a vida moderna lhes proporciona. Um dia um grande amigo me relatou: "O dinheiro ganho com o trabalho tem gosto de luta; herdado, gotas de veneno, estraga quem herda e não tem o mesmo valor". Por isso o ditado: avô rico, filho confortável e neto pobre, porque o não saber o valor das coisas os leva a gastos sem controle.

Por outro lado, a pobreza que muitos enfrentam e a incapacidade de se conseguir um mínimo para uma sobrevivência digna imerge-os num caos sem precedentes e muitos se encaminham para o mundo do crime tornando as suas vidas num desconforto perene.

E, ainda, não se educa filhos apenas com conselhos, mas com exemplos. E nessa corrida louca que a vida nos impõe falta tempo e oportunidade para os pais darem aos seus filhos os exemplos, o discernimento e as experiências tão necessários para enfrentar o mundo.

A personagem Lenira do meu livro *E assim foi a vida* nasceu numa família numerosa e muito pobre. Teve a sorte de acreditar em Deus e lutar diariamente para ter uma vida melhor. Se você, prezado leitor, quiser saber todos os detalhes de uma vida vitoriosa apesar de muitos sofrimentos, por favor, leia esse livro. No final ela tem o privilégio de afirmar: "Realizei todos os meus sonhos, inclusive aqueles que nem me era dado o direito de sonhar". Será uma leitura interessante. Lenira não vai mudar o pensar das pessoas, mas ela dará uma pequena contribuição para que se possa concluir que, em qualquer situação da vida, há sempre alternativas se tivermos determinação, coragem, fé, luta e superação.

E, por fim, surge em todo o mundo esse vírus cuja doença que causa tem o pomposo nome de Covid-19 para levar o nosso pensar numa certeza absoluta de que a vida nunca esteve tão instável e perigosa.

Os grandes pensadores afirmaram que: nesta vida tudo passa. Certamente, quando esse acontecimento se for, seremos pessoas mais conscientes do nosso posicionamento no mundo e comum a vontade férrea de viver e consequentemente de ser feliz.

Vamos rezar!!!!!

Elilde Browning

O FASCÍNIO DO MAR

Há muitas pessoas que nunca viram o mar. Elas não têm ideia do fascínio que ele exerce sobre nós, quando o vemos pela primeira vez e, ainda, por toda a vida. Conviver com o mar é um privilégio para muitos. Sentir o mar é um prazer incomensurável. Imaginar o que se esconde debaixo daquele imenso volume de águas em tonalidades diferentes do verde-escuro ao clarinho, em muitas nuances de azul ou até cinzenta nos dias nublados ou chuvosos é um desafio para os nossos olhos. Presenciar o quebrar das ondas na praia num tom suave e por vezes nem tanto é como se estivéssemos ouvindo uma música em diversos compassos e com instrumentos diferentes, porém todos em sintonia.

É uma das mais belas criações de Deus. A cada seis horas, uma mudança no volume das águas invade a praia ou recua. É o que chamamos de maré alta e baixa. A praia e o mar se entrelaçam numa perfeita simbiose da natureza.

Vi o mar pela primeira vez aos 11 anos de idade. Apaixonei-me e nunca mais me separei dele. A nossa moradia situava-se na Praia do Malhado, em Ilhéus, na Bahia. Ao sair de dentro de casa, estávamos literalmente sentindo aquela areia branquinha se moldando no contorno de nossos pés.

Em noites de lua cheia, era um espetáculo que enchia os olhos de prazer e a nossa alma de felicidade. Vê-la surgindo, devagarzinho, de dentro do oceano é uma grandiosidade que faz sentir que Deus existe. Acalentei muitos sonhos desfrutando desse espetáculo!

Em minhas viagens pelo mundo, vi mares diferentes. Quando se viaja de Miami para Key West pela rodovia US1, temos o Golfo do México de um lado e o Oceano Atlântico do outro. E a estrada segue no meio desafiando este grande poder da natureza que é o mar. Há pontes imensas que se ligam àquelas pequenas ilhas, num espetáculo de rara beleza. Ao entardecer, quando o sol situa-se na direção da rodovia, transitar por ela é um deslumbramento incomparável.

No meu livro *E assim foi a vida*, o mar foi alvo de muitos momentos de felicidade, quando navegamos, em nosso barco, pelo mar do Caribe. Acredito que esse é um dos mais lindos de muitos que conheci. Os peixes nadam em nossa presença ignorando que estão sendo vistos por nós.

O cantor e compositor Dorival Caymmi exaltou a beleza do mar em muitas canções. Quem não se lembra desse verso: "o mar quando quebra na praia é bonito, é bonito!". Também quando a jangada volta sozinha do mar. Aquele pescador morreu nas ondas verdes do mar. "É doce morrer no mar, nas ondas verdes do mar!". Ninguém no mundo foi tão sensível às belezas do mar como ele. As lembranças de suas composições serão eternas.

Jacques Cousteau, o famoso oceanógrafo, fez um documentário denominado *O mundo silencioso* sobre o mar, trazendo-nos conhecimentos preciosos e a beleza ímpar das profundidades. A bordo do seu navio Calypso, fez muitas pesquisas e filmes extraordinários, cujas imagens são deveras impactantes.

Há um personagem da literatura americana, o velho Santiago, do livro *O velho e o mar*, de Ernest Hemingway, que, depois de 84 dias que não conseguia pescar um só peixe, fisgou o maior de toda a sua história de pescador. O desfecho desse episódio é emocionante e nos dá uma dimensão ampla do envolvimento do homem com o mar. Os diálogos que ele trava com o mar naquela solidão infinita são algo que a nossa imaginação tenta captar de maneira real e quase não consegue.

Quando vim morar em São Paulo, apesar de estar numa corrida louca para realizar os grandes sonhos de trabalhar e estudar, sentia, de vez em quando, um estado de melancolia que eu não sabia explicar. Um dia detive-me a vasculhar a mente e a resposta foi visível: "A sua alma está triste porque você não vê o mar há algum tempo". Foi verdade.

Onde eu morava, tinha algumas amigas que conheciam o litoral sul e norte de São Paulo e um dia conversando com elas externei o desejo de rever o mar. Havia um feriado prolongado a seguir, combinamos vir a Ubatuba.

Todos conhecem a poluição que envolve a cidade de São Paulo. À proporção que nos afastávamos, o ar ia se renovando e quando chegamos ao topo da montanha onde se avista parte do litoral norte paramos o carro e respiramos aquele ar perfumado numa mistura perfeita de pureza, nutrientes do mar e o oxigênio da vegetação. Aquele momento foi um renascer das lembranças das minhas afetividades com o mar.

Todos que moramos no litoral norte de São Paulo somos privilegiados por desfrutar desse paraíso: um mar esplendoroso, vegetação variada e por vezes florida, ilhas que brotam em diversos lugares, o cântico dos pássaros, praias de mar calmo ou agitado, areia branquinha e uma quietude ensejando uma meditação contínua.

Há, ainda, o descer da serra, que enche os nossos olhos de encantamento e com os desafios dos abismos à nossa volta, fazendo-nos refletir como Deus foi grandioso quando decidiu construir esse lugar. Ele estava em um dos grandes momentos de inspiração.

As pessoas que vêm de diversos lugares, e pela primeira vez, ficam encantadas com tudo que encontram aqui, e sempre retornam porque o bem-estar que elas sentem enseja uma volta para sentir a felicidade que esse lugar lhes proporciona.

Não podemos determinar o lugar para nascer, mas podemos escolher o lugar para morar.

Sede bem-vindos ao litoral norte de São Paulo. Nós os esperamos de braços abertos e com a hospitalidade que nos é peculiar.

Elilde Browning

SITUAÇÕES INEXPLICÁVEIS DA VIDA

Inicio este artigo com alguns questionamentos sobre os quais, a meu ver, vamos precisar refletir para termos respostas sensatas. Por que nascemos em qualquer lugar e em qualquer família? Por que uns nascem sadios, perfeitos fisicamente e outros não? Será que cada ser humano vem a este mundo com uma missão a cumprir? Ou tudo acontece aleatoriamente? Por que no palmilhar da vida alguns são bem-sucedidos e outros não? Por que ser feliz é um privilégio para alguns quando deveria ser para todos? Será que o livre-arbítrio nos conduz a um viver de nossas escolhas? Imagino que dependendo de cada crença e cultura teremos pensares diferentes ou justificativas convincentes.

Como seria proveitoso se fosse possível nos conscientizar de gerar filhos somente em condições adequadas de sobrevivência, para que eles fossem poupados de tantos percalços que o viver impõe em situações precárias e inadequadas que a vida oferece. Será que algumas pessoas esperam por um milagre? Eles até podem acontecer, mas contar com essa hipótese é uma ilusão das mais desvairadas. Será que os exemplos vistos e estampados, diariamente, nos meios de comunicação, em todos os rincões do mundo, não são suficientes para uma tomada de posição para evitar o sofrimento daqueles que não pediram para nascer? Mesmo assim, os seres humanos insistem em procriar, com uma irresponsabilidade desmesurada, em todos os lugares do mundo.

A ciência, há mais de cinquenta anos, deu a sua contribuição inventando mecanismos para evitar que as mulheres engravidem. Os homens, em alguns casos, impedem que essa realidade seja adotada por elas, porque para eles não ter filhos é a comprovação absurda de lhes tirar a autoafirmação. Hoje vemos que a maioria das mulheres são chefes de família, com encargos pesados de trabalhar, educar e criar filhos sozinhas. Muitas são abandonadas ainda no começo da gravidez e outras depois que os filhos nascem. Num relacionamento há muitas nuances de eterno amor, quando na realidade pode ser um envolvimento falso permeado de vários interesses movidos pela dinâmica da vida. Em qualquer situação, precisamos estar alertas e deixar os sentimentos em algum lugar, bem escondidinhos, e usar a razão e o bom senso para não termos que lamentar por toda a vida uma situação irremediável.

Por outro lado, se temos condições normais para criá-los, os filhos podem ser uma bênção de Deus para nos dar ânimo na luta pela vida. E, ainda, uma razão para nos tornar mais responsáveis por saber que eles dependem do nosso equilíbrio, de nossa orientação, do nosso amor para serem cidadãos úteis à comunidade e, sobretudo, criaturas felizes. A caminhada é longa e cheia de entraves que precisamos afastá-los com coragem e determinação. Eu afirmaria que desde o nascimento até a adolescência, quando eles estão sob o nosso domínio, quase que total, os perigos ameaçadores são menores, todavia, quando eles vão encarar o mundo na busca do seu lugar na profissão e nos relacionamentos, certamente eles encontrarão muitos desafios. Por essa razão, é de suma importância que eles estejam preparados para esses momentos com raízes profundas de sabedoria e exemplos que somente a família pode lhes proporcionar.

Viver não é fácil e todos sabem disso. O mundo a cada dia sofre transformações levando os indivíduos a buscar outros meios de sobrevivência. Quem esperava que fosse surgir a Covid-19 mudando completamente a nossa forma de viver? Esse vírus nos pegou de surpresa e se alastrou por todo o planeta Terra contaminando e matando, indistintamente, muitos seres humanos, sem piedade e compaixão. Quantos perderam seus familiares, amigos e conhecidos!

Os nossos filhos privados do convívio escolar, pelo fechamento das escolas, ficaram dependendo de um ensino à distância e a maioria sem ter um computador, ficaram sem o aprendizado, tão necessário, nessa fase da vida. As ruas ficaram vazias, comércios fechados e todos vivendo um isolamento social sem precedente. Mesmo assim a contaminação e as mortes não deram trégua. No momento, a vacinação é o único caminho de que dispomos para sobreviver. Passada essa fase de terror, será que seremos pessoas melhores sob todos os aspectos do viver? Será que aprendemos que unidos seremos mais fortes? Será que a felicidade é o prazer de sentir que realmente estamos todos imbuídos desse sentimento? Será que a solidariedade vai existir de forma efetiva? Será que iremos compreender que a ganância de bens materiais, de forma exagerada, não nos servirá para nada?

Será que vamos restaurar a alegria de viver? Será que o egoísmo se sentindo desprezado fugirá para lugar desconhecido? Aguardemos!

Como cantou o poeta: "São demais os perigos dessa vida". E eu direi: a vida tem situações inexplicáveis e para superá-las precisamos munir-nos de uma vontade férrea para enfrentar, a cada dia, acontecimentos inusitados de proceder, de viver, de sobreviver, compreendendo essas transformações como algo que pode tornar o nosso viver melhor em futuro próximo. O pensamento positivo é uma energia que envolve o nosso olhar, os sentimentos de esperança, os sonhos, nos trazendo de volta a paz e a felicidade que toda a humanidade precisa.

Elilde Browning

O EQUILÍBRIO EMOCIONAL
E A SABEDORIA DO VIVER

O equilíbrio emocional é uma situação transitória e momentânea. A vida está sempre a nos desafiar com reações que nos envolvem com pessoas em situações diferentes. A sabedoria do viver deveria ser permanente para que pudéssemos refletir antes de se tomar uma atitude. Infelizmente, em muitos casos, a mente perde o controle que deveríamos ter. A fragilidade do pensar nem sempre é capaz de controlar esses impulsos levando-nos a desequilíbrios previsíveis. Todos têm os seus motivos para agir dessa ou de outra forma. Também, entender o proceder dos demais é uma atitude salutar para aliviar as emoções do coração.

Se tivéssemos consciência de nunca ultrapassar os limites das emoções, teríamos um equilíbrio perfeito. Nas diversas fases da vida, temos um proceder diferente. Quando jovens, normalmente, não nos preocupamos com essas limitações, todavia, com as experiências que adquirimos, com o passar dos anos, verificamos a necessidade de viver em outros termos e, às vezes, também, nunca aprendemos a nos controlar, efetivamente.

Deveríamos cuidar, simultaneamente, do físico e da mente, em todos os momentos do viver, para que na maturidade, ou mesmo na velhice, pudéssemos ter uma vida perfeitamente equilibrada e saudável.

Os excessos ao comer, muitas vezes, sem a preocupação de uma alimentação saudável, as drogas, as bebidas, outras situações danosas que incorporamos ao corpo e a falta de um sono reparador contribuem para um desgaste físico que certamente nos causará desequilíbrio deixando-nos suscetíveis às doenças.

Somos o produto do meio, da família que nos trouxe ao mundo e da genética dos nossos antepassados. Portanto, ficamos à mercê dessas situações. Para termos uma mente sadia e um emocional equilibrado, precisamos superar os traumas alojados no subconsciente, as decepções que sofremos, as frustrações de nossas expectativas, as mágoas que guardamos e as angústias que vivenciamos. Reconheço que essas atitudes não são fáceis de superar, mas vale tentar.

A autoestima é uma grande aliada para vencer as dificuldades da vida. Amar-se a si mesmo e compreender as razões das pessoas que nos causaram desconfortos são atitudes providenciais. A compreensão e o perdão são armas poderosas, a nosso dispor, para superar os problemas e restaurar a vontade de viver. Já fora dito que: "O fraco jamais perdoa. O perdão é uma das características do forte".

Viver com sabedoria e aprender com os erros e acertos nos dará lições proveitosas de sobrevivência. Só conseguimos alcançar esse objetivo por meio das experiências que acumulamos pela vida vivenciando situações difíceis e a capacidade de superá-las, em cada momento. Observar e refletir sobre os diversos acontecimentos do mundo e do nosso cotidiano é uma maneira de decidir o que realmente é importante para o nosso viver de maneira sábia. A sabedoria independe do nível intelectual dos indivíduos. Podemos encontrar pessoas simples com um alto nível de discernimento e com uma atitude de tudo o que deve ser feito, com sabedoria, nas diversas etapas da vida.

Um indivíduo sábio é aquele que nos tempos difíceis encontra soluções para superar as batalhas que surgem, assume o viver em seus termos e segue a sua caminhada consciente do seu palmilhar. E o equilibrado é o que tem noção de que a vida precisa de limites.

Se tivermos a capacidade de juntar equilíbrio e sabedoria em nosso cotidiano, certamente seremos seres humanos diferenciados e felizes.

Elilde Browning

AS METAMORFOSES DO COMPORTAMENTO HUMANO PELA VIDA

Todos nascemos inocentes e angelicais. À proporção que vamos vivendo e descobrindo o mundo, sofremos transformações no estado, no caráter e na aparência, tudo influenciado pelo meio que nos é destinado. Os estímulos assimilados, diariamente, podem modificar a nossa forma de ser ou não. Tudo vai depender da estrutura emocional de cada um.

Um dos fatores determinantes do nosso comportamento é a genética. Herdamos de nossos pais biológicos o potencial para sermos quem somos. E, ainda, o convívio com a família nos faz absorver um modo de viver calcado nos exemplos que ela nos proporciona. Nos dias atuais, com a saída da mãe para trabalhar, as crianças, ainda na tenra idade, são entregues aos cuidados de pessoas estranhas em creches, não lhes dando a oportunidade dessa convivência efetiva com os familiares e, consequentemente, não há exemplos a seguir.

Na adolescência visualizamos um mundo diferente no convívio escolar, com os amigos e ficamos à mercê de captar comportamentos nem sempre salutares. Essa é uma fase perigosa porque o caráter dos indivíduos está em formação. Se não houver uma atenção rigorosa dos pais, muitos podem se perder nos caminhos tortuosos da vida.

Felizes são os que ao chegarem à idade adulta analisam a sua vida pregressa, abandonam todos os percalços de que foram alvo e fazem suas próprias escolhas visando a uma vida feliz. Todos podemos mudar a nossa estrada desde que tenhamos consciência de que essa será melhor para um viver diferente. Sei que não é fácil fugir de hábitos que nos marcaram e ficaram alojados no subconsciente. Todavia, se houver força de vontade, determinação e coragem, eles ficarão ressequidos sem chance de reviverem.

Outro perigo que nos acontece são os relacionamentos. Normalmente, quando encontramos alguém, não nos acomete conhecer a pessoa para então confiar e amar. Aliás, conhecer alguém de verdade é uma utopia. O amor, por vezes, vem às cegas levado pelo entusiasmo, pela figura, pela química ou outro fator que seja importante para nós. Como nada dura eternamente, precisamos vivenciar os momentos fantásticos que nos forem proporcionados, como também estar preparados para um desenlace que muitas vezes independe de nossa vontade. É importante saber que, se formos abandonados por alguém, haverá sempre outro a nos acolher. São as atitudes normais da vida.

Durante a vida, é necessário observar o proceder de todos que nos cercam como também das pessoas pelo mundo afora. Se fizermos isso com frequência, nos livraremos de muitos inconvenientes. São lições que nos são oferecidas gratuitamente, embora saibamos que cada um tem as suas próprias razões, que muitas vezes desconhecemos.

Se nos detivermos na natureza, teríamos muitos exemplos a citar, mas vou apenas mencionara metamorfose da lagarta em borboleta, que depois de um sofrimento renasce linda, majestosa, colorida e feliz.

Desejo a todos os meus amigos e leitores que o ano que se aproxima nos faça renascer criaturas mais tolerantes, amorosas, solidárias e felizes.

Elilde Browning

O AMOR:
UM SENTIMENTO NOTÁVEL

O amor é uma manifestação espontânea do nosso viver e uma fonte inesgotável de energia. Imaginamos que ele começa, ainda, muito cedo no convívio familiar. Durante a vida, vamos descobrindo, em cada etapa, esse sentimento que se amplia aos amigos, nos primeiros relacionamentos afetivos e por todo o nosso viver.

Devemos amar em primeiro lugar a Deus e a nós mesmos. Somos seres privilegiados quando entendemos o significado, a amplitude e o requinte do amor. Podemos até amar alguém sem a certeza de que somos amados. Mas isso não importa. O amor é algo pessoal, intransferível e eclético. Amamos, por vezes, sem um motivo aparente ou por uma identificação de um proceder de alguém que, em algum momento, vivenciamos uma experiência que ficou alojada no subconsciente. Amor não se impõe, ele acontece naturalmente. Também, se um dia amamos alguém de verdade, esse sentimento jamais desaparecerá, mesmo que tentemos. O amor é tenaz e suas raízes profundas são difíceis de serem arrancadas.

Amar e ser amado faz com que a nossa autoestima se eleve e nos torna pessoas mais felizes. A felicidade de cada um é uma emoção, exclusivamente, de si mesmo. Felicidade não se transmite: ninguém é capaz de tornar alguém feliz ou infeliz. Se uma dessas situações acontece, elas foram motivadas por nós mesmos. Mas como definir o que é amar? Podemos imaginar ser uma emoção com nuances de afeto, carinho, bem-estar, renúncia, afinidade, ternura, amizade, apreço, dentre outros sentimentos. Portanto, reuni-las e vivenciá-las requer coragem, determinação e um desprendimento notável.

Ainda, há a considerar que o amor tem conotações diferentes a quem amamos e que envolve outros sentimentos como atração, afinidades, desejo, fascínio, volúpia, tesão, comprometimento, o bem-estar do outro, aquele suave desejo de estar sempre ao seu lado e respeitar o *modus vivendi* de cada um.

Atualmente, vemos que as pessoas têm dificuldades em manter um relacionamento de longa duração, devido às variantes de sentimentos que envolvem os seres humanos. Muitos optam por uma situação estável evitando, assim, o compromisso formal. Ainda, uma pessoa insegura que tem baixa autoestima, normalmente, tem dificuldade de se relacionar de uma maneira madura com outra.

A liberdade sexual e a facilidade de um relacionamento com diferentes parceiros em busca do prazer não favorecem a qualidade das relações amorosas. Muitas vezes nos sentimos frustrados pela necessidade de um comprometimento efetivo. O ideal seria um relacionamento de cada vez. Assim, viveríamos em profundidade esse sentimento sublime que é o amor. Como sabemos que nada dura eternamente, quando este chegasse ao fim, sairíamos com a certeza de que valeu a pena ter tido esses momentos prazerosos.

O amor amizade tem a virtude de ser desapaixonado. Ele acontece sempre entre irmãos e amigos próximos. Diríamos que é um tipo de amor entre os membros da família.

O amor maternal, a meu ver, é o mais sublime de todas as formas de amar. Ele acontece no momento primário da vida e se estende até a eternidade. Ele não exige nada, não cobra nada e está sempre disposto a ajudar em qualquer fase da vida. É um sentimento altaneiro e despido de qualquer interesse.

Com relação ao amor-próprio, ele pode ser analisado de duas maneiras: aquele que tem em seu bojo a arrogância, egoísmo e sempre tem como alvo o dinheiro, fama e poder e aquele que, ao contrário, estimula a autoestima, confiança e o compromisso de cuidar de nós mesmos e dos outros.

E por fim o amor lúdico ou descompromissado. Aquele que acontece casualmente, sem compromisso e que o objetivo é o prazer que proporciona. Esse pode durar algum tempo, crescer se tornando em amor verdadeiro ou desaparecer.

Quem ama a vida, carrega em sua imagem um esplendor de luz que sempre contagia tudo ao seu redor numa atmosfera salutar que envolve compaixão, amor, boas ações e tolerância. Muitas doenças nos acontecem por falta de amor a si mesmo e aos outros. O medo de amar, devido a experiências do passado, nos deixa propensos às dores e frustrações.

Portanto, tornemos essa vida mais bela amando a Deus, todos os seres vivos e até aqueles que se consideram nossos inimigos. O sentimento do amor nos deixa feliz e nos proporciona saúde e bem-estar.

Elilde Browning

SER MULHER

No dia 8 de março, quando comemoramos o Dia Internacional da Mulher, gostaria de fazer a seguinte reflexão: atrás de um homem bem-sucedido há sempre uma mulher e será que atrás de uma mulher bem-sucedida haverá um homem?

Somos belas, únicas e, ainda, providas de intuição e poder. O mundo nos pertence! Tomemos posse dele.

Quando alguém faz alguma coisa pela primeira vez, é comum não primar pelos detalhes, que nas vezes seguintes são observados. A experiência faz o aprimoramento dos feitos. Assim agiu Deus: primeiro pegou uma porção de barro, amassou, deu um sopro e surgiu o homem. Depois, cuidadosamente, modelou o material com os cuidados necessários para uma obra perfeita. Ainda colocou malícia, sedução, poder, sensibilidade, sabedoria, astúcia, beleza e intuição. E eis aí a mais deslumbrante criação da natureza — a mulher.

Ser mulher não é apenas isso. Há muitas outras situações que devemos observar para garantir o nosso espaço no mundo. Somos alvos em potencial de um mundo machista e cruel. O mais curioso é que todos nascem do ventre de uma mulher e, até hoje no século 21, os homens ainda não se deram conta desse feito tão importante. Pelo mundo afora, há muitas opressões às mulheres e sempre somos vistas como um ser inferior, menosprezado por eles que se sentem donos do mundo. Eles não entendem que somos todos humanos e sujeitos a tudo nesta vida. Muitos nos olham por cima dos ombros e têm um comportamento de superioridade quando esse deveria ser um relacionamento igualitário.

O que vai determinar a trajetória de uma mulher, nos seus mais amplos aspectos, são os exemplos que ela teve na infância e na adolescência espelhados no viver diário com a família e em especial com a sua genitora. Estes marcarão a sua vida para sempre. Eis porque esse relacionamento é importante para a formação do caráter e da personalidade de cada uma.

Sentir-se amada, protegida e orientada sobre como sobreviver neste mundo são situações precípuas para um caminhar confiante e sem grandes atropelos.

Os casos de estupros, humilhações, violência, desacatos e muitas outras ofensas às mulheres são relatados diariamente. Como nos defender dessas investidas? Se eu tivesse uma resposta, garanto que lhes falaria neste momento. Mas não tenho. É um assunto que merece um pensar de todas nós e, talvez, juntas pudéssemos minorar esses acontecimentos tão trágicos exigindo leis mais severas.

No meu livro *Crônicas de um tempo infinito*, há alguns relatos sobre esses assuntos, que vi, convivi e compartilhei. É deveras chocante viver em um mundo onde ainda impera a lei do mais forte: imbuídos dos direitos que eles próprios criam, massacram e matam mulheres indefesas.

No meu entender e baseada em minhas experiências, ser mulher é: sentir-se responsável pela sua própria vida; ter o controle de sua mente, de seu coração e de suas ações; não viver nunca, mas nunca mesmo, sob as expensas de seu companheiro, porque o macho que sustenta exige o cumprimento de suas ordens, e que nem sempre são condizentes com as suas expectativas; ter uma intuição aguçada para identificar de imediato quando um relacionamento está se tornando perigoso; crer em Deus e rezar muito para que Ele nos livre de situações que muitas vezes fogem ao nosso controle; ser forte, corajosa e determinada e aceitar o desafio de enfrentar a situação, quando esta se tornar perigosa; não ter medo de enfrentar o mundo sem um homem ao seu lado: "melhor só do que mal acompanhada"; cercar-se da família, dos amigos e de autoridades quando se sentir ameaçada; colocar sempre a razão acima do coração, quando se tornar necessário (mande os sentimentos darem uma voltinha pelo universo e deixe-os que se percam por lá).

Ame-se e tenha amor-próprio.

Não permita que ninguém destrua sua autoestima.

Convido-a ler o meu livro *E assim foi a vida*, onde você encontrará a trajetória de uma menina pobre, órfã de pai e de uma família de doze irmãos, abandonada pelo marido ainda na gravidez e que em um determinado momento impôs a si mesma a determinação de enganar esse destino, que se descortinava sombrio e sem perspectivas. Ela venceu todos os desafios e percalços que a vida lhe entregou. Saiu-se vitoriosa em todas as batalhas. Você vai se surpreender com muitas atitudes tomadas por ela em não se afastar dos valores pessoais: trabalho, dignidade, progresso profissional e ética.

Lenira, a personagem desse romance, realizou todos os seus sonhos, inclusive aqueles que nem lhe era dado o direito de sonhar. Descubra, ainda, a poderosa força da mente e os meandros para vencer as dificuldades da vida. Esse livro foi traduzido para o inglês com o nome *Paths of life* e o mundo está lendo essa história tão empolgante.

No meu terceiro livro, *Voltando a viver*, há cinco contos sobre as trajetórias de cinco mulheres desesperançadas e sem objetivos na vida, que um dia se soergueram e começaram um novo viver.

Oscar Wilde escreveu um dia em um momento de muita inspiração: "Amar a si mesmo é o começo de um romance que vai durar a vida inteira".

Elilde Browning

O SUPERLATIVO DAS REAÇÕES HUMANAS E DOS ANIMAIS

Todos aparentamos ser criaturas normais e de um proceder compatível, num contexto social, com os preceitos que norteiam a vida.

O humano é um ser racional com capacidade de pensar, sociável e com as necessidades básicas de alimento e sexo. O trabalho é um dever indispensável à sobrevivência. Os animais irracionais agem por instinto e visam, apenas, se alimentar, dormir, descansar e copular. Nas pessoas o instinto pode ser convertido em inteligência, quando elas conseguem agir movidas pela vontade e decisão própria, não apenas por impulsos.

O homem age, por um ato de liberdade e de livre-arbítrio, para tomar decisões sobre o que lhe agrada e convém. Realizar os seus desejos está, intrinsecamente, ligado à força de sua mente. Enquanto a natureza é responsável em dar aos animais o que lhes é peculiar. Eles escolhem ou rejeitam por instinto e as únicas coisas terríveis para eles são: a dor e a fome. Para o ser humano, existem muitas peculiaridades a serem observadas e vividas.

Conforme as circunstâncias, os indivíduos têm comportamentos e reações surpreendentes. Vive-se diferentemente, em diversas ocasiões, e, por vezes, esse proceder está ligado ao bem-estar físico, emocional, do meio em que vivem e de seus relacionamentos. A inteligência pode fazê-los capazes de analisar seus atos e direcionar o planejamento de suas atitudes. Todos somos seres únicos e com particularidades próprias e, por isso, torna-se difícil, por vezes, entender essa característica individual. O melhor seria respeitar a maneira de ser e agir de cada um, e em último caso, se não houver um entrosamento efetivo, afastar-se evitando assim transtornos desnecessários. Às vezes, convivemos ao lado de uma pessoa por longos anos e de repente, sem uma justificativa plausível, ela comete atos ou muda a sua direção dificultando a nossa capacidade de assimilar.

Nos momentos de desequilíbrio e na falta de sensatez, podemos nos tornar pessoas enfurecidas e agir de maneira descontrolada. Em todas as situações, deveria prevalecer o bom senso, mas, normalmente, isso não acontece. Dependendo da situação e passada a fúria, podemos até nos arrepender, só que as palavras ditas e as ações efetivadas não têm retorno. Elas ficam marcadas para sempre no viver diário de quem sofreu as agressões. O tempo pode suavizar esse impasse tentando colocar no esquecimento, mas, certamente, no subconsciente, haverá sempre um espaço para alojar as ofensas sofridas. Somos o produto de nossas vivências boas e más.

Ninguém muda seu comportamento afetivo e a sua estrada, se não estiver convencido por outrem ou pelas suas próprias razões. Os problemas que surgem no decorrer da vida, no dia a dia, vão se acumulando e, num determinado momento, há uma explosão de sentimentos difíceis de serem contornados. Por isso, a meu ver, se tornaria necessário sempre que as pessoas envolvidas dialogassem, com frequência, evitando assim um desfecho imprevisível. Há, ainda, a considerar que saindo de uma situação atual poderemos encontrar outra mais complicada.

É impossível viver sozinho, porque o ser humano é um animal gregário. Inicialmente, ele precisa da família para sobreviver, dos amigos, da comunidade escolar, do entrosamento nos grupos de trabalho e dos relacionamentos afetivos. Portanto, somos dependentes uns dos outros. Sozinho ele se torna frágil e sem entusiasmo pela vida. Até os animais vivem em grupo para se tornarem fortes diante dos perigos que os cercam.

Na maioria das vezes, quando atingimos a velhice, a vida se torna mais difícil e complicada. Nessa fase precisamos do apoio e da compreensão dos familiares, que nem sempre acontecem. Em muitos casos, somos levados a casas de repouso, num ambiente frio com pessoas estranhas, onde a atmosfera de sentimentos torna a vida insuportável.

Portanto, fica aqui um alerta aos jovens: cuidem da saúde, pratiquem exercícios físicos, tenham uma vida saudável e construam a sua vida dentro de um parâmetro de finanças que lhes possibilite uma renda capaz de suportar as despesas que, certamente, terão quando se tornarem idosos. Nos dias atuais, há diversas instituições de amparo aos que passaram dos 60 anos. Esse entrosamento facilita a vida e torna-a mais agradável e prazerosa.

No meu livro *Voltando a viver*, há um conto com o título "Elisabete Ribeiro: o recomeço de uma vida aos 60 anos de idade", que escrevi sobre o problema de uma idosa que foi desprezada pela família. Os meus leitores vão se extasiar com o desfecho dessa história. Ela foi real. Acreditem!

Finalizando invoco um pensamento de Galileu, que viveu nos séculos 16 e 17e foi o pai da ciência moderna: *"A um homem nada se pode ensinar. Tudo o que podemos fazer é ajudá-lo a encontrar as coisas dentro de si mesmo"*.

Elilde Browning

O QUE É SER FELIZ?

Se essa pergunta fosse feita a cada pessoa, certamente, teríamos respostas diferentes. Ainda, deveria se levar em conta a idade e como ela estaria se sentindo nesse momento. Todos querem e nascem para ser felizes. Por outro lado, responder a essa pergunta sem pestanejar requer um pensar apurado e, por vezes, difícil num emaranhado de situações das mais diversas que vivemos no cotidiano.

Ser feliz é um sentimento único e intransferível de cada um. Não é algo permanente, porque a vida nem sempre se apresenta todos os dias da mesma forma. Talvez, seja um conjunto de pequeninas coisas percebidas pelo nosso consciente que antes estiveram guardadas no inconsciente. De qualquer maneira, a felicidade deve nos seguir, ou por vezes ser guardada, em lugar visível, para saber que ela existe e está à nossa disposição em todos os momentos que quisermos ou que for possível.

Muitos escritores, poetas e pensadores tentaram definições sobre o tema. Cada um deles expôs as suas ideias com base em suas próprias experiências e motivações.

Ser feliz seria ter os nossos sonhos realizados? Provavelmente sim. Alguém um dia escreveu: "Tenha sonhos grandiosos para não perdê-los de vista. Dessa forma, eles ficarão em nossa mira na expectativa de realizá-los".

No meu entender, o primeiro passo para sermos felizes é ter saúde. Essa preciosidade começa, ainda, na mais tenra idade com os cuidados de nossa família. Na adolescência, na fase adulta e na maturidade, precisamos ter hábitos e um viver dentro de um contexto equilibrado para que a saúde possa fluir de forma permanente em nossa vida.

Agora eu pergunto: qual o caminho da felicidade? Acredito que é sentir a presença de Deus em nosso viver e ser grata a Ele pela vida; sermos pessoas amáveis e solidárias; amar ao próximo na mesma proporção que nos amamos; respeitar a individualidade de cada um; ter consciência da fragilidade da vida e não cultivar a superioridade; saber que estamos sujeitos a todas as coisas boas e ruins desta vida; amar a nossa família e os amigos pela importância que eles trazem ao nosso viver e muitas outras conforme o olhar e o sentir de cada um.

No meu livro *E assim foi a vida*, às páginas 41 e 42, num momento de muita inspiração escrevi:

- Ser feliz é viver de forma abstrata e motivada pelos sentimentos que norteiam nosso coração e a nossa alma.

- Ser feliz é sentir que estamos vivos.

- Ser feliz é sentir o roçar do vento em nosso rosto, molhado de suor.

- Ser feliz é a chuva molhar o nosso corpo e não nos sentirmos molhados.

- Ser feliz é deitar o nosso corpo cansado, das labutas diárias, e sentir prazer.

- Ser feliz é ouvir uma música que nos conforta a alma.

- Ser feliz é ouvir o cântico dos pássaros ao amanhecer.

- Ser feliz é comer uma comida bem simples e sentir que aquela é a melhor do mundo.

- Ser feliz é abrir uma janela ao amanhecer e deixar o sol entrar, distribuindo seu calor em todo o espaço.

- Ser feliz é ver o pôr do sol ouvindo a música de sua preferência.

- Ser feliz é sentir as ondas do mar batendo em nosso corpo.

- Ser feliz é meditar e sentir a respiração invadir os pulmões enchendo-os de oxigênio.

- Ser feliz é entender que todos nós somos únicos e respeitar a individualidade de cada um.

- Ser feliz é admirar a natureza e pensar que todo esse universo nos pertence e somos parte dele.

- Ser feliz é vivenciar uma noite de luar, onde o céu e tudo que existe na terra ganha um colorido prateado, ao lado da pessoa amada.

- Ser feliz é respeitar e amar o próximo mesmo que ele não tenha ideia do seu amor.

- Ser feliz é estar sozinha, concatenando suas ideias e vivenciar momentos de extremo bem-estar.

- Ser feliz é sentir a alma leve e a certeza de que a nossa vida não foi inútil.

- Ser feliz é estar em paz com a nossa consciência.

- Ser feliz é sentir que o seu dever neste mundo foi cumprido.

Finalmente, Ser Feliz é um estado de espírito num momento incomum.

Elilde Browning

HÁ MÁGICA PARA SE TER FILHOS BEM-SUCEDIDOS E FELIZES?

Não escolhemos o lugar onde nascer nem escolhemos nossos pais. Tudo acontece de forma imprevisível. Alguns nascem em lares bem-estruturados e outros não. Muitos nascem numa extrema pobreza, ou numa situação mediana de conforto, ou na riqueza. Em nenhuma situação, há uma garantia perene. Qualquer que seja o caminho para se chegar a este mundo, há uma espera de nove meses, normalmente.

Nos primeiros dias, depois que somos gerados, inicia-se uma longa caminhada que só terminará com a morte em qualquer fase da vida em situações diversas, independentemente de nossa vontade. Sempre me perguntei por que ao nascer encaramos este mundo chorando? Será que temos premonição do que o viver nos reserva? Possivelmente. Viver é um constante desafio e somente alguns conseguem ser bem-sucedidos e felizes.

Para algumas mães, os filhos são bem-vindos. Para muitas, um pesadelo indescritível. Há aquelas que lutam para serem mães, outras não querem ou não se importam com essa determinação da natureza. As modificações que o corpo de uma mulher sofre durante o período de gestação são inúmeras. Portanto, os cuidados fazem-se necessários durante a gravidez e depois do nascimento da criança. Também há modificações psicológicas que podem acontecer, como: desequilíbrio hormonal, ansiedade, tristeza, estresse e a preocupação de como ser mãe. Com o tempo, os problemas são dissipados e tudo pode voltar à normalidade.

É um privilégio divino o poder que Deus concede às mulheres de procriarem. É um dos maiores desafios a serem vividos. Ser mãe é assumir responsabilidades e preocupações por toda a vida. Uma criança ao nascer necessita de cuidados, diuturnamente. E na proporção do seu desenvolvimento outros vão surgindo e nas diferentes etapas da vida as mães necessitam de habilidades diferenciadas. Haja criatividade!

Para se ter crianças e adultos sadios, a alimentação e outras atitudes são sumamente importantes. O ideal seria a amamentação até os 3 anos de idade. Nos dias atuais, isso é impossível, considerando que muitas mães precisam voltar ao trabalho, principalmente, quando são sozinhas e não têm outro meio de sobrevivência. Para um desenvolvimento normal, são necessárias outras fontes de alimentos. Até os 7 anos, quando o cérebro está em formação, é vital que a criança tenha uma variedade de vitaminas, sais minerais e outros. Se isso não acontecer, poderá haver atrofia na formação desse órgão e no futuro problemas com aprendizado e desenvolvimento mental.

Algumas crianças nascem perfeitas e outras com problemas congênitos que precisam de cuidados especiais. Muitos desses fatores estão ligados à genética ou a fatores ambientais. Dar à luz exige muita energia do organismo feminino em qualquer situação.

Algumas mulheres, por motivos diversos, que estão impedidas de terem filhos optam pela adoção, que é sem dúvidas um ato de amor dos mais comoventes, ou, às vezes, mesmo tendo filhos, elas decidem adotar crianças abandonadas dando-lhes amor e dispondo cuidados como se fossem filhos biológicos. Aplausos para elas.

Todas as mães almejam que seus filhos sejam bem-sucedidos na vida e felizes. Como é possível que esse desejo se torne realidade? É uma longa caminhada e que requer uma série de fatores. As orientações e conselhos que lhes damos em diversas fases da vida são sumamente importantes. A meu ver, o exemplo é o mais atuante de todos. Está escrito na Bíblia quando o sábio Salomão afirmou: "Cria o menino no caminho em que deve andar porque até quando envelhecer dele não se desviará". Um ser humano com raízes profundas adquiridas na convivência com os pais nenhum vento será capaz de derrubar.

Quando uma criança é educada pelo pai e a mãe, urge que os dois tenham a mesma conduta de comportamento, porque se houver discrepância ela poderá ficar na dúvida sobre a quem seguir. Em muitos casos, a mãe é responsável direta pela criação do seu filho, visto que muitos homens abandonam a companheira, não se importando com o que acontecerá com o filho ou filhos que juntos colocaram neste mundo. O pagamento de uma pensão alimentícia não substitui o carinho e a atenção que eles precisam ter.

Pelo mundo afora, há muitas mães heroínas que sozinhas criaram e educaram os seus filhos que se tornaram homens responsáveis e seres humanos notáveis. Essa missão não é fácil e requer muita renúncia de sua vida pessoal e afetiva. É importante que um filho se sinta amado para que ele tenha condições de amar também. Estimular a autoestima e o amor por si mesmo é necessário para se ter autoconfiança para enfrentar o mundo e a coragem de se afastar de tudo o que é pernicioso. Incutir em sua mente para observar o proceder de muitos indivíduos é uma forma, também, de adquirir experiências. Em suma cada ser humano deve traçar o seu próprio caminho e somente permitir que outras pessoas entrem nessa estrada se realmente tiverem merecimento. Isso não é fácil, visto que os indivíduos podem mudar o seu comportamento. De qualquer maneira, devemos sempre estar preparados para os imprevistos.

Ainda, guardo na memória muitos conselhos que recebi de minha mãe e que foram importantíssimos por toda a minha vida. Quando o meu filho nasceu, sessenta e cinco anos atrás, o mundo era diferente. Naquela época os filhos ouviam e assimilavam os conselhos dos pais. Não havia internet e as pessoas se davam ao luxo de sonhar, de escolher a sua profissão e de fazer planejamentos para um futuro. Hoje, com a disseminação das drogas, bebidas alcoólicas sem controle e um desamor constante pela vida, o mundo caminha para um caos sem precedente. Acredito que ainda é tempo de não permitir que o mundo eduque o seu filho. Se você decide ter filhos, seja responsável pelo seu viver até que eles possam fazer suas escolhas calcadas no que aprenderam no lar e nos exemplos de vida que lhes foram dados. Nem tudo está perdido. A recompensa virá de termos filhos responsáveis e bem-sucedidos na vida e felizes.

Ter um filho é uma bênção de Deus. Esse privilégio me foi concedido pelo nascimento do meu único filho, Paulo Cesar Duarte Costa, que nasceu com saúde perfeita e se tornou um homem responsável, amoroso, trabalhador, um marido único, um pai e avô sem igual. Um filho respeitoso que reconhece a educação que lhe dei, durante a vida, e sempre tenta transmitir aos seus descendentes tudo o que aprendeu comigo. Se você leitor quiser saber todos os pormenores dessa longa caminhada, leia o meu livro *E assim foi a vida*. Felicidades, querido filho. O mundo precisa de pessoas como você.

Tenho todos os motivos para me sentir feliz, porque sei e tenho consciência de ter cumprido a minha missão nesta vida. Obrigada, Deus, por tudo.

Elilde Browning

NAMORAR SEMPRE:
UM GRANDE DESAFIO

Normalmente vivenciamos esse sentimento de namorar ainda na adolescência. Nessa fase da vida, temos os nossos hormônios num grau elevado do sentir. Pensar no namorado vinte e quatro horas do dia e encontrá-lo em qualquer momento ou ao anoitecer enche a nossa alma de júbilo, o coração dispara e a mente se concentra, de forma absoluta. Tocar as energias de nossos corpos num abraço cheio de calor é uma emoção incomparável. Os beijos são as manifestações de saborearmos o gosto molhado e delicioso de uma química perfeita. Tudo é envolvente e pecaminosamente saudável.

Bem, queridos leitores, o tempo passa, a vida se transforma e outros relacionamentos acontecerão pela vida. Serão com a mesma ansiedade e expectativa? As primeiras situações em nosso viver ficarão em nossa alma para sempre. Essas lembranças ficam escondidas no subconsciente e quando as revivemos sentimos o mesmo prazer como se elas estivessem acontecendo hoje.

Por outro lado, é um privilégio relembrar aqueles momentos de muita ternura, amor, tesão e carinho, na inocência que me cercou naqueles tempos idos.

É comum depois de se ter vivido uma experiência fazer comparações com as próximas. É um comportamento normal dos humanos. Embora, a meu ver, fosse melhor se pudéssemos colocar no esquecimento total para nos sentirmos aptos a novos acontecimentos e experimentar novas emoções sem os resquícios bons ou ruins dos que se foram.

Os sentimentos mudam conforme o momento, as circunstâncias e as pessoas com as quais nos relacionamos. Também, à proporção do nosso caminhar pela vida, vamos redescobrindo outros aspectos, que antes não tínhamos percebido, de que as pessoas são diferentes no comportamento e nas ações. Porém, quando o assunto é namorar, tudo é válido para nos sentirmos vivos e desfrutar dos prazeres que o namoro nos oferece.

O namoro deveria ser permanente em nossas vidas, não importando o tipo de relação amorosa que tenhamos. Isso, comumente, não acontece. Os diversos acontecimentos que ocorrem, diariamente, na vida de um casal são o resultado de um emaranhado de situações adversas que impedem que essa atmosfera de carinho e atenção vá se diluindo com o passar do tempo. Portanto, se quisermos manter esse fervoroso desejo de namorar sempre, precisamos estar atentos para que esse fogo continue aceso com pequenas gentilezas, respeito, atenção e um "te amo" em momentos oportunos.

A cada dia, o mundo se transforma e nessas mudanças do comportamento humano, com a Covid-19, o namorar ganhou conotações diferentes. Saíamos para trabalhar e durante o dia estávamos absortos nas responsabilidades que nos cabiam. Voltando para casa, era um prazer rever o nosso cônjuge, companheiro ou namorado nos esperando para viver as emoções da presença, do toque, das carícias e do sexo. Com a chegada da Covid-19, ficamos juntos todo o tempo, vivenciando o medo de sermos contaminados com essa terrível pandemia, e os sentimentos saíram a passear em lugar desconhecido sem a expectativa de sua volta. Muitos casais descobriram situações que antes não lhes eram visíveis ou palpáveis, desgastando assim as relações.

Com a vacinação, esperamos o fim de todos esses percalços e que voltemos a uma vida normal cheia de encanto e muito namoro para nos sentirmos seres humanos felizes.

Elilde Browning

SER HOMEM

Somos a imagem e semelhança de Deus. Portanto, uma criação perfeita da natureza. Dotados de inteligência, força, voz poderosa, coragem, poder, e, ainda, desafiadores.

O mundo está ao nosso alcance em todos os aspectos do viver. Comandamos a nossa vontade e, por vezes, somos literalmente atendidos em todos os nossos desejos. Os nossos sonhos se realizam porque o pensar vai sempre nessa direção. O nosso coração é forte e imbatível. Ele comanda os nossos sentimentos da forma como o determinamos.

Não importa se somos belos ou não nem tampouco a raça que herdamos. O nosso lugar neste universo está garantido pelo privilégio de sermos homens.

Sempre saímos vitoriosos em todas as batalhas. Não importa a dificuldade que se apresente. Temos o poder de manipular as situações ao nosso bel-prazer e isso nos faz soberanos. As emoções estão sempre em controle absoluto. Externamos, somente, quando nos convém. E, ainda, da forma que melhor nos aprouver.

Os nossos desejos são sempre atendidos em seus mínimos detalhes. Em muitos momentos, nos sentimos um rei com direito a coroa e todas as honras que nos são permitidas.

Olhamos o mundo de cima e não nos preocupamos com detalhes de somenos. O que vemos nesse patamar nos deixa conscientes de um panorama de rara beleza.

Ditamos ordens e estas devem ser obedecidas, sem discussões. Concentramos o poder absoluto de tudo. Essa situação nos deixa mais fortes a cada momento.

Éramos assim na antiguidade. Os tempos modernos modificaram todo esse nosso poderio.

Normalmente, quem tem o dinheiro tem o poder. Quando as mulheres decidiram também dar a sua parcela de ajuda, em nosso cotidiano, tudo se modificou. Os direitos e deveres se equipararam.

Temos consciência de sermos ainda eternos conquistadores. Não temos condições de ignorar a atração que uma bela mulher nos proporciona. E, às vezes, nem precisa ser excepcionalmente bonita. Se for mulher e tiver alguma coisa que nos atrai, o pensamento será o de cortejá-la.

Há muitos anos, sentíamos um prazer imenso de assediá-las na esperança de sermos atendidos. Alguém criou uma lei de que esse procedimento é crime. Isso dificultou o prazer de externar os nossos sentimentos em qualquer situação ou lugar.

Elas entram em nossa vida ora como amigas, namoradas, amantes, esposa, companheiras e quando pensamos que tudo está perfeito algumas se vão sem dar satisfações. Isso acontece, na maioria das vezes, porque elas são independentes financeiramente e não dependem dos nossos carinhos e afetos para sobreviverem. Em muitos casos, o outro ofereceu para ela melhores condições das que poderíamos lhes proporcionar. Ela já não é mais uma mercadoria à nossa disposição.

Também, esse proceder era tipicamente nosso. Abandonávamos quando nos convinha e, normalmente, por outra mais jovem e interessante. As emoções de viver um novo relacionamento nos deixavam atônitos de curiosidade.

Num relacionamento sem filhos, as soluções podem ser rápidas e imediatas, todavia, quando há descendentes, a lei as protege e ainda arcamos com a grande responsabilidade de mantê-los.

O equilíbrio emocional deveria estar em nosso pensar quando perdemos a mulher que amamos. Muitas vezes conformar-se é uma atitude dificílima. Se agirmos de forma diferente, haverá consequências desastrosas.

Não podemos adivinhar o que o futuro nos reserva, quando estamos numa situação confortável e feliz. O melhor será viver cada dia e estar preparados para uma mudança que por vezes independe de nossa vontade.

A tecnologia mudou muito os hábitos de todos os habitantes deste planeta. Embora estejamos juntos, cada um tem o seu círculo de relacionamentos e seus segredinhos próprios. Se houver interferência nesse proceder, certamente o rompimento será inevitável. Cada um tem a sua privacidade, que precisa ser mantida. Vivemos um mundo real, um imaginário e o da tecnologia. Haja tempo e disposição para assimilar todos eles sem conflitos.

Em muitas ocasiões, temos consciência de que somos omissos. Esse fato se deve ao poderio ilimitado que as mulheres, devagarzinho, vão tomando de nós. Elas nos cercam de tantas situações inusitadas e difíceis de serem por nós entendidas. A capacidade que elas demonstram em solucionar todos os problemas nos deixa, por vezes, sem uma direção a seguir. Se essa corrida louca continuar, um dia seremos apenas fantoches em suas mãos. Sentimos, a cada momento, a preferência delas em nos trocar pelas amigas. Elas têm problemas comuns que só podem ser entendidos e solucionados nessa parceria.

Nós, também, por outro lado, estamos seguindo esses passos. Somente quem vive um problema o entende em profundidade. O pensar, o viver e o proceder dos humanos convergem para uma vivência de seus afins. A dualidade no procedimento de pessoas de sexo oposto, se não for bem administrada, poderá resultar em situações perigosas e sem conserto futuro. Mesmo olhando numa mesma direção, é impossível que pensares diferentes descortinem os mesmos panoramas. É um fato real que se comprova a cada dia.

Estamos vivendo grandes transformações em todas as áreas do conhecimento humano e com a evolução que paulatinamente está acontecendo acreditamos que até as divindades estão com dificuldade para entender. O certo é que, como a nossa vida é finita, aproveitemos tudo o que a nossa mente quiser vivenciar, tendo o cuidado, apenas, que em qualquer decisão possamos ser felizes ainda.

Elilde Browning

QUANDO EXPLODEM AS EMOÇÕES

Somente os seres humanos têm o privilégio de explodir as suas emoções ou de contê-las. Extravasar o que sentimos é por vezes um ato tão espontâneo que nem sempre nos damos conta se será uma situação ridícula ou não. Nos mais diversos momentos, elas eclodem sem prévio aviso e nos libertam deixando o coração aliviado.

As emoções têm características próprias nas mais diversas etapas da vida. Quando ainda criança e sem a noção de sua estratégia, elas nos beneficiam. Quando adolescentes funcionam como autoafirmação para nos posicionar no mundo. Quando adultos e conscientes do seu poderio, agimos de forma absoluta para os bons ou maus momentos.

Há emoções leves, fantásticas, pesadas, desastrosas, inconvenientes e oportunas. Todas são bem-vindas em nosso cotidiano. Todas são necessárias para a sobrevivência da alma. Todas têm o sabor do momento vivido. Todas, na maioria das vezes, brotam do inconsciente. Todas têm conotações próprias do nosso sentir. Todas nos libertam daquele transe que nos eleva ao paraíso, mesmo sem termos morrido. Todas resgatam em nosso ser uma plenitude de bem-estar de leveza ou não. Todas provam que estamos vivos e participando de tudo que envolve a própria vida.

Há um amplo leque de grandes emoções, que a vida nos oferece, a cada momento. Estar receptivo a elas nos resgata a felicidade em todas as suas dimensões. Esses momentos únicos e inesquecíveis muitas vezes não se repetem, porque eles preencheram em sua totalidade todo o espaço do nosso ser.

Quem não se lembra da famosa canção do Roberto Carlos onde ele afirma: "se chorei ou se sorri, o importante é que emoções eu vivi".

Cada emoção tem o seu próprio sabor e saber degustá-las é um ato de sabedoria.

Em todas as situações da vida, também, há os perigos que nos rondam: se elas tiverem uma energia acima de sua capacidade de suportar, poderão explodir e os fragmentos se espalharão pelo universo sem o direito de uma chuva para juntar os pequenos pedaços que se partiram.

Elilde Browning

CUIDE DE SUA MENTE

Assistia num dia qualquer a um palestrante que fez uma pergunta curiosa à plateia: "Quem de vocês já escreveu a história de sua vida?". Todos permaneceram calados. Então ele falou: "Vocês escrevem todos os dias a história de suas vidas. Desde que nascemos, guardamos em nossas mentes tudo o que nos acontece".

A nossa mente no subconsciente e no consciente armazena todas as nossas experiências boas e ruins. Alguém um dia afirmou: "Somos o que pensamos. Tudo o que somos surge com nossos pensamentos. Com nossos pensamentos, fazemos o nosso mundo". Esse mundo individual de cada um. "Tudo o que a mente humana pode conceber, ela pode conquistar." Verdadeiro!

Sendo assim urge que coloquemos em nossa mente pensamentos positivos, porque os pessimistas também ocupam espaço e podem contribuir para ficarmos doentes ou infelizes.

Quando trabalhava em uma universidade em São Paulo, numa noite secretariando uma reunião dos professores da faculdade de Medicina, aprendi lições poderosas sobre como a nossa mente funciona com relação às doenças.

O professor titular da área de Psiquiatria fez uma explanação aos seus colegas da necessidade dos alunos terem do primeiro ao quinto ano aulas nessa área, justificando que o médico não deve, apenas, encarar uma doença como algo físico, mas, certamente, que elas provêm da mente. Afirmava que um paciente pode tomar remédios específicos, porém deve ser alertado sobre a causa que o levou a ter esse problema. Nenhum ou pouquíssimos profissionais querem saber as causas, querem apenas receitar medicamentos que certamente causarão outros transtornos com os demais órgãos do nosso corpo.

O que armazenamos em nossa mente hoje, certamente, com o passar do tempo, o nosso subconsciente recolhe esse pensar e num dia qualquer, para nossa surpresa, ele se concretiza, porque o nosso querer alojado naquele compartimento do cérebro surgiu sem prévio aviso para se tornar realidade.

Havia comprado um pacote de viagem a Manaus, onde ficaria por uma semana. Às vésperas de partir, fui demitida do meu trabalho, sem justa causa. Perdi o prumo e cancelei aquele passeio. Impossível viajar sem a segurança de um trabalho que tinha há mais de vinte anos.

De posse de todos os panfletos, fotos e lugares que visitaria, imaginei essa viagem desde o momento em que pegaria o avião até chegar ao destino. Vivenciei tudo que iria desfrutar: hotel, restaurantes e o famoso encontro das águas do rio Solimões com o rio Negro. Fiz uma viagem imaginária e desfrutei-a com todas as emoções que podemos sentir numa situação desse quilate. Não foi real, mas prazerosa.

Como havia perdido o emprego, fui trabalhar em outra universidade na capital. E o mais importante foi ter conseguido essa nova atividade apenas uma semana depois e com o salário em dobro do que ganhava antes. Alguém diria de que há males que vêm para o bem. Verdadeiro!

Em meu novo local de trabalho, fiz outras amizades e ampliei os meus conhecimentos em diversas áreas do conhecimento humano.

Numa tarde recebo uma família que morava em Manaus e que viera matricular as duas filhas no curso de Medicina. Demonstraram uma real preocupação em deixar as filhas sozinhas numa cidade como São Paulo. Como tinham um poder aquisitivo altíssimo, compraram um apartamento para as filhas e um carro para que elas não precisassem de transporte público.

Comprometi-me a ajudá-los e dar o apoio necessário para que elas se sentissem seguras. Realmente eu as tinha como minhas filhas. Consegui uma profissional que cuidava do apartamento e cozinhava para elas. Nos meus fins de semana, sempre as visitava para saber se tudo estava em ordem. Um dia uma delas fica doente e prestei-lhe todo o apoio, inclusive avisando-a do seu horário de tomar os remédios. E assim a nossa amizade foi-se avolumando.

Para minha surpresa, nas férias de julho, eles me convidaram para visitar Manaus, inclusive com passagem paga e hospedagem na residência deles. Voltei, imediatamente, o meu pensamento para aquela viagem a Manaus que deveria ter feito dois anos atrás. Abri aquele compartimento em minha mente onde aquele desejo de viajar estava escondido, retirei-o, coloquei no meu consciente, arrumei as malas e parti.

O mais interessante e surpreendente foi quando cheguei ao aeroporto. Eles me aguardavam com uma ansiedade como se eu fora uma pessoa da família. Por onde passávamos, colocava-me a par das belezas da cidade e dos lugares que visitaríamos.

Durante aquela semana, fomos aos restaurantes mais luxuosos e os de comida simples, mas de paladar incomparável. Fizemos todos os passeios que os turistas fazem e todos os que somente os moradores conhecem. Passamos um dia no Hotel Tropical, que naquela época era o mais visitado e onde os milionários se hospedavam. O rio Amazonas desfilando ao lado do hotel com a voluptuosidade de suas águas. Na praça em volta do hotel, havia as mais luxuosas butiques de todo o mundo e vendedores de comidas típicas. Comi naquela ocasião um beiju de tapioca com coco que me elevou a um patamar de sabor que até me sentei na calçada de tanta felicidade que sentia.

Com o barco deles, fomos visitar alguns igarapés e em plena selva amazônica visitamos alguns indígenas. Um deles vendia cana, comprei um pedaço e me preparava para quando chegar à casa chupar. Para minha surpresa, tentei tirar uma casca de leve e percebi que ela assemelhava-se a uma casca de maçã. Ali mesmo satisfiz o meu desejo, tirando com os dentes a casca e devorando aquela cana doce como nunca tinha saboreado antes.

Comi tudo o que se faz com a fruta cupuaçu. Eles tinham uma fazenda dessa fruta que ficava na divisa com a Venezuela. Numa manhã, partimos cedinho para conhecer aquele lugar. Na volta ao entardecer presenciei o mais lindo pôr do sol de toda a minha vida, dentro da selva amazônica e à beira de um riacho de água límpida e gelada.

Visitamos o Teatro Amazonas, um dos mais importantes e suntuosos do Brasil. Monumental. Para visitar as diversas dependências, calçamos sapatos especiais na entrada.

Como toda mulher que se preza, fazer compras quando se viaja é uma necessidade que nos enche de orgulho. Em cada loja que entrava, ele ordenava ao proprietário que fizesse para mim um desconto de 50%. Levei apenas uma mala e trouxe mais três de minhas compras e presentes que ganhei. Quando visitamos o mercado público, ele comprou uma manta de Pirarucu, fiquei por mais de três meses comendo esse peixe. Também trouxe frutas típicas e outros presentes valiosos.

Portanto, tudo aquilo que você imagina que perdeu hoje, por qualquer motivo alheio à sua vontade, amanhã poderá se tornar realidade, basta apenas que você não se esqueça de que colocou o seu sonho em algum lugar de sua mente.

De vez em quando, relaxe e faça um passeio vasculhando a sua mente e procure esquecer o que não mais importa, tendo consciência de que, como afirma Freud: "esquecer não é fazer desaparecer".

Elilde Browning

A SAÚDE ACIMA DO PRAZER

Um dos grandes privilégios do ser humano é ter saúde, todavia, isso só se tornará realidade se cuidarmos de alguns fatores importantes para nos manter saudáveis.

São incontáveis os prazeres que a vida nos oferece, entretanto, em qualquer situação, devemos em primeiro lugar pensar na saúde. Sem ela a vida torna-se desagradável e sem motivação. O controle de nossa mente é importante para se ter o equilíbrio entre o prazer e uma vida saudável. O difícil é ter consciência de algo que pode comprometer o nosso bem-estar físico numa situação de desconforto quando o "prazer" grita mais alto nos deixando sem condições de reagir.

Há pessoas que nunca ficam doentes, outras muito raramente e algumas delas nascem doentes. Cada indivíduo tem as suas próprias condições físicas e mentais. O que é agradável para um nem sempre será para outro. As reações divergem no sentir e como encarar os grandes tormentos que a vida nos oferece a cada dia.

Todo exagero é prejudicial à nossa saúde. Podemos e devemos usufruir de muitas coisas e ter sempre pautadas em nosso viver normas de conduta que nos levem a uma perfeita noção do que pode nos fazer bem ou não.

Ainda, quando jovens o nosso organismo não reclama, com frequência, quando ultrapassamos os limites de qualquer prazer. Os problemas começam a surgir quando vamos atingindo a maturidade. Ninguém quer chegar a essa fase com indisposições de não ter a capacidade de viver uma vida plena e feliz. O corpo desgastado de tantas intempéries se ressente e descobrimos ser muito tarde para um conserto seguro.

Tudo está centrado nos excessos que cometemos dia após dia sem nos dar conta dos prejuízos que poderão advir em futuro próximo. Há uma divulgação constante na mídia sobre os cuidados que devemos ter para manter uma saúde perfeita, todavia, alguns prazeres nos deixam indiferentes a esses apelos.

Sempre temos novidades sobre como viver bem e ter saúde: é importante observar esses detalhes. A ciência está sempre atenta em novas descobertas para tornar a nossa vida melhor e mais saudável.

Todas as atividades físicas devem estar dentro dos parâmetros que o nosso corpo consegue suportar para não se chegar a uma exaustão desnecessária.

Um dos maiores prazeres desta vida é alimentar-se. Todavia, quando cometemos excessos, a obesidade surge, causando alguns males e provocando doenças das mais diversas. Fumar e usar drogas, segundo seus usuários, é um prazer que está além do nosso pensar. O álcool é outro causador de transtornos àqueles que extrapolam nas doses. Às vezes é difícil ter um controle, porque ele nos dá prazer. Ficamos nos sentindo fora da realidade e numa situação confortável de bem-estar. É nesse momento que o perigo se avizinha colocando em risco a nossa saúde.

Quero concluir afirmando que em todos os momentos de nossa vida devemos colocar a saúde acima do prazer para sermos plenamente felizes. Devemos nos amar apaixonadamente e ficar sempre alerta com os falsos prazeres que podem contribuir para diversos tipos de doenças. Cuide-se!

Elilde Browning

BOM HUMOR:
UM BEM-ESTAR CONTAGIANTE

Como seria a vida se em alguns momentos não tivéssemos bom humor? Ter senso de humor em determinadas ocasiões, ou em situações surpreendentes, nos dá um bem-estar incrível e pode ser um privilégio para todos, se assim quiserem. Esse estado de espírito tem uma amplitude bem maior do que imaginamos e envolve aspectos sociais, físicos, emocionais e psicológicos do indivíduo.

Estar ao lado de alguém jovial e de bem com a vida torna o nosso viver mais prazeroso. Um sorriso espontâneo, num momento certo, sempre encanta a nossa alma e nos deixa com nuances de felicidade.

Encarar as dificuldades da vida com otimismo é uma forma de recuperar o bom humor, mesmo porque, em todas as situações, há sempre uma saída. Muitos de nós, por vezes, sofremos na antecipação dos fatos e isso nos leva a um comportamento emocional direcionado à nossa imaginação, e não aos acontecimentos em si.

Como somos seres providos de sentimentos, por vezes, as emoções solapam o nosso bem-estar, deixando-nos à mercê de alguns inconvenientes, que a vida, ocasionalmente, nos oferece. Não é possível ser feliz todo o tempo, mas conservar o bom humor torna tudo mais fácil. É preciso sempre deixar que a chama do nosso interior continue brilhando mesmo com menor intensidade.

A nossa saúde se beneficia quando estamos bem-humorados. Tudo em nosso corpo e em nossa mente adquire um equilíbrio perfeito. Se o bom humor traz às pessoas ao nosso redor momentos felizes e hilários, traz para nós um estado de ânimo inigualável.

É preciso observar que para sermos bem-humorados dependemos de alguns fatores primordiais que envolvem dois hormônios: serotonina e endorfina.

"A Serotonina, também conhecida como o hormônio do prazer, é um neurotransmissor que atua no cérebro e estabelece a comunicação entre os neurônios (células nervosas). Essa substância regula o sono, o humor, o apetite, o ritmo cardíaco, a temperatura corporal, entre outras funções biológicas." Enquanto a endorfina nos proporciona alto astral e também estímulos sexuais.

Para que tenhamos tudo isso à nossa disposição, faz-se necessário algumas providências para aumentar a produção desses hormônios: ter uma alimentação balanceada, praticar exercícios, ouvir música, tomar sol e outras atitudes capazes de inibir o cortisol, que é o hormônio do estresse.

Ainda, para estarmos de bem com a vida, urge que tenhamos um trabalho que nos dê prazer, uma família unida, saúde, amigos sinceros, alguns sonhos realizados e outros na expectativa de realização. Desse modo a alegria de viver convive ao nosso lado e nos deixa com uma rotina de felicidade e esperança. Parece que tudo isso é uma situação mágica, mas não é. Você é responsável pela sua vida. Faça-a nos seus moldes e no seu querer, respeitando e compreendendo sempre a forma de ser dos demais.

Paulo Mendes Campos, autor da crônica "Para Maria da Graça", escreveu: "Toda pessoa deve ter três caixas para guardar humor: uma caixa grande para o humor que a gente gasta na rua com os outros; uma caixa média para o humor que a gente precisa ter quando está sozinha, para perdoar e rir de si mesma; e, por fim, uma caixinha preciosa, muito escondida para as grandes ocasiões. Eu chamo de grandes ocasiões os momentos nos quais a gente sofre a tentação de achar que fracassou ou triunfou. Muito cuidado com as grandes ocasiões".

Finalmente, direi: ainda precisamos ter sempre uma caixa transbordante de humor para uma convivência com a pessoa amada, porque segundo o nosso escritor Jorge Amado: "Viver não é fácil, conviver é dificílimo". Cultive o bom humor e torne a vida mais interessante e prazerosa. Tente!

Elilde Browning

MINHAS RAÍZES

Estava diante daquela plateia no auditório da Câmara dos Vereadores da cidade de Itabuna, Bahia, a convite da nobre vereadora Charliane Sousa, para apresentar aos meus conterrâneos os meus livros *E assim foi a vida* e *Crônicas de um tempo infinito* quando, distraidamente, o meu pensamento reviveu os momentos que antecederam esse encontro. Olhava as pessoas e tinha a certeza de que poucos tinham a minha idade. Portanto, tinha uma grande missão para relatar o que vi e vivi em todos esses anos de minha ausência dessa cidade.

Depois de 61 anos, voltei à minha cidade natal, Itabuna, Bahia. Quando o avião sobrevoou aquele lugar, o meu coração disparou num misto de alegria, surpresa, curiosidade e contentamento.

No aeroporto havia um cartaz: Sede bem-vindos a Ilhéus, terra de Jorge Amado. O meu coração saiu do ritmo normal elevando o meu pensar para os grandes momentos vividos no passado. As lembranças que ficaram alojadas no subconsciente nos dão o privilégio de sentir de forma real o que vivenciamos como se elas nunca tivessem morrido.

Percebi que a cidade de Ilhéus, em sua formosura ímpar, teve notáveis avanços. Uma ponte ligando o continente à ilha onde há o aeroporto fez daquele lugar um paraíso de milionários com suntuosos edifícios e vista para o mar. Nesse dia, o oceano estava calmo e pude me lembrar da entrada de grandes navios que levariam o cacau de nossa região para o mundo. Havia sempre a necessidade de um técnico, para verificar as condições, naquela entrada perigosa. Hoje o porto de Ilhéus se mudou para a Praia do Malhado, onde o mar é aberto, e sem oferecer problemas aos navios de grande porte.

Na adolescência morei na Praia do Malhado: um pé dentro de casa e outro na areia nos dava a certeza de que o mar era a nossa varanda. Foi um privilégio viver naquele lugar, quando os meus sonhos estavam nascendo e, diante daquela imensidão de água, sabia que ali ou em outro lugar eles se tornariam realidade. Quantas lembranças afloraram à minha alma! Naquele momento, ao rever esse espetáculo da natureza, senti uma saudade imensa dos meus tempos idos e, agora, a certeza de ter realizado aqueles sonhos e todos os que eu nem imaginava que pudessem se tornar realidade.

A ilha no meio do oceano continua no mesmo lugar. É como se o tempo não tivesse passado e ela, ali, esperando para me rever e me dar as boas-vindas de um retorno feliz.

A cidade se elevou numa posição vertical. Talvez para se descortinar em maiores dimensões um mar sem igual. Em minhas viagens pelo mundo, vi muitos oceanos, todavia, aquele de nossa adolescência é o mais belo, mais azul e o mais poderoso. Tive o privilégio de morar perto do mar durante quase toda a minha vida e sempre me recordava dos meus dias em Ilhéus.

Andando pelo centro da cidade, tive um encontro com Jorge Amado, ali sentadinho, em frente ao restaurante Vesúvio, tão antigo como a cidade nos seus primórdios. Abracei-o, beijei-o e senti-o vivo em minha memória e em meu coração. Adiante a casa que o abrigou continua a receber, carinhosamente, os visitantes do mundo inteiro.

As comidas do restaurante mantêm o sabor incomparável. Aquela que somente a baiana sabe fazer: temperada, apimentada e um deleite para os olhos e um gosto para o paladar. O azeite de dendê dá um colorido incomum aos pratos típicos. Tudo servido com maestria e capricho para nos deixar alimentados e felizes.

A igreja ao lado foi uma construção concluída após a minha saída da cidade. Ela reina imponente com o mar batendo ao seu redor. A minha escola nas proximidades lembrou-me, certa vez, de uma pergunta que a professora Aída Fogueira nos fez: "O que é praia?". Ficamos atônitos olhando para fora vendo o mar e a praia sem saber a resposta. Depois de algum tempo, ela falou: "Praia é uma porção de areia banhada pelo mar". Hoje, eu diria que praia é um aconchego do mar com a areia numa simbiose perfeita de felicidade.

A estrada entre Ilhéus e Itabuna sofreu alguns ajustes. O rio Cachoeira, que vem de Itabuna, escorrega-se por entre pedras e no encontro como rio Almada vão em direção ao mar. Vi no caminho uma universidade, mostrando que o conhecimento chegou àquele lugar, propiciando aos estudantes um descortinar de novas oportunidades.

Surpreendi-me com o suco de cacau, que na minha época não existia. Por quê? Perguntei a um conterrâneo: "Descobrimos que o cacau além de tudo nos dá esse suco gostoso e cheio de fibras. Basta acrescentar um pouquinho de açúcar e eis aí mais uma descoberta da criatividade dos baianos".

O meu coração pulava à proporção que nos aproximávamos de Itabuna. A minha mente rodopiava numa ansiedade própria de quem vai rever o seu lugar de nascimento depois de tantos anos.

À entrada da cidade, me surpreendi com um comércio variado: lojas, supermercados etc. Quando me aproximava do centro, identifiquei algumas ruas. Muitos prédios e casas diferentes. Ao chegar ao jardim no centro, relembrei que era ali, naquele lugar, onde caminhava, diariamente, do centro da cidade para a minha casa, que fica nas imediações. Ao lado o posto de saúde continua do mesmo jeito. A feira à esquerda diminuiu de tamanho, mas a venda de produtos aguça o nosso olhar para a variedade de frutas, legumes e outras iguarias típicas da região.

A Avenida Cinquentenário corta a cidade por inteiro. É a principal da cidade. Ao seu redor, vislumbrei outras praças com o coração saudoso de tantos momentos que vivenciei, namorei e fizemos juras de amor.

Revi o antigo prédio da Prefeitura onde trabalhei por algum tempo. Continua com a mesma pintura. A impressão que tive é que o tempo parou, naquele lugar, para me dar a certeza das lembranças que não se apagaram.

Visitei a minha primeira escola: "Lucia Oliveira". Continua do mesmo jeito e agora abriga uma creche e as dependências do curso ginasial onde fui aluna da primeira turma.

A primeira Igreja Batista onde recebi lições que pautaram o meu viver dentro da confiança inabalável em Deus. Tinha a certeza de que os meus dias seriam seguidos com a proteção do Criador em qualquer lugar que estivesse e com quem. Caminhei confiante pela vida e certa de que alcançaria realizar todos os meus sonhos.

E o rio Cachoeira? Meu Deus! O meu corpo arrepiou e identifiquei o lugar exato onde, ainda criança, lavava roupa com a minha mãe. Hoje ele corre mansinho e sem as pedras que deram origem ao seu nome. O represamento feito foi, talvez, para esconder que assim como a vida encontramos muitas pedras pelo caminho e nunca devemos nos preocupar com elas. O importante é transpô-las e seguir em frente.

Na ponte velha, a mais antiga da cidade, que dava acesso ao bairro da Conceição, agora transitam apenas pedestres. Ela ficou cansada e frágil para suportar peso e também porque a sua missão já se cumprira. Outras foram construídas para atender a uma grande população que cresceu do outro lado do rio. Toda aquela enorme área hoje abriga mansões, comércio e até um shopping nos moldes das grandes cidades. Foi fantástico rever esse lugar e deixar que a minha mente voltasse ao passado e visualizasse aquela área onde a vegetação era a dona absoluta de tudo.

O progresso chegou. Os habitantes aumentaram e faziam-se necessárias essas transformações para ser possível abrigar os novos itabunenses.

Visitei o cemitério e a Santa Casa, que ficavam unidos apenas no espaço de uma rua. Esta diminuiu para dar lugar a novas construções de ambos.

O grande momento foi visitar a casa onde nasci. Agora já não é mais a mesma. Foi trocada de proprietários e o último construiu um imponente prédio de dois andares. Dentro dos meus olhos e em minha mente, vi aquela que me trouxe ao mundo, há oitenta anos, bem como o meu único filho.

Detive-me à sua frente e revivi cada detalhe de todos os anos que permaneci ali, até a minha saída para enfrentar o mundo em lugares bem distantes. A emoção subiu ao patamar mais alto do meu pensar. Senti saudades, também, de toda a família, e hoje todos estão dispersos pelo mundo, nos Estados Unidos e na Europa. Poucos continuam no Brasil. Havia uma cisterna próxima onde tirávamos água para as nossas necessidades. Logo ao amanhecer, descíamos aquela ladeira e voltávamos carregando na cabeça uma vasilha com pouco mais de 20 litros. Éramos felizes. Não conhecíamos ainda o mundo e tudo de bom e ruim que existe. O sol desmaiava atrás da Santa Casa e sempre nos avisava que voltaria no dia seguinte em outra posição. As noites de luar eram simplesmente fantásticas. Havia pouca iluminação nas casas e nas ruas e ela brilhava, imponente, derramando todo o esplendor sobre nós.

Naquele movimento de pessoas estranhas na rua, alguns moradores abriram as portas de suas casas para verem o que estava acontecendo. Surpresa absoluta: encontrei pessoas que ainda moram nas mesmas casas. Foram momentos de muito contentamento. Abraçamo-nos e choramos ao relembrar aqueles velhos tempos. Logo adiante encontrei outros moradores antigos. A saudade apareceu me avisando que muitos já se foram deste mundo. Todos nascemos um dia e todos morremos também. Tive o privilégio de rever aquele lugar onde a minha vida começou e a oportunidade de agradecer a Deus de ter voltado àquele chão que me trouxe ao mundo.

Notei algumas casas fechadas e desfiguradas pelo tempo. Os seus habitantes, meus vizinhos, se foram para a morada eterna e seus familiares também. Não restou ninguém que pudesse cuidar daqueles patrimônios. Certamente o tempo irá consumir devagarzinho até que nada mais reste. Nesse instante, lembramos que nesta vida tudo se transforma. Tem começo e fim. Todavia, durante o trajeto dos acontecimentos, devemos viver intensamente, cada segundo, para que um dia tenhamos consciência de que tudo valeu a pena.

Quando me foi dado o direito de falar àquela plateia, contei-lhes toda a minha trajetória pelo mundo, as dificuldades encontradas e as grandes vitórias alcançadas. Apresentei-lhes os meus livros e em alguns momentos enfatizei que o mundo pertence àqueles que sonham, lutam e persistem. A vitória inegavelmente chegará, porque ela caminha ao lado de pessoas especiais para no final da jornada receber os aplausos. O mais importante é que ela sabe a quem seguir. A sua sabedoria é incontestável. E, ainda, a vereadora Charliane mencionou a minha idade e falou que ainda tenho saúde perfeita. Em seguida afirmei: "Quando se tem sonhos e projetos a realizar, a saúde fica de plantão esperando para ser feliz também".

Finalizando as minhas palavras, mostrei-lhes o meu livro *E assim foi a vida*, editado pela Editora Appris, de Curitiba, com a seguinte mensagem: "Descubra neste livro a poderosa força da mente e os meandros para vencer as dificuldades da vida".

E *Crônicas de um tempo infinito*, também editado pela mesma editora, em que afirmei que a essência do ser humano é igual no viver e no sentir, ignorando o lugar, o século, o ano e os dias em que eles aconteceram e, certamente, farão profundas reflexões. Espero que essas crônicas sirvam de exemplos para o seu cotidiano e como um conforto para a sua alma.

Os aplausos que recebi no final me deram a certeza de que a minha luta pela vida não foi em vão e que muitas pessoas poderão se motivar para realizar os seus sonhos.

Fui presenteada com um troféu e uma "Moção de Congratulações" da Câmara de Vereadores da cidade de Itabuna pelos relevantes serviços prestados ao município de Itabuna, retratado, internacionalmente, em minhas obras, sobre a cultura e costumes nos quais se encontra inserida a família Itabunense.

E assim findou a minha viagem a Itabuna trazendo comigo a certeza de que voltarei para reviver outros momentos fantásticos ao lado dos meus queridos conterrâneos, e, também, para fazer o lançamento do meu terceiro livro, que se chamará *Voltando a viver*.

Elilde Browning
Esse artigo foi publicado, também, no jornal Diário da Bahia, em Itabuna, Bahia.

UMA ESCRITORA EMPREENDEDORA

Definir a palavra empreendedorismo como uma "arte de criar, inovar e reinventar algo" faz uma simbiose perfeita com o trabalho do escritor. Tudo que escrevemos, como um artigo, um romance, um conto ou uma crônica, tem situações semelhantes. Investimo-nos de uma suprarrealidade para trazer aos nossos leitores situações dos personagens, como se estivessem vivenciando cada detalhe e cada sentir no tempo preciso dos acontecimentos. E assim são os empreendedores. Eles visualizam as oportunidades e enfrentam desafios para atingir suas metas, e também assumem total responsabilidade de seus atos.

Os escritores numa obra de ficção ou baseada em fatos reais têm poderes absolutos sobre o que escrevem. A imaginação e a criatividade caminham juntas para um resultado perfeito.

O empreendedor cerca-se de detalhes como perfeição, treinam seus funcionários para serem amáveis na valorização de sua clientela, e não se descuidam de pequenos detalhes. É isso que faz a diferença de uma empresa para outra.

Temos pelo mundo afora grandiosos empreendedores, que um dia tiveram um insight de criatividade, e se tornaram famosos pelos seus feitos e proporcionando-nos um mundo melhor. O visionário Walt Disney, que acreditou que foi o ratinho que o motivou (Mickey Mouse) e ainda pensava: "se em algum momento podemos imaginar, também podemos criar e tornar o sonho uma realidade". O Steve Jobs, da Apple. O Bill Gates, que desejava que um dia, em todas as casas, tivesse um computador. Esse sonho é quase uma realidade. Eu, que trabalhei muitos anos com a famosa máquina de escrever, sinto-me confortável de estar escrevendo este artigo com facilidade e precisão absoluta nessa máquina fantástica.

Quantas vezes nos deliciamos com um frango frito em Miami no Kentucky Fry Chicken. Esse homem, que então já contava com 61 anos de idade, começou com um pequeno negócio e distribuía essa iguaria com o lema: "se você gostar encomende, se não gostar, não tem problema". E hoje é uma das maiores empresas dos Estados Unidos. Quando ele certamente usou esse slogan, devia ter em mente que o cliente é de suma importância para qualquer negócio. Essa foi, sem dúvidas, uma atitude positiva para tornar-se um empreendedor bem-sucedido.

Uma família italiana em Michigan tinha uma loja de ferragem. Embora a família fosse unida e seus filhos amassem o seu pai, eles não se sentiam confortáveis para trabalhar naquele comércio. Decidiram, então, alugar uma propriedade em frente e montaram uma pizzaria. Os negócios foram se expandindo pela qualidade e hoje conhecemos a Pizza Hut, uma das mais saborosas da América.

Quem ler o livro de Phil Knight, *The shoe dog*, terá ao seu dispor uma história interessante e criativa. Ele era um estudante da Universidade de Oregon e competia em corridas. Ele não era um dos mais brilhantes corredores, mas tinha em mente um plano visionário que o tornou famoso e rico. Quando concluiu o curso, o seu pai o presenteou com uma viagem pelo mundo, antes dele começar a trabalhar, e quando esteve no Japão foi conhecer a fábrica de tênis Tiger, que ele usava para correr. Ao chegar àquele lugar, decidiu encomendar alguns pares desse tênis, inventou o nome de uma empresa como Blue Ribbon, que dizia ter nos Estados Unidos, pagou 50 dólares pela compra e continuou a sua viagem pelo mundo. Ao voltar para casa, encontrou os tênis que comprara. Ele foi o criador e dono da "Nike". E muitos outros pelo mundo nos deram exemplos fantásticos de empreendedorismo.

É interessante notar que todo empreendedor está disposto a correr riscos, que para eles isso é uma situação normal, porque faz parte das estratégias dos negócios. Também há determinadas normas que eles consideram importantes: fazer sempre o melhor trabalho em qualquer situação. Aliás, esse deveria ser sempre um fator primordial em todos os trabalhos que executamos. Não importa o tipo de atividade que tenhamos. Primar pela perfeição, além de nos deixar felizes, contribuímos para que tenhamos sucesso e prosperidade e, também, uma atitude positiva.

No meu livro *Voltando a viver*, há um conto de duas mulheres que, abandonadas pelos maridos, decidem se soerguer e começar um empreendimento de sucesso. Começaram com um pequeno negócio de torta de maçã irlandesa, que costumeiramente faziam para suas famílias. Aos poucos foram abrindo franquias e, de repente, esse empreendimento se tornou um sucesso absoluto. Um fator importante para prosperar num negócio é acreditar e fazer sempre o melhor, e disso elas tinham consciência.

Naquela tarde de domingo, com o sol desmaiando no horizonte e ouvindo o Bolero de Ravel, decidi escrever *E assim foi a vida*, depois de 54 anos de ter escrito *A menina e a cidade*, cujos originais perdi quando vim morar em São Paulo. *E assim foi a vida*: foi a minha primeira obra a ser editada e publicada pela Editora Appris, de Curitiba. Como alcançou sucesso absoluto de vendas, foi traduzido para o inglês, com o nome *Paths of life*, e já está em oitenta países. Naquele dia, quando entrei na Livraria Books and Books em Miami para fazer o lançamento desse livro, parei um pouco na porta de entrada, e fiz passar um filme em minha mente desde aquela noite, com apenas 11 anos de idade, quando, após trabalhar todo o dia e não ter nada para comer, fui dormir faminta. Naquele desespero pensei: "Nascer pobre independe de nossa vontade, permanecer pobre é uma opção de cada um". Decidi nunca mais passar fome mesmo que tivesse que trabalhar dia e noite.

E assim foi a vida é a história de Lenira, menina pobre nascida no interior da Bahia na cidade de Itabuna e que aos 11 anos de idade assumiu a incumbência de cuidar de doze irmãos. Ao ser abandonada pelo marido, com alguns meses de casada e grávida, decidiu ir à luta com determinação, coragem e venceu todos os desafios. Em determinado momento, proclama: "Realizei todos os meus sonhos, inclusive aqueles que nem me era dado o direito de sonhar". A sinopse conclui: "Descubra neste livro a poderosa força da mente e os meandros para vencer as dificuldades da vida".

No meu livro *Crônicas de um tempo infinito*, há 14 crônicas sobre o viver em seus mais amplos aspectos. São histórias reais, vivenciadas por todos nós, pautadas nos sucessos, encontros, desencontros, amores, desamores, frustrações, conflitos e tudo mais que envolve a vida.

Durante a vida, tive cinco profissões com direito a diplomas e muitas outras atividades: secretária executiva de empresas e universidades, professora de língua portuguesa e inglesa e depois dos 60 anos de idade: esteticista, trabalhos em mosaicos e escritora. Trabalhei durante quinze anos criando e executando trabalhos com pastilhas de vidro. Muitos dos meus trabalhos estão espalhados pelo mundo. Nos últimos três anos, dedico-me apenas a escrever romance, crônicas, contos e artigos para jornais.

Todas essas informações sobre as minhas obras têm a finalidade de ressaltar como estou empreendendo, para tornar conhecidos os meus livros pelo mundo. A minha meta é vender, nos próximos anos, muitos exemplares pelas características universais nelas contidas.

Decidi escrever artigos para os jornais da minha região, Ubatuba e Caraguatatuba, sobre os mais diversos assuntos e publicá-los, também, nas redes sociais.

A revista *Absollut*, da minha amiga Benny Lima, de São José dos Campos, também documentou o evento na Livraria Books and Books de Miami no lançamento em inglês do meu livro *Paths of life*.

O mais emocionante de todos realizei na Universidade do Vale do Paraíba (Univap), em maio de 2018, quando tive a oportunidade de vivenciar a minha vida profissional e acadêmica, que começou em 1966, na cidade de São José dos Campos, São Paulo. O meu coração se comportou de maneira satisfatória.

Cada leitor, quem recebe um livro autografado, tem uma sacola personalizada com as fotos das obras nos dois lados. São esses detalhes que fazem a diferença da perfeição.

Empreendedorismo é ter uma visão ampla do que queremos construir e vivenciar cada detalhe, antes mesmo deles acontecerem. Assim é o escritor, que já tem todo o enredo de suas obras em mente e, ao começar as histórias, vai desenrolando as tramas com maestria e criatividade. São situações comuns de pessoas diferenciadas.

A vida é fantástica. Vale a pena viver!

Elilde Browning

NÃO PARE DE VIVER

Independentemente de tudo o que nos aconteça, a vida deve prosseguir. Durante a existência, encontraremos, em nossa estrada, muitos desafios e, por vezes, situações difíceis de superar. Quantas vezes caminhamos entre dois abismos, o que, num pequeno descuido, pode nos levar a perigos sem chance de retorno! É nesses momentos que devemos ser cuidadosos e ter uma atenção redobrada.

O mundo não nos poupa quando agimos de maneira inconsequente. Estar vigilante com tudo que acontece ao nosso redor é uma opção que nos ajudará a ter consciência do que queremos para não sermos vítimas de mentes com alto poder de convencimento, que poderão nos induzir a seguir por um caminho que se afasta da nossa forma de ser e agir.

A nossa mente é responsável por todos os acontecimentos de nossa vida. Alguém já afirmou: *Somos o que pensamos*. Portanto, cultivar bons pensamentos é uma necessidade para se ter uma vida profícua e feliz mesmo que as dificuldades teimem em não se afastar do nosso cotidiano.

Vivemos em um mundo onde somos influenciados por incertezas, desânimo, pobreza, fome, preconceitos, desigualdade social e insensibilidade dos poderosos. Também a natureza, por vezes, nos surpreende causando-nos contratempos e aflições. E, como se não bastasse tudo isso, surge inesperadamente o coronavírus ou Covid-19, em todos os lugares do mundo causando terror à humanidade. Em meio a essas turbulências, manter o equilíbrio é um desafio constante.

Enquanto estivermos vivos, devemos buscar meios de superar tudo o que nos cerca com coragem e determinação, porque cada dia não vivido não se recupera. O tempo não volta atrás. Há, também, outro lado do viver que nos proporciona muitos prazeres e estes devem ser degustados e vivenciados em cada momento. E, ainda, os cuidados com a saúde que devem ser observados, com atenção, para se usufruir de um bem-estar constante.

Cada um tem a sua própria vida, seus gostos, seus desejos, suas ambições e propósitos a serem alcançados. O importante é desfrutar de tudo, em seus mínimos detalhes, e em profundidade, para uma vida plena e feliz.

E a despeito de todas as adversidades, se recebemos a bênção de estarmos vivos, temos o dever de continuar a viver, cada dia, com gratidão e intensidade.

Elilde Browning

AS FORÇAS QUE NOS MOVEM

Muitas são as forças que nos movem. No meu livro *Crônicas de um tempo infinito*, às páginas 282 a 290, escrevi sobre "As forças do mundo: a natureza, o poder, o dinheiro e o sexo". Agora, gostaria de refletir sobre outras forças que nos impulsionam na luta pela vida.

Ainda no começo da adolescência e sentindo os grandes problemas de uma pobreza absoluta, pensei: "Nascer pobre independe de nossa vontade, permanecer pobre é uma opção de cada um". Revesti-me de coragem e determinação para mudar aquela situação tão incômoda. Tinha uma ligeira ideia de que a jornada não seria fácil, como não foi na realidade, mas nada me faria desistir. Após décadas, concluí que todo o esforço valeu a pena.

Quando temos um alvo a alcançar, nos revestimos de uma força poderosa e enfrentamos todas as dificuldades que se atrevem a cruzar o nosso caminho.

Todos têm sonhos e metas no decorrer de sua existência. Todavia, para que eles se realizem, será necessário um caminhar seguro e uma mente que não vacile em nenhum momento. Por vezes, será preciso vislumbrar esses sonhos de forma real e vivenciá-los mesmo antes deles acontecerem. Materializá-los é uma forma da certeza que os alcançaremos.

A força que nos impulsiona na busca da felicidade, e para se atingir o que queremos precisamos:

Cuidar da saúde com a prática de exercícios, alimentação sadia, equilíbrio emocional e um pensar otimista.

Enfrentar longos anos de estudos e algumas intempéries e obstáculos para ser um profissional bem-sucedido. Às vezes trabalhamos e estudamos, simultaneamente, numa jornada cansativa. A força do querer está num plano superior e, por vezes, não nos detemos nessas situações enfrentadas, diariamente.

Ter um trabalho dos nossos anseios, e para nos sentir realizados há uma longa caminhada e muito esforço pela vida afora.

Conquistar amigos leais e sinceros e saber que uma amizade leva tempo para se concretizar e que deve sempre haver confiança mútua.

De uma família bem-estruturada onde haja amor, planejamento, um parceiro cúmplice, e, diariamente, ter coragem para enfrentar os problemas que surgirem.

A vida não é fácil para ninguém, todavia se munidos de uma força interior inabalável conseguiremos os nossos objetivos.

A vida é luta e em cada etapa vencida novas lutas surgirão. O ser humano nunca estará contente com as suas conquistas. Estas, a meu ver, são fatores positivos de sobrevivência. Sempre queremos realizar algo novo, e quanto mais desafiadores forem esses objetivos, mais força e coragem teremos.

Ainda contamos com as experiências adquiridas ao longo dos anos. Elas são de suma importância para nos dar respaldo de como deveremos agir.

Outro fator importante é o instinto. Este se esconde em um compartimento qualquer da nossa mente e só nos damos conta de sua existência quando nos surpreendemos numa situação acontecida. Ele age de forma automática e sem planejamento.

A força do pensar é uma das mais poderosas de que dispomos, portanto, pense, decida, e realize todos os seus sonhos e desejos para alcançar a felicidade.

Elilde Browning

COMO SER FELIZ, TAMBÉM, APÓS OS 60 ANOS DE IDADE

Este artigo tem o objetivo de encorajar as pessoas que já passaram dos 60 anos de que a vida não acaba nessa idade. Muitas pessoas têm preconceitos com a velhice. Quem não morrer cedo ficará idoso. Precisamos reagir e passar a viver em nossos termos. Fazer exercício de pilates, caminhadas e outros é importante para que tenhamos equilíbrio, força muscular, dentre outros benefícios. Amar-se sem se preocupar com as rugas que, inevitavelmente, surgirão, nem com os cabelos brancos, que é uma transformação natural. Alimentar-se de forma saudável, e também sonhar. Refletir sobre a vida passada e pensar em tantas coisas que poderíamos ter feito, que em virtude das atribuições laborais e das obrigações com a família não tínhamos tempo. Agora chegou o momento de reviver e realizar esses sonhos.

Escrevi o meu primeiro livro aos 23 anos e perdi numa mudança para São Paulo. Esperei 54 anos para voltar a escrever. Valeu a pena. Aos 77 anos, escrevi *E assim foi a vida*, no ano seguinte *Crônicas de um tempo infinito* e *Voltando a viver*. Recentemente enviei para a editora o meu quarto livro, *Memórias inapagáveis*, baseado na vida de um grande amigo. Ainda, sou articulista do jornal *Noroeste News*, de Caraguatatuba, e da revista *Empresários*, que circula em 190 países. Aos 83 anos, estou escrevendo *As incógnitas da vida* (nascer, viver, sobreviver e morrer). Confesso que a cada dia sinto muita energia, entusiasmo e criatividade para escrever. As mensagens de otimismo contidas em minhas obras fazem as pessoas refletirem sobre o viver e isso me deixa feliz e motivada para continuar nesse labor.

Descubra as suas habilidades e comece, hoje, a pôr em prática. Essa atitude vai prolongar a sua vida e fazê-lo(la) feliz. Corrija a postura todas as vezes que sentir que o seu corpo se inclina para a frente. Faça um check-up pelo menos a cada dois anos e siga as orientações dos seus médicos. Assim, qualquer problema de saúde ficará sob controle.

A solidão é necessária em alguns momentos, mas nunca faça dela uma situação permanente. Há sempre, em algum lugar, alguém disponível para conversar, ou mesmo para um relacionamento amoroso ou de amizade. Busque na sua comunidade um trabalho voluntário que vise ajudar pessoas. Essa atitude nos fará pessoas úteis e felizes.

Essa fase da vida é muito importante, porque temos todo o tempo à nossa disposição. Fazemos tudo que nos convém em horários que determinamos. Usufruímos de todos os prazeres da vida com um sabor inigualável pelas experiências que tivemos ao longo do viver.

No meu livro *Voltando a viver*, o conto de número 4, com o título "Elisabete Ribeiro: o recomeço de uma vida aos 60 anos de idade", foi baseado em uma história real. Ela foi abandonada pela família e como era artista plástica passava todo o seu tempo pintando aquarelas. Um dia as suas obras foram vistas por um marchand de origem francesa e a sua vida tomou um rumo imprevisível e cheio de emoção. São surpresas que a vida nos reserva quando imaginamos que tudo está perdido.

Continuar amando a nossa família é importante, todavia, não devemos viver dando palpites do que achamos certo ou errado. Todos devem aprender com suas próprias experiências. Ter o seu próprio lugar, mesmo que seja simples, é de suma importância para sermos independentes.

Cultive em sua mente pensamentos positivos e esse comportamento se refletirá em sua saúde, bem-estar e num alto astral de felicidade.

Ler e viajar contribui para ampliar a nossa visão do mundo. Quando se lê um livro, vivenciamos as emoções dos personagens e passamos a refletir sobre os questionamentos da narrativa. Viajar amplia os nossos horizontes com novas culturas e sabores de comidas diferentes. Jamais seremos os mesmos depois de uma viagem. Investir em conhecimento é o melhor caminho para compreender melhor as pessoas e o mundo que nos cerca. Nunca é tarde para aprender e usufruir de tudo que a vida nos proporciona, mesmo depois dos 60 anos de idade. Há muitos prazeres que ainda podemos sentir em sua grandeza máxima. O mundo é lindo. A vida é bela. Aproveitemos.

Elilde Browning

RENASCER É UMA ATITUDE CORAJOSA

Ter uma vida sem motivação é algo terrível. Há seres humanos que apenas respiram e têm um caminhar entre névoas que, por vezes, nem percebem. Eles não se conscientizam que poderão viver grandes emoções e tornar a vida um privilégio. Muitas vezes as escolhas que fazemos nem sempre nos levam à felicidade. Em alguns casos, elas surgem fantasiadas de um colorido falso que empana o nosso olhar, nos privando de um entendimento real. E sem que percebamos somos envolvidos com amarras poderosas que vão acontecendo, devagarzinho, criando situações desconfortáveis. Se, em algum momento, tivermos consciência disso, teremos meio caminho andado para nos livrar desse pesadelo.

A caminhada não é fácil e os empecilhos encontrados podem nos fazer desistir de continuar na luta. Para ser possível enxergar o que se esconde por detrás da névoa, é preciso ter coragem e imaginação. Nesse momento podemos povoar a nossa mente de sonhos e visualizar um cenário diferente. Já foi dito que tudo é possível ao que crê. Imbuir-se de fé e perseverança são situações prevalentes que nos ajudam a vislumbrar o que está por vir.

Todos os grandes líderes bons ou maus da história da humanidade foram convincentes em seus slogans e atitudes e assim tiveram seguidores fiéis. Em diversas situações da vida, vamos, diariamente, assimilando as ideias que nos são incutidas e em determinado momento estamos à mercê delas sem nos darmos conta. É difícil perceber esses acontecimentos no cotidiano, porque eles têm disfarces imperceptíveis.

As piores coisas que podem acontecer a um indivíduo são a perda de sua identidade e a incapacidade para decidir e comandar a sua vida em seus próprios termos. Esses fatos podem acontecer no âmbito familiar, religioso, afetivo ou profissional. A vida sem o privilégio de sermos nós mesmos em todas as nuances do viver é deveras humilhante.

Os conflitos que surgem em algum momento da vida acontecem, exatamente, pela conscientização dos indivíduos que começam a descobrir que estão sendo manipulados. As reações nem sempre são as mais prazerosas. Em casos extremos, pode acontecer violência física ou moral.

Todos estamos sujeitos a esses impasses, mesmo se formos inteligentes e vividos. As emoções que por vezes desfrutamos são tão fortes e poderosas que nos sentimos envolvidos num emaranhado de situações que nos deixam sem forças para reagir. É nesse momento que a coragem pede licença para interferir no proceder e, assim, nos ajuda a renascer para uma nova vida.

Quando sentimos que o sol voltou a brilhar, a sensação de liberdade é infinita e o desejo que se tem para palmilhar numa nova estrada é algo tão sensacional que eleva a mente a um poderio sem precedente e, ainda, acalma o coração, que volta ao compasso normal.

Elilde Browning

FESTAS JUNINAS

Chegamos a San Juan em Porto Rico numa tarde de verão. O nosso barco, Elan, foi ancorado numa marina próximo ao centro da cidade. O sol desmaiando no horizonte nos ensejava a sair para conhecer aquela cidade do Caribe e jantar num restaurante ao som de músicas caribenhas. A nossa surpresa aconteceu tão logo na entrada da avenida principal. Ouvíamos sons pelas ruas, bandeirinhas penduradas no alto das casas e prédios iguais àquelas que vemos no Nordeste do Brasil. Fogueiras e muita comida espalhada por todo lado. Olhei para o meu marido e falei: "Estou me sentindo numa cidade do Brasil". Perguntou ele: "Por quê?". É lá que festas desse tipo acontecem em comemoração ao Dia de São João. Era 24 de junho.

Abordamos um casal e perguntamos: "? Qué se conmemora aquí hoy?". A festa de São João. "Él es nuestro patrono". Envolvemo-nos naquele ambiente festivo, comemos, dançamos e nos divertimos até o amanhecer. Vimos, também, muitas pessoas se jogando no mar de costas algumas vezes e diante do nosso olhar curioso alguém nos convidou a fazer o mesmo, para nos livrar da má sorte. Cada povo tem as suas crendices!!!!!

Voltei o meu pensar à minha cidadezinha do interior da Bahia e as lembranças povoaram a minha mente e com muita saudade revivi os tempos idos de minha infância e adolescência em que na noite de 24 de junho, em cada casa, havia uma fogueira montada e muita comida. Se à frente da casa houvesse aquele fogaréu ardendo, podia-se entrar naquele lugar e servir-se de todas as iguarias à nossa disposição. Não se pedia licença para adentrar. Apenas cumprimentávamos os donos da vivenda e nos dirigíamos à mesa e podíamos nos servir de todas as guloseimas típicas do evento: canjica, milho cozido e assado, arroz doce, paçoca, cuscuz doce e salgado, amendoim cozido, pé de moleque, bolos de diversos tipos e o licor de jenipapo. Havia sempre outros tipos de bebidas, mas este tem um sabor inconfundível.

As dimensões do Brasil são tão grandes que nos damos ao luxo de ter um manancial de frutas diferentes em cada região. O jenipapo é uma fruta de cor amarronzada e que quando madura pode ser comida ao natural, com açúcar para diminuir a acidez ou fazer um licor de sabor incomparável.

Enquanto no Hemisfério Norte no mês de junho é verão, aqui é inverno. Portanto, as comemorações de São João com todo o calor das fogueiras e a hospitalidade do nosso povo fazem essa festa única no mundo: as pessoas caminham pelas ruas, param diante dos fogaréus em frente às casas e saboreiam de tudo o que lhes é oferecido. Acompanhar um milho assando, envolto em sua palha, é uma espera de prazer inconfundível. As músicas animam as pessoas tornando a atmosfera das ruas alegre e festiva. Quem não se lembra dessa música: "Olha pro céu, meu amor, vê como ele está lindo, olha pra aquele balão multicor que lá no céu vai subindo..." e de muitas outras de autores brasileiros?

A origem dos festejos da festa junina tem suas raízes no continente europeu, quando, por ocasião das colheitas no verão, eles celebravam com festas e muita animação aquele evento. Outros povos em diversos lugares do mundo também comemoram essa data. No Canadá comem-se todas as guloseimas com o sabor de Maple Syrup, que é uma calda extraída de uma planta daquele continente. É um mel delicioso com altas propriedades nutritivas. Lá eles servem panquecas e deliciosos pães umedecidos com esse melado, além de outras iguarias típicas para celebrar o evento.

No Peru também a celebração do dia de São João é uma festa pomposa e cheia de comidas típicas à base de mandioca. Os licores em diversos sabores desafiam o nosso paladar na disputa do melhor.

Em Portugal, principalmente nas cidades de Porto e Braga, os festejos do São João são comemorados com muita festa e alegria. Foram os portugueses que introduziram no Brasil esse evento.

No Nordeste, e em especial na cidade de Caruaru, em Pernambuco, já é uma tradição essas comemorações com danças típicas em grupos que são denominadas de quadrilhas. Dezenas de dançarinos seguem uma coreografia com um narrador recitando versos e frases populares. É um espetáculo belíssimo! Cantores famosos ou iniciantes fazem-se presentes tornando o evento glamoroso.

E os balões de ar quente? Eles subiam devagarzinho no céu iluminando o espaço até se perder de vista. Naquela época, não tínhamos a preocupação dos danos que eles poderiam causar provocando incêndios ou atingindo aviões. Estes transitavam tão alto em nossa cidadezinha que seria impossível acontecer algum problema às aeronaves. Os fogos de artifícios de uma variedade bem grande e com efeitos diferentes e coloridos animavam a festa. Era um viver tranquilo e a alegria contagiava todas as gerações.

Há também pessoas ou entidades que festejam o dia de São João em julho e assim chamamos de festa julina. O importante mesmo é tornar vivo em nossa memória um apóstolo de Jesus Cristo que teve muita importância na religião. Ainda no mês de junho, no dia 29, celebramos o Dia de São Pedro e, no dia 13, o de Santo Antônio, denominado santo casamenteiro. Quantas simpatias já lhe foram feitas para se conseguir um marido!

Lembro-me de uma amiga da minha mãe que já se aproximava dos 40 anos e não conseguia um companheiro. Após uma simpatia feita a esse santo, ela conheceu um senhor de 52 anos, se apaixonaram, casaram e viveram muito felizes. A fé é um sustentáculo poderoso para as realizações da vida. A nossa mente direciona-se para o que queremos e num determinado momento os acontecimentos se tornam realidade. Já foi dito que "querer é poder".

Elilde Browning

AS APARÊNCIAS ENGANAM OU REVELAM

Todos nós, em algum momento, afirmamos que as aparências enganam. Essa afirmativa até pode ser verdadeira, mas buscando o que se esconde por trás do que vemos podemos mudar o pensamento e descobrir situações surpreendentes. Há um visual que enxergamos e que muitas vezes não corresponde à realidade ou, talvez, são conjecturas do nosso próprio eu projetado no outro.

Cada ser humano tem uma aparência e um proceder dependendo da ocasião em que se encontra. Todos somos atores e atrizes em muitas circunstâncias no palco da vida. Somos seres inteligentes e criativos e isso nos leva a ter uma aparência premeditada para impressionar alguém em alguns momentos do nosso viver. O mais curioso é que com a convivência nos esquecemos de representar e eis que surge a pessoa real num desfecho nefasto ou até mesmo compreensível com os envolvidos.

É importante lembrar que cada ser humano é único com suas qualidades e defeitos. Alguns usam disfarces e argumentos para se situar numa posição privilegiada e se esquecem de que tudo nesta vida tem um tempo certo para virem à tona todas as situações do nosso viver e como somos realmente. Nada dura eternamente, mesmo porque somos seres mutáveis, sofremos as influências de tudo à nossa volta e dos fatos do cotidiano que nos acontecem.

Por outro lado, há sempre uma preocupação tênue de como queremos ser vistos pelo mundo e como somos aceitos em uma comunidade, visto que não somos uma ilha, e dependemos, ocasionalmente, de todos ao nosso redor por uma questão de sobrevivência. As decisões e atitudes que tomamos no caminhar da vida devem ser premeditadas, para não causar danos a terceiros, visto que por um bem que fazemos seremos lembrados de vez em quando, ao passo que por um mal jamais seremos esquecidos.

Acredito que deveríamos analisar com frequência o relacionamento com os familiares, os amigos e o cônjuge. Eles são os esteios para que a nossa vida tenha um fluir de situações positivas e também de felicidade. Conversar e dialogar são necessidades prementes. Guardar o que nos incomoda é como colocar, a cada dia, dentro do pensar situações indesejáveis até que haja um transbordamento sem nenhuma chance de conserto. Viver aparentando de que tudo está perfeito é uma utopia desconexa. Cada pessoa tem um pensar diferente dos problemas que nos acometem e, por essa razão, extravasar num diálogo sincero e sem subterfúgio é um caminho seguro para um entendimento perfeito ou não.

Quantas vezes fomos surpreendidos com desenlaces na vida amorosa de pessoas que imaginávamos que eram felizes. Tudo era uma aparência falsa. Aliás, cada ser humano vive os seus dramas no escondido do subconsciente e, por vezes, para não ser malvisto sofre os horrores de uma vida sem sentido e sem felicidade. É preciso lembrar que esta vida que conhecemos é curta e passa rápido. Ter a coragem de encarar um novo viver é uma atitude dos corajosos. Há sempre uma surpresa a nos esperar de que há outros caminhos que podem nos fazer felizes.

Às vezes, temos uma atividade em que aparentamos ser bem-sucedidos. Em determinado momento, descobrimos que esse trabalho apenas supre as nossas necessidades de sobrevivência. E num ímpeto resolvemos mudar e é nesse momento que a vida ganha novos prazeres de vivência e bem-estar.

No meu livro *Voltando a viver*, há cinco contos de cinco mulheres que sobreviveram com galhardia depois de abandonarem uma vida sem sentido. Elas tiveram coragem e determinação e aceitaram o desafio de tomar as rédeas de suas próprias vidas e descobriram um viver de verdade, em outros termos, e, consequentemente, encontraram o caminho da felicidade. Correr riscos é uma atitude para os corajosos e se tornar bem-sucedido é uma vitória de sabor incomparável.

Ainda, é notório que, às vezes, conhecemos alguém e nos primeiros instantes o vemos com uma aparência humilde e recatada. Depois de um tempo de convivência, descobrimos a grandiosidade do seu caráter, um coração que ama, uma mente que pensa, e uma forma de viver e sentir a vida como poucos humanos nesse mundo. Esse é um privilégio incomum de pessoas diferenciadas.

E, assim, vamos vivendo, cada um, tentando se livrar das incômodas aparências que ofuscam a felicidade. Em outra situação, a revelação fantástica de um viver real para si mesmo e para os outros.

Elilde Browning

A COVID-19 NO MUNDO REAL

Refletindo sobre a Covid-19 e trazendo à tona os meus sentimentos sobre esse vírus que atingiu toda a humanidade em tempo recorde, concluo que ele deveria estar em algum ponto do universo e, olhando lá de cima o nosso proceder numa disputa desumana que assola as pessoas no planeta Terra, decidiu nos visitar e causar danos às nossas vidas, para nos mostrar que somos todos iguais não importando o lugar em que nascemos, nem o nível cultural, nem a classe social e muito menos a cor da pele.

O mais curioso é que ele é invisível, fica livre dos olhares dos indivíduos, e pode circular altaneiro e sem receio de ser repelido. Muitos já morreram e outros morrerão. A vacinação, no momento, é o único caminho para nos livrar desse mal. Esperemos que ela nos proteja, efetivamente.

Aqueles que contraíram a doença enchem os hospitais numa situação calamitosa de sofrimento onde os parentes não podem nem lhes dar o conforto de suas presenças. É realmente uma crueldade.

Outras tragédias atingiram os humanos em diferentes épocas e lugares. A Covid-19 chegou com todo o seu poderio, se espalhando numa conduta própria, para exterminar apenas os viventes. Os animais e a vegetação, pelo que podemos notar, até o momento, estão salvos. Perguntaríamos à Covid-19: "Por que essa discriminação?". Não podemos prever a resposta, mas podemos imaginar que estes não causam mal uns aos outros, a não ser por sobrevivência, e ainda não destroem sentimentos, não humilham, não menosprezam, não se julgam superiores, e não se matam por motivos torpes.

O distanciamento social e o fechamento das atividades comerciais, impostos pelos governantes, estão ocasionando um impacto de grandes prejuízos. Os empreendedores estão à mercê dos acontecimentos futuros. E ficarão assim até que seja possível voltar à rotina. O desemprego e a fome já mostram sinais visíveis de angústia. Nesse momento, faz-se necessário dividir com alguém o que temos. Aliviaremos um pouco os que sofrem e nos tornaremos mais humanos. Tenha certeza de que a Covid-19 aprovará essa atitude.

De repente, redescobrimos o sentimento de solidariedade, diante de tanto sofrimento, e os meios de comunicação enfatizam esse proceder para nos sensibilizar. A tristeza passou a conviver com muitos e ainda percebemos a indiferença de outros. Há, também, aqueles que não levam a sério o que está ocorrendo, se contaminam facilmente em reuniões, festas e outros eventos desnecessários.

Os mais pobres, que precisam sair, diariamente, para trabalhar, juntam-se em ônibus e metrôs superlotados. Eles não têm alternativa. Infelizmente! E assim o vírus vai contaminando, cada vez mais, todos nessa situação.

Por outro lado, há também os que estão usufruindo altos lucros com essa tragédia: o comércio de máscara, álcool em gel e as indústrias farmacêuticas que, numa disputa sem precedente, correm contra o tempo e cada uma querendo apresentar o seu produto como sendo o mais eficaz.

Em todas as situações de calamidade humana, muitos perdem e outros lucram. O mundo será sempre assim. Esperemos que quando pudermos tirar a máscara possamos nos sentir não apenas um sobrevivente, mas que tenhamos consciência de que o convívio humano e um abraço são importantes, para sermos, de fato, seres humanos dotados de corpo, alma e emoção.

Elilde Browning

A ESCADA DA VIDA

Ao nascer a vida coloca à nossa frente uma escada. Para muitas pessoas, ela será útil para nos dar ânimo para o viver. Para outras será indiferente. Cada degrau que subimos, temos a oportunidade de descortinar uma paisagem diferente. O primeiro é sempre mais difícil, porque as dúvidas que norteiam os nossos sonhos ainda estão na mente e nos desejos. No segundo já temos uma pequena experiência. Possivelmente, acompanhantes diferentes. E assim de degrau em degrau vivenciamos situações inigualáveis.

Por vezes é necessário descansar. O esforço despendido nos deixará exaustos. Em outras circunstâncias, aparecem indivíduos tentando impedir que prossigamos. Nesse momento precisamos de coragem, força de vontade e muito entusiasmo para ignorar o desestímulo. A escada da vida fica, também, à mercê das intempéries do tempo e certamente teremos: tempestades, ventos, calor, frio, neve, furacão e outros próprios da natureza, que o homem ainda não conseguiu modificar com toda a inteligência que lhe foi concedida. Nada deverá nos abater, mesmo porque sabemos que a vida não se apresenta sempre com um luar esplendoroso numa noite de luz cheia. Há os contratempos e, por vezes, precisamos ter muita criatividade para superá-los. O importante é ter sempre sonhos grandiosos para não perdê-los de vista. Também, não se deter nas pedras que porventura forem colocadas nesses degraus. Afaste-as com o poder de sua mente. Nunca as atire para o alto. Alguém poderá ser atingido e nos criar sérios problemas. É preciso acreditar sempre que há uma força superiora nos proteger.

Inesperadamente poderá surgir alguma companhia. Fique alerta. Ela precisa estar com o olhar na mesma direção da sua ou respeitando o seu próprio modo de ser. Somos pessoas únicas e, portanto, com características próprias. E ainda aqueles que chamamos de amigos. Nem todos são! Não importa o degrau em que esteja. Por milagre eles poderão chegar ao seu patamar. É uma atitude nobre e humana ajudar as pessoas que precisam. Em nenhum momento, se desvie de onde você está. Tenha, apenas, cuidado, porque o peso de ambos poderá ser superior ao que o seu degrau suporta. Também é oportuno observar que nada nos chega de forma gratuita. Haverá sempre uma compensação. É uma atitude normal da vida.

Se possível a família deverá sempre estar em nossa mira, todavia, se isso não acontecer, não a perca de vista. Ela faz parte de sua estrutura familiar. Em alguns momentos, cada um quer seguir o seu próprio caminho. Deixe-os à vontade para seguirem o que melhor lhes aprouver.

Somos seres humanos inconstantes e instáveis. Somos o produto do que comemos, do que pensamos, do que planejamos para o futuro, dos relacionamentos, de nossa origem, do lugar e das condições onde nascemos e das ambições que afloram em nosso pensar. Tudo isso se junta para durante a vida sermos o que somos em diversas etapas.

Nunca se afaste dessas amigas preciosas: gratidão e humildade. Elas devem estar ao lado de outra que se chama esperança. Esses sentimentos nos deixam invulneráveis e, sobretudo, numa situação confortável perante o mundo. Todas as pessoas que se destacam na vida pelos motivos mais diversos estão sujeitas às críticas, que nem sempre são aquelas que imaginamos. Nesse instante, precisamos nos conscientizar de que cada indivíduo, também, tem as suas próprias formas de nos julgar e certamente essa forma de pensar é própria do seu ser. Mais uma vez, o respeito não pode fugir. Ele precisa estar presente para uma convivência pacífica.

Os desafios, as batalhas e uma série de imprevistos tentarão, em algum momento, nos tirar o ânimo. Portanto, somente os fortes e corajosos chegarão ao topo dessa escada. E, ainda, torna-se necessário ter uma aliada que, de apenas duas letras, tem um poder incomensurável que se chama Fé.

Muitas outras pessoas ignoram essa escada e preferem fazer o seu caminhar numa planície e à sombra de outros imaginando, talvez, sentir-se mais seguras. É uma opção de cada um. Nesse caso o panorama visto por elas será diferente e, possivelmente, sem as vitórias e as grandes emoções que nortearão as vidas de quem decidiu se arriscar.

A vida é bela, curta e cheia de imprevistos, todavia, ao chegarmos ao topo e voltar o olhar para trás, sentiremos que apesar de tudo foi fantástico viver e que as emoções e os prazeres sentidos deixaram o nosso coração e a nossa mente num patamar de extrema felicidade. Vale a pena subir essa escada.

Elilde Browning

OS INVENTORES QUE INCENTIVARAM O EMPREENDEDORISMO

O homem desde os primórdios tentou desenvolver ferramentas, instrumentos e utensílios para facilitar a vida. E ao longo dos séculos aprimorou essas invenções rudimentares. Com a revolução industrial no século 18, vislumbrou-se o conhecimento científico e tecnológico, dando condições para as invenções que mudariam o mundo.

Quando Alexander Graham Bell inventou o telefone, Thomas Edison a lâmpada incandescente e Alexander Fleming a penicilina, eles tinham ideias dos benefícios que teria a humanidade, mas nunca os grandes empreendimentos que os seus inventos originariam nos anos a seguir. A criatividade, persistência, sensibilidade e curiosidade tornaram realidade as suas criações e por esse motivo superaram as dificuldades e os desafios.

Alexander Graham Bell, escocês e naturalizado americano, foi o inventor do telefone. Motivado pelos seus ascendentes, que eram especialistas na correção da fala e no treinamento de portadores de deficiência auditiva, ainda na adolescência, com os seus irmãos construíram uma reprodução do aparelho fonador. Nos Estados Unidos, foi professor de fisiologia vocal na Universidade de Boston. Nessa época, começou a fazer experimentos com acústica e desenvolveu alguns conceitos para transmitir a fala eletricamente. Foi um grande passo que o levou à invenção do telefone.

"Em 10 de março de 1876, ele experimentava um modelo de telefone no sótão tendo o seu assistente Watson em outro aposento. Entre os dois cômodos, estava estendida uma conexão telefônica que não conseguira mensagens inteligíveis. Enquanto trabalhava, derrubou uma pilha e os ácidos corrosivos caíram sobre a mesa e em suas roupas. Ele gritou. Sr. Watson, venha aqui, preciso do senhor! Watson ouviu a mensagem pelo telefone, e foi até ele. Alexander G. Bell aos 29 anos de idade, afinal, tinha inventado o telefone.". Naquele momento a história da humanidade mudaria para sempre com um invento que tornaria os seres humanos mais próximos no mundo da comunicação.

O empreendedorismo desse invento, de muito sucesso e altamente lucrativo, deu origem à Bell Telephone Company, a empresa que implantou o telefone como um meio de comunicação internacionalmente, e que mais tarde tornou-se a American Telephone & Telegraph (AT & T), a maior companhia telefônica do mundo. Hoje, o telefone móvel permite a comunicação entre as pessoas em qualquer lugar e hora em todos os continentes.

Durante a vida, recebeu muitas homenagens em reconhecimento do seu invento, todavia, a última que lhe foi prestada foi um minuto de silêncio de todos os telefones do sistema Bell no momento do seu enterro, em 1922.

Thomas Edison, inventor da lâmpada elétrica, nascido em Milan, no estado de Ohio, em 11 de fevereiro de 1847, foi um dos maiores empreendedores da história. Ele registrou mais de mil patentes. Há algumas frases de sua autoria que nos fazem pensar nos momentos difíceis para tornar os seus inventos uma realidade: "Um gênio se faz com um por cento de inspiração e noventa e nove de esforço"; "Nossa maior fraqueza está em desistir. O caminho mais certo de vencer é tentar mais uma vez"; "Tudo alcança aquele que trabalha duro enquanto espera"; "Eu aprendi muito mais com os meus erros do que com meus acertos"; "A surdez foi de grande valia para mim. Poupou-me o trabalho de ficar ouvindo grande quantidade de conversas inúteis e me ensinou a ouvir a voz interior".

A sua trajetória de vida teve fatos marcantes e surpreendentes. Ainda criança, frequentou uma escola Port Huron em Michigan e, como tinha um proceder que não se adequava às normas daquele estabelecimento, o professor se recusou a mantê-lo na escola. A sua mãe, que era professora, completou os seus estudos primários, deixando-o livre para estudar o que realmente gostava: as ciências.

"Aos 12 anos de idade, aprendeu o alfabeto Morse e começou a construir telégrafos rudimentares. Aos 14 anos de idade, Thomas Edison sofreu um acidente ao descer do trem em movimento que, com o tempo, foi lhe tirando a audição. Em 1862 aprendeu telegrafia e logo se tornou um ótimo profissional. Construiu dois aparelhos telegráficos e se empregou como telegrafista, na estação de Strattford, próximo de Port Huron. Por dormir nas horas de menor movimento telegráfico, Thomas Edison foi demitido. Vagou pelas cidades atrás de emprego. Sem um tostão, surdo e imerso em suas reflexões sobre os seus experimentos.". Com todas essas dificuldades e contratempos, nunca desistiu de continuar na luta pelos seus ideais. Em 1879, depois de realizar 1.200 experiências, Thomas Edison inventou a lâmpada elétrica.

Certo dia um repórter, de um jornal famoso, perguntou ao senhor Thomas Edison como ele se sentia de ter falhado quase mil vezes para inventar a lâmpada. Ele respondeu: "Não fracassei, agora sei mil vezes como não fazer uma lâmpada". Em 1890, Thomas Edison fundou a Edison General Eletric Company, predecessora da atual General Eletric (GE), que se tornaria um dos maiores conglomerados do mundo.

Thomas Edison faleceu em West Orange, no estado de New Jersey, Estados Unidos, em 18 de outubro de 1931.

Alexander Fleming, escocês, inventor da penicilina, foi cientista, médico e bacteriologista. Essa descoberta foi considerada uma das mais importantes para a humanidade. Esse antibiótico eficaz para a cura de infecções é usado até os nossos dias. Ele revolucionou a medicina no combate de doenças bacterianas. O grande empreendimento desse invento contribuiu para que surgisse uma indústria de grandes proporções com a produção, também, de outros antibióticos melhorando a qualidade de vida das pessoas no combate a diversos tipos de doenças.

A humildade desse grande inventor está nesta frase de sua autoria: "Não inventei a penicilina. A natureza é que a fez. Eu só a descobri por acaso". E essa descoberta aconteceu por meio da substância que se movia em torno de um fungo da espécie *Penicillium notatum*, que matava também outros tipos de bactérias e, ainda, ela não era tóxica para o corpo humano, o que significava que poderia ser usada como medicamento.

Em 1941, a penicilina começou a ser comercializado nos Estados Unidos, com excelentes resultados terapêuticos, no tratamento de doenças infecciosas. Ela salvou muitas vidas durante a Segunda Guerra Mundial.

"Ele foi reconhecido universalmente como descobridor da penicilina e eleito membro da Royal Society em 1943. Um ano depois, foi sagrado cavaleiro da coroa britânica.".

Todos esses inventos foram aperfeiçoados ao longo dos séculos, tornando-se um sucesso de empreendedorismo dos mais notáveis.

Elilde Browning

A DINÂMICA DA VIDA

Desde que a humanidade habita no planeta Terra, houve mudanças radicais no comportamento das pessoas. Para os que já passaram dos 60 anos ou mais, compreender e assimilar as transformações das últimas décadas, às vezes, não é tarefa fácil. Os grandes acontecimentos que dizimaram parte dos viventes tiveram no tempo um aliado para continuarem vivendo e realizando os seus sonhos. Os seres humanos são únicos, bem como as reações em diversas situações da vida. Portanto, respeitar as atitudes de cada um é ter um espírito altruísta e continuar a sua caminhada sem os percalços das mágoas que, por vezes, nos acompanham.

Somos o resultado dos nossos antepassados, do ambiente que nos cerca, dos traumas de que não conseguimos nos livrar, das frustrações de sonhos não realizados, do abandono de pessoas que amamos. Por outro lado, das vitórias alcançadas pela vida, dos desafios que conseguimos superar com coragem e determinação e da maneira própria de entender que a vida é uma constante dinâmica, é uma forma de se adaptar às circunstâncias e sobreviver com inteligência em busca da felicidade.

Se tivermos paciência para analisar as reviravoltas que acontecem todos os dias em todos os aspectos do viver, é bem provável que aceitaríamos com parcimônia esses fatos, considerando que os indivíduos têm a sua própria maneira de reagir dependendo de sua forma de pensar. Diariamente, somos surpreendidos com acontecimentos de violência e crueldade, praticados por pessoas, que a nossa mente se recusa a acreditar. É sabido que cada um sofre as consequências do seu proceder.

Os nossos dias, meses, anos e décadas têm uma dinâmica que nos envolve transformando a nossa vida para melhor ou pior. Nessas etapas deveremos sempre estar preparados. Para os momentos de alegria, a certeza de que nada é eterno. Para os constrangimentos também.

Tudo o que nos acontece pela vida fica armazenado em nosso subconsciente. Podemos momentaneamente esquecer, mas jamais esses fatos desaparecem. Infelizmente! O que podemos fazer quando o pensar se detiverem situações análogas é ocupar o tempo com os outros prazeres que a vida oferece. Assim, a mente tem uma escapatória salutar e bloqueia as lembranças ruins.

Elilde Browning

UMA VIDA SAUDÁVEL

Ter uma vida feliz e saudável na maturidade é um privilégio para os que tiveram hábitos sadios, desde os primeiros anos de vida. As gestantes que desejam que seus filhos nasçam em perfeitas condições de saúde devem alimentar-se de forma saudável. Até os 7 anos de idade, dar à criança todos os nutrientes que são necessários é um fator importante para o desenvolvimento do cérebro, quando este conclui a sua formação. Se essa situação não for observada, teremos jovens sem condições de aprendizado e, consequentemente, adultos frustrados no seu desenvolvimento pela vida afora.

Infelizmente, em determinadas regiões do país e em grande parte de outros, essas necessidades não são observadas. A procriação desordenada, e sem as condições necessárias, traz ao mundo criaturas desprovidas de saúde e de um viver digno que todos merecemos.

No meu livro *E assim foi a vida*, expressei: "Nascer pobre independe de nossa vontade, permanecer pobre é uma opção de cada um". Somente eu sei o quanto foi difícil sair de uma pobreza absoluta, com doze irmãos, para sobreviver num contexto de um mundo que oferece poucas oportunidades àqueles que não têm o mínimo para competir com os mais abastados ou ricos. Sofrem-se situações humilhantes e, se não fôssemos fortes e corajosos e não acreditássemos que existe um Ser Superior que chamamos de Deus, teríamos perecido pelo caminho, sem nenhuma chance de, neste momento, estar escrevendo este artigo para vocês. A coragem e os sonhos de um futuro promissor deram-me uma visão de que milagres acontecem. E eles aconteceram! Só que para que esses milagres se tornassem realidade foi necessária muita luta, determinação e fé.

Caminhava por uma rua em nossa cidade e fiquei surpresa com o número de farmácias existentes e outras se instalando. Como seria bom se pudéssemos trocar esses estabelecimentos que vendem remédios por academias! Certamente gastaríamos menos dinheiro e a saúde iria aplaudir. O mais agravante é que quando se toma um remédio ele pode produzir efeitos colaterais, atingindo outros órgãos, causando danos, em situações piores do que a própria doença.

Observamos, também, que diariamente cresce o número de academias. Infelizmente, percebemos que o número de jovens ainda é superior àqueles que já passaram dos 60 anos. Nunca é tarde para se começar a fazer exercícios. Em qualquer idade, isso é possível e sempre com a orientação de um profissional.

Aposentados, agora com todo o tempo livre, vamos reiniciar um novo ciclo de vida: praticar exercícios e tornar a vida melhor. O exercício de pilates deixa o corpo bonito, alongado, músculos flexíveis e fortes, corrige a postura, cuida de dores e lesões, melhora a capacidade cardiorrespiratória, favorece a autoestima e a motivação numa coordenação entre corpo, mente e espírito. Ainda, os exercícios aeróbicos, como caminhada, ginástica, esteira, nos proporcionam o vigor de que necessitamos. Uma massagem relaxante nos dá um sono tranquilo e ativa a circulação sanguínea, tão importante para o coração. Yoga e meditação dão equilíbrio. Todas essas modalidades ajudam, também, no funcionamento do intestino e consequentemente teremos uma vida saudável.

É preciso observar que os melhores horários para se fazer uma caminhada são quando o sol está surgindo ou ao entardecer. Para um bom aproveitamento, será necessário relaxar os ombros, contrair o abdômen e olhar em frente e respirar. Aliás, a respiração deve ser observada em qualquer modalidade.

Aos 80 anos de idade, agradeço a disposição que tive em começar as minhas atividades físicas, ainda na juventude. Trabalho, normalmente, doze horas por dia, em diversas atividades. Tenho saúde perfeita e muita alegria de viver.

O filósofo e poeta romano Juvenal, autor da frase "Mens sana in corpore sano" (uma mente sã num corpo são), nos dá uma dimensão da necessidade de exercitar o nosso corpo numa união perfeita com a nossa mente. Alguém é feliz quando está doente? Fuja das doenças praticando exercícios e uma alimentação balanceada. Essa combinação traz-nos saúde e bem-estar.

Nos tempos atuais, temos outro inimigo: o celular. Este traz uma série de benefícios se usado com parcimônia. No meu segundo livro, *Crônicas de um tempo infinito*, escrevi um texto com o título: "Era digital: um mundo fantástico". Menciono as vantagens e desvantagens do uso desse aparelho, enfatizando que, em breve, a humanidade poderá aposentar a mente sem direito a pensão, e, consequentemente, irá desaparecer a comunicação oral. Aprendi durante a vida que o equilíbrio deve ser a tônica em todos os nossos atos.

Há, ainda, dois grandes males que assolam os indivíduos tirando-lhes a oportunidade de uma vida plena e saudável: o álcool e as drogas. Os governos de todo o mundo fazem leis, proibições e muitos manifestos contra esses problemas, mas tudo que causa "prazer" é difícil de ser extirpado do proceder das pessoas.

Muitos até têm consciência dos danos que eles causam à saúde, mas falta força de vontade e coragem para superar esses inconvenientes. Alguns só tomam uma atitude de abandonar o vício quando a sua sepultura já está prontinha esperando-os.

Faça as suas escolhas e encontre a felicidade, que sempre estará ao alcance de qualquer um. Todos têm o livre-arbítrio para conduzir o seu viver nos parâmetros para uma VIDA SAUDÁVEL.

Elilde Browning

O PODER DAS PALAVRAS

As palavras exercem um poder notório em nosso cotidiano. Elas são importantes quando pensamos e formulamos ideias. Com elas nos comunicamos com o mundo e as pessoas. Dependendo do nível intelectual, da profissão, das experiências de vida, do meio em que se vive e de conhecimentos adquiridos a partir da leitura, elas criam em nossa mente ideias com palavras diferenciadas.

As palavras proferidas não têm retorno. Alguns cuidados devem ser observados para não termos arrependimentos tardios.

A Linguística é o estudo científico da linguagem e de como as palavras têm uma dinâmica através dos tempos. A Língua Portuguesa foi herança dos nossos descobridores, do tupi-guarani, dos originários da África e de outros idiomas com a imigração de outros países.

Não quero neste artigo comentar sobre os aspectos linguísticos ou etimológicos da nossa língua, e sim como as palavras refletem nas emoções de cada um.

Os grandes oradores do mundo utilizam as palavras e a entonação da voz para que as pessoas reflitam e assimilem sobre o que apregoam.

Os famosos ditadores que a humanidade presenciou tinham palavras e ideias capazes de convencer as pessoas dos seus intentos e, por isso, em alguns momentos, e em países diferentes, levaram o mundo a um caos desesperador.

A internet está modificando, a meu ver, as palavras com abreviações e imagens que muitas vezes precisamos decodificar o que lemos para entender a mensagem. Essa situação é normal. Reflete o mundo louco em que vivemos e a pressa de se viver, cada segundo, porque não sabemos o que nos acontecerá em futuro próximo.

Não me ocorre pensar ou justificar neste momento como as palavras estão caindo num vazio absoluto com o advento do celular, tablet e outros que se inventam a cada dia. Conversar, ou trocar ideias, caiu em desuso, embora quando o utilizamos em determinados momentos isso tem um valor sem precedente. Esses inventos não substituem as palavras num momento de intimidade e em outras situações onde nos sentimos seres com características de humanos.

Poderíamos classificar as palavras como: alentadoras, feias, agressivas, impactantes, românticas, belas, suaves, desafiadoras, convincentes, aterrorizantes, indiferentes, confusas, preocupantes, prazerosas, sempre, é claro, num contexto de pensamento que formulamos com elas. Sozinhas, o seu valor é apenas um som e uma grafia.

Dependendo da ocasião em que as proferimos e com uma entonação de voz que lhes damos, elas ganham uma conotação extraordinária de repúdio ou bem-estar.

Para os escritores, as palavras têm um valor elevadíssimo, porque elas são a sua ferramenta primordial. Escrever a palavra certa numa situação única é um trabalho que requer sensibilidade e destreza de pensar.

Algumas palavras de outros idiomas, por vezes, invadem o nosso linguajar no cotidiano por necessidade ou para uma comunicação imediata. Um exemplo é a palavra "delivery". Ela está estampada em lugares mais simples ou sofisticados de entrega de qualquer coisa.

É sabido que as palavras identificam um idioma, mas recentemente uma ganhou o mundo com a mesma grafia e sentimentos. Nunca poderíamos imaginar uma situação semelhante. Ela se tornou abominável e preocupante por toda a humanidade: a Covid-19.

Um dia, ela cairá no esquecimento de muitos, quando inventarem uma vacina ou um remédio eficaz para uma cura imediata. Todavia, as famílias que forem atingidas sofrerão, ainda, momentos de muita angústia.

Agora, tomamos consciência, de fato, de que todos os habitantes do planeta Terra estão sujeitos a estranho acontecimento, simultaneamente. Até algum tempo atrás, imaginávamos ser isso impossível.

Espero que este momento doloroso que atravessamos nos ensine lições de solidariedade, a necessidade de amar-nos uns aos outros e um proceder em outras dimensões para tornar, aos sobreviventes, um mundo melhor.

Elilde Browning

CARNAVAL:
A FESTA DO POVO

Ouço as batidas de um tambor, com um som desconcertante, anunciando que neste ano não teremos, em fevereiro, a maior festa do povo: o carnaval.

Ficaremos tristes de nos privar do maior espetáculo da Terra. Daquela empolgação que nos fazia esquecer todos os problemas do nosso cotidiano. Lembro-me dos carnavais da minha infância e adolescência: as mulheres vestiam roupas masculinas e os homens femininas, para o desfile de blocos pelas ruas. Todos usavam máscaras para esconder o rosto e a identidade. Aproximavam-se de nós e perguntavam: você me conhece? Era divertido!

Em cada bairro, havia blocos com características diferentes. Todos tinham a mesma alegria e entusiasmo cantando músicas acompanhadas de pandeiros, tamborins e outros instrumentos musicais.

Os grandes bailes nos clubes eram um espetáculo de luxo e glamour. Famosos e anônimos se juntavam para desfrutar momentos de descontração e bem-estar. Fantasias exóticas, sensuais e de rara beleza tornavam esses acontecimentos memoráveis. E, ainda, as premiadas, que nos faziam admirar a criatividade dessas confecções majestosas.

As músicas não tinham idade. Todas eram tocadas e cantadas num entusiasmo ímpar. Arte, inspiração e sentimentos não envelhecem. Elas refletem o sentimento de um povo em épocas diferentes.

Com o passar dos anos, essa festa popular se agigantou a proporções inacreditáveis de grande indústria, em que milhares de pessoas trabalham durante todo o ano na confecção de adereços e fantasias para os desfiles das escolas de samba. O que teria acontecido a esses trabalhadores em 2020? Certamente sentiram-se frustrados com o adiamento desse acontecimento. Será que em outra data teremos a mesma atmosfera de encantamento que é comum no verão ou decididamente a Covid-19 impedirá que essa festa se realize neste ano!

Para os que não gostam de carnaval, certamente, se sentirão aliviados por não terem que vivenciar esse evento.

É inacreditável pensar que a Covid-19 deixou o mundo perplexo com tamanhos estragos em nossa vida. Mais de um milhão de pessoas em todo o mundo morreram e, ainda, modificou hábitos e comportamentos. A cada dia, cresce o número de mortos e contaminados. A vacina chegou com a esperança de sermos imunizados. A ciência corre contra o tempo para que a humanidade não seja dizimada.

Assim como tantas outras catástrofes que nos acometeram, certamente, essa também terá fim. Mas enquanto esse monstro poderoso e invisível não desaparecer, ainda teremos muitos contratempos de terror e sobressaltos. Urge seguir as recomendações propostas para atenuar esse mal, que surgiu no mundo sem ser convidado, e que insiste em estar entre nós, num desafio sem precedente. Vamos ter consciência e responsabilidade com nossas vidas e dos demais e passar este carnaval em casa com segurança.

Esperemos que a vida volte à normalidade para desfrutarmos de um viver tranquilo numa expectativa de equilíbrio emocional que todos precisamos.

Elilde Browning

SOMOS REFÉNS DO TEMPO, DA NATUREZA E DAS CIRCUNSTÂNCIAS. COMO SOBREVIVER A TUDO ISSO?

O tempo é implacável, absoluto e tem o seu caminhar indiferente às nossas alegrias, problemas, queixas e lamúrias. Ele segue a sua trajetória, modificando e transformando as pessoas e tudo que encontra à sua disposição. Ele nunca se detém para tentar amenizar nada, absolutamente nada. Às vezes ele é tão rápido que nem percebemos a sua passagem ou, por vezes, é tão lento que nos deixa exasperados. Esses sentimentos são nossos, porque o seu percurso é inexorável. Também, ele se torna um aliado quando queremos esquecer grandes situações que nos afligiram em determinados momentos da vida. Há um ditado popular que diz: "o tempo cura tudo" e é verdade. Mesmo porque ele se incumbe de nos mostrar de que há outros horizontes a serem descobertos e vividos.

O tempo passado foi ontem. O tempo futuro será outro. O tempo presente é o que devemos viver, em cada segundo, não importa se são situações boas ou ruins. Assim, teremos o privilégio de ganhar experiências para agir e proceder, diferentemente, em sua passagem, em outras ocasiões. O tempo, também, nos ensina grandes lições de vida. Devemos recolhê-las, guardá-las em algum compartimento do subconsciente, trazê-las para o consciente em momentos oportunos e com sabedoria usufruir do seu aprendizado.

A natureza nos faz reféns em muitas ocasiões. Ficamos à mercê dela nos dias intermináveis de chuva ou de intenso calor. Um furacão com fortes chuvas e ventos de até duzentos e cinquenta quilômetros por hora é uma tragédia que devasta tudo que encontra à sua frente. As árvores são arrancadas pelas raízes não importando o seu tamanho. As casas viram brinquedos voadores e o barulho ensurdecedor dos ventos faz-nos imaginar que o mundo está sendo destruído. Em 24 de agosto de 1992, aconteceu um dos maiores furacões em Miami — o Andrews. Esse fenômeno, por vezes, se repete, na costa leste americana ou na costa oeste, no Golfo do México, todos os anos

nos meses de junho a novembro. Em outros lugares do mundo, ele também existe com a mesma intensidade causando danos aos moradores. Ainda, há os terremotos, tornados, tsunâmis e inundações que podem acontecer em qualquer lugar devastando tudo e causando prejuízos incalculáveis.

Os vulcões surgem num espetáculo dantesco de lava derramando sobre a terra, destruindo tudo ao seu redor, causando prejuízos na agricultura, e danos à saúde das pessoas. O dióxido de enxofre pode alcançar centenas de quilômetros e como consequência asfixiar a população e envenenar os pulmões. Ainda, a liberação de gases aumenta a possibilidade do efeito estufa. O mais recente acontece nas Ilhas Canárias espanholas. É um fenômeno geológico e agressivo da natureza. Hoje com o avanço da tecnologia e os meios de comunicação vivenciamos todos esses acontecimentos, ao vivo, trazendo-nos a certeza da incapacidade do ser humano de deter ou suavizar esses transtornos.

Quase tudo nessa vida é circunstancial. Às vezes mudamos a nossa forma de viver e encarar o mundo devido ao que nos acontece. Há situações imprevisíveis que nos impedem de ser e agir como gostaríamos. Acredito que deveríamos analisar cada detalhe dos acontecimentos e numa decisão firme apelar para o livre-arbítrio de que dispomos. Deveríamos ser responsáveis por tudo que nos acontece durante a vida e, portanto, assumir os erros e acertos é uma atitude sensata para acumular experiências e escolher o que melhor se ajusta à nossa vida visando a um futuro diferente. Esse proceder se chama sabedoria.

Para sobreviver a todas essas intempéries, precisamos de coragem, determinação e confiança. Com relação ao tempo, vivenciar de maneira profunda os grandes momentos que nos trazem felicidade e entender que os ruins nos proporcionam experiências de vida. E, assim, vamos, em cada momento, adquirindo sabedoria e a certeza de que amanhã será sempre um novo dia e novos acontecimentos surgirão em nossa vida. O tempo é um aliado constante em qualquer situação do nosso viver.

Nem tudo é catastrófico na natureza. As encantadoras noites de luar, o sol surgindo em cada manhã, a chuva quando na medida certa limpando tudo ao nosso redor e contribuindo para a nossa sobrevivência e da vegetação, o mar com sua beleza ímpar, o brotar da diversidade das flores num colorido que enche os nossos olhos de encanto, a força das cachoeiras num desafio constante, os rios caminhando em direção ao mar num equilíbrio perfeito. E o mais importante é que somos parte integrante de todo esse universo.

Admirar e vivenciar tudo isso nos direciona a esquecer os desequilíbrios que por vezes acontecem.

Quando não for possível mudar os rumos de algumas situações, é sensato que aceitemos, por um determinado tempo, até que novas alternativas surjam para termos outros direcionamentos em nossa vida. A esperança deve nos acompanhar sempre.

Elilde Browning

O PERFIL DO IMIGRANTE EMPREENDEDOR

Para um imigrante empreendedor ser bem-sucedido em um país estranho, precisa ter qualidades excepcionais de conhecimento nesse setor, firmeza de pensamento e muita coragem para os desafios que, certamente, enfrentará. Na maioria das vezes, quando se toma essa decisão, já se conhece muitos detalhes sobre a cultura, costumes e comportamentos daquele lugar. Embora saibam que haverá sempre uma diferença entre essas informações e a realidade. O mais importante, porém, é o que visualizam sobre as oportunidades que terão e as atividades que querem exercer ou empreender. Controlar as emoções é um fator primordial para seguir em frente de tudo que ficou para trás.

Os Estados Unidos são o país de maior número de imigrantes, por ser considerado onde todos os sonhos se realizam. O denominado: sonho americano. E, ainda, por ser um lugar de grandes oportunidades para qualquer pessoa que não tem medo de desafios e coragem para enfrentar duras batalhas. Há muitas maneiras de se tornar um imigrante na América do Norte. Todavia será preciso sempre observar as normas e as exigências a serem cumpridas.

Conheci o senhor Alejandro Martinez, um mexicano milionário, que, ao visitar a Disney World e ficar empolgado com tudo que viu, sentiu e vivenciou, decidiu vender tudo que possuía em seu país e mudar-se com a família para a Flórida. Ele percebeu que poderia ampliar os seus negócios num país de grandes oportunidades. A sua visão de empreendedor levou-o ao ramo imobiliário e em alguns anos se tornou um dos homens mais ricos no setor. Como ele era um homem de princípios, imigrou de maneira legal e, assim, pôde desenvolver os seus negócios sem nenhum contratempo.

Como imigrante, passou por momentos difíceis e enfrentou preconceitos e xenofobia, mas nunca desistiu, porque sabia que essas situações são comuns para quem quer viver num país que não é o de sua origem. Ainda, os seus filhos conseguiram estudar em grandes universidades e tornaram-se profissionais de alto gabarito. A visão ampla de empreendedor levou-o ao sucesso e concluiu, realmente, que vivia em um país onde *dreams come true*.

O mundo conhece a história dos cubanos que fugiram da Ilha de Cuba em direção aos Estados Unidos, por fatores econômicos e socioculturais. Eles saíam à noite em embarcações precárias, muitos com a família, arriscando suas vidas, em busca de um novo viver. Naquela travessia pelo mar, muitos levavam em suas mentes projetos de empreendedorismo, e certamente visualizavam como poderiam colocá-los em prática.

Muitos morreram nesse caminho turbulento e difícil. Apesar de tudo, outros que tinham as mesmas ambições não desistiram, porque a força que os movia era mais forte. Eles tinham determinação, coragem e sabiam que ultrapassariam todos os desafios que se atrevessem a cruzar as suas jornadas.

Muitas leis foram criadas, pelo Congresso Americano, para conter a entrada desses imigrantes. Todavia, como o mundo, embora se tenha a demarcação de cada país, pertence à humanidade, eles estavam dispostos a enfrentar todas as dificuldades, para a realização de seus sonhos.

Hoje conhecemos na Flórida o bairro dos Espanhóis, a famosa Little Havana, que é o vibrante coração cubano de Miami, com galerias de arte latino-americanas e restaurantes com o paladar da comida daquele país. Há um comércio pulsante com uma variedade imensa de lojas, bancos e empreendimentos. Os famosos cafés com janelas amplas servem o café típico com clientes fumando charutos. Na Calle Ocho (SW 8th Street), os moradores discutem política sobre dominós no Maximo Gomez Park, apelidado de Dominó Park pelos habitantes locais. O estado da Flórida ganhou grandes empreendedores, que apenas precisavam de uma oportunidade, para pôr em prática o seu mundo visionário. E, ainda, o seu idioma, que é um dos mais falados pela maioria dos habitantes ao redor.

A solidariedade é um fator importante entre todos. Eles se apoiam e se ajudam mutuamente. Essa forma de agir torna-os unidos e fortes para vencer os problemas, em suas mais variadas dimensões.

Conheço o engenheiro civil Paulo Costa, que, um dia, decidiu mudar-se para os Estados Unidos munido, apenas, de um diploma de curso superior e uma vontade férrea de alcançar sucesso num país estranho. Os seus primeiros anos foram difíceis no exercício de atividades que estavam fora do que aprendera em seu país de origem —o Brasil. Esse detalhe não lhe tirou a força e a coragem de que dispunha para uma escalada ascendente.

A sua visão de jovem empreendedor o levaria um dia a descobrir que a educação e o conhecimento são fatores importantes para o desenvolvimento — pessoal e de uma Nação. Aprimorou os seus estudos na língua inglesa e também em computação e um dia consegue ingressar na Florida International University, no exercício de uma função cujo trabalho ajudaria àqueles que entendem que estudar é ter sempre novos horizontes à sua disposição, e ainda visualizar um mundo diferenciado.

Numa tarde de verão, estava em seu apartamento, no andar 51 do edifício onde reside, e pude ver o mais lindo pôr do sol de toda a minha existência e extasiada pensei: Deus existe! Morar ali é um prêmio que lhe foi concedido pelo Criador, pelos longos anos de trabalho e dedicação numa das maiores universidades dos Estados Unidos.

Os seus filhos estudaram em universidades famosas e todos são úteis à comunidade, dando, assim, uma parcela de contribuição ao país que acolheu o seu ascendente.

No final do século 19 e começo do 20, milhares de italianos emigraram para os Estados Unidos e América do Sul por razões econômicas. A crescente indústria norte-americana precisava de trabalhadores e em pouco tempo a comunidade italiana tornou-se uma das mais prósperas. Em Manhattan, precisamente na Mulberry Street, eles formaram uma comunidade denominada Little Italy.

No Brasil, inicialmente, esses imigrantes foram trabalhar nas colheitas de café na região de São Paulo e, ainda, em outros estados, como Santa Catarina e Espírito Santo. Muitos empreendimentos tiveram a sua notável contribuição. A famosa iguaria, a pizza, é internacionalmente conhecida e apreciada. Qualquer povo que emigra para um novo país leva, também, a sua cultura, seus hábitos, seu idioma, sua culinária, e num entrosamento perfeito enriquece o *modus vivendi* do novo lugar.

Há 200 milhões de imigrantes no mundo, quase 3% da população global. Os Estados Unidos são o que mais recebe imigrantes por ser um país economicamente desenvolvido. Em 2010 eles somavam 42,8 milhões, sendo que 11,5 destes vivem ilegalmente no país. A definição que o departamento de imigração norte-americano faz de um imigrante segundo um conjunto de leis é: "qualquer indivíduo que se encontre dentro da nação e que não seja nacional ou cidadão desta, com algumas exceções".

O desenvolvimento do mundo em seus mais amplos aspectos deve-se aos empreendedores que não têm medo de arriscar em novas empreitadas, e sempre estão revestidos de otimismo, autoconfiança, coragem, persistência, resiliência e um bom projeto. Não importa se é um nativo de um país ou um imigrante, porque a ideia do empreendedorismo é descobrir, dentro de si, o que gosta de fazer e ter ideia de como comercializá-lo. Todos têm suas motivações e a certeza de que o empreendimento terá sucesso.

Elilde Browning

OS DESAFIOS DA HUMANIDADE PARA SOBREVIVER

A história da humanidade desde os seus primórdios foi pautada por desafios avassaladores. Em alguns momentos, tivemos situações tão difíceis que para sobreviver foi preciso munir-se de coragem e determinação.

Na Bíblia, no livro de Gênesis, há um relato de um grande dilúvio que exterminou quase toda a espécie humana e animais existentes na terra. Noé e seus familiares e alguns animais sobreviveram numa arca e passada a tormenta reiniciaram um novo viver. Segundo as Escrituras Sagradas, foram 40 dias e 40 noites de chuva. Conta a história que ele desembarcou no Monte Ararat na atual Turquia. O mundo recomeçava.

A Peste Negra na Europa, entre 1347 e 1351, matou aproximadamente 200 milhões de pessoas. A Gripe Espanhola, entre 1918 e 1920, também, morreram no mundo todo 40 milhões. As grandes guerras mundiais, 1914-1918 e 1939-1945, mataram100 milhões de seres humanos. Na China aconteceram enchentes em 1931 com 4 milhões de mortes.

No dia 26 de dezembro de 2004, um terremoto de 9,2 graus de intensidade no meio do Oceano Índico sacudiu o mundo inteiro. A força do tremor no norte de Sumatra, na Indonésia, provocou um tsunâmi gigantesco que foi denominado a maior tragédia do século 21. Treze países foram atingidos e morreram mais de 230 mil pessoas. Tudo foi devidamente documentado nos meios de comunicação. Cinco dias depois, os demais países do mundo comemoraram a entrada do Ano Novo, como se nada tivesse acontecido naquele lugar.

Em 12 de dezembro de 2010, houve um terremoto no Haiti, no Caribe, e segundo informações morreram mais de 300 mil pessoas. Até hoje o país não conseguiu superar aquela tragédia. Hoje eles vivem em extrema pobreza e muitos abandonaram o seu lugar fugindo para outros países, inclusive para o Brasil.

Dependendo do país e da família que nos traz ao mundo, viver será um desafio constante. Também não importa se nascemos ricos ou pobres, porque a vida pode sofrer transformações inesperadas. Nada neste mundo é eterno e, a meu ver, o importante, em cada situação, é encarar o nosso viver com coragem e galhardia sem se importar com a nossa origem. Somos seres únicos e cada um tem uma solução em problemas iguais ou diferentes. Essa forma de agir poderíamos chamar de criatividade individual, principalmente quando precisamos encarar os momentos difíceis que se acercam em nossa vida. Cada ser humano pode traçar o seu caminho, ter sonhos e comandar o seu viver como melhor lhe aprouver, lembrando sempre que, para a realização dos nossos anseios, há uma longa caminhada e muitos empecilhos colocados à nossa disposição.

Vivemos em um mundo desigual onde a pobreza extrema em alguns lugares é desesperadora. Sempre, durante toda a minha vida, questionei a coragem de se colocar filhos no mundo sem se ter o mínimo para se oferecer a eles. Será que essas pessoas esperam por um milagre? Será que elas não têm consciência de todos os percalços que enfrenta um ser humano, sem uma estrutura familiar, e um mínimo de situações necessárias a um viver decente?

Por outro lado, se fôssemos fazer um balanço das grandes tragédias e do grande número de pessoas que morreram em desastres naturais e outros inventados pelo homem, poderíamos até pensar que essas catástrofes, segundo afirmativas, deram algum tipo de equilíbrio ao planeta Terra. Mesmo assim já se prevê que o mundo dentro de alguns anos não terá alimentos suficientes para todos. A poluição está deixando o ar irrespirável. Os rios e mares poluídos. As queimadas deixando o solo infértil. Contamos com os avanços da ciência para minorar esses problemas.

O pior de todas essas ponderações é uma guerra que se trava todos os dias entre os humanos, alguns querendo acumular riquezas como se essa forma de agir lhes garantisse uma vida eterna ou um lugar no paraíso, após a morte. A indiferença e o menosprezo que muitos sofrem daqueles que se sentem donos do mundo são desalentadores. No meu livro *E assim foi a vida*, tenho dezenas de situações vividas pela personagem Lenira em que o poder e o olhar de superioridade de alguns indivíduos deixavam-na humilhada e por vezes sem rumo. Como ela foi uma criança, uma adolescente e uma mulher determinada, e que acima de tudo confiava em Deus, e tinha propósitos firmes para realizar os seus sonhos, ela superou tudo e saiu-se vitoriosa.

Há, ainda, as doenças que causam sofrimentos às pessoas por anos seguidos. Aqueles que nascem com doenças congênitas e incuráveis. Em suma, os desafios da sobrevivência para muitos são, em alguns casos, algo terrível.

O egoísmo, a falta de compaixão e a violência estão deixando os indivíduos despidos de sensibilidade. E a cada dia sentimos o perigo a nos rondar em seus mais amplos aspectos.

Em algum momento, alguém já refletiu sobre a população carcerária do mundo? Ninguém vem a este mundo para ser infeliz. As circunstâncias alheias, muitas vezes, contra a vontade de muitos, os levam a ter uma vida perigosa e com sofrimentos por toda a sua existência.

Olho para as janelas da minha casa e vejo telas que impedem a entrada de mosquitos. Para o coronavírus (Covid-19), elas perderam a utilidade. Esse perigoso inimigo entra em qualquer lugar por diversos caminhos.

As grandes potências do mundo têm armas nucleares suficientes para destruir o planeta Terra algumas vezes. Quantos milhões ou bilhões de dólares foram gastos na defesa de cada um? Ninguém poderia imaginar que um dia surgisse um vírus invisível, espalhado pelos quatro cantos do mundo, matando, indistintamente, todos ao mesmo tempo, sem nenhuma piedade. Agora, temos o maior desafio para a ciência: uma vacina eficaz ou remédios capazes de curar aqueles que forem atingidos por esse mal. Esperemos que tudo aconteça bem rápido, para que não sejamos dizimados por esse misterioso visitante inesperado.

Elilde Browning

CARNAVAL:
A MÁSCARA DO COTIDIANO

Quem não se lembra da famosa música de Zé Keti e Pereira Matos, "Tanto riso, oh quanta alegria, mais de mil palhaços no salão...", e de muitas outras que alegram o carnaval todos os anos!

Voltando à memória, lembro-me de que na minha adolescência, e isso já há mais de sessenta anos, as músicas compostas para essa grande festa às vezes tinham caráter de deboche e malícia, e por vezes diziam muito, com frases inocentes, tendo por trás uma grande lição de vida. "A mulher do leiteiro", de Aracy de Almeida, é um desses exemplos. "Todo mundo diz que sofre, sofre, sofre neste mundo/ mas a mulher do leiteiro sofre mais/ ela passa, lave, cose e/ e controla a freguesia/ e ainda lava garrafa vazia..."

Os temas das músicas de todos os carnavais refletem a época em que elas são compostas. Se fôssemos fazer um estudo profundo de todas as músicas, em cada ano, iríamos ter um retrato de nossas vivências e de nossos anseios, naquele momento.

O carnaval é uma festa do povo e para o povo, por isso tudo é permitido. Cada um tem o direito de vestir a melhor fantasia, usar a máscara que melhor se ajusta à sua personalidade e se divertir nas ruas ou em qualquer lugar.

Assumimos, talvez, de maneira inconsciente essa vestimenta na certeza de estar vivenciando aquele personagem: as grandes personalidades da política, do cinema e outros sempre são alvo dessas situações ridículas. Tudo é válido quando queremos manifestar o nosso repúdio ou até mesmo simpatia por cada um deles.

Nos dias de carnaval, sentimos que as pessoas se libertam de seus traumas e se sentem livres e soltas para vivenciarem um mundo de fantasia fora de sua realidade. Até mesmo aqueles considerados tímidos investem numa nova forma de proceder.

Há algumas décadas, o carnaval era uma festa simples de rua ou mais pomposa nos clubes. Hoje esse acontecimento se transformou em uma grande indústria onde milhares de pessoas trabalham durante todo o ano para nos oferecer os grandes desfiles das escolas de samba. É um espetáculo de rara beleza deixando os musicais de Hollywood humilhados. A grandiosidade dos temas, de cada apresentação, a cada ano, revela a criatividade de um povo sem igual no mundo.

O mais curioso é que nas diversas regiões do país a comemoração se reveste de temas regionais. Isso se deve à diversificação de nossa cultura.

Os palhaços por vezes não usam máscaras. Eles se escondem atrás de uma maquiagem extravagante e chamativa canalizando a atenção das pessoas para o seu comportamento hilário. Assim como não querendo levar a sério o seu falar e suas atitudes. Eles refletem o bom humor que sempre deveríamos ter em muitas circunstâncias em nossa caminhada pela vida.

A máscara usada no carnaval deveria ser apenas para aquela festa, mas muitas vezes nos esquecemos desse detalhe, e carregamos pela vida esse disfarce, às vezes, sem nos darmos conta de sua existência.

Há dias ou momentos em que nos surpreendemos com o nosso proceder em ocasiões diferentes. Em alguma situação, você já se perguntou: quem eu sou agora? E, ainda, é notório que por vezes nos desconhecemos numa forma de agir, mas que é necessária para uma sobrevivência momentânea.

É muito importante encarar o espelho todos os dias e ter certeza de quem somos realmente para que não nos percamos num mundo embaralhado em que vivemos. Também, expor sempre a nossa verdadeira face deixa a descoberto quem somos e dessa maneira ficamos vulneráveis aos acontecimentos em suas mais amplas dimensões.

Cada ser humano é único na sua forma de encarar a vida e também baseado em suas emoções. Ter um comportamento diferente com pessoas diferentes é uma atitude sábia. A vida é um enigma que nos compele a decifrar os diversos meandros com sabedoria e sensatez.

Ainda bem que os festejos do carnaval duram apenas uma semana e durante o resto do ano podemos mudar as nossas máscaras como bem nos aprouver.

Elilde Browning

AS REAÇÕES DO EMPREENDEDORISMO NA COVID-19

Os seres humanos sempre tiveram uma capacidade extraordinária de sobreviverem e se reinventarem a grandes e desastrosas catástrofes na história da humanidade.

Justificando a afirmativa, gostaria de lembrar que em 1914 eclodiu a Primeira Guerra Mundial, deixando um saldo de 22 milhões de mortos; em 1920 houve uma pandemia mundial denominada Gripe Espanhola, quando morreram 50 milhões de pessoas; em 1929 a crise econômica mundial, que começou com o desmoronamento da bolsa de Nova York, causando inflação, desemprego e fome; em 1933 os nazistas chegam ao poder e começa a Segunda Guerra Mundial, com 60 milhões de mortos; no holocausto são dizimados seis milhões de judeus; em 1950 inicia-se a guerra da Coreia; e entre os anos de 1946 a 1954 a guerra do Vietnã.

Em cada situação, os sobreviventes buscaram soluções para que a vida continuasse. A criatividade entrou em pauta superando até o *modus vivendi* de antes. Apesar de um número espantoso de mortes, o mundo não ficou, apenas, a lamentar aqueles acontecimentos. Enfrentaram desafios e com determinação e coragem seguiram em frente. O mundo foi novamente povoado e, assim, numa continuidade dinâmica se reconstruiu o que se perdeu.

Recentemente, a Covid-19 surpreendeu o mundo surgindo em algum lugar do planeta Terra nos aterrorizando com mortes contínuas e sem controle. Graças ao avanço da ciência e da tecnologia, estamos esperançosos de que em breve, com a vacinação, possamos ter controle desse vírus invisível e mortal. Também, buscam-se medicamentos eficazes para salvar os que contraíram essa doença. É uma corrida contra o tempo.

Algumas medidas extremas foram tomadas pelos governantes, como o isolamento social e o fechamento do comércio e das escolas na tentativa de deter o avanço da contaminação e, mesmo assim, ele se alastra ignorando essas precauções. Milhões de pessoas já morreram e outras poderão ter o mesmo destino se a vacinação não for ampla e urgente.

Com o recolhimento das pessoas, em suas casas e em todo o mundo, as ruas ficaram vazias assemelhando-se a cidades fantasmas. Como era salutar misturar-se às pessoas, em lugares diferentes, e sentir que não estávamos sozinhos neste mundo. Como nos fazia bem receber um abraço de um amigo e termos a sensação de afeto e carinho! Quando essa pandemia se for, certamente, iremos valorizar ainda mais esses gestos humanos e entender o quanto é importante se viver de maneira gregária.

Acostumados que estávamos no ir e vir, passamos por um choque inesperado. Era preciso encontrar uma forma para superar esse impasse e, também, suportar o viver monótono do confinamento. Nesse momento, o empreendedorismo surge como uma alavanca para a humanidade, encontrando novas formas de consumir, vender e prestar serviços, tornando a vida mais prazerosa. Lembrando que toda crise gera oportunidades. E essa, sem dúvida, modificou hábitos e trouxe um vislumbrar de novas formas de empreender.

As vendas pela internet explodiram. Nunca se vendeu tanto pela internet como agora. Restaurantes e supermercados aderiram às vendas por "delivery" e "drive thru" e, ainda, migraram para as plataformas de vendas on-line.

Os funcionários dos salões de beleza passaram a prestar serviços domiciliares, observando sempre os cuidados necessários de higiene. As academias descobriram as atividades on-line e, também, usufruem dos locais públicos em praças e parques. Os buffets, impedidos de realizar festas e eventos, migraram para modelos de piqueniques ao ar livre.

A educação formal passou por uma revolução. Professores e alunos, de todos os níveis, tiveram que se adaptar ao modelo de aulas à distância. Ainda levará tempo para entendermos se essa modificação trará reais benefícios para todos. É bem provável que sobreviva, pela praticidade que se impõe. Fui professora por vinte e dois anos e me lembro, com saudade, daquela atmosfera salutar que era estarmos reunidos, numa sala de aula, vivenciando um aprendizado, tirando dúvidas e compartilhando experiências entre mestre e aluno.

Ainda, os clubes de assinaturas de vinhos, alimentação natural, vegana e produtos de cuidados pessoais tiveram um forte crescimento. Cresceram as vendas de computadores e notebooks. Todos precisam deles para acompanhar o mundo da tecnologia. O mercado de games explodiu nas vendas. É um passatempo divertido e necessário numa situação de confinamento. Faz-nos desviar a atenção de uma realidade para que não estávamos preparados e vivenciar um estado de bem-estar. O segmento *mobile* faturou bilhões com o aumento exponencial de downloads de jogos para celular.

Quem já tinha o seu comércio on-line teve a primazia de ter grandes lucros, aumentando o faturamento em mais de cem por cento. Segundo o Sebrae, 620 mil micros e pequenas empresas surgiram em 2020. Sem dúvida foi um despertar para um novo patamar de empreendedorismo.

Concluímos que, independentemente do que nos aconteça, teremos sempre uma escapatória para sobreviver às adversidades que a vida nos impõe. Com o advento da Covid-19, aprendemos novas formas de empreender!

Elilde Browning

A VIDA É UM PALCO ONDE TODOS REPRESENTAM

Cada ser humano tem uma postura distinta em cada ocasião do seu viver. Alguns se esforçam para representarem bem os seus papéis, outros nem tanto, todavia, há sempre uma preocupação de convencimento. Por vezes, temos consciência dos nossos atos e em outros seguimos a intuição. Em cada momento, somos um personagem diferente dependendo de com quem convivemos ou como a vida se apresenta.

Fui secretária executiva de uma universidade em São Paulo e costumava fazer uma retrospectiva de tudo que me acontecia, em cada dia, para ter a percepção de procedimentos diferentes com pessoas desiguais. Aliás, já se afirmou que "tratar os desiguais com desigualdade" é uma necessidade precípua que se impõe. O mais curioso era o reencontro, comigo mesma, no final do expediente, e sempre me perguntava: "Quem sou eu agora?". Essa pergunta é necessária se fazer, sempre quando nos encontramos perdidos, nas turbulências das situações vivenciadas.

Há muitos indivíduos que por viverem, durante longo tempo, representando se perdem do contexto real de suas vidas, e num emaranhado de situações empenham-se em encontrar-se a si mesmos num longo caminhar com profundas reflexões. Alguns conseguem se libertar e seguir a vida em seus próprios termos. Outros não.

O comportamento humano está ligado às influências do meio e com quem nos relacionamos. Às vezes assumimos um proceder como um ator que vive um personagem com todas as características que lhe é peculiar, e que depois voltando à realidade necessita exercitar-se para sair fora daquela roupagem. Na realidade é difícil conhecer-se a si mesmo e muito menos os outros. Algumas vezes, diante das circunstâncias que a vida nos impõe, torna-se necessário representar de verdade o papel que nos cabe, por uma questão de sobrevivência.

Talvez essa forma de agir seja um disfarce ou porque as situações assim requerem. Em diversas fases de nossa vida, representamos papéis diferentes e à proporção que vivemos e adquirimos experiências eles se tornam úteis e oportunos, para disfarçar exatamente quem somos, ou para que a nossa alma não seja desvendada e mal interpretada por quem está ao nosso redor.

Nietzsche afirmou: "Torna-te quem tu és". Seria viável e menos cansativo se pudéssemos realmente ser quem somos em todos os momentos de nossa vida. Não precisaríamos agradar quem nos odeia nem ser indiferentes aos que nos amam. Mas essa é uma utopia difícil de ser assimilada. O mundo é muitas vezes cruel quando as pessoas têm consciência de nossa forma de ser e agir em diferentes situações. Daí a necessidade de camuflar e representar o que na realidade não somos. Ou muitas vezes para conseguir o que queremos num caminhar distante dos nossos sentimentos.

Viver não é fácil. Cada dia é necessário ter armas secretas para enfrentar o nosso cotidiano e sobreviver. E nesse palco da vida vamos caminhando e representando como melhor nos aprouver, movidos pela necessidade do momento.

Elilde Browning

NOSSA MENTE É PODEROSA

Às vezes não temos ideia do poder de nossa mente. Se formos capazes de concentrar na mente tudo que queremos na vida, certamente teremos a realização de nossos sonhos envoltos em agradáveis surpresas. Esse potencial tem a sua base no querer e decidir. Visualizar e sonhar, antecipadamente, o que queremos é prelibar o gosto da vitória em seus mais amplos aspectos. A imaginação e a criatividade devem estar sempre acima de qualquer tropeço que possa minar o que queremos.

A firmeza do pensamento terá que ser de forma contínua sem deixar que outras situações interfiram no que almejamos. As mudanças que acontecerão em decorrência das dificuldades, alheias à nossa vontade, não serão motivos para nos afastar das metas propostas.

A luta poderá ser forte e muitas vezes não temos a oportunidade de saber os tipos de armas letais que o mundo colocará à nossa frente. Nesse instante entram a coragem, a determinação e os desafios, dando-nos uma contribuição definitiva para alcançar o que queremos.

O ser humano ainda se extasia com os fracassos dos outros. Aquela arena dos romanos, quando colocavam pessoas para serem devoradas pelos leões, ainda é uma constante nos dias atuais. Nada mudou. Portanto, para se atingir o que desejamos, é necessário munir-se de um cabedal de firmeza além do nosso pensar. É colocar a nossa mente em harmonia com o nosso coração e a nossa alma e ter a certeza de que tudo acontecerá como planejamos.

Cada um de nós tem a capacidade de viver como nos convém, basta apenas que respeitemos os demais e não nos deixemos envolver com ideias que fogem da nossa forma de pensar. Ouvi-las e esquecer a seguir é uma forma para não se contaminar com os convencimentos que podem interferir em nossa vida.

Deus em sua majestosa sabedoria concedeu a cada indivíduo a capacidade de discernir o bem do mal e fez-nos únicos para que, também, pudéssemos, no palmilhar da vida, decidir o que melhor nos convém.

Nenhum de nós fica doente por acaso. Os males que invadem o nosso corpo situam-se em primeiro lugar em nossa mente. Cultivar um pensar sadio é livrar-nos dos sofrimentos de uma doença. Em determinadas situações, a tristeza, os desencontros e os insucessos que são comuns em grande parte de nosso viver devem ser afastados com a força poderosa da nossa mente.

Ainda, existem os traumas que por vezes ficam escondidos e camuflados em algum compartimento de nosso cérebro nos privando de viver uma vida plena. Descubra esses esconderijos e despache-os para algum lugar onde jamais serão encontrados. Eles funcionam como um pesadelo para impedir que a nossa vida tenha o seu curso normal na busca da felicidade.

No meu livro *Crônicas de um tempo infinito*, tive a felicidade de escrever: "Nossa mente tem o poder além do que percebemos. Você é o que ela determinar. A força que emana de nossa mente pode ultrapassar todos os limites que nos forem impostos. Acreditar, confiar e querer são palavras mágicas que sempre nos levarão ao sucesso e até mesmo a utopias. Viver é observar o mundo e o comportamento das pessoas e tirar as próprias conclusões. Até mesmo nas situações mais difíceis da vida há sempre algo a aprender. As experiências provêm do que vivemos e do que o mundo nos oferece em cada momento. Cada um escolhe o seu caminho, e muitos escolhem o nosso caminhar não nos dando chances de mudança. Portanto abra os olhos, trace suas metas e siga-as com firmeza e determinação. A luta não será fácil e a escalada dificílima; todavia, quando se alcançar o topo, sentirá que a vista é magnífica e certamente terá a chance de alçar voo confiante nas potentes asas que foram construídas com material de excelente qualidade".

Coloque a sua mente em alerta, ouça as suas vozes e numa harmonia do consciente e subconsciente viva cada dia confiante do seu poderio. Conte com esse beneplácito e encontre a felicidade na realização das metas de sua vida. "A água que não corre forma um pântano, a mente que não pensa forma um tolo". Assim afirmou o poeta, estadista e dramaturgo francês Vitor Hugo. Finalmente, a nossa mente é um software muito avançado que controla uma máquina extremamente potente. Use-a a seu favor!

Elilde Browning

ALGUMAS FONTES INESGOTÁVEIS DOS PRAZERES DA VIDA

Ocorreu-me refletir sobre o que vivenciamos e sentimos nos prazeres que a vida proporciona. Uma situação simples e corriqueira como, por exemplo, tomar banho pode nos deixar leve e feliz. Sentir a água escorrer pelo nosso corpo e sentir o cheirinho do sabonete, com aquela sensação de limpeza, é algo fantástico. Se você gosta de tomar sauna, deve ter sentido ao usar um creme esfoliante pelo corpo a eliminação de todas as células mortas da nossa pele deixando-a limpa e saudável. Usar uma toalhinha ensaboada em todo o corpo é a certeza de uma limpeza total e absoluta. Sentir uma brisa leve e fresca num dia de calor é ter uma sensação agradável de bem-estar. Rever um grande amigo ou amiga depois de uma longa ausência enche a nossa alma de júbilo. Neste artigo vou discorrer sobre algumas fontes inesgotáveis de prazer. Certamente você poderá se identificar com todas ou algumas.

ESCREVER é ter a felicidade à nossa disposição e segurá-la para que ela não fuja. Acredito que o mesmo acontece com os escritores do mundo inteiro. O pensamento adentra algo invisível e caminhamos movidos pela inspiração e pela curiosidade dos acontecimentos. Inventamos personagens com características únicas, ou nos detemos em alguns que nos servem de inspiração, traçando o seu perfil e proceder como melhor nos convém, de forma convincente, para que o leitor os veja exatamente como eles são, baseados na narrativa. Raramente nos detemos no seu aspecto físico. O que importa mesmo são os traços de sua personalidade, como: o caráter, o que pensa, como vive e a filosofia de vida de que é possuidor.

Construir uma obra literária é algo fantástico e requer esforço, dedicação e inspiração. Ela pode ser uma obra de ficção em que tudo é idealizado na mente do escritor ou baseada em fatos reais. Nessa última visualizamos cada detalhe vivido pelos personagens, com a exatidão dos acontecimentos, e uma parcela muito grande de imaginação. Quando começamos a escrever uma história, ela ocupa um espaço em nossa mente levando-nos a anotar algumas ideias, em qualquer momento que elas surgem, mesmo em plena madrugada. Ter sempre uma caneta e papel para fazer essas anotações ou correr até o computador para escrever. Muitas vezes acolhemos o amanhecer escrevendo.

Quando decidi escrever o meu terceiro livro, *Voltando a viver*, tive essa ideia depois de uma caminhada na praia. De repente sentei-me na areia e comecei a vivenciar a vida dessas mulheres que conheci. O livro saiu pronto, nesse momento. Sentei-me no computador e elas fluíram sem nenhum esforço. Apenas usei a criatividade, a emoção e visualizei os fatos nos diversos aspectos e no tempo próprio quando eles aconteceram.

É comum ao ler uma obra imaginar o local ou a paisagem onde ela se enquadra bem como a estrada percorrida, as emoções vividas, as atitudes dos envolvidos, o desfecho final de cada história e o que acontecerá a cada um depois das cortinas se fecharem. Para o escritor, é um momento prazeroso quando o leitor, ao ler, faz uma análise da obra e formula a sua opinião.

AMAR. Sempre devemos em primeiro lugar amar a Deus, depois a nós mesmos, à nossa família, aos amigos, aos conhecidos e até àqueles que se declaram nossos inimigos. Eles têm as suas razões e precisamos respeitá-las. No mandamento divino: "Amar o próximo como a si mesmo". Esse tipo de amor envolve empatia. Entender os problemas de uma pessoa e tentar ajudá-la dentro de nossas possibilidades traz-nos felicidade e contentamento. O aspecto positivo é não esperar nada em troca. Outra situação importante é compreender a situação das minorias, porque normalmente elas são marginalizadas pelos preconceitos de gênero, cor e condição social. Amar a vida em qualquer situação é ir ao encontro da felicidade e acreditar que ela estará sempre ao nosso alcance.

VIAJAR. É ver o mundo em sua amplitude máxima e vivenciar culturas e costumes. Nunca seremos os mesmos depois de uma viagem. E se esta nos deu prazer as lembranças memoráveis serão eternas. Se tivermos o privilégio de viajar por muitos países, degustando comidas e sobremesas diferentes, bebidas exóticas, e conversar com os nativos, em seu próprio idioma, o deleite é insuperável.

A natureza singela, exótica e exuberante de cada região nos leva a acreditar que Deus existe. Os fenômenos vistos em cada lugar não são iguais, considerando as variantes oscilações dos climas de cada país. Presenciar a neve caindo de dentro de um lugar aquecido é um espetáculo de rara beleza e bem-estar. Ver o nascer, o pôr do sol, a chuva e o luar é a certeza que temos de ser este planeta fantástico. Nesses momentos damos asas à nossa imaginação e admiramos tudo isso como se estivéssemos em nosso próprio lugar.

As músicas, com suas singularidades e ritmos próprios, deixam-nos encantados, porque refletem o *modus vivendi* de seus habitantes e a sua cultura. Elas nos convidam a sonhar e entender os sentimentos de um povo num contexto de comovidas emoções. Os instrumentos usados nos diversos sons e as composições dos poetas fazem-nos sentir que a música é um deleite para a alma mesmo quando ela tem nuances de tristeza, porque a vida é uma somatória de todos os sentimentos humanos.

Observamos, ainda, que a música nos dá paz e nos faz refletir sobre os grandes momentos que vivemos em diversas situações. As recordações admiráveis são um refrigério para a nossa alma. Até aquelas que nos acontecem em momentos desagradáveis nos dão a certeza de que tudo nessa vida é passageiro e que o amanhã será sempre um novo dia e que viveremos outras emoções com nuances diferentes. O importante é estar sempre acompanhado de um sentimento que se chama esperança.

A arquitetura e as artes plásticas que presenciamos levam-nos a reverenciar a notabilidade do ser humano em sua criação máxima de inteligência, criatividade e sensibilidade. Visitar os museus é rever a história da humanidade desde os primórdios deixando-nos conscientes do poder do homem desde que ele existe. É uma dádiva aos nossos olhos e um transbordar dos sentimentos. Nos países que visitei, o que mais me impressionou é que os seres humanos são iguais na essência e nas emoções e que todos têm necessidade de uma sobrevivência digna para serem felizes. Todas essas vivências, felizmente, ficarão guardadas em nosso subconsciente e, quando quisermos revivê-las, teremos de volta esses momentos com intenso regozijo.

Recentemente escrevi três artigos sobre "Os sabores do mundo" e no último enfatizei "Os sabores da minha cozinha". Espero, em breve, escrever um livro sobre esse assunto, a pedido da família e dos amigos, para compartilhar a minha felicidade e o prazer que sinto quando estou cozinhando e consequentemente lhes passar as minhas receitas preferidas. Aguardem.

TRABALHAR. Escolher um trabalho que nos dá prazer e uma renda necessária à sobrevivência é, talvez, uma tarefa difícil. Nem todo trabalho é salutar, mas devemos entender que todos são necessários. O que mais me deixa curiosa é a aptidão que cada um tem para escolher a sua profissão e dedicar-se a ela com desvelo, coragem e enfrentando desafios dos mais diversos. Imagino que ao nascer já trazemos em nossos genes a atividade que exerceremos pela vida. Não há idade para esse despontar, efetivamente. Quando isso acontece, o entusiasmo nos deixa juntinho da felicidade e a motivação do viver ganha nuances de prazer.

ESTUDAR é ter a cada momento um novo descortinar de tudo que o mundo nos oferece. O gosto pelos estudos faz-nos seres humanos privilegiados. Vivenciar o que aprendemos nos compêndios traz-nos uma satisfação muito prazerosa e, ainda, a compreensão de tudo que nos cerca. O interessante é que cada um vê o mundo pelo olhar de sua profissão e, assim, teremos num contexto geral um panorama admirável.

COZINHAR E COMER. Além do contentamento que nos causam, fazem-nos esquecer, momentaneamente, os problemas que, por vezes, invadem o nosso pensar, a expectativa de saborear o que fizemos nos dá uma satisfação plena do deleite. Recentemente afirmei que: cozinhar é uma fonte inesgotável de prazer. Comer é degustar uma comida com os sentidos para alimentar a alma e o corpo. Assim ficaremos num equilíbrio perfeito para viver melhor.

O SEXO. Já afirmei antes que Deus estava muito inspirado quando concedeu à humanidade o beneplácito do sexo. Ele nos dá um prazer divino, misterioso e fantástico. No meu livro *Crônicas de um tempo infinito*, escrevi sobre as "Forças do mundo: a natureza, o poder, o dinheiro e o sexo". Nesse último extravasei todos os meus sentimentos sobre sexo com as afirmativas das minhas experiências e com o que observei e assimilei durante a vida. Vale a pena ler essa crônica. Você poderá se identificar ou discordar dela.

VIVER. Esse assunto é complexo, porque cada ser humano tem a sua própria forma de viver nas circunstâncias que lhe são oferecidas e no contexto de uma família que nos trouxe ao mundo. Também no livro *Crônicas de um tempo infinito*, escrevi outra crônica com o título "Filhos pra que e porquê?". Ouvimos sempre alguém dizer que a vida não é fácil e não é mesmo. Em cima dos meus 81 anos, tive a felicidade de observar a vida, tirar lições proveitosas e com a ajuda de Deus venci todas as batalhas e desafios que surgiram em minha estrada com fé, superação, coragem e, agora, volto a afirmar: "Realizei todos os meus sonhos, inclusive aqueles que nem me era dado o direito de sonhar". Toda essa trajetória de vida está contida no meu livro *E assim foi a vida*. Você, também, pode realizar os seus desejos, acreditando que tudo é possível ao que crê, e vá à luta com determinação para alcançar os seus objetivos. Tenha sempre em mente que a vida é fantástica e viver é um privilégio para os que nasceram e que podem desfrutar de tudo o que nos é oferecido em todos os momentos.

Elilde Browning

SAÚDE E FELICIDADE CAMINHAM JUNTAS

Recentemente fui entrevistada pelo senhor César Jumana, da *TV Caraguá*, São Paulo, Brasil, sobre a minha vida e obras. Lembro que, naquela ocasião, afirmei que durante a vida tive apenas duas preocupações: ter saúde e ser feliz.

É interessante observar que cada ser humano tem a sua própria estrutura corporal, um organismo único, independentemente da raça, crença ou origem, como também os conceitos de felicidade e os cuidados com a saúde. Ao nascer necessitamos do leite materno e, à proporção que vamos crescendo, outros alimentos entram em nosso cardápio, para nos propiciar todos os nutrientes necessários para uma saúde perfeita.

Uma alimentação adequada desde o nascimento até os 7 anos de idade é necessária para o cérebro em formação. Se isso não acontecer, certamente teremos problemas de aprendizado e outras dificuldades que jamais serão solucionadas. Se observarmos pelo mundo os problemas de fome e desamparo, que acontecem em muitos países pobres, veremos que a desnutrição é algo terrível que assola esses povos, tornando-os incapazes de uma sobrevivência digna. E, também, de serem felizes.

Uma alimentação saudável, um sono reparador, exercícios diários e, sobretudo, um respirar de forma profunda pode nos prevenir de contrair muitas doenças. Melhore a qualidade de sua vida respirando corretamente. Os nossos pulmões agradecem.

Outro fator importante para a saúde é ter uma profissão ou atividade que, além de contribuir para termos uma vida digna, também nos dê prazer. Orgulho-me de ter sido professora por tantos anos e ter trabalhado como secretária executiva em algumas universidades, o que me deu uma consciência plena do dever cumprido, beneficiando milhares de estudantes de forma efetiva.

Como seria perfeito se puséssemos filhos neste mundo com a consciência de termos condições de lhes dar uma vida normal e dentro dos parâmetros que todos conhecemos! No meu livro *Crônicas de um tempo infinito*, tive a felicidade de escrever uma crônica com o título: "Filhos pra que e por quê?", onde ressalto os encantos da natureza, o posicionamento dos indivíduos no mundo como também as consequências que enfrentaremos, inevitavelmente, com as turbulências de muitas transformações que acontecem, diariamente, em todos os setores da vida. Naquele momento, a Covid-19 ainda se escondia em algum lugar do planeta Terra. Há outra crônica com o título: "As forças do mundo: a natureza, o poder, o dinheiro e o sexo". Meu caro leitor, por favor, leia essas páginas literárias e reflita sobre o conteúdo delas.

Quando Deus determinou o veredicto "crescei e multiplicai", é bem provável que Ele não se tenha dado conta de que o homem chegaria a um patamar de inteligência e vivência, sob diversos aspectos, mas ignorando a necessidade de preservar a natureza, para o nosso próprio bem. As transformações que acontecem e a falta de medidas preventivas dos líderes de todas as nações, em mudar esse panorama sombrio, como, também, a nossa indiferença diante de uma situação imprevisível, levam a nossa mente, por vezes, a acreditar num milagre que possa reverter essa situação. Que essa conscientização se torne uma realidade de imediato.

E sobre ser feliz, que também enfatizei naquela entrevista, gostaria de lembrar que cheguei aos 81 anos de idade comum a vida ativa, produtiva, cheia de energia e entusiasmo, o que se deve, principalmente, aos sonhos que ainda tenho a realizar e à vontade premente, como escritora, de poder ter o privilégio de passar aos meus leitores sempre um olhar de otimismo que a vida nos oferece.

Vivi a maior parte da minha vida num mundo diferente do atual e trago em minha mente todos aqueles sonhos acalentados desde a adolescência. Acompanhei as mudanças em cada década, em seus mais diversos aspectos, e sempre observei o comportamento das pessoas e tirei lições proveitosas do bom viver. Ignorei os caminhos que me tirariam a felicidade e num arrebatamento de determinação e coragem venci todos os desafios que me foram impostos. Fugi das situações fáceis e comprometedoras com a ajuda do Criador. Tive fé, esperança, me amei de verdade, como também a família, os amigos e todos os que colocaram pedras no meu caminho para dificultar o meu trajeto. Afastei-as com parcimônia e segui em frente sem reclamar. Assim, tenho uma vida recheada de alto astral, ingrediente necessário para uma vida feliz.

A palavra e o conceito de felicidade não é algo comum e igual a todas as pessoas. Alguma situação pode me fazer feliz e para outrem não significar nada. Portanto, busque dentro de sua alma, do seu coração e da sua mente o que lhe faz feliz e se envolva nesse sentimento de prazer. Certamente a vida lhe sorrirá e viverá muitos anos desfrutando de uma vida plena de saúde e bem-estar.

Elilde Browning

O MUNDO EM DESESPERO

Durante a minha existência, que já conta com oitenta anos vividos, degustados, sofridos e superados, nunca vivenciei a humanidade, ao mesmo tempo, num pânico tão evidente e desesperador. Nasci em plena Segunda Guerra Mundial e me lembro ainda de, na mais tenra idade, os noticiários das rádios relatando a evolução daquela tragédia. O problema era que, por mais ênfase que os locutores usassem nos noticiários, não tínhamos ao vivo os mortos e feridos. Ainda, tudo estava bem longe do nosso alcance. Há uma diferença entre ver e saber. Possivelmente os nossos parentes e amigos não sofriam aqueles horrores. Portanto, a indiferença era natural, embora eles também fossem seres humanos como nós.

Nos dias atuais, convivemos, ao vivo, com os trágicos acontecimentos que acontecem no mundo afora, pelos meios de comunicação. Tudo é desnudado em seus mínimos detalhes. Na minha forma de entender, há em alguns casos uma exibição desnecessária. E a repetição dos fatos por dias seguidos adquire ares de sadismo.

Outras tragédias aconteceram no mundo. Outros vírus apareceram dizimando milhares de pessoas. Todavia, cada uma em um lugar determinado. Nos demais países, as pessoas faziam de conta que nada sabiam e por vezes ignoravam o sofrimento delas. Por volta de 1985, um grupo de cantores americanos fez um movimento para arrecadar fundos para os povos africanos. Milhões foram enviados àquele continente e depois de tantos anos eles vivem da mesma forma, procriando sem responsabilidade e num caos sem precedente.

Outros movimentos, como "Médicos Sem Fronteiras", trazem um pouco de alívio a essas pessoas. Todavia, enquanto não houver uma conscientização de se evitar trazer filhos ao mundo, esse problema nunca terá fim. Às vezes vemos pela televisão imagens de crianças e adultos doentes e famintos à espera da ajuda de outros países.

Os furacões que assolam a costa leste dos Estados Unidos nos meses de junho a novembro, os terremotos em alguns países, isso faz-nos pensar que qualquer tipo de problema da natureza pode atingir pessoas em qualquer lugar deste planeta Terra. Não temos opção de nos livrar dessas tragédias.

No Brasil, como é um país de clima tropical, vírus e mosquitos infestam o nosso cotidiano e nos causam diversos tipos de doenças. Algumas pessoas morrem e outras sobrevivem. Inventam-se vacinas e a mortalidade diminui. E assim em meio a todas essas mazelas vamos sobrevivendo, esperando sempre por dias melhores.

Se fizéssemos uma reflexão profunda sobre como vivem muitas pessoas pelo mundo afora, em muitas e variadas situações, teríamos menos ambições e seríamos mais solidários com os que sofrem. Muitos pensam apenas em si mesmos e ignoram o mundo que os cerca. Como podemos ser felizes se há tantas criaturas desprovidas de um mínimo que necessitam!

Como a Covid-19 é transmitida de pessoa a pessoa, os governantes do mundo inteiro impuseram leis para que todos fiquem em casa para evitar o contágio, e o pior é que os maiores de 60 anos devem ficar isolados. Imagino que este será, também, um momento de reflexão entre os casais e com a família de um modo geral. Essa convivência imposta poderá decidir em futuro próximo uma maior aproximação ou um desenlace definitivo. Estávamos acostumados a sair para o trabalho e só voltar à casa ao anoitecer e muitas vezes os casais mal trocavam algumas palavras. As crianças, confinadas nas creches ou nas escolas, mal tinham tempo para conversar com os pais. Agora estão juntos nas 24 horas do dia. É imprevisível o que irá acontecer.

O mais dramático são as ruas vazias pelo mundo inteiro. Nova York, que ocupa o topo do mundo em riqueza, luxo e glamour, está deserta. Na Quinta Avenida, as pessoas mais lindas do mundo desfilavam com caríssimos casacos de pele no inverno e joias de tirar o fôlego. Paris, denominada "Cidade Luz", tem o mesmo destino. E, assim, todos os lugares mais charmosos do mundo estão despidos de pessoas assemelhando-se a cidades fantasmas. E, ainda, dentro de suas casas, o medo e a aflição de serem contaminadas pela Covid-19. São as profecias contidas na Bíblia se cumprindo.

Além das situações que a natureza nos oferece, causando muitas doenças, o ser humano ainda dá a sua parcela imensa de contribuição com hábitos e vícios e um viver fora das normas que o nosso organismo precisa. Muitos ficam doentes porque não são capazes de ter hábitos saudáveis.

Recentemente a revista *Saúde* estampou uma reportagem sobre os inconvenientes de se ter um peso acima do ideal. As doenças que nos acometem são inúmeras e ainda passamos pelo desconforto do sofrimento que elas nos trazem. É difícil mudar os hábitos que nos dão prazer, mesmo que conscientemente eles nos levem à morte prematura.

Muitas pessoas no mundo inteiro, ao mesmo tempo, estão sendo contaminadas pelo coronavírus. Ele é invisível e se espalha com tamanha rapidez que o seu controle se torna difícil. Esse vírus não tem nenhum tipo de preconceito: pode entrar numa casa na favela, numa mansão luxuosa, num palácio, numa casa comum ou em qualquer lugar. A sua missão é contaminar o maior número de pessoas e causar pânico entre os viventes.

Finalmente, a humanidade agora compreendeu que somos todos iguais e estamos sujeitos a tudo neste mundo. Certamente em breve inventarão uma vacina. E acredito que, quando passar esse tormento, seremos criaturas melhores no trato, no agir, na forma de ver o mundo e no viver. Esta é uma experiência dramática, mas que certamente os que sobreviverem irão direcionar as suas vidas em outros termos. É o que esperamos!

Elilde Browning

VIOLÊNCIA DOMÉSTICA: POR QUE ACONTECE?

"Deus nos deu o viver; a nós nos compete dar o bem viver" (Voltaire).

Há um ditado popular que diz: "Em uma mulher, não se bate nem com uma flor".

As estatísticas nos mostram que há uma escalada crescente de violência contra a mulher em todas as camadas sociais. É uma situação preocupante e que requer algumas providências das autoridades, mas, principalmente, uma atitude de cada mulher. A dependência econômica e os filhos muitas vezes impedem que ela se livre desses percalços. Por outro lado, é difícil saber por que um homem desvairado age dessa maneira. Aparentemente são todos normais até que situações econômicas, ciúmes por vezes infundados, a supremacia do machismo, o discordar de suas vontades, o descontrole emocional, as frustrações e a insegurança se manifestem levando-os a usar a força física contra um ser indefeso e naturalmente frágil.

É preciso sempre estar alerta ao primeiro sinal de desconforto, seja com palavras agressivas ou mesmo um empurrão, porque é dessa maneira que tudo começa, e, por vezes, culmina com um evento mais danoso. Encarar o sujeito e conversar no mesmo tom pode apaziguar os ânimos, mas não haverá solução se ele sentir que tem total poder em diversos aspectos.

Uma mulher independente financeiramente pode se desvencilhar de um homem perigoso, mas outros fatores podem deixá-la vulnerável, como a dependência sexual. Muitas vezes uma mulher apaixonada não tem condições de refletir sobre o perigo que a ameaça e é nesse momento que o homem, ciente dessa fraqueza, age ao seu bel-prazer. E, ainda, se têm filhos, a situação torna-se mais complicada, porque assumir as atribuições de cuidar, educar e sobreviver sozinha é por vezes uma incógnita difícil de ser encarada.

Nada, mas nada mesmo, justifica compartilhar a vida com um homem que destrói a sua autoestima, os sonhos e a vontade de viver em paz. "Melhor só do que mal acompanhada".

O machismo inconsequente é um problema mundial. E, para piorar, agora temos os grupos declarados de "Misoginia", de homens que odeiam mulheres e estão a instigar o ódio e a violência contra as mulheres. É um perigo que está presente em muitos lares ao redor do mundo. E a cada dia, quando eles percebem que as mulheres não são mais um brinquedo que pode ser manipulado como eles bem entendem, a situação se agrava.

Aqui temos uma lei denominada "Maria da Penha", que já se concluiu que ela tem surtido pouco efeito prático. Às vezes os criminosos são presos, as mulheres colocadas em abrigos e os filhos ficam à mercê de parentes próximos. Essas crianças têm a rotina de suas vidas alteradas causando-lhes traumas difíceis de serem esquecidos. O mais curioso é que sempre há a chance desse homem se aproximar da vítima e o resultado, muitas vezes, é fatal. Um homem raivoso é pior do que um animal selvagem.

Urge que nos conscientizemos dos perigos que estão à espreita ao nos aproximar e nos relacionar com homens conhecidos pela internet ou até mesmo aquele vizinho, um amigo próximo, um colega de trabalho, todos com a aparência de bom moço, mas que pode se tornar uma fera e nos destruir se os seus neurônios atritarem com impulsos nervosos descompassados.

Ainda é possível confiar em alguém e ter uma vida normal e prazerosa, porque nem todos os homens são iguais no pensar e na conduta. Que tenhamos a felicidade de encontrar esse ser humano que em nossos dias se torna uma figura rara, raríssima.

Elilde Browning

AS INCÓGNITAS DA VIDA

Nascer, viver, sobreviver e morrer são situações normais da vida humana, dos animais e da natureza. Entender, assimilar e aceitar essas fases é, ainda, um grande mistério. Cada crença e culturas diferentes têm um pensar distinto. Há muitas conexões envoltas que dificultam materializar essas incógnitas como algo normal, apesar delas estarem presentes em nossas vidas, permanentemente. As emoções avassalam a nossa mente e, por vezes, o desequilíbrio se apresenta sem ser convidado. Ainda bem que temos mudanças naturais, que contribuem para um sentir diferente, e o tempo como o melhor aliado para dissipar todos os impasses que nos acometem.

Cada amanhecer deveria ser, sempre, um dia para se recomeçar novas nuances de vida, mesmo que no anterior tenhamos tido um momento difícil. Como, às vezes, é impossível esse comportamento, de imediato, cabe-nos encarar as dificuldades com otimismo na certeza da afirmativa do surrado ditado popular: "Tudo passa". E passa mesmo! Até a nossa vida no planeta Terra. Invoco, agora, Antoine-Laurent de Lavoisier, que afirmou: "Na natureza, nada se cria, nada se perde, tudo se transforma". Seria sumamente importante refletir sobre essas afirmativas como um alento para a nossa alma.

Para algumas pessoas, nascer, viver, sobreviver e morrer são acontecimentos normais. Para outras, não. Há algumas que delineiam a sua trajetória na realização de seus desejos e sonhos, não importando para elas o desfecho final de suas vidas. Todavia, em algum momento, muitas questionam a existência como um grande desafio dessas incógnitas que transcendem o nosso pensar.

As interrogações estarão presentes, em muitas situações, na tentativa de justificar certas atitudes que fogem do nosso entendimento de forma total. Muitas cairão num vazio e outras poderão ter respostas simplistas e desconectadas com a realidade. De qualquer maneira, vale tentar entender todas as variantes baseadas em suas crenças e nos aspectos culturais de cada povo.

Cada ser humano encara o nascer, diferentemente, conforme as circunstâncias que o cercam. O viver movido pelas oportunidades que lhe são oferecidas. O sobreviver dentro das possibilidades que o mundo nos dá e o morrer uma situação inevitável de transformação. Portanto, precisaríamos sempre estar preparados para essas situações naturais da vida. Como seria suave e confortável se tivéssemos a possibilidade de viver, até a velhice, sem doenças ou sofrimentos e, nesse momento, a morte acontecesse e nos levasse para um paraíso onde pudéssemos recomeçar uma nova vida sem as angústias desta que conhecemos. Mas não é bem assim o que acontece em nosso cotidiano. Não importa o tipo de vida que temos. Há sempre um morrer diferentemente de doenças previsíveis, imprevisíveis e que muitas vezes acontecem pelo nosso comportamento, a maneira de viver e os hábitos de cada um. Os acidentes podem ceifar a nossa vida, em segundos, ou nos deixar com sequelas difíceis de serem ignoradas. Muitas são as causas que nos levam a esses sofrimentos, até diria que alguns são conscientes pela forma como agimos, pela negligência de múltiplos fatores ou num contexto independente de nossa vontade.

Por outro lado, podemos pensar nos grandes prazeres que a vida nos oferece, em diversos aspectos do sentir. Eu diria que vale a pena viver degustando-os de maneira profunda e sorvendo-os como momentos únicos de bem-estar para se alcançar a felicidade, que é uma das principais metas do ser humano.

O mundo mudou com a Covid-19. Diariamente temos notícias de familiares e amigos que foram ceifados por essa pandemia e a tristeza invade a nossa alma procurando uma justificativa plausível. Em toda a história da humanidade, a vida continuará sempre para os que sobreviverem e para as gerações futuras; certamente, um pensar longínquo das ocorrências do passado.

Elilde Browning

A SAÚDE DO CORPO E AS REALIZAÇÕES DA VIDA DEPENDEM DA MENTE

Nascemos, vivemos, às vezes, sobrevivemos e, numa consequência natural da vida, envelhecemos e morremos. Todos passam por essas etapas do viver. A vida pode findar ao chegar a este mundo ou em outro momento. Pode ser acidental ou não. Ainda, onde e como chegamos a este planeta nos fará seres privilegiados ou desafiadores para superar os impasses que teremos que enfrentar. Alguns nascem com saúde perfeita, outros precisarão lutar para sobreviver. Cada ser humano terá a sua missão a cumprir, independentemente de sua origem.

A genética tem uma influência determinante no contexto geral, todavia, o mundo que nos cerca poderá modificar o *modus vivendi* e nos fazer pessoas diferentes. Nos relacionamentos sociais, profissionais ou afetivos, poderão eclodir situações benéficas ou nefastas e assim mudar o rumo escolhido. Ser inteligente não basta. É necessário que busquemos no poder da mente um meio para nos mantermos firmes em nossos propósitos e, também, que observemos o comportamento das pessoas e suas consequências. Diariamente temos exemplos vivos de pessoas bem-sucedidas ou fracassadas em diversos aspectos da vida. Fazer reflexões sobre essas situações poderá nos abrir portas para entender a importância de um pensar firme sem hesitação.

A mente é responsável por tudo o que nos acontece, portanto deveríamos colocá-la no centro das atenções. Somos o que pensamos, alguém já afirmou. A saúde agradece se conseguirmos equilibrar as emoções e cultivar hábitos sadios. O corpo humano é uma máquina perfeita. Normalmente as doenças acontecem pelo descuido de uma mente negativa, pois é na mente que guardamos medos, ideias, sonhos e desejos.

O descontrole do pensar pode nos levar a situações imprevisíveis de saúde e bem-estar. Nas diversas fases da vida, estamos sujeitos a acontecimentos diferenciados. É difícil entender as perdas como algo natural, porque somos humanos dotados de sensibilidade e sentimento. Em qualquer situação, urge entender que sempre haverá um meio de superar esses impasses. A força da mente nos ajudará nesses momentos.

Assim como aprendemos a ler e escrever, também nessa fase da vida seria estimulante insinuar o poder que a mente exerce sobre o nosso corpo. Assim, a realização dos sonhos e o querer pela vida afora aconteceriam de forma consciente sem grandes turbulências.

Se até agora, caro leitor, você ainda tem dúvidas do poder da mente, decida hoje mudar o rumo de sua vida, se esta não é aquela almejada, pense com firmeza em novos horizontes com autoconfiança e determinação e tenha certeza que essa força mental lhe surpreenderá.

Elilde Browning

OH, ABENÇOADA LIBERDADE!

É realmente emocionante quando, num dia qualquer, tomamos consciência de que somos livres para pensar, decidir, agir e comandar a vida em nossos próprios termos. Somos donos de nós mesmos e de nossas ações. Urge, portanto, que em qualquer situação sejamos responsáveis pelos nossos atos e decisões. A liberdade faz algumas exigências que devem ser observadas por todo o viver. Uma delas é que tenhamos maturidade para assumir os desafios que, inevitavelmente, acontecerão. Outra situação é de não causar, em nenhum momento, prejuízos a terceiros.

Sermos livres é desfrutarmos de autodeterminação, independência e autonomia por toda a vida por ser a liberdade a expressão genuína da essência humana. Saber encaminhar os sonhos e as metas da vida com a certeza absoluta de que elas se realizarão, sem se importar com o tempo que será necessário para alcançá-las. É lutar e visualizar os acontecimentos futuros com otimismo e fé. É estar numa encruzilhada e decidir por si mesmo qual o caminho a seguir. É saber que, na maioria das vezes, é de bom alvitre consultar alguém sobre como devemos proceder com relação aos nossos problemas. É salutar compartilhar com pessoas de sua confiança, mas, no final, a decisão de suas escolhas será sempre sua. Cada ser humano tem o seu próprio pensar e muitas vezes não se coaduna com o seu e, ainda, somente você tem todas as dimensões dos seus propósitos nas diversas situações.

A liberdade é poder observar e vivenciar os acontecimentos do mundo e condensar para o seu viver os acertos e desacertos nos seus mais variados aspectos, e não apenas para fazer o que queremos, mas para sermos quem temos que ser e também para termos a capacidade de agir por nós mesmos.

Será que ao nascer já trazemos a necessidade de sermos livres ou haverá uma idade que nos propicia esse despontar de liberdade? Será que as decepções e traumas que nos acometem nos levam a tomar as nossas próprias decisões? São perguntas sobre as quais cada leitor deve refletir.

A liberdade pode nos fazer felizes, porque somos os únicos responsáveis pelas nossas escolhas em todos os contextos da vida. É nesse momento que o conhecimento e as experiências são fundamentais para o sucesso desses empreendimentos.

Os maiores e primorosos segredos da liberdade residem em nosso pensar. A nossa mente tem esse privilégio: podemos jogar para o inconsciente tudo o que quisermos e aguardar que o consciente nos dê a resposta de como deveremos agir, calcada numa intuição que se manifesta, repentinamente. É nesse estágio que surgem as soluções.

A liberdade de opinar requer conhecimento do assunto e o respeito pela divergência dos demais. Quando necessário externar a nossa opinião, precisamos ser cautelosos e munir-nos de humildade se os argumentos apresentados não forem convincentes. Exasperar-se, nunca!

A liberdade religiosa é a capacidade de acreditar e escolher um dogma religioso a seguir, certamente Deus é um só e que, por vezes, tem nome diferente. Cada um com as suas crenças e suas convicções.

Sentir-se livre é um bem-estar de valor incomensurável e somente as pessoas que sentem e têm a capacidade de ter a liberdade em suas vidas de forma total e absoluta podem festejar esse privilégio com felicidade. Ser livre é ser feliz. É ser dono de uma parte bem grande do mundo e do infinito também.

Elilde Browning

HÁ LIMITE DE IDADE PARA UM SEXO PRAZEROSO?

Baseada em minhas experiências e por tudo que observei e vivenciei durante a vida, afirmo que não. Embora o comportamento do homem e da mulher seja diferente nas diversas fases da vida. Em algumas das minhas obras, expressei que "o sexo foi o maior presente que Deus concedeu aos humanos". É verdade. No reino animal, a finalidade é procriar. Com os seres humanos, é uma combinação de muitos fatores, que envolvem o comportamento individual, pessoal e psicológico. Há muitas situações de envolvimento que podem ser vivenciadas, em comum, levando-nos a atingir o ponto alto do êxtase. Em alguns momentos, a criatividade e o pensar podem nos levar, também, ao ápice, mesmo que não estejamos ao lado da pessoa que amamos ou mesmo que desejamos sexualmente. É desafiador viver esses instantes de prazer.

Na adolescência, o prazer do sexo deixa-nos inebriados de emoções. Nessa idade o coração suporta todos os arrebatamentos sem reclamar. Essas primeiras experiências certamente vão marcar o nosso viver para sempre. Não nos detemos em qualidades morais ou físicas da pessoa que desejamos, mas, apenas, sentir o sexo em sua grandeza máxima. Quando adultos e já providos de experiências, juntamos esse entusiasmo a outras situações e passamos a fazer escolhas diferenciadas. Canalizamos a nossa atenção para o tipo físico que nos atrai e a química que nos envolve. Na maturidade a importância do sexo ganha notoriedade para desfrutar e viver momentos grandiosos de felicidade e bem-estar sem os rompantes vividos antes. Nessa etapa é importante ressaltar que o homem reage diferentemente da mulher. Todavia, degustar o toque das mãos, o prazer dos corpos entrelaçados, as carícias, o cheiro da pele, os sussurros ao ouvido e outras situações prazerosas pode resultar em momentos únicos de felicidade para ambos. A mágica do prazer acontecerá naturalmente.

Seria salutar se durante a vida tivéssemos esses enlevos com a mesma pessoa. Mas a vida muda, as pessoas se transformam e as exigências em cada momento se ampliam tornando a vida diferente. De qualquer maneira, ficam as lembranças, que certamente nos acompanharão ou serão esquecidas se nos convier.

Para que o sexo possa ser vivido e usufruído de maneira extasiante em qualquer fase da vida, é necessário que tenhamos a mente e o corpo sadios e predispostos a viver esses momentos. Lembrar, também, que todos os seres humanos são diferentes em suas origens, costumes e personalidade. Cada um tem um comportamento diferenciado, como também suas predileções e hábitos. As surpresas e a curiosidade que cercam o primeiro ato sexual quando conhecemos alguém traz uma expectativa estonteante. É um redescobrir de nós mesmos e do(a) parceiro(a). Em havendo um entrosamento e uma aceitação da forma de agir, chegaremos ao infinito e olharemos o mundo em sua beleza máxima.

Acredito que o homem tem necessidade, também, de apelar para os aspectos excitantes, para se sentir pronto a vivenciar o ato sexual, enquanto a mulher, no meu entender, precisa sentir atração em várias circunstâncias que lhe despertem a vontade de se relacionar.

Tive a felicidade de escrever em alguma de minhas obras: "O sexo nos proporciona prazer, transporta-nos para um paraíso de sentimentos e nos faz sentir seres privilegiados numa simbiose de sonhos e realidade"; "Sexo é vivenciar uma suprarrealidade num contexto real".

Ocorreu-me agora formular uma pergunta: é necessário amar alguém para se fazer sexo? Ou esses sentimentos podem acontecer separadamente? Imagino que a fusão do amar e da atração elevarão os seres humanos a um pedestal de felicidade extrema. Também, pode acontecer um estar apaixonado e o outro não. O importante é vivenciar tudo o que for possível sem a preocupação de sentimentos unilaterais. Viva hoje, porque o amanhã será sempre outro dia, em que os sentimentos podem sofrer mutação.

Finalmente, gostaria de lembrar que tudo que tem um começo poderá, inevitavelmente, ter um fim. Guardemos em um lugar especial esses momentos vividos e com a certeza de que outros semelhantes poderão acontecer com outras pessoas e, assim, viveremos novas experiências e emoções diferentes.

A vida é uma dinâmica e é necessário que continuemos o viver independentemente do que nos aconteça.

Elilde Browning

UMA HISTÓRIA FANTÁSTICA

No dia 27 de abril, fui entrevistada pelo jornalista Cesar Jumana, na *TV Caraguá*, e revelei um situação memorável que me ocorreu há 75 anos. Quando escrevi o meu primeiro livro, *E assim foi a vida*, me omiti de relatar este fato, pois achei que ainda não era o momento certo.

Tudo aconteceu em uma noite normal. Não me lembro se havia luar, mas certamente as estrelas brilhavam e todo o universo estava em seu devido lugar. E nós humanos, do planeta Terra, espalhado sem toda a superfície da terra. Eu tinha apenas 8 anos de idade. A nossa casa tinha apenas quatro cômodos onde abrigava toda a família, que naquela ocasião éramos oito pessoas.

Dormíamos uns apegados aos outros pelo espaço minúsculo de que dispúnhamos. A minha mãe, muito cuidadosa, sempre se levantava à noite para verificar se tudo estava em ordem, com todos. Era um hábito rotineiro. Numa dessas ocasiões, ela notou que eu não estava na cama. Como a casa era pequena, bastou correr os olhos nas demais dependências e observar que eu realmente não estava ali. Ao ouvir choros provindos do lado de fora da casa, ela girou a tramela da porta de entrada, e me encontrou sozinha chorando.

Aflita, trouxe-me para dentro e me perguntou o que havia acontecido. Contei-lhe a seguinte história: alguma coisa vinda do céu com uma luminosidade incomparável pousou em cima do telhado de nossa casa e duas pessoas me pegaram e me levaram para um lugar desconhecido. Fiquei algum tempo junto a essas pessoas estranhas, porque elas eram diferentes no vestir e conversar. Nesse momento, não senti medo, mas me lembro, perfeitamente, que eles me disseram e pude entender que eu havia sido uma das escolhidas e que depois de algum tempo eles voltariam para me buscar. E, ainda, falaram que alguém entraria em contato comigo e que eu deveria obedecer a todas as ordens que receberia.

A minha mãe olhou, sob uma luz de lamparina, todo o meu corpo, e constatou que havia uma marca do lado esquerdo das minhas costas, próximo à omoplata, um desenho estranho e que ela não conseguiu decifrar. Eu chorava muito e os meus irmãos acordaram curiosos para saber o acontecido. A minha mãe, em sua sabedoria infinita, falou para os meus irmãos que tudo estava bem. A partir desse dia, fui dormir ao lado da minha mãe.

Numa tarde qualquer, depois desse incidente, foi uma pessoa à minha casa e falou com a minha mãe que o senhor Tibúrcio, um velho sábio, queria falar comigo. Ele morava nas proximidades da minha casa e era conhecido como um conselheiro notável.

A minha mãe me levou até a casa dele e me deixou lá sozinha. Não sei precisar o tempo que fiquei naquele lugar, numa sala misteriosa para os meus pensamentos de criança, e o mais importante era que eu não tinha medo. Tinha curiosidade.

Ele me pediu para sentar numa cadeira em frente e começou a falar:

"Você foi transportada por divindades de fora deste mundo que conhecemos, e a partir de agora vou lhe dar alguns conselhos e lhe contar como será a sua vida até os seus últimos dias neste mundo.

A sua vida será muito difícil, mas você alcançará tudo o que quiser, basta apenas que sonhe e não desista nunca de tudo que sonhar.

Muitas pessoas vão lhe dar momentos difíceis. Não se importe, porque você transporá todas as dificuldades que se acercarem de você.

Você morará em terras bem distantes. Em outros lugares do mundo. Lá você também terá muitos problemas, e todos terão solução no seu tempo devido.

Coloque no seu subconsciente tudo o que você quer da vida e à proporção que for vivendo traga para o seu consciente e realize. Não tenha medo de nada.

Você terá anos seguidos de solidão. Não se desespere. A compensação virá.

Você tem uma missão a cumprir neste mundo e isso só acontecerá quando a sua vida estiver próxima à velhice.

Será exatamente nesse momento que esta marca que eles lhe fizeram desaparecerá. Ela vai continuar para ser possível você se lembrar desta nobre missão que você vai realizar.

Tenha sempre piedade com todas as pessoas que lhe causarem algum mal. Não revide, não brigue. Elas terão no tempo oportuno o castigo que merecerem.

Ajude, na medida do possível, todas as pessoas que tenham problemas de qualquer ordem. A recompensa virá pela saúde e felicidade que você sentirá.

Agradeça sempre quando você pensar que o seu caminho foi modificado. Assim, será sempre para livrá-la de males piores.

Ouça sempre a sua voz interior. Ela terá a sabedoria necessária para as suas decisões.

Você terá momentos de muita angústia e sofrimentos. Quando isso acontecer, siga em frente, porque novos horizontes estarão ao seu dispor.

O mundo inteiro a aplaudirá e será exatamente nesse momento que um grande acontecimento fará parte de sua vida e a partir daí você só terá glórias e venturas.

Esse acontecimento deverá ser um segredo em sua vida. Só o relate para alguém de sua extrema confiança".

Saí daquela sala confiante em tudo que ouvi e segui todas as orientações que me foram dadas por aquele senhor.

De um lado, foi bom ter consciência de tudo que iria me acontecer e, ainda, a confiança de que tudo daria certo no final.

A minha mãe, quando voltei da casa daquele senhor, apenas me perguntou se eu entendi tudo o que ele me dissera. Afirmei que sim e, ainda, o curioso foi ela não me perguntar o que tínhamos conversado.

É interessante notar que, há mais de setenta anos, ninguém falava de disco voador ou naves espaciais. Não tínhamos rádio ou televisão nem assistíamos a nenhum filme.

Quando terminei de escrever o meu livro *E assim foi a vida*, a marca que tinha nas minhas costas desapareceu.

Tive o privilégio, ainda criança, de alguém me relatar como seria a trajetória da minha vida, e o mais importante era que eu transporia todas as dificuldades e sairia vitoriosa.

Lembro-me de alguns momentos difíceis que passei pela vida e sempre cantava um hino que aprendi na minha igreja Batista: "Oh, não consintas tristezas dentro do teu coração, tendo fé firme no Mestre, segue-o sem hesitação. Não consentir, não consentir que qualquer dor ou tristeza venha apagar teu amor, nunca temer, nunca ceder, em teus apertos te lembra que Cristo é teu protetor".

Hoje concluo que toda a saúde, bem-estar, realizações e felicidade que desfrutei por toda a vida foram exatamente por ter me lembrando daqueles sábios conselhos e segui-los, fielmente.

Elilde Browning